Michael Birnbaum

MULELE

Zu diesem Buch

Michael Baumann, Afrika-Korrespondent einer großen deutschen Zeitung, erfährt mitten im Kongo-Krieg 1996 eine unglaubliche Geschichte über eine vor Jahrzehnten von Rebellen entführte Missionarin, die in Geiselhaft ein Kind zur Welt gebracht hat.

Baumann kennt das Gerücht von einem Rebellenchef irgendwo im Kongo - einem »Halbblut«, der sich Mulele nennt. Ist dieser Kriegsherr das Kind der Missionarin?

Es gelingt ihm, zu Mulele vorzudringen. Aber nun verstrickt sich der Journalist immer tiefer in den Konflikt. Im wirren Treiben der Kriegsherren, Söldner und Todesschwadronen wird Michael Baumann vom kritischen Beobachter immer mehr zum Parteigänger.

Derweil geht der Bürgerkrieg im finsteren Herzen Afrikas erstaunlich schnell seinem Ende zu. Am Pfingstwochenende 1997 nehmen Laurent Kabilas Rebellen die Hauptstadt ein. Mit einer kleinen Cessna fliegt Baumann wieder in die letzte freie Region des Riesenreiches am Ende der Welt. Denn Mulele will, dass er journalistischer Kronzeuge seines Kampfes wird. Hier im Ituri-Wald will er eine selbstbestimmte Republik gegen Kabila und den Rest der Welt durchsetzen.

Doch Muleles Kämpfer werden niedergemäht, Mulele selbst gelingt die Flucht. Michael Baumann, schwer an Malaria erkrankt, fällt in die Hände der Todesschwadronen. Als er nach Fieberträumen wieder aufwacht, soll er ihnen verraten, wohin Mulele geflohen sein könnte. Und Michael Baumann muss sich entscheiden, zu wem er hält...

Michael Birnbaum, geboren 1955, war fast zwei Jahrzehnte Redakteur, Kommentator und Korrespondent der »Süddeutschen Zeitung«. Für diese Zeitung war er in den 1990er Jahrer der Korrespondent in Afrika. Seine Erlebnisse und Erfahrunge in dieser Zeit inspirierten ihn zu diesem Roman – von dem (immer behaupten wird, er sei ganz und gar erfunden.

Michael Birnbaum

MULELE

Ein Roman aus dem Herzen Afrikas

»Wenn zwei Elefanten sich streiten, leidet das Gras«

Afrikanisches Sprichwort

Für Petra

Texte/Umschlag © 2024 Copyright by Michael Birnbaum
Verantwortlich für den Inhalt:
Michael Birnbaum, Höslstr. 10, 81927 München
birnbaum@me.com
Alle Rechte vorbehalten.
Druck: epubli – ein Service der Neopubli GmbH, Berlin

KAPITEL EINS
UNBEKANNTES LEBEN

DER ÜBERFALL

Jacob Nkunda starb an einem Mittwoch, spät nachts, nicht weit von seinem Haus. Eigentlich dachte er gerade an Maria, die junge Frau, die er seit gut einer Woche als seine Geliebte mit in sein Haus hier mitten im Wald gebracht hatte.

Jacob Nkunda liebte Frauen, vor allem wenn sie so Blut-jung waren wie die kleine Maria. Er hatte Maria nie nach ihrem Alter gefragt. Sein «Kollege» von der Lord Resistance Army hatte sie ihm bei einem Besuch geschenkt. Aber älter als 14 Jahre konnte sie nicht sein. Beim ersten Mal hatte sie vorher diese Pillen eingenommen. Dann hatte sie ihn in einem manischen Rausch an der Hand gepackt und in das hohe Gras neben den Hütten in dem Niemandsland irgendwo in Nord-Uganda gezogen.

An diese schönen Momente dachte Jacob Nkunda, als er auf eine Zigarette vor sein Haus getreten war.

Nicht weit entfernt, unter den Farnen mitten im Tropenwald, atmete Bobby Brown ganz langsam aus und beobachtete, wie seine verbrauchte Luft in der übersättigten Tropenluft Dunstwölkchen bildete. Er sollte nicht hier sein. Selbst sein Atem wurde nicht akzeptiert, schoss ein Gedanke durch seinen Kopf.

Die Stille brüllte in seinen Ohren.

Die schwüle Feuchtigkeit drückte ihn erbarmungslos zu Boden.

Und dann immer wieder die Tropfen aus erdig, salzigem Schweiß, die über den Rand seines Tarncapes mitten auf seine Nase tropften.

Langsam rollte ein Tropfen seinen Nasenrücken herunter in Richtung Nasenspitze, nur um kurz davor nach rechts runter zu rasen, seinen Nasenflügel zu reizen, um schließlich an seiner Oberlippe kurz zu zögern. Aber da hatte er den Tropfen schon erwischt, schnell und erbarmungslos erst mit der Zunge zerstört und dann mit der hochgezogenen Unterlippe aufgesogen und verschluckt.

Bloß nicht niesen, nicht jetzt, wo alles gleich geschehen würde. Hoffentlich, denn warten wollte er nicht mehr. Er lag schon Stunden hier, auf diesem nassen, faul riechenden Waldboden, der immer lebendiger geworden war in den sich nur mühsam vorwärts schleppenden Stunden in dieser feuchten Hitze.

Bald konnte er auch nicht mehr warten. Sein rechtes Bein war schon zig Mal eingeschlafen, auch wenn er immer wieder durch rhythmisches Anspannen seiner Muskeln das Blut wieder in Schwung zu bringen und das lästige Kribbeln zu beenden versuchte.

Nur einmal, vor Stunden, hatte er menschliche Laute gehört, offenbar aus der Hütte. Es klang wie Stöhnen, ganz kurz, dann dumpfes Poltern.

Aber es war nichts weiter geschehen, keiner war rausgekommen.

Bobby kämpfte wieder gegen die Langeweile und die feuchte Hitze. Seine Augenlider wurden schwer vom Schweiß.

Dann sah Bobby plötzlich Bewegung, vor der Hütte, dort, wo seine Zielperson drinnen war.

Jakob Nkunda dachte an die schönen Momente, als er auf eine Zigarette vor sein Haus getreten war. Der erste Zug war der Beste, dachte er sich, als der Tabak knisterte und er fast zeitgleich den Rauch tief einatmete. Die Zigarette hielt er mit seiner linken Hand in einem großen langsamen Bogen genüsslich vor sich, während der bläulichweiße Atmen sich mit den Schlieren der Luft des Regenwaldes vermischte.

In diesem Augenblick klickte ein Bolzen metallisch auf die Pfanne der Patrone.

Noch bevor er den Knall hörte, traf der Schuss Jacob Nkunda genau zwischen den Augen.

Sein Körper fiel langsamer, als seine Seele in die Hölle fuhr.

Jacob Nkunda war auf der Stelle tot.

Bobby Brown schraubte noch im Liegen unaufgeregt den Lauf seines Gewehres ab, klappte das kalte Metall in die dafür vorgesehenen Scharniere des Gewehrkörpers.

Dann steckte er die zusammengelegte Waffe über seinen Kopf in den Rucksack und robbte sich ein paar Meter rückwärts.

Nichts rührte sich, kein Schrei, kein Knistern. Die Vögel fingen wieder an, sich zu rühren und zu schwätzen. Ein Insekt flog laut vor seinem Gesicht vorbei.

Bobby Brown ging in die Hocke, dann stand er auf und schlich langsam davon.

Auftrag erledigt. Das war einfach.

AM GRENZFLUSS

Die Nacht senkte sich langsam über die Landschaft. Das undurchdringliche Grün der dichten Wälder jenseits des kleinen Flusses verfärbte sich schlagartig in tiefes Schwarz. Rusizi hieß das Flüsschen. Es fließt aus dem Kivusee und schlängelt sich gen Süden durch die hügelige Landschaft bis zum Tanganikasee. Einst hatten hier die europäischen Entdecker die Quellen des Nils vermutet.

Michael Baumann, der Zeitungsreporter, war müde von seiner Suche. Der Tag hatte nichts gebracht. Wieder einmal ein Krieg am Ende der Welt und keiner wusste genau, wer gegen wen kämpfte, schüttelte Michael Baumann den Kopf. Seine Kollegen, Paul Kuhn und Achim »das Auge«, Reporter und Kameramann für einen deutschen Fernsehsender, schwiegen.

»Lass uns was trinken und essen«, brach der blonde Paul Kuhn die gespannte Ruhe. Die Tische waren aus billigstem Plastik, Gartentische aus einem Abholmarkt.

Hotel Kivu nannte sich das Etablissement hochtrabend. Der Name prangte auf einem großen, weiß gestrichenen Holzschild an der Fassade. Die Mauern waren schief und krumm verputzt und dann weiß gestrichen, mit dem blauen Streifen knapp über dem Boden. So strichen sie seit dem Sieg der Tutsi-Rebellen in Ruanda die meisten Häuser an.

Das Hotel Kivu lag gleich neben der Grenzstation Ruandas rüber in den Kongo am Rusizifluss. Ein einfacher Bau: eine Betonplatte, darauf eine eingemauerte Terrasse, die als Restaurant diente. Im ersten Stock würde es wohl auch Zimmer geben. Mehr war nicht, Standard für ein Provinznest wie Cyangugu, wie die Grenzstadt Ruandas hieß. Aber übernachten wollte in so einer Bude freiwillig sowieso niemand.

»Zaire«, stöhnte Achim Stromberg, das »Auge«. »Immer wieder Zaire. Das letzte Mal war ich hier, als sich die Hutus und Tutsi massakrierten. Wann war das?«

Paul Kuhn und Michael Baumann wechseln nur kurz den Blick. Achim Stromberg war oft negativ. Der Kameramann wollte nicht mehr, klagte gegen den Fernsehsender auf Frührente. Überstunden waren kein Thema mehr für ihn, er machte sie einfach nicht mehr. Aber einen Ersatz für ihn bekam Paul Kuhn nicht aus Deutschland.

Der Kellner kam. »Drei Primus, aber bitte kalt«, bestellte Paul Kuhn für alle. Primus war bestes Bier, bittersüß, herb und würzig. Es kam aus Bukavu, der Stadt drüben im Kongo, nur einen Steinwurf entfernt gleich hinter dem bewaldeten Hügel. »Belgisch, sehr gut«, nickte Paul Kuhn seinem Kameramann zu. »Kommt in Literflaschen. Was wollt ihr essen?«

Huhn mit Kartoffeln. Die Entscheidung war schnell getroffen. Es gab nichts anderes. Michael Baumann schaute dem Kellner nach, der unter dem kalten Licht der Neonröhren zur Bar, einem schäbigen Holztresen, ging und aus dem Eisschrank drei große braunen Flaschen nahm. Immer wieder war ein kurzes Klack zu hören, wenn eine Mücke den Neonröhren zum Opfer fiel. Im Hintergrund plätscherte der Rusizi gen Süden.

Baumann war unwirsch.

Da saß er nun, ohne, was erreicht zu haben. Ein sinnloser Tag. Das Haus, missbraucht als aktueller Sitz nach einem langen unbefriedigenden Tag inhaltsloser Recherche mit seinen beiden Fernsehkollegen, der schäbige Tisch, aber ein großer Name, »Hotel Kivu«, gleich neben der Grenzstation. Sie hatten Augenzeugen gesucht, Menschen von drüben.

»War wohl nichts«, sagte Kunz.

Wohl war, dachte sich Baumann und nahm einen großen Schluck des kühlen Bieres.

Dann plötzlich: Schüsse krachten, Salven von Maschinengewehren knatterten, immer wieder rollte das dumpfe Grollen der Einschläge von Mörsergranaten durch das undurchdringliche Grün der dichten Wälder jenseits des Flusses.

Alle rannten, suchten Deckung. »Von welcher Seite kam es?« – »Von drüben, jetzt schießen sie zurück.«

Schon wieder peitschen MG-Salven durch die Luft. Nur Oberstleutnant Cesar Kayzali von der ruandesischen Armee blieb ruhig an seinem Tisch im Hotel Kivu sitzen, aß weiter und weigerte sich, die Hysterie um ihn herum mitzumachen.

Irgendwann reichte es ihm doch.

Über Sprechfunk gab er kurze Anweisungen: Seine Männer sollten nicht mehr zurückschießen. Wenig später war endlich Ruhe. Ohne Gegenfeuer hatten auch die drüben in Zaire keine Lust mehr, ihre Munition über den Fluss zu verpulvern.

Jetzt war nur noch das Plätschern des Rusizi zu hören.

Erst später in der Nacht hallten von jenseits der Grenze wieder einzelne Schüsse, gelegentlich das dumpfe Rumsen des Einschlags einer Granate.

Der Vollmond war aufgegangen, silbern glänzend lag der Kivusee da, eingerahmt von den Virungabergen, diesen, wie von Kinderhand gemalten, symmetrisch und kegelförmigen Vulkanen.

Eine friedliche Landschaft. Und die Welt sprach vom neuen Flüchtlingsdrama, von Hunderttausenden, von Hutu-Flüchtlingen, die sich am Ende des Bürgerkrieges und Genozids in Ruanda 1994 nach Zaire gerettet hatten und nun wieder auf der Flucht waren.

HOTEL KIGALI

Ein zufriedenes Grinsen zierte das Gesicht von Bobby Brown. Solche Tage genoss er in vollen Zügen - warmes Sonnenlicht, das sanft auf seine Haut fiel, das lebendige Summen einer pulsierenden Stadt und ein komfortables Hotelzimmer mit angenehmer Klimaanlage.

Genau so sollte es sein. Alles hatte bisher reibungslos funktioniert, ein perfektes Zusammenspiel. Und heute war sein wohlverdienter »Ruhetag«. Nichts konnte mehr schiefgehen.

Kigali, eine wunderschöne Stadt, offenbarte sich ihm zumindest von seinem Hotelzimmer aus: sanfte grüne Hügel, übersät mit kleinen Häusern, erstreckten sich bis zum Horizont. Die Luft war klar, der Lärm gedämpft, und wohin sein Blick auch fiel, entdeckte er Bananenstauden mit ihren majestätischen Blättern. Hier ragte kein Gebäude höher als zwei oder drei Stockwerke empor.

Die Art und Weise, wie sich die Straßen und Häuser an die Hügel schmiegten, verlieh der Stadt den Charme einer Miniaturwelt. Es war bedauerlich, dass er nicht die Möglichkeit hatte, durch die verwinkelten Gassen zu schlendern, die Menschen zu beobachten und an einem gemütlichen Ort einen Kaffee oder ein erfrischendes Bier zu genießen.

Noch war es am frühen Morgen kühl, doch es war abzusehen, dass es gegen Mittag hier ebenso warm und schwül werden würde.

Dieser Moment war das Ergebnis langer Arbeit von Bobby Brown. Mit seinen 28 Jahren war er bereits weit gekommen. Aufgewachsen in der Bronx, hatte er sich mit 17 freiwillig bei den Marines gemeldet. Für einen jungen schwarzen Mann war er beachtlich gewachsen, mit seinen

1,90 Metern Körpergröße und den kräftigen, gut definierten Muskeln. Den Kopf trug er nahezu kahl, sein kleiner Oberlippenbart war schon lange abrasiert. Doch für diese Mission musste er nicht nur seinen Körper trainieren, sondern vor allem seinen Geist. Fast sechs Monate lang hatte er intensiv »studiert«.

Bobby Brown begann damit, seinen kleinen Koffer auszupacken.

Der alte Professor hatte ihm gesagt: »Bobby, ich habe dir all dies erzählt, damit du verstehst, dass es um eine reiche menschliche Kultur geht, eine uralte Kultur. Und dieses kulturelle Erbe liegt in deinen Händen.« Der alte Professor - stets in großen Dimensionen und historischen Zusammenhängen denkend. Bobby mochte ihn seit ihrem ersten Treffen. Noch jetzt zauberte allein der Gedanke an ihn ein Schmunzeln auf Bobbys Lippen.

Der Professor und er - sie hatten Tage und Wochen miteinander verbracht. Zuerst in einem Ausbildungszentrum nahe Baltimore, in der Nähe von Washington, und später, was noch schöner war, in der Nähe von Miami, in dem herrlichen Haus des Professors in Florida. Ein beeindruckendes Anwesen, und der Professor selbst war ein faszinierender Mann. Er besaß ein schier endloses Wissen und die seltene Fähigkeit, dieses Wissen wie ein begnadeter Geschichtenerzähler weiterzugeben.

Afrika, dachte Bobby, dieser Kontinent ist meine Bestimmung. Irgendwo hierhin gehöre ich. In seinen fast runden, braunen Augen spiegelte sich ein Hauch von Melancholie wider. Seitdem ich auf eigenen Füßen stehe, habe ich mich hauptsächlich mit Afrika beschäftigt. Stolz verdrängte die Melancholie.

Durch die Fensterscheibe seines Hotelzimmers beobachtete Bobby Brown mit seinen Augen den dünnen Rauch, der sich langsam vom gegenüberliegenden Hügel gen Himmel schlängelte.

Der Tag erwachte. Überall, wohin er blickte, stiegen ähnliche Rauchwolken auf. So sieht Freiheit aus, dachte Bobby Brown.

»Du gehörst zu einer seltsamen Elite«, hatte der Professor neulich beim Abendessen gesagt. »Du bist kein Intellektueller, obwohl du unglaublich intelligent bist. Du weißt mehr über Waffen und Technologie als die meisten Ingenieure, bist aber kein Konstrukteur.«

Dann hatte der Professor das entscheidende Wort ausgesprochen: »Du bist eine perfekte Mordmaschine - clever, perfekt ausgebildet, körperlich fit und entschlossen, alles richtig zu machen.«

Und Bobby Brown hatte noch einen Vorteil: Er kannte keinen Schmerz. Mit seinen Händen erkundete er seinen muskulösen Rücken. Er spürte die Narbe, die wie ein erhobener Streifen quer über seinen Rücken verlief, knapp über dem Steißbein. Hier hatte ihn eine Granate gestreift und seine Nervenfasern zerrissen. Zum Glück waren nicht alle Nerven betroffen, sonst hätten ihn die Ärzte nicht wieder zusammenflicken können. Doch Somalia hatte seine Spuren hinterlassen, nicht nur auf seinem Rücken.

Diesmal würde alles anders sein.

Wie ein gefangener Tiger schritt Bobby Brown unruhig vor der Fensterfront seines Hotelzimmers auf und ab. Seine militärischen Ausbilder hatten ihn vor allem im Nahkampf geschult, Mann gegen Mann, mit der Pistole und vor allem mit dem Messer. Und dann das unermüdliche Studium der Landkarten. Er kannte dieses Gebiet in- und auswendig, jeden Winkel, jeden Pfad und jede Wasserquelle.

»Wasser ist der Schlüssel zum Erfolg«, hatte Major Tom Atkinson, der sich als sein strategischer Ausbilder vorgestellt hatte, immer betont. «Im Buschkrieg wirst du deinen Feind immer finden, wenn du weißt, wo sich die nächste Wasserquelle befindet. Denn dorthin wird er kommen.« Wasser könne man überall finden, doch ohne sauberes Wasser könne niemand überleben, auch nicht die marodierenden Buschkrieger.

Bobby Brown wandte sich vom Fenster ab und begab sich ins Badezimmer. Er hatte Zeit. Sein Einsatz sollte erst in der kommenden Nacht beginnen. Und da ihm niemand sagen konnte, wie lange er in der Wildnis unterwegs sein würde, wie sie alle betont hatten, beschloss er, nun die Annehmlichkeiten der Zivilisation in vollen Zügen zu genießen.

Er schüttelte die Flasche mit dem Rasierschaum und ließ eine Handvoll der weißen Masse in seine linke Hand spritzen. Der Wasserhahn, auf dem »chaud« stand, war bis zum Anschlag geöffnet. Das Wasser wurde zwar nicht wirklich heiß, aber zumindest etwas wärmer. Er stellte den Rasierschaum auf den Beckenrand und benetzte sein Gesicht mit seiner rechten Hand. Dann verteilte er genüsslich den Schaum auf seinen Wangen und seinem Hals.

Vorsichtig begann er, seine Wangen mit dem Einwegrasierer glatt zu rasieren.

Plötzlich durchdrang das Telefon auf dem Nachttisch den Raum mit schrillen Tönen.

Bobby Brown wischte sich den Schaum von seiner linken Wange und eilte zum Telefon.

»Hallo«, sagte er in den Hörer.

»Es bin ich«, erklang eine Frauenstimme. »Alles in Ordnung?«

»Und wer genau bist du?«, fragte Bobby Brown erstaunt zurück.

Für einige Sekunden herrschte Stille am anderen Ende der Leitung.

»Ich bin Julie, erinnerst du dich nicht mehr? Ich bin deine Kontaktperson bei den Vereinten Nationen.«

Bobby Browns Gedanken ratterten wie ein Computer. Julie, wer zum Teufel war diese Julie? Und wie zur Hölle

16

wusste jemand, dass er sich hier in seinem Hotelzimmer aufhielt? Und dann dieses Gerede über die UN. Etwas stimmte an der Sache nicht.

Richtig war jedoch, dass Bobby Brown offiziell als US-Militärbeobachter nach Ruanda gereist war. In seinen Papieren stand, dass er den Blauhelmen der UN bei ihrer Mission helfen sollte, Menschenrechtsverletzungen aufzudecken und zu verhindern. Immerhin tobte ein Krieg in den Großen Seen und die UN wollte nicht noch einmal versagen, wie sie es 1994 während des Völkermords in Ruanda getan hatte. Also war Bobby Brown offiziell im Dienst der UN als Militärbeobachter tätig.

Aber was hatte es mit Julie auf sich? Wer zur Hölle war diese Frau?

Niemand außer dem Militärattaché der US-Botschaft war offiziell über Bobby Browns Anwesenheit in Kigali, der Hauptstadt Ruandas, informiert.

Moment mal, fiel ihm ein, bei der Einreise hatte er mit dem Fahrer des Botschaftswagens gesprochen. Dieser hatte versucht, ein Gespräch anzufangen: »Unterwegs für die UN, was?« Der Mann war kein Amerikaner, sondern ein Einheimischer.

Bobby Brown hatte nur mit einem »Ja« geantwortet. Alles andere wäre nicht nur unhöflich, sondern auch verdächtig gewesen. Auch im Hotel hatte niemand Fragen gestellt. Der Fahrer war zur Rezeption gegangen, kurz mit der jungen Frau gesprochen und dann mit einem Schlüssel zurückgekommen.

»Schönes Zimmer, kenne ich, Nummer 248«, hatte er mit stolzem Grinsen den Schlüssel hochgehalten.

Dann waren sie mit dem Aufzug nach oben gefahren. Der Fahrer hatte seinen Rucksack auf dem Bett abgelegt. Als Bobby Brown ihm Trinkgeld geben wollte, hatte der Fahrer es brüsk abgelehnt. »Hey Kumpel, wir arbeiten für dieselbe Organisation.« Wenn er nur wüsste. Bobby Brown hatte knapp mit einem »Okay« geantwortet.

Seitdem hatte er mit keiner einzigen Seele gesprochen. So lauteten seine Anweisungen. Einreise nach Kigali, Transfer ins Hotel, im Zimmer bleiben bis zur Dunkelheit, dann Kontakt aufnehmen und die Grenze überqueren.

Wer zum Teufel war also Julie?

»Sorry, ich kenne Sie nicht«, sagte Bobby Brown ins Telefon und legte auf.

Und nun? Wahrscheinlich nur falsch verbunden. Das Hotel musste voll sein mit UN-Personal oder Journalisten. Vermutlich hatte sich die Rezeption nur in der Zimmer-Nummer geirrt.

Bobby Brown musterte sich selbst im Spiegel, der neben dem kleinen Schreibtisch an der Wand hing. Kein Gramm zu viel, er ließ den Gummi seiner Unterhose an seine Lenden knallen. Gut durchtrainiert, da konnte er sich schon zwei Eier zum Frühstück leisten. Frühstück, das war überhaupt die Idee.

Er wählte die Nummer der Rezeption. Schon nach zweimal Klingeln hörte er die rauchige Stimme des Portiers.

»Rezeption Mille Colline, Sie wünschen?«

»Ich hätte gern Frühstück, aufs Zimmer, Nummer 248. Bitte mit Café, zwei Spiegeleier und einen Orangensaft.«

»Möchten Sie die Spiegeleier mit Schinken oder Speck?«

»Bitte mit Speck, und gut durch. Und stellen Sie mir noch eine Flasche Wasser mit auf das Tablett. Danke!«

Das wird ein guter Tag, dachte sich Bobby Brown. Ein gutes Frühstück konnte einen guten Tag machen. Er würde sich auf den Balkon setzen, den Kaffee schlürfen, die Eier essen und dabei noch einmal die offizielle Akte lesen.

Bobby Brown holte die schwarze Trainingshose aus seinem Rucksack und zog sie an. Er hasste es, in Unterhose zu frühstücken. Mein Henkers-Frühstück, dachte er laut, also muss ich es genießen.

Schon wieder klingelte das Telefon.

»Ja?«

»Hier ist nochmal Julie! Sag´ jetzt nichts, ich komme einfach rauf, dann wirst du mich erkennen und wir können sprechen.«

Bevor er antworten konnte, hatte sie aufgelegt.

Verdammt, irgendetwas stimmte da nicht. Er würde einfach nicht aufmachen.

Wie eine aufgescheuchte Katze sprang Bobby Brown über das Bett in Richtung Tür. Er hatte sich richtig erinnert: Die Tür hatte einen Spion. Das würde helfen. Schade nur um das Frühstück. Wenn das jetzt käme, könnte er nicht aufmachen. Aber es würde nichts machen, er könnte sich ja in einer halben Stunde nochmals Frühstück bestellen. Hotels waren nachsichtig.

Bobby Brown konnte seinen Pulsschlag in den Ohren hören. Außer dem orangefarbenen Teppichboden und der gegenüberliegenden Zimmertür konnte er nichts durch den Spion entdecken.

Ob alles nur blinder Alarm war?

Doch jetzt kam jemand den Gang entlang. Oh nein! Der Zimmerservice. Vielleicht wurde das ja doch kein so guter Tag heute.

Der kleine schwarze Kellner mit dem breiten Gesicht balanciert das Tablett mit königlicher Eleganz. Unter der silberfarbenen Haube konnte Bobby Brown die Spiegeleier förmlich riechen.

Der Kellner klopfte an der Tür.

Er schaute geradewegs in den Spion hinein in die Augen des Amerikaners. Als Bobby Brown nicht antwortete, klopfte der Kellner nochmals und rief: »Zimmerservice, Ihr Frühstück, Sir!«

Schade drum. Geht jetzt nicht, kleiner Mann, musst später wiederkommen.

Der Kellner blieb hartnäckig. Er klopfte nochmals.

»Zimmerservice, ihr Frühstück, Sir!«

Bobby Brown schaute durch den Spion direkt in die Augen des Kellners.

»Na geh schon«, flüsterte er leise vor sich hin. Als ob er etwas gehört hätte, legte der Kellner sein Ohr an die Tür. Nichts zu hören. Bobby Brown stand wie angewurzelt.

Schließlich stellte der Kellner das Tablett direkt vor die Tür, klopfte noch einmal und rief: »Ich habe ihr Frühstück vor die Zimmertür gestellt, Sir! Guten Appetit.«

Dann drehte er sich um und verschwand.

Bowie Brown dachte nur kurz daran, sich das Frühstück schnell ins Zimmer rein zu holen. Aber er hatte den Gedanken noch nicht ganz zu Ende gedacht, da klopfte es abermals an seiner Tür.

»Ich komme rein«, rief die Stimme vom Telefon.

Sie war wirklich gekommen.

Bobby schaute durch den Spion.

Hoppla, die Frau sah wirklich gut aus: groß, schlank, deutliche Taille und oben herum nicht zu wenig. Die klaren Gesichtszüge unter der dunklen Haut ließen auf eine Tutsi schließen, die Ethnie, die seit Ende des Bürgerkrieges in Ruanda das Sagen hatte.

Eine komplizierte Geschichte, das Hin und Her zwischen Hutu und Tutsi hier im Gebiet der Großen Seen. Vereinfacht konnte man sagen: Die Hutu waren die Kleinen, die Unterdrückten, die Bauern, die die Arbeit machen mussten. Und die groß-gewachsenen Tutsi waren die Könige, die Viehbesitzer, die Chefs, die Krieger.

Nur dass dann am Ende der Kolonialzeit sich alles auf den Kopf drehte, die Hutu die Macht übernahmen und die Tutsi um ihr Leben rennen mussten. Viele, ja die meisten gingen aus dem Land. Diejenigen Tutsi, die blieben, bekamen einen Stempel in ihren Pass und waren sich ihres Lebens nie sicher.

Der alte Professor hatte Bobby Brown die viel kompliziertere Geschichte rauf und runter erzählt.

In den Nachbarländern hatten sich die Tutsi zunächst niedergelassen. Eine Rebellenarmee hatte sich in Uganda gebildet, Exil-Tutsi aus Amerika hatten Geld geschickt. Und als dann das große Morden nach dem Abschuss der Präsidenten-Maschine über Kigali losgegangen war, marschierten die Rebellen der Tutsi so schnell sie konnten über die Grenze, um ihresgleichen das Leben zu retten.

Denn die Hutus waren organisiert gegen jeden Tutsi und jeden Demokraten mit Macheten losgegangen und hatten Zehntausende nach einigen Tagen, am Ende des Bürgerkrieges nach 100 Tagen vermutlich mehr als eine Million Menschen umgebracht.

Aber jetzt stand eine Tutsi vor seiner Tür und machte sich am Schloss zu schaffen.

Bobby Brown reagierte instinktiv. Er zog sich ins Badezimmer zurück und suchte in seinem Waschbeutel nach dem Kampfmesser.

Die Zimmertür öffnete sich.

»Keiner zu Hause?« Die Frau, die sich am Telefon Julie genannt hatte, trug das Tablett ins Zimmer und schloss die Tür.

»Ich stelle das Frühstück auf das Bett, kannst fertig duschen - oder die Zähne putzen.«

Bobby Brown gab sich geschlagen.

»Okay, was soll das ganze Theater?«

Er hatte beschlossen, den Dummen zu spielen. Wahrscheinlich war das nur irgendeine Nutte, die von ihren

Informanten am Hotel Desk den Tipp bekommen hatte, dass ein einzelner Mann abgestiegen war im Hotel.

»Ich bin Julie«, sagte die attraktive Frau und kann mit ausgestreckter Hand auf ihn zu. »Ich bin der vereinbarte Kontakt.«

Bobby Brown konnte nicht anders, er gab ihr die Hand und fühlte die langen knochigen Finger und die warme Haut in seiner Hand.

»Sorry, Julie, aber ich suche keinen Kontakt, auch wenn sie sehr attraktiv sind.«

Ein Zucken durchzuckte die hohe Stirn der Frau, die beinahe genauso groß war wie Bobby Brown. Ihre Augen verengten sich und schienen ihn förmlich zu durchbohren.

»Dann kannst du wohl meine Hand loslassen, GI. Zieh deine Uniform an, ich werde Dich zu deinem Posten bringen.«

Bobby Brown musste wohl äußerst verwirrt ausgesehen haben, denn Julie, oder wie auch immer diese Frau wirklich hieß, begann plötzlich laut zu lachen.

»Zieh das hier an, Cowboy, und dann frühstücke erstmal. Die Pläne haben sich geändert. Wir müssen früher los, nicht erst heute Nacht. Und ich wäre beinahe vergessen: Das Codewort lautet Hima Zwei! Klingelt es jetzt bei Dir?«

Lief hier alles schief oder bildete er sich das nur ein?

Die atemberaubend schöne Frau hatte gerade das vorab vereinbarte Codewort seines Kontakts nachts ausgesprochen.

Bobby Brown fühlte sich ziemlich dämlich.

Das war keine gewöhnliche Frau, das war der offizielle Kontakt zu den Rebellen!

»Major Gitenga?«, sagte er unsicher.

»Ja, Sir, das bin ich. Jetzt ziehen Sie sich endlich an, bevor ich auf dumme Gedanken komme. Sie haben verdammt gute Körpermaße.«

Bobby Brown zuckte mit den Schultern.

»Dafür müsste ich an Ihnen vorbei. Meine Uniform hängt im Zimmer. Und danke für das Kompliment.«

Jetzt hatte er sie erwischt. War da nicht ein Hauch von Röte auf ihren Wangen zu sehen? Ganz bewusst strich er mit seinem nackten Oberkörper an ihrem Rücken entlang und ging ins Zimmer.

»Wie geplant, die UN-Uniform?«, fragte Bobby Brown und holte die Uniform aus dem Kleiderschrank.

Die Frau stand im Türrahmen.

»Alles verläuft nach Plan. Ja, die UN-Uniform. Ich werde Sie zur Grenze bringen. Und bitte vergessen Sie Ihre Papiere nicht. Wir werden auf dem Weg einige Kontrollen haben. Solange Sie sich in Ruanda aufhalten, seien Sie ein braver amerikanischer Militärbeobachter im Dienst der UN. Was Sie im Kongo tun werden, liegt außerhalb meines Wissens. Mein Job endet an der Grenze, dort werden wir erwartet.«

Bobby Brown zog sein Hemd an, knüpfte es zu und bat dann mit einem deutlichen Blick an Julie, sie solle sich umdrehen, damit er seine Trainingshose aus und die Uniformhose anziehen könne. Zwischen den Kleidungsstücken schnappte er sich erst das eine Ei, schlürfte ein wenig am Kaffee und verschlang vor dem zweiten Ei das Brötchen. Wer wusste schon, wann er wieder so ein leckeres Frühstück serviert bekäme?

»Madame, fertig angezogen, bereit zum Abmarsch, hoffe Sie bald wiederzusehen in einem ähnlichen Zimmer!«

Sie war schnell. Und ihr Schlag war hart. Die Ohrfeige hatte gesessen.

»Keine Unverschämtheiten, mein Dienstgrad ist höher, und außerdem sind Sie Gast in meinem Land.«

Julie drehte sich um und ging zur Tür. Mit der Hand am Türknauf drehte sie sich um und sagte mit einem zweideutigen Lächeln um den Mund herum:

»Lust hätte ich schon gehabt, aber die Zeit fehlt uns!«

Sie öffnete die Tür, winkte ihm ihr zu folgen und ging los.

Bobby Brown schmiss seine Habseligkeiten auf dem Weg aus dem Zimmer in den Rucksack und folgte den schnellen Schritten von Julie.

»Ausgecheckt sind Sie schon«, sagte sie, kurz bevor sich die Aufzugtüren öffneten und sie beide beim Portier am Desk vorbei marschierten durch die Tür hinaus ins Freie. Die Taxifahrer ignorierend gingen sie hin zu einem Toyota Jeep in Dunkelgrün mit weißem Dach, so wie das Militär in Ruanda gerne seine Autos lackierte.

Erst jetzt fiel Bobby Brown auf, dass Julie Uniform trug.

UNSER MANN IN NAIROBI

Der Aktenordner in seiner Aktentasche lastete schwer wie ein Ziegelstein. Während Philip Bender mit bedächtigen Schritten zu seinem Wagen auf dem Parkplatz ging, versuchte er mühsam, mit seiner rechten Hand in die linke Hosentasche zu gelangen.

Warum hatte er nur diese dumme Gewohnheit, fragte er sich. Immer trug er alles in seiner linken Hand und steckte die wichtigen Kleinigkeiten stets in die linke Hosentasche. Dadurch konnte er nicht bequem mit seiner Hand in die Tasche greifen. Denn in seiner Hand trug er diese verflucht schwere Aktentasche. So oft hatte er sich bereits vorgenommen, diese dumme Angewohnheit zu ändern. Jetzt, hier und heute, hatte er sich jedes Mal aufs Neue geschworen. Aber außer guten Absichten war nichts gelungen. Ob Autoschlüssel, Handy oder eben dieses verflixte Taschentuch: Immer landete alles Wichtige in seiner linken Hosentasche.

So war er nun einmal: beständig, unflexibel, ein Sklave der Gewohnheit. Andere würden ihn wohl als typischen Beamten bezeichnen. Deshalb funktionierte es auch nicht mit dem Abnehmen oder dem regelmäßigen Besuch des Fitnessstudios.

Das Leben war gnadenlos zu ihm.

Endlich gelang es Philip Bender, mit zwei Fingern vorsichtig das Taschentuch aus der Hosentasche zu ziehen. Er tupfte sich damit den Schweiß von der Stirn, trocknete seinen Nacken ab und betrachtete das Durcheinander auf dem Tuch: Schweiß, bräunlich-rot vom allgegenwärtigen Laterit-Staub. Es schien, als bestünde ganz Afrika aus diesem Staub.

Vielleicht war er einfach schon zu lange auf diesem Kontinent. Immer öfter ertappte er sich dabei, wutig zu werden über Dinge, die ganz normal waren hier in Nairobi, Kenias Hauptstadt, in der er nun schon mehr als fünf Jahre lebte.

Eigentlich ging es ihm doch gut. Er lebte in einem großen Haus, jedes seiner zwei Kinder hatte ein eigenes Zimmer, sogar ein Bad für sich. Seine Frau fuhr ihr eigenes Auto. Und nicht zu vergessen: Sie hatten einen Koch, einen Gärtner, und er hatte seit kurzem eine Freundin, dunkelhäutig und feurig. Den Swimmingpool hatte er noch vergessen. All das zusammen könnte er sich in Deutschland nie leisten.

Sein Mitsubishi-Geländewagen stand gottlob im Schatten. Über das ganze Auto hatte sich wie Puderzucker feiner Staub gelegt. Schade, heute Morgen hatte der Wagen noch so sauber ausgesehen. Odinga, der Gärtner, hatte ihn gleich nach Sonnenaufgang mit viel Wasser und einem alten Frottee-Handtuch gewaschen.

Das Schloss knarzte ein wenig, als Philip Bender den Schlüssel darin umdrehte, die Tür quietschte, als er sie öffnete. Staub an allen Orten. So war das eben während der kurzen Trockenzeit Ende August, Anfang September. Das Leben in den Tropen hatte seine staubigen Seiten.

Aber die ersten Wolken waren am licht-blauen Himmel schon zu erkennen. Bald würde der Regen kommen und die ständige Aggression aus der Stadt, den Menschen und ihm selbst wieder herauswaschen. Erst der Regen, und in drei Wochen dann der Heimatflug! So war das bisher jedes Jahr gewesen.

Aus dem Heimatflug würde dieses Jahr wohl nichts werden. Die Akten in seiner Tasche deuteten auf einen arbeitsamen Herbst hin. Was wohl wirklich dahinter steckte?

Markus Metzler, sein Chef, hatte sich viel Zeit genommen, ihn einzuschwören. Und dann der ungewöhnliche Schritt, ihm die gesamten Akten über den Schreibtisch zu schieben und zu sagen: »Lesen Sie, lesen Sie sie in Ruhe - und sagen Sie mir Ihre Meinung, ungeschminkt und ehrlich.«

Klar, wenn es komplizierter war als lockere Gespräche bei Stehempfängen oder langen Treffen beim Mittagessen mit einigen Gläschen Weins, dann schob ihm Markus Metzler die meisten Fälle rüber.

Eine Zwei-Mann-Show waren sie hier in Nairobi, Agentenalltag beim BND, dem deutschen Auslands-Geheimdienst. Jeden Tag ein Bericht nach Pullach ans Afrika-Desk und dann die Zeitungen lesen, Kollegen von der eigenen Botschaft aushorchen oder befreundete Diplomaten treffen.

James Bond auf Deutsch. Ganz selten kam es zu Kontakten mit kenianischen Politikern. Nur er, Philip Bender, hatte sich unregelmäßig mit deutschen Journalisten und anderen Kontakten getroffen, zum Beispiel den Typen aus Ruanda, die hier in Nairobi lebten, oder den Rebellenkerlen aus dem Südsudan. Auch die wohnten hinten im Stadtteil Lavington. Schließlich mussten sie beide, er und Markus Metzler, hier von Nairobi aus das ganze östliche Afrika abdecken.

Zumindest theoretisch, hatte ihm Markus Metzler gesagt, als Philip Bender zum ersten Mal in sein Büro gekommen war und noch voller Abenteuerlust bebte. Ein großer Schreibtisch, »Tropenholz«, hatte ihn sein neuer Chef mit Augenzwinkern aufgeklärt, ein bequemer, dicker Lederstuhl dahinter. Und das wichtigste, eine zweite Klimaanlage an der Steckdose. »Habe ich mir privat gekauft. Die Hausinterne schafft die Hitze an heißen Tagen einfach nicht aus dem Zimmer«, lachte Markus Metzler und versuchte, vielsagend und geheimnisvoll zu schauen.

Kaum Bücher, nur wenige Aktenordner, dafür eine große Landkarte Afrikas und ein Plakat vom Starnberger See auf Holz gezogen. »Und schlagen sie sich eines aus dem Kopf: gereist wird nicht, viel zu teuer.«

Was Markus Metzler den ganzen Tag in diesem nichts sagenden Büro machte, konnte sich nicht einmal Philip Bender ausmalen. Der machte nichts. Zu diesem Schluss kam er immer wieder. Der Alte wartete nur darauf, sein Rentenalter zu erreichen. Er wollte sich bis dahin nichts zuschulden kommen lassen und sich dann zur Ruhe setzen, irgendwo in der Nähe des Starnberger Sees, wie Markus Metzler immer gerne jovial brüllte und ihm dabei mit seiner rechten Pratze auf die Schulter klopfte und anschließend grunzte: »Wir Bayern.«

Philip Bender war verzweifelt. Ausgerechnet jetzt, wo er so gerne konkrete Pläne für seinen Heimaturlaub machen wollte, so eine Vermutung. Was hieß Vermutung! Da war wirklich was im Gange.

Zumindest hatte er noch nie so viel Aktenlage von Markus Metzler auf einen Schlag erhalten, ein Gemisch von Botschaftsunterlagen bis hin zu geheimen Satellitenaufnahmen, hatte Markus Metzler fast ehrwürdig geflüstert. »Die stammen von den Amerikanern - und sie wissen, was das heißt, wenn die sie freiwillig herausgeben: Dann brennt es bereits lichterloh!«

Endlich begann die Klimaanlage des Geländewagens, kühle Luft auszuspucken. Philip Bender atmete tief durch. Das würde eine lange Nacht werden.

HUNGER ALS WAFFE

Das war der Geruch von Menschen, vieler Menschen, die einfach nur überleben wollten. Schon für das Auge war es schwer, sich zurechtzufinden. Ein Gewirr aus Zeltplanen, Schutzwänden aus frischen Ästen mit den blauen Plastikplanen des Flüchtlingswerks der UNO als Behelfsdächer, kaputte Plastikeimer, leere Konservendosen als Geschirr, dazwischen Menschen, Kinder, Frauen, kaum Männer, das fiel auf.

Dann suchte die Nase Orientierung. Aber was sie auffangen konnte, war der Geruch der Vorhölle. Menschen in Not, dann noch in Massen, das verbreitet einen säuerlichen Gestank, der sich überall festsetzt, in den Haaren, in der Nase, auf der Kleidung und auch an deinen eigenen Händen.

Michael Baumann hoffte diesen Geruch nicht mehr einatmen zu müssen. Aber auf diesem Kontinent gehörten Flüchtlingscamps immer wieder zur Wirklichkeit. Wenn ein Schwaden blau-grauer Rauch einer Feuerstelle sich ausbreitete, war dieses üble Abgas der Holzkohle samt feuchten Ästen noch ein Wohlgeruch, der einen durchatmen ließ. Wie konnte man hier überleben? In den Camps hofften die Menschen nicht nur auf Essen und Wasser, sie hofften vor allem auf Sicherheit vor denen, die sie vertrieben hatten, vor denen sie weggelaufen waren.

Ortstermin im Vorhof der Hölle, nur ein paar Kilometer südlich der Hafenstadt Uvira, wo das Schiff MS Liemba angelegt hatte. Hier waren also die Flüchtlinge, die Baumann gesucht hatte. Der Blick der blinden Frau konnte einen erbarmen. Ihr linkes Auge war nichts mehr als eine milchige Gallertmasse. Trübe und undurchdringlich starr auf ihr Gegenüber gerichtet, als ob Alphomine Mukandamage versuchte, den Geräuschen und Worten um sie herum mit den Augen zu folgen. Sie wollte nicht aufgeben, zu erkennen und zu sehen. Aber es war hoffnungslos. Der rechte Augapfel schien nach einer Entzündung eingetrocknet zu sein. Er war bis zur Unkenntlichkeit geschrumpft, in der Augenhöhle verschwunden. Wie diese Frau es wohl geschafft hatte, bis hierher ins Flüchtlingscamp zu gelangen? Der kleine Junge mit der triefenden Nase war ihr einziges Kind. Der kleine Kerl führte seine Mutter noch immer sicher durch die matschigen Gassen zwischen den Zelten und Hütten. Die beiden waren allein. Sie gaben nicht auf.

»Woher kommen Sie«, fragte Baumann. Gut, dass der UNO-Mann Bryan, der Ire, ihm geholfen hatte und ihm Louisa als Dolmetscherin mitgegeben hatte. Louisa war eine freiwillige Helferin des UNHCR aus Uvira. Für ein paar Dollar am Tag half sie aus. Die junge Frau konnte Kiruanda, die Sprache der Menschen in Ruanda, egal, ob Tutsi oder Hutu. Denn diese Menschen hier sprachen kein Französisch, ihre ererbte Kolonialsprache, von Englisch ganz zu schweigen. Und Michael Baumann mit seinen wenigen Brocken Swahili kam bei den Gesprächen allein auf sich gestellt nicht weit.

»Ich bin ein Wa Gazeti«, stellte er sich immer als Journalist vor. Aber dann übernahm Louisa das Übersetzen. Sie war, so hatte ihm Bryan mit auf den Weg gegeben, eine Banyamulenge, also eher auch eine Tutsi, aber dann doch wieder keine so richtige. Die Banyamulenge waren eine komplizierte Untergruppe, die schon seit langem hier im Süden des Ost-Kongos lebte. Aber Lousia sprach Kiruanda. Das war Gold wert, auch, dass er, Baumann, eine der ihren, eine Einheimische an seiner Seite hatte. Weit und breit war Michael Baumann das einzige Weißgesicht hier unter den Hunderten von Afrikanern.

Die blinde Frau Alphomine Mukandamage war eine Hutu. Sie erzählte Louisa auch ohne Baumanns weitere Nachfragen, dass sie aus Ruanda geflohen sei, als die Tutsi die Macht dort übernommen hätten. Aber jetzt würden

»diese Tutsi« im Zaire Jagd machen auf ihresgleichen. Sie hätten ihre Hütte in einem kleinen Dorf geflohener Hutu niedergebrannt, viele Männer erschossen, und die Frauen und Kinder dann aufgefordert, sofort nach Ruanda zurückzukehren.

»Aber wer sind diese Tutsi«, fragte Baumann nach? Und auch Alphomine Mukandamage erzählte wieder dieses wirre Zeug, das sie ihm bis jetzt fast alle als Erklärung gegeben hatten. Das seien marodierende Banden hier aus dem Zaire, dabei seien auch immer wieder Soldaten aus Ruanda gewesen. Die hätten Befehle geschrien, alle rumkommandiert. Diese Soldaten hätten auch die Gewehre gehabt, mit denen sie die Männer erschossen hätten.

Hatte also Bender, der BND-Mann in Nairobi, ihm den richtigen Floh ins Ohr gesetzt? Die Amis behaupteten, hatte Bender mehrfach wiederholt, dass die Ruandesen diese Rebellion im Ost-Zaire anfachen würden, um die Grenzregion von Hutu und deren Milizen zu säubern. Auf die Frage, wo denn die Hutu-Milizen seien, warum die sie nicht schützten, hatte Baumann von keinem seiner Befragten eine klare Antwort bekommen. Der eine alte Mann, den er aufgetrieben hatte, meinte gar, es gebe keine Hutu-Milizen. Er war wahrscheinlich selber ein Milizionär gewesen. Die anderen hatten sich bei dieser Frage einfach stumm oder blöd gestellt.

Baumann deutete Louisa mit dem Kopf an, dass er das Interview beenden wollte. Sie gingen beide, über Pfützen springend, durch den matschigen Untergrund dieses spontanen Flüchtlingscamps zurück zu den beiden großen Zelten, auf denen das Rote Kreuz prangte. Baumann wollte sich noch mit einigen der Helfer hier unterhalten. Auf keinen Fall wollte er verpassen, rechtzeitig wieder beim UNHCR-Zelt am Eingang des Camps Bryan zu treffen, der ihm versprochen hatte: »Ich fahre nicht ohne dich zurück.«

Vor dem Ambulanzzelt standen dutzende Flüchtlinge brav in der Reihe. Als Baumann an ihnen vorbei ging, schauten sie ihn alle mit großen Augen hoffnungsvoll an. Das machte den Journalisten nach all den Jahren als Afrika-Korrespondent immer noch fertig, dass er mit seinem kleinen Block und Kugelschreiber mitten durchs Elend watete und keinem hier schnell und spontan helfen konnte. Dies war schon eine seine ersten Erfahrungen damals 1992 in Somalia während der Hungerkatastrophe gewesen. Daran hatte sich all die Jahre nichts geändert.

Bei all den Stationen, bei denen es immer wieder um Flüchtlinge oder Krankheiten oder schlicht Hunger gegangen war, kam er sich so unnütz und eher lästig vor mit seinen Fragen und seinem Kugelschreiber. Aber, dachte er sich dann immer zur Eigenmotivation, wenn keiner darüber schreibt, wird es noch weniger Interesse, noch weniger schlechtes Gewissen bei uns Zuhause in Deutschland geben.

Die meisten Menschen auf dieser Welt mussten immer wieder um ihr Überleben bangen. Ohne die teilweise unmenschliche Aufopferungsbereitschaft von Organisationen wie der Ärzte ohne Grenzen oder ähnlichen NGOs würden den Frauen und Kindern in dieser Reihe auch niemand zu Hilfe kommen. Der UNHCR baute die wackelige Infrastruktur oder karrte Essen an entlegene Orte, aber es waren diese privaten Helfer, die unmittelbar Leben retteten.

»Da schau her, was machst du denn hier?« Die tiefe Stimme kannte Michael Baumann. Im Zelt stand hinter dem lokalen Helfer am Holztisch, der als erstes die Namen und Sorgen der Patienten aufnahm, tatsächlich sein Freund Douglas McFarland. »Baumann ist da, wo es brennt«, spottete der Journalist zurück. Dann gaben sich beide fest die Hand.

Douglas McFarland arbeitete für eine christliche Hilfsorganisation, ursprünglich mal eine deutsche Gründung für Hilfe speziell für behinderte Menschen, Blinde, Bein- oder Arm-Amputierte. Douglas McFarland war deren Chef in Ost- und Zentralafrika. Baumann und McFarland hatte von ihrem ersten zufällig Treffen an eine tiefe gegenseitige Sympathie zusammengebunden, obwohl Douglas McFarland gleich offen gesagt hatte: »Ich mag Journalisten eigentlich nicht.«

Das war auf dem Flughafen in Ruandas Hauptstadt Kigali gewesen. Baumann war auf der Suche nach einer Mitfluggelegenheit zurück nach Nairobi gewesen. Der Bürgerkrieg und Völkermord der Hutu gegen die Tutsi hatte seinen Höhepunkt erreicht. Es war im Frühsommer 1994. Und der Typ, der ihm gerade eine Cola öffnete und anbot, war damals mit seinem kleinen Bunsenbrenner unter der Tragfläche einer Cessna Caravan in der Hocke gesessen und hatte sich Wasser heiß gemacht für einen Kaffee. Ein unvergessener Moment für Baumann - mit einem Bunsenbrenner unter der Tragfläche, in der die Benzintanks waren.

Aber so war Douglas McFarland. Drahtiger, etwas muskulöser als Baumann, aber ungefähr gleich alt. Er bekam keine Starterlaubnis und hatte Durst und Hunger und nichts anderes dabei als Wasser und Instantkaffee. Damals war Baumann Stunden später mit ihm heim nach Nairobi geflogen. McFarland schien die beste Option gewesen zu sein. Außerdem hatten sie sich bestens auf dem Flugfeld unterhalten, Fakten, Gerüchte und Erlebnisse ausgetauscht. Seitdem waren sie oft gemeinsam unterwegs gewesen, schon alleine, weil Douglas McFarland überall im Busch seine Krankenstationen hatte und wirklich immer jemanden kannte, der weiterhelfen konnte.

»Wer sind diese Rebellen, irgendeine Ahnung«, fragte Baumann seinen Freund, kaum, dass sie mit zwei Cola-Flaschen vor dem Zelt standen und jeden Schluck genossen. Cola war dein verlässlichster Freund in einem Flüchtlingslager, wenn du Durst bekamst. Frisches Wasser konnte dagegen gefährlich werden.

McFarland, Ire und Sohn einer Missionarsfamilie im Zaire, zögerte nicht zu antworten. »Die Leute hier sagen alle, es sind die Ruandesen, die den lokalen Milizen helfen, die Leute zu vertreiben. Zwei meiner Gesundheitsstationen haben sie auch geplündert - und leider ist auch eine meiner lokalen Krankenschwestern verletzt worden.«

»Schlimm«, fragte Baumann sofort zurück?

»Nein, nur ein oberflächlicher Schnitt mit einer Panga, am Unterarm, nicht tief. Deswegen bin ich hier, muss jetzt irgendwie zurück nach Nairobi.«

»Ich kenne Bryan vom UNHCR, mit dem bin ich per Schiff hergekommen. Wir können dich bestimmt mitnehmen.« Baumann war froh, auch mal Douglas McFarland helfen zu können. Also machten sie sich beide auf, Bryan am Eingang des Camps zu suchen. Louisa, die Dolmetscherin, bedankte sich bei Baumann, der ihr zum Abschied nicht nur die Hand gegeben hatte, sondern auch unauffällig einen 5-Dollarschein für ihre Zeit und Arbeit.

Während sie so durch den Matsch stampften, erzählte Douglas McFarland, von Weitem an seinem australischen ledernen Cowboyhut zu erkennen, Michael Baumann, wie er die Lage einschätzte. Er war jetzt schon drei Tage hier gewesen. Einhellig hätten ihm Flüchtlinge wie Helfer immer wieder erzählt, dass eine regelrechte Säuberungsaktion lief.

»Die wollen die Menschen vertreiben, die seit Ruanda hier Zuflucht gesucht haben«, sagte Douglas McFarland. Dem im Zaire geborenen Iren war ziemlich klar, dass neben lokalen Rebellengruppen es auch ruandesische Soldaten hier geben musste. »Sonst würden die nicht Kiruanda untereinander sprechen, verstehst du?«

»Und die Rebellen, wer oder was sind die«, fragte Baumann sofort zurück.

»Das muss ein seltsames Gemisch sein: Banyamulenge sind auf jeden Fall dabei. Und dann gibt es weiter unten im Süden hier in den Bergen seit Jahrzehnten so einen Typ, der sich für den eigentlichen Helden des Bürgerkrieges der 60er Jahre hält.«

Douglas McFarland lächelte verschmitzt unter seinem Oberlippenbart. Den ließ er sich gerne stehen, wenn er, wie er sagte, »im Einsatz« war. »Laurent Kabila. Aber offenbar gibt es weiter oben im Norden noch einen ganz neuen und jungen Rebellenchef, von dem ich zum ersten Mal gehört habe. Der scheint der wahre Held vieler hier im Zaire zu sein. Komm doch mit, paar Tage Nairobi, dann fliege ich zu unserer Station nach Bunia. Dort sind die Aufständischen um Kabila noch nicht. Muss mal nach dem Rechten sehen. Vielleicht erfahren wir mehr. Willst du mit?«

Baumann sagte sofort zu.

GEHEIMNISSE AFRIKAS

Philip Bender öffnete seine Aktentasche und legte die drei sandfarbenen Kladden ordentlich nebeneinander auf seinem Schreibtisch ab. Das letzte Gespräch mit Michael Baumann am Wilson Airport schwirrte noch immer in seinem Kopf herum. Also versuchte er, etwas Ordnung zu schaffen. Er stellte seine schwarze Aktentasche aus Leder rechts unter den Schreibtisch, zog den Bürosessel näher heran, setzte sich und platzierte den Block auf der Schreibunterlage. Oben rechts das Datum, die erste Zeile links für interne Notizen. Das Vorgehen war einfach. Nun musste er entscheiden, was der Journalist ihm alles gesagt hatte.

Zu viele Gedanken, alle Aussagen drehten sich immer wieder um dieselbe Sache. »Ohne Ruanda kannst du, glaube ich, nicht verstehen, was dort vor sich geht«, hatte Baumann ständig wiederholt. Und dann hatte er sich in Einzelheiten verloren. Ruanda und der Völkermord, das lag mittlerweile gut ein Jahr zurück. Baumann war mitten drin gewesen, während Bender, der Geheimagent, alles nur von seinem Büro in Nairobi rekonstruiert und eingeschätzt hatte.

Baumann, der Deutsche, hatte ihm damals sehr geholfen. Nach jeder seiner Reisen in den Völkermord hatten sie gemeinsam gegessen und gesprochen, sodass er seine Gedanken ordnen und seine Berichte mit den Erzählungen des Journalisten lebhaft gestalten konnte. Und Baumann war jetzt wieder an der Grenze zu Zaire gewesen, als es dort am Rusizifluss zu einem Schusswechsel gekommen war.

Vielleicht wäre es doch besser gewesen, Journalist zu werden? Bender träumte mal wieder vor sich hin und lehnte sich im Stuhl zurück. Baumann konnte herumreisen, mit Leuten reden, Präsidenten treffen, Rebellenführer aufspüren, ja sogar Diplomaten oder Bauern interviewen. Er kannte den ganzen Kontinent mittlerweile aus eigener Anschauung. Baumann war schon vor den Amerikanern in Somalia gewesen, kannte den meistgesuchten Kriegsherrn Aidid persönlich, war im Sudan, in Nigeria in Westafrika und an der Elfenbeinküste gewesen.

Und anscheinend verdiente so ein Journalist auch nicht schlecht. Baumann fuhr einen Range Rover, seine Frau einen zweiten, wenn auch einen etwas älteren, während Bender nur einen Geländewagen von Mitsubishi besaß. War dieses Leben also besser?

Zurück zum Problem, der Bericht musste fertiggestellt werden. Bisher war nur eines klar: Unruhen im südlichen Kivu. Flüchtlinge und Schießereien auf der Seite von Zaire. Weder Burundi noch Ruanda ließen die Flüchtlinge freiwillig auf ihr Gebiet, weil fast alle Hutus waren, also Angehörige der Ethnie aus Ruanda, die nach dem Sieg der Tutsi fliehen musste. Bender schaute in dem kleinen Ringbuch des UNHCR mit den Jahreszahlen nach.

Da stand es: »Nach der Eroberung Ruandas durch die von Tutsi geführte Ruandische Patriotische Front (RPF) waren bis August 1994 laut einer Zählung des UNHCR mehr als eine Million Hutus in die Kivu-Provinzen von Zaire geflohen. Damit war damals jeder fünfte Einwohner dort ein Flüchtling. Unter den Flüchtlingen könnten sich bis zu 100.000 der für den Völkermord verantwortlichen Génocidaires befunden haben.«

Demnach hatte das neue Regime in Kigali ein klares Eigeninteresse daran, den Konflikt jenseits der Grenze in Zaire zu halten.

Aber wer trieb die Menschen dort zur Flucht? Bender wollte gerade Baumann zitieren mit den Worten: »Wenn man fragt, wem es nützt? Da gibt es nur eine Antwort: Die Tutsi wollen die Grenzgebiete säubern, aus denen immer wieder bewaffnete Überfälle auf Ruanda verübt werden.«

In diesem Moment knallte seine Bürotür lautstark gegen die Wand, und sein Chef Markus Metzler kam, wie immer, unangekündigt und lautstark herein. »Fertig?«. Metzler stellte gleich seine einfallslose rhetorische Lieblingsfrage und setzte sich ungefragt auf den einzigen bequemen Stuhl in Benders Büro. »Sie haben doch den Baumann heute Morgen getroffen. Was sagt der dazu? Sind es die Tutsi aus Ruanda, die da Lärm machen? Oder hat unser Herr Botschafter in Kigali recht - und die sind, wie immer, unschuldig?«

Markus Metzler war ein schwieriger Chef, aber ein alter »Afrikaner«. Umschweife gab es bei ihm nicht. Neun Jahre lang hatte er als BND-Mann in Harare die Unabhängigkeit Simbabwes begleitet. Damals, das erzählte er nur zu gerne, wäre aus ihm, dem konservativen Rechtsaußen, fast ein Linker geworden. »Der Robert Mugabe war ein toller Hecht«, pflegte er gerne sein persönliches Wissen und seine guten Kontakte zum damaligen Rebellenchef in Rhodesien zu präsentieren.

Heute war Mugabe Präsident in Simbabwe und ein Despot.

Bender wählt seine Worte vorsichtig und antwortete: »Baumann hält alles für möglich.«

Metzler schnaubte kurzatmig zurück: »Was soll das heißen?«

Bender fasste kurz zusammen: »Auf jeden Fall handelt es sich hier nicht um eine rein interne Angelegenheit des Zaire. Bei den Flüchtlingen handelt es sich fast ausschließlich um Hutu. Baumann ist gerade auf dem Weg zu den Flüchtlingslagern am Tanganikasee. Aber inwieweit Ruanda selbst Truppen über die Grenze geschickt hat, weiß der Reporter auch nicht.

Allerdings hat er mir von einem Vorfall berichtet, der sich am Rusizifluss ereignet hat. Dort hat er beobachtet, wie ein ruandesischer Offizier in sein Funkgerät sprach und sofort hörte der Schusswechsel auf der anderen Seite im Zaire auf. Er glaubt, dass der Offizier den Befehl direkt übermittelt hat.«

Selbst Metzler schaute leicht verdutzt. »Aber wir haben keine Beweise, oder?«

»Nein«, antwortete Bender knapp. Er hatte gelernt, bei Metzler nicht viele Worte zu machen. »Abgesehen von den amerikanischen Unterlagen, die sie mir gestern gegeben haben, haben wir nichts.«

»Haben sie mit Baumann darüber gesprochen, dass die Amerikaner Mobutu ins Wanken bringen wollen und deshalb gerne Ruanda bei der Grenzsäuberung unterstützen möchten? Es wäre gut, wenn er öffentlich darüber spekulieren würde«, schlug Metzler vor.

Metzler liebte es, unbelegte Fakten über die Presse zu streuen, um dann Dementis zu erhalten. An den Dementis, so Metzler, könne man immer erkennen, was wirklich dahintersteckt. Schon allein die schnelle und laute Erklärung der anderen Seite, sie habe nichts damit zu tun, würde zeigen, dass man die Wahrheit angesprochen habe. Typisch Metzler, der Weltpolitiker vom Starnberger See eben.

»Habe ich, er wollte einen Kommentar dazu anbieten. Habe ihm auch erzählt, dass unsere Botschaft in Kinshasa fest davon überzeugt ist, dagegen der Botschafter in Kigali seine schützende Hand über seinen Kagame hält. Das hat ihm besonders gut gefallen.«

Bender war ein gefügiges Werkzeug für Metzlerische Kommunikationspolitik. »Gut so, sie Nestbeschmutzer. Schau´ ma mal, ob er es auch macht. Aber schreiben Sie es auf jeden Fall in die kurze Stellungnahme für Pullach rein. Die hätte ich übrigens gerne durchgelesen, bevor sie in die Heimat geht, okay?«

Metzler stand auf und schloss die Tür wieder ziemlich lautstark hinter sich.

DIE ARMEE DER LANGEN

Das ist also der Kontinent, von dem ich abstamme. Bobby Brown musste selbst schmunzeln. Nur weil er eine schwarze Haut hatte, musste er sich diesen Menschen, an denen er in dem Militärjeep vorbeifuhr, nicht irgendwie mehr oder inniger verbunden fühlen. Kigali war eine lebendige Stadt, viele Autos, für afrikanische Verhältnisse, sagte sich Bobby Brown. Die sollten aber mal alle in der Bronx leben, dann wüssten sie, was Verkehr, volle Bürgersteige und überfüllte U-Bahnen heißt.

Jetzt fiel dem US-Marine auf, wie sich der Verkehr für sie auf der Straße aufteilte, wie die Auto- und Radfahrer den Militärwagen, in dem er auf der Rückbank saß, durchfahren ließen. Hier waren Soldaten noch machtvoll. Auch wenn er selber einer war, machte ihn das dennoch stutzig. Hatte der alte Professor, bei dem er in Florida die intellektuellsten Stunden seines Lebens verbracht hatte, nicht genau davor gewarnt: Macht ist dort oft ein falsche Schwarz-Weiß-Schema von Sein oder Nicht-Sein, Essen oder Hunger, Leben oder Tod, du bist wer, du bist niemand.

Der alte Mann mit seinem weißen Vollbart, Bobby Brown hatte in den vergangenen Tagen und Stunden oft an ihn denken müssen. Die demokratischen Strukturen, hatte er ihm doziert und war dabei durch sein Wohnzimmer geschritten, hätten Wurzeln auch in der afrikanischen Geschichte. Aber alles dies historisch Gewachsene sei überlagert von Kolonialismus, Nepotismus, westlicher und östlicher Ideologie. Die Gegensätze regierten auf diesem großen schwarzen Kontinent. Wenn du einer der Armen bist, kannst du nur überleben, wenn dich der lebensnotwendige Drang nicht verlässt, egal, wo du bist, zu überleben, dich und deine Familie zu ernähren, einen Job zu finden oder mindestens ein Stückchen Acker zu besitzen, auf dem du das Notwendigste zum Leben selber anbauen kannst.

Arm und Reich, hier hatte es noch eine ganz andere Bedeutung als bei ihm Zuhause in den USA. Wenn du hier arm warst, warst du niemand. Dann warst du nicht viel mehr als eine Zahl in der Masse. Und wenn du reich und mächtig warst, warst du der gekrönte König und absolute Herrscher. Das hatte ihm der Professor nur zu oft eingebleut. Er müsse ihn auch moralisch, nicht nur politisch auf diesen Auftrag vorbereiten.

Bobby, hatte er gesagt, ich liebe diesen Kontinent und seine Menschen. Warum? Weil sie viel lebendiger sind, viel lebensfroher wie wir satten und verwöhnten Amerikaner. Ja auch du, hatte er mit dem Finger auf ihn gezeigt, »kleiner Junge aus der Bronx. Du kennst keinen Hunger, hattest immer ein Dach über dem Kopf, was zu essen und konntest eine Schule besuchen, bist schließlich was geworden.«

Aber, meinte der Professor dann, gleichzeitig ist Afrika auch der schlimmste Kontinent. Wenn du am falschen Ende der Macht-Waage auf die Welt kommst. Dann geht es nur darum, nicht herunter zu fallen, zerquetscht zu werden, es geht ums nackte Überleben. In so einer Situation gilt für dich keine andere Moral mehr als Gut-für-Dich. Du wirst sehen, hatte der alte weiße Mann ihm mit auf den Weg gegeben.

Damals hatten sie einen ganzen Nachmittag damit verbracht, über seine Antwort zu diskutieren: »Aber ich bin doch ein Schwarzer. Meine Vorväter stammen von dort.«

»So, so«, hatte der Professor zurückgefragt, hatte ihn provoziert, weißt du, wer sie waren, woher sie kamen? Was haben sie gemacht? Nichts davon weißt du. Aber du kennst deine Mutter, deinen Vater, deine Geschwister, deine Nachbarn. Du bist in der Bronx geboren, du bist Amerikaner, hier bist du auf die Welt gekommen, hier bist du zuhause, Du kämpfst für dieses Land und für das, woran wir alle glauben sollten.«

Schon wieder raste der Toyota viel zu schnell durch einen Kreisverkehr und der Fahrer hupte, als ein Fahrradfahrer ihn fast übersah. Bobby Brown rutschte nach links von der Wucht der Lenkkorrektur und stieß an Julie Gitenga, Major Gitenga.

»Sorry«, entschuldigte sich Bobby Brown sofort. Aber nach einem tiefen Atemzug so nah an dieser wunderschönen Frau spielten seine unbewussten Gefühle mit ihm. Riecht mehr nach 5. Avenue denn Tropenwald, ertappte er einen schönen Gedanken. Nein, komm runter Bobby, du bist hier auf Mission. Und du bist Amerikaner.

Ja, das war er. So amerikanisch wie der alte Professor aus Florida. Steve Miller hieß er. Was für ein Mann. Ob er jemals so ein Wissen würde ansammeln können? Steve, wie er ihn nennen durfte, war als Professor schon in Rente, hatte afrikanische Geschichte an zwei bekannten Universitäten gelehrt und viele Bücher darüber geschrieben. Jetzt, bald 70 Jahre alt, arbeitete er manchmal für die Hilfsorganisation US-AID als Planer und Betreuer deren Hilfsprojekte vor allem in Westafrika. Und Steve hatte seine Arbeit an dem neuen Buch unterbrochen und den Job angenommen, Spezialeinheiten des US-Militärs vor Einsätzen in Zentralafrika, seinem Spezialgebiet, politisch auszubilden.

Ihm, Bobby Brown, war dann mit einigen wenigen Kollegen noch eine Sonderbehandlung zuteil geworden, fünf Tage »Einzelunterricht«. Fünf Mann waren sie gewesen, aber nur er sollte nach Ruanda/Kongo, wie es vor der Ausbildungseinheit wie ein Befehl verlesen wurde. Die anderen sollten nach Angola und Sierra Leone aus ihrer halboffiziellen Einheit. Steve Miller sollte sie alle, SEALS am Ende ihrer Einsatzzeit mit 29 Jahren, für »besondere Aufgaben« vorbereiten.

Bobby war der erste, den der Professor in die Mangel genommen hatte.

»Mein Wissen«, hatte der Professor lachend geantwortet, »das braucht kein Mensch.« Das mache letztendlich das Leben nur kompliziert. Was du brauchst, hatte er mit tiefen Blick in seine Augen gesagt, ist ein erdbebensicheres Koordinatensystem von Gut und Böse. »Denn, was ich über deinen Auftrag weiß, ist: Du wirst auf dich allein gestellt sein und viel selbst entscheiden müssen, Marine.«

Ja, er war allein, dachte sich Bobby Brown gerade, als der Fahrer kurz zwei Mal hupte und sich das eiserne Tor mit Rollen aus Stacheldraht als Krone oben drauf öffnete und sie viel zu schnell auf ein Grundstück am Rande der ruandesischen Hauptstadt fuhren. Das musste das Einsatz-Hauptquartier sein, von dem Major Gitenga vor der Abfahrt gesprochen hatte.

Sie wurden schon erwartet. Ein schlichtes weiß getünchtes Gebäude mit dem typischen blauen Streifen am Sockel und blau gestrichenen Fenstereinfassung. Zwei Stockwerke hatte der breite Flachbau. Vor den drei Stufen, die zur Doppeltür führten, standen fünf Uniformierte und salutierten, als Major Julie Gitenga und der US-Marine Bobby Brown aus dem Wagen stiegen. Eines fiel Bobby Brown gleich auf: Alle Männer in Uniform waren schlank und groß. Also Tutsi, dachte sich Bobby Brown sofort, auch der Typ, der auf sie zukam.

»Oberstleutnant Cesar Kayzali«, begrüßte der »Lange« ihn, salutierte kurz mit der Hand, die er ihm dann aber entgegen streckte. »Schön Sie bei uns hier in Ruanda zu haben, Sir.«

Bobby Brown ließ die Fassade noch nicht fallen. »Oberstleutnant Bobby Brown, militärischer Beobachter und Berater der US-Forces«, gab er knapp samt militärischem Gruß zurück. Beide schüttelten die Hände kurz. Kayzali hatte einen festen Händedruck, spürte Bobby Brown. Der Typ war nicht unsympathisch, direkt und unkompliziert, schien es. Kayzali zeigte zur Tür, also ging Bobby Brown die Stufen vor und ins Haus. »Nach rechts«, rief Julie Gitenga von hinten. »Zweite Tür auf der linken Seite.«

Der Raum schien etwas Besonderes zu sein. Alle Wände waren mit deckenhohen Regalen voll gestellt, in denen Bücher oder große Kartons standen. Nur die Seite mit den beiden Fenstern in den Innenhof war unverstellt.

Bobby Brown sah einen Drillhof und eine Truppe junger Soldaten Liegestütze machen. »Wenn Sie Bewegung brauchen, können sie gerne kurz rausgehen und mitmachen.« Julie Gitenga hatte eine spöttische Art. »Sie sind doch ein Navy-SEAL, oder?«

Woher wusste sie das? Die Frau wurde ihm schon wieder unheimlich.

»Herr Oberstleutnant, wenn sie sich bitte an den Tisch setzen, dort drüben auf der Fensterseite.« Cesar Kayzali rettete ihn aus der Verlegenheit.

Dachte Bobby Brown. Doch kaum saß er, schloss Kayzali die Tür. »Wir müssen uns nichts vormachen, ihr Militärattaché hat uns reinen Wein eingeschenkt. Wir sind froh sie hier zu haben«, sagte er mit ruhiger Stimme und setzte sich Bobby Brown gegenüber. »Aber lassen Sie uns einfach anfangen, dann werden Sie schon merken, dass wir keine Geheimnisse haben.«

Auf dem Tisch breitete Kayzali eine große Karte aus. Darauf erkannte Bobby Brown sofort den Ostkongo - vom Tanganikasee bis ganz in den Norden an die Grenze Ugandas und des Sudans. Mehrere große rote Kreise waren darin eingezeichnet und nur zwei grüne. Auf die grünen Kreise zeigte Cesar Kayzali denn auch: »Das sind Fizi und Uvira. Beide Städte markieren weitgehend das Gebiet, das die Rebellen von Süden bis Norden schon kontrollieren. Zur Zeit sind sie auf dem Vormarsch auf Bukavu.« Kayzalis Finger wanderte vom Tanganikasee weiter nordwärts auf den Kivusee. »Dann werden sie nach Goma«, sein Finger rückte ein Stück vor, »und dann weiter nach Norden nach Butembo und schließlich nach Beni vorstoßen, so viel zu den Städten mit Landebahnen.«

Bobby Brown schaute Kayzali direkt ins Gesicht. Er wollte sich noch nicht zu Wort melden. Sollte der Ruandese erst einmal die Katze aus dem Sack lassen.

Denn von Julie Gitenga war das wohl weniger zu erwarten. Die stand immer noch vor dem einen Fenster und schaute den Soldaten bei den Liegestützen zu.

»Ich bin direkt von Vize-Präsident Paul Kagame beauftragt worden, die Rebellen bei ihrem militärischen Vorstoß zu unterstützen und ihnen zu helfen, die Gebiete zu sichern.«

Das war offen, dachte sich Bobby Brown. Ob Kayzali wohl wusste, was sein Auftrag war?

»Und Sie, Herr Oberstleutnant, so wurde mir versichert, werden mir und meinen Einheiten zur Seite stehen. Das wird nicht einfach. Die Rebellen sind ein ziemlich zusammengewürfelter Haufen ohne Disziplin, dafür aber mit inzwischen ganz guter Feuerkraft.«

Kayzali verschränkte seine Arme vor der Brust und schwieg. Das war wohl das unmissverständliche Zeichen, dass er jetzt dran war.

»Herr Oberstleutnant«, gab Bobby Brown zurück, »wobei soll ich ihnen genau helfen? Haben sie Truppen im Zaire? Oder wie helfen Sie den Rebellen? Mit Waffen und Aufklärung? Und lassen Sie mich gleich nachsetzen: Wer sind diese Rebellen, und warum unterstützt Ruanda diese Rebellion?«

»Darf ich Bobby sagen«, mischte sich plötzlich Julie Gitenga von hinten ein. »Wir müssen unsere Grenze sichern. Dort im Zaire wimmelt es immer noch von den Interahamwe, den Mörderbanden der Hutu. Sie kommen nachts rüber und überfallen Menschen und Kasernen in

Ruanda. Die Rebellen werden damit Schluss machen, werden sie vertreiben. Dabei werden wir ihnen helfen, mit oder ohne ihre Unterstützung.«

»Ich bin Cesar«, sagte Kayzali. »Die Rebellen, das war meine Idee, und Kagame, unser Befreier und heute unser Vize-Präsident und militärischer Oberbefehlshaber, hat dann politisch Laurent Kabila als Rebellenchef aufs Schild gehoben.«

Das Eis war gebrochen.

Die nächsten zwei Stunden diskutierte Bobby Brown mit Cesar Kayzali nur noch militärische Details. Sie würden spätestens nach dem Fall von Bukavu die Rebellen mit eigenen Einheiten unterstützen müssen, damit der Vormarsch weiter diszipliniert von statten gehen würde. Außer den in Ruanda verhassten Hutu-Milizen sollte niemand gezielt zu Schaden kommen. Denn bei Goma lagen immer noch die Flüchtlingslager mit Hunderttausenden Ruandesen, wahrscheinlich sogar einer Million Menschen, die von den Hutu-Milizen terrorisiert würden, wie Juli Gitenga verächtlich einwarf.

Zwischen Bobby Brown und Cesar Kayzali lief es sehr sachlich und mit viel Sympathie. Beide sprachen wie Offiziere, die ein und dasselbe Ziel vor Augen hatten. Und beiden war nach weniger als einer Stunde klar, dass sie das gesetzte Ziel, schnell und möglichst unblutig die Grenzregion sauber zu bekommen, nicht ohne gezielte Unterstützung hoch ausgebildeter eigener Einheiten erreichen könnten.

Bobby Brown stellte schließlich unmissverständlich klar: »Ich muss rüber, um mir ein eigenes Bild machen zu können.«

HERR BOTSCHAFTER LÄSST BITTEN

Manfred Groß machte sich fertig. Als Botschafter musste man auch immer auf sein Äußeres achten. Also hatte er den Einbauschrank in seinem Büro geöffnet und kontrollierte den Sitz seiner Krawatte und seiner Haare. Die leicht angegrauten Schläfen standen ihm nicht schlecht, dachte er sich, als er mit der Hand ein paar der Haare glatt zog. Noch kurz die Zähne, ja, da steckte noch ein Salatrest im Zwischenraum. Kein Problem, mit dem gepflegten langen Nagel seines kleinen Fingers hatte er den Übeltäter schnell entfernt. Jacket sitzt, Krawatte gerade. Er war fertig für die Schlacht. Diese BND-Leute kamen nie raus mit der Sprache, zumindest nicht freiwillig.

»Herr Botschafter«, begrüßte Philip Bender Groß sofort und war aufgestanden, als dieser in den großen Sitzungssaal der Deutschen Botschaft in Nairobi kam. »Bleiben Sie doch sitzen, Bender. Kaffee oder einfach nur gutes Fachinger Mineralwasser aus Deutschland?« Groß selbst goss sich eine Tasse Kaffee ein, ohne Zucker und ohne Milch. Wegen der Figur und der Gesundheit. »Gerne ein Wasser, Herr Botschafter«, äußerte Bender seinen Wunsch.

Es kam selten vor, dass der Botschafter einen von ihnen zum Gespräch bat. Eine »Vorladung« in den großen Sitzungssaal hatte Bender noch nie erlebt. Aber Manfred Groß war ja auch erst seit ein paar Monaten hierher berufen worden. Ein Afrika-Neuling auf seinem ersten Botschafterposten, hatte sein Chef Markus Metzler höhnisch angemerkt. Ausgerechnet heute war Metzler nach Deutschland geflogen. Pullach hatte gerufen. Also musste er, Bender, das Briefing machen. »Erzählen Sie ihm einfach alles, aber nicht zu detailliert«, hatte Metzler ihn instruiert. »Der Herr Botschafter schreibt nach dem Gespräch bestimmt gleich seinen Bericht und schickt den nach Berlin. Ich will unseren Leuten in Pullach auch noch was Neues zu berichten haben.«

Alles, nur nicht zu detailliert, war auch wieder so ein typischer Metzler. Im Klartext hieß das: Andeuten und nichts dingfest machen. Das sind doch nur unsere Diplomaten. Wenn es hart auf hart kommt, glaubt Berlin sowie so uns mehr.

»Also, was ist da im Zaire los?« Manfred Groß lehnte sich in den Ledersessel am Kopfende zurück und schaute bedeutungsvoll. Bender konnte nicht anders, als erst einmal einen Schluck Wasser zu nehmen. Das geht sie doch gar nichts an, dachte er sich spontan. Aber er stand auf und ging die zwei Schritte zur Leinwand. Darauf hatte er ein Dia mit der Karte des Grenzgebietes von Ruanda und des Zaires projiziert. »Die Rebellion oder der Aufstand hat hier«, dabei deutete Bender auf den Norden des Tanganikasee, »seinen Anfang genommen und reicht inzwischen bis fast nach Bukavu, hier am Kivusee, Herr Botschafter. Wir gehen davon aus, dass die Rebellen sowohl Bukavu als auch die nördliche Stadt am Kivusee, Goma, einnehmen wollen.«

»Und, schaffen Sie das«, fragte Groß zurück, der sich inzwischen vorgelehnt hatte und mit beiden Ellenbogen auf dem Tagungstisch abstützte.

»Davon ist auszugehen. Für die ersten knapp 200 Kilometer haben sie eine Woche gebraucht, ihr Vormarsch wird sich verlangsamen, aber die zairische Armee leistet kaum Widerstand«, referierte Bender und parierte alle weiteren Standardfragen des Botschafters kurz und knapp.

Ohne sich festzulegen, hatte Metzler gesagt. Das machte Bender auch gerne ohne Anweisung. Den Botschafter mochte keiner so richtig. Dazu war er ein viel zu eingebildeter Typ, dessen Frau noch dazu glaubte, als Kulturförderin mit dem Goethe-Institut konkurrieren zu müssen. »Vielbezahlte Nichtsnutze« nannte Bender Vorgesetzter Metzler die Diplomaten gerne. Da musste Bender ihm ausnahmsweise mal recht geben. Dicke Auftragen, mit fünf Angestellten in der Residenz es sich gut gehen lassen, Daten und Fakten von seinen Leuten und, wie heute, notfalls dem BND vorkauen lassen. So konnte jeder brillieren und nette Berichte nach Berlin schreiben.

»Kennen Sie den Kommentar«, fragte Botschafter Groß den BND-Mann Bender, während er ihm ein Fax über den Tisch reichte. »Ihr Freund, Bender, schreibt darin, dass die USA Mobutu ärgern wollen, im Zaire zündeln und Ruanda dabei unterstützen, die Grenzregion von den alten Hutu-Milizen zu säubern. Woher hat er das, der Journalist?«

Was dachte sich der Botschafter schon wieder? Das Fax kam aus Berlin, Auswärtiges Amt. »Mit der Bitte um Stellungnahme« war darauf handschriftlich vermerkt. Botschafter Groß war so viel Freund von Baumann wie er selber, legte sich Bender seine Antwort zurecht. Er ging mindestens einmal im Monat mit dem deutschen Afrika-Korrespondenten der überregionalen deutschen Zeitung Essen, die beiden Frauen wurden auch oft zusammen gesehen. Was sollte er sagen? Der Botschafter hatte ja recht. Metzler hatte ihn darum gebeten, also hatte er Baumann mit Informationen der Amerikaner versorgt und als Anreiz noch die beiden sich widersprechenden Stellungnahmen der deutschen Botschaften in Kinshasa und Kigali kopiert.

»Nun, Baumann liegt da ganz offenbar nicht völlig daneben. Uns haben die Amerikaner ähnliche Informationen zukommen lassen, Herr Botschafter.« Benders Worte hallten förmlich durch den leeren Sitzungsraum.

»Ja, aber weiter unten, lesen Sie mal die Passage«, forderte ihn Groß mit etwas unfreundlichem Ton auf. »Die deutschen Diplomaten tappen im Dunkeln. Die Botschaft in Kinshasa unterstützt die These, dass die USA spiritus rector der militärischen Operation sind. Der deutsche Botschafter in Kigali dagegen meldet nach Berlin genau das Gegenteil: Ruanda sei mit keinem einzigen

Mann daran beteiligt, schwört dieser. Wieder einmal irrt die deutsche Außenpolitik durch den schwarzen Kontinent.« Dann folgte das Kürzel von Michael Baumann: mb..

»Keine Ahnung, woher er das hat.«

Die Lüge fiel Bender nicht einmal schwer. Jetzt nur nichts zugeben. Sollten doch die Diplomaten das unter sich ausmachen. Die Fakten stimmten schließlich.

»Sie waren es also nicht«, schoss der Botschafter zurück.

»Herr Botschafter, so viel ich weiß, ist Baumann derzeit nicht in Nairobi. Beim Schulvorstand gestern Abend hat er sich entschuldigen lassen. Er hätte in den Zaire gemusst. Ich frage ihn gerne, wenn er zurück ist.«

Bender war mit sich selbst sehr zufrieden. »Außerdem ist Baumann gut vernetzt. Er kennt den CIA-Resident hier in Nairobi sehr gut. Die spielen zusammen immer am Freitag Golf. Vielleicht hat der ...«

Jetzt wurde Botschafter Groß ärgerlich und unterbrach Bender: »Was wissen die Amerikaner schon über unsere Depeschen nach Berlin. Das muss einer hier aus dem Haus gewesen sein. Berlin ist davon überzeugt. Also Sie waren es nicht?« Der Vorwurf saß.

»Nein«, antwortete Bender und packte seine Unterlagen auf einem Stapel zusammen. »Haben Sie sonst noch Fragen?«

Jetzt nichts wie raus. Sonst wird das noch ärgerlich, dachte sich Bender.

»Nein, danke«, antwortete Botschafter Groß schmallippig. »Aber sagen Sie Baumann, er solle sich doch mal bei mir melden - wenn Sie ihn wieder treffen.«

»Das werde ich tun, Herr Botschafter«, sagte Bender, schaltete den Beamer aus und verließ den Raum.

MISSIONSHAUS NAHE BUNIA

Douglas McFarland kam zurück und stellte seine Blechtasse mit frischem Wasser auf den ungehobelten Holztisch. Dann setzte er sich auf die speckige Kante seines Bettes und begann zu erzählen:

»Im Jahr 1964 waren wir mittendrin in der Simba-Rebellion. Meine Familie und ich gehörten zu den Missionaren, die in Stanleyville als Geiseln gehalten wurden. Die Simbas waren eine Gruppe an Kongolesen aus der Region Kwilu, einem lockeren Verbund im Westen des Landes und hier entlang der östlichen Grenze. Die Simbas wurden von China unterstützt, trainiert und erhielten auch ihre Ausrüstung von den Kommunisten, um im Kongo eine Rebellion anzuzetteln. Unter ihren Führern waren Leute wie ein gewisser Gbenyi und vor allem Mulele. Mein Gott, den Rest an Namen habe ich vergessen.

Dieser Mulele war für die jungen Leute so etwas wie ein spiritueller Führer, ein Zauberer und Kriegsfürst. Die Horden an aufgebrachten, jungen Simba-Rebellen riefen seinen Namen mit tiefer, gläubiger Andacht. Das war wie Beten, Geisterbeschwörung.

Und sie erhielten in seinem Namen auch wirklich jeden Tag eine Weihe mit Wasser. Ihr Ruf ging Mayi ya Mulele, Mayi ya Mulele´, immer wieder und wieder und wieder. In gutem Swahili hätten sie freilich Maji sagen müssen, grinste Douglas McFarland in seinen Becher hinein und nahm den letzten Schluck daraus, »Maji, das Wort für Wasser.«

Er stellte den Becher auf dem Tisch ab und setzte sich auf einen der beiden Stühle im Zimmer, die Lehne nach vorn, zwischen seine Beine geklemmt, und stützte seine Hände darauf ab. »Aber du weißt ja, wir Kongolesen sprechen unser eigenes Swahili.«

Douglas McFarland starrte aus seinen wasserblauen Augen für Minuten geistesabwesend in den Raum. Durch das Fliegengitter im Fenster schien die afrikanische Nacht heimlich mitzuhören. Doch Douglas McFarland war in seiner eigenen Erinnerung gefangen.

Wie alt mochte er damals gewesen sein, dachte sich Michael Baumann? Sieben oder acht Jahre höchstens, ein kleiner irischer Junge, der mitten im Kongo geboren und aufgewachsen war, mit einem bibelfesten Vater und einem Großvater, der schon Missionar war in diesem schier endlosen, kraftvollen Land mit seinen geheimnisvollen Menschen. Diese Menschen konnten einen mit ihrer Lebensfreude und Hilfsbereitschaft verzaubern. Oder sie konnten einem das Fürchten lehren.

Michael Baumann kannte beide Gefühle. Seit Jahren war er immer wieder im Kongo gewesen, seiner heimlichen Liebe, und er hatte beides miterlebt: den Zauber und die Furcht.

Plötzlich fing Douglas McFarland in seiner ruhigen, tiefen Stimme an weiterzuerzählen. »Eine enge Freundin meiner Eltern, Winifred Davies aus Wales, war damals eine Missionarin der WEC, der Worldwide Evangelisation Crusade, des weltweiten Kreuzzuges für das Evangelium. Sie und ihre Familie wurden an einem Ort rund 400 Kilometer nördlich von Stanleyville als Geiseln festgehalten. Als schließlich die Söldner kamen, alles Weiße, und uns verlassenes Häufchen in Stanleyville, dem heutigen Kisangani, retteten, erreichten sie die Missionare weiter oben im Norden nicht mehr rechtzeitig.«

Mehr als 300 der jungen Rebellen seien mit Salven aus schweren Maschinengewehren niedergemäht worden, als die belgischen Fallschirmspringer in Stanleyville landeten. »Die Simba-Rebellen glaubten offenbar wirklich, dass die tägliche Taufe im Namen Muleles sie unverwundbar gemacht habe«, schüttelte er seinen Kopf leicht.

Er und seine Familie seien nicht gleich gerettet worden. »Wir wohnten rund acht Kilometer außerhalb der Stadt. Auf uns wurde geschossen, einer getötet. Aber dann befreiten uns die belgischen Söldner.«

War da plötzlich ein Gefühl in seinen kalten Augen?

Douglas McFarland stand auf, drehte sich um und schaute durch das schwarze Fenster nach draußen. Wenn ihn die Erinnerung in diesem Moment eingeholt hatte, dann wollte er auf keinen Fall einen Zeugen haben.

Michael Baumann schwieg.

Bis sich Douglas McFarland plötzlich umdrehte und sagte: »Die Gruppe Missionare im Norden genauso wie einige andere von uns, die westlich von Stanleyville festgesetzt waren, sie wurden alle umgebracht, bevor die Belgier sie befreien konnten.«

Dann holte er zu einer Kunstpause aus, atmete tief ein und ließ die Luft wieder laut aus seinem Mund fahren. »Aus welchem Grund auch immer, Winnie Gwendoline, die gute Bekannte meiner Eltern, ließen die Rebellen am Leben. Dafür nahmen sie sie als Geisel mit in den Busch und flohen Richtung Norden.«

KAPITEL ZWEI
KRIEG AM ENDE DER WELT

AM GRENZÜBERGANG

Montagmorgen, kurz vor 8 Uhr. Der Kivusee lag vor ihnen, glänzend wie eine frisch polierte Silberscheibe, beschienen von der gleißenden Sonne. Nicht ein Staubkörnchen trübte den klaren Blick. Auf der einen Seite erstreckte sich die hügelige Landschaft Ruandas, stets grün und größtenteils von üppigen Wäldern bedeckt, mit den markanten Musterungen der angelegten Anbauflächen. Auf der anderen Seite breitete sich der tiefgrüne Tropenwald des Zaires aus, der sich von den Hängen der Virunga-Vulkane bis hinunter zum Ufer des Sees erstreckte. Ein fruchtbarer, unheimlicher und düsterer Wald, durchzogen von Sonnenflecken, in wilder Vitalität brodelnd, ein Ort des ewigen chaotischen Lebens.

Vor der Grenzstation am See, über die man hier Ruanda verlassen konnte, staute sich eine Wagenkolonne. Die Weltpresse war früh aufgestanden. Ein Geländewagen reihte sich an den anderen, weiße Journalisten, schwarze Fahrer. Jeder wollte wissen, was drüben los war, jeder wollte nachschauen, was drüben in Goma im Zaire geschehen war.

Die vergangene Nacht war erfüllt von Gewehrfeuer und dem Donnern explodierender Mörsergranaten. Es wurde berichtet, dass die Rebellen die Stadt überrannt hatten, jene Rebellen, von denen niemand genau wusste, wer sie waren, und die bereits vor einigen Tagen Bukavu weiter südlich eingenommen hatten.

Unter den wartenden Journalistenkollegen befanden sich viele Bekannte von Michael Baumann, sei es aus dem Bürgerkrieg in Ruanda vor zwei Jahren oder sogar noch aus den Tagen in Somalia davor. Die Fernsehteams reihten sich eines nach dem anderen artig in die Warteschlange ein.

»Hey Chris«, rief Baumann einer kleinen, etwas untersetzen Frau mit kurzen Haaren zu. Chris war für die BBC in Nairobi stationiert. Sie hatte Baumann in den vergangenen Jahren überall getroffen: Ruanda, Somalia, auch in Angola und nicht zuletzt in Nigeria.

»Weiß du, ob es überhaupt heute noch weiter geht«, rief Chris zurück. Sie hielt immer gerne Abstand von Michael Baumann, wenn er seine brennende Zigarette zwischen den Fingern hielt. Sie war eine leidenschaftliche Nichtraucherin.

»Keine Ahnung, mal schauen. Sehe dich drüben.« Baumann ging die Wagenkolonne wieder zurück zu ihren zwei Kleinbussen. Darin hatten sie alles reingepackt, was Bob Luci am Freitag per Funk durchgegeben hatte.

Bob Luci führte das Virunga-Krankenhaus in Goma, das Douglas McFarland vor drei Jahren eingerichtet hatte. In dem Krankenhaus schien es gar nichts mehr zu geben. Sie hatten von Mullbinden bis zu einfachen Infusionen, Desinfektionsmitteln und OP-Handschuhen alles am Samstag auf dem Wilson Airport in Nairobi in die gecharterte Cessna Caravan geladen und waren dann Sonntagmorgen nach Kigali in Ruanda geflogen. Dort hatten sie sich zwei Kleinbusse organisiert und waren die gut geteerte Straße bis an die Grenze in Gisenyi gefahren.

Denn die Idee war einfach: Auch wenn sie keine Journalisten rüberlassen, medizinische Güter für das einzige noch funktionierende Krankenhaus mit Arzt würden auch die Rebellen begrüßen. Denn Bob Luci half jedem Menschen, Mann, Frau, Kind, Flüchtling, Soldat oder Rebell. Das war seine und Douglas McFarlands Maxime: Wir sind da, um Menschen zu helfen - ohne Unterschied.

Alle anderen Hilfsorganisationen hatten auf Geheiß der UNO den Ostzaire an diesem Wochenende verlassen. Zaires Staatsoberhaupt, Mobutu, der Mann mit der Leopardenkappe, hatte das verlangt. Alle raus, sonst verletzt ihr die Souveränität des unabhängigen Zaire.

Welch ein Unsinn. Im Ost-Zaire hatte die Zentralregierung im fernen Kinshasa nichts mehr zu sagen. Mobutu setzte mal wieder, wie so viele der afrikanischen Potentaten, auf die wirksame, weil tödliche Waffe »Hilfe verweigern«. Wer es nicht mit mir hält, erhält auch nicht die süßen Gaben der weißen Helfer, kein Essen, keine medizinische Versorgung, keinerlei Hilfe von außen. Schluss. Also haltet zu mir.

Douglas McFarland und Michael Baumann hatten nicht einmal eine gute Stunde miteinander diskutiert. Douglas McFarland hatte Michael Baumann um Rat gebeten. »Wenn wir nicht rausgehen, uns der UNO verweigern, kann das das Ende meines Jobs bedeuten. Aber ich will bleiben, zum Schutz meiner Leute drüben - und weil es einfach das Richtige ist«, hatte Douglas McFarland schließlich nach hitziger Diskussion und scharfem Hin und Her und, zugegebenermaßen, manchem Glas Malt Whiskey verkündet. »Entweder wir helfen allen oder niemandem. Mitmenschlichkeit kennt keine Unterschiede.«

Das konnte Michael Baumann sofort unterschreiben. Also hatten sie den Plan entwickelt, möglichst viel Hilfsgüter einzupacken und rüber zu machen - entweder nur als Unterstützer des Krankenhauses, oder notfalls auch unter Baumanns Flagge des Journalismus.

Auf der Fahrt durch die Hügel Ruandas hatten sie wieder und wieder versucht, Funkkontakt zu Bob Luci aufzunehmen. Kein Wort kam zurück.

»Bob hat bestimmt sein Funkgerät verschwinden lassen, damit die Rebellen ihn nicht damit erwischen. Funk heißt in Afrikas Bürgerkriegen immer Geheimnisverrat. Wenn ein Funkgerät entdeckt wird, das endet meist tödlich«, hatte Douglas McFarland sich und Baumann beruhigt.

Also standen die Rebellen kurz vor Goma. Oder waren sie schon drinnen?

»Wir werden sehen«, meinte Baumann nur, der mit seinen Gedanken ganz woanders war. Was für eine verrückte Welt, dachte er sich. Jetzt fahren wir mit Medizingütern in Richtung Zaire über von deutscher Entwicklungshilfe finanzierten, tadellosen Teerstraßen, die noch unter dem Hutu-Diktator Juvénal Habyarimana vor allem von Rheinland-Pfalz und Baden-Württemberg finanziert worden waren. Diese Gegend hier im Nordosten Ruandas war das Einflussgebiet des Mannes gewesen, der als Verteidigungsminister Anfang der 70er Jahre gegen seinen Hutu-Verwandten auf dem Präsidentenstuhl geputscht hatte.

Habyarimana hatte dann die Trennung von Hutu und Tutsi auf die Spitze getrieben. Tutsi mussten einen Vermerk ihrer »Ethnie« in den Ausweispapieren mit sich herumtragen. Der afrikanische Judenstern. Keine guten Jahrzehnte für Tutsi in Ruanda.

Deswegen waren viele geflüchtet, nach Uganda, nach Burundi oder eben in den Zaire. Viele hatten dann auch den Weg nach den USA oder England gefunden. Dort war das Überleben sicherer, in Ruanda enteignet wurden sie so oder so. Also hatten die Exil-Tutsi eine Rebellenarmee aufgestellt und waren immer wieder vor allem aus Uganda im Norden eingesickert.

Friedensgespräche, international vermittelt, sollten wieder Ruhe schaffen. Da hatten sie Habyarimanas Flugzeug auf dem Weg von der Unterzeichnung abgeschossen. In der Maschine saß auch sein Präsidentenkollege aus Burundi. Beide tot. Aber nur in Ruanda hatte das Morden begonnen, wie auf Knopfdruck, vorbereitet, brutal mit Pangas, großen Buschmessern, die Tutsi sollten ausgelöscht werden, Völkermord.

Das ließ sofort die Vermutung aufkommen, dass es die Hardliner unter den Hutu gewesen sein mussten, die den »schwachen« Präsidenten aus dem Weg geschafft hatten.

Wahrscheinlich war seine Frau dabei oder sogar die Chefin dieses reaktionären Mordkomplotts.

Aber die Kalkulation ging nicht auf. Die Tutsi hatten am Ende gewonnen - und diesmal mussten die Hutu fliehen, vor allem in den Zaire. Menschenmassen waren, ihre Habe auf dem Kopf zu einem Bündel zusammengebunden, zu Fuß über die Grenze gegangen.

Baumann wurde unversehens aus seinen Gedanken gerissen. Die letzte Kurve bergab hatte der Fahrer ziemlich schnell genommen, hinten rutschten die locker geladenen Kisten mit Hilfsgütern auf die rechte Seite und krachten gegen die Karosserie.

Vor ihnen lag Gisenyi, das kleine Grenzstädtchen, ein malerischer Fleck am nördlichen Ende des Kivusees. Diese Landschaft passte so gar nicht zu der grausamen Wirklichkeit, die sich hier erst vor zwei Jahren zugetragen hatte.

Grüne wilde Natur ließ sich von der Sonne in diesem angenehmen Höhenklima am Äquator ins rechte Licht rücken. Dann dieser See, der einfach nur schön da lag und sich sonnte.

Douglas McFarland ließ anhalten. Er wollte hier von der letzten Anhöhe vor der Grenze noch einmal versuchen, Bob Luci anzufunken. »Bob, bitte melden, hier ist Douglas. Nur ein kurzes Lebenszeichen, bitte melden.«

Michael Baumann nutzte den Stopp für eine Zigarette. Während er sie sich anzündete, hörte er nur die elektrischen Entladungen der Luft durch das Funkgerät verstärkt zurückkommen.

Was für ein Blick: Unter ihnen lag Gisenyi, das schon in der deutschen Kolonialzeit gegründet worden war. Dort fanden sich noch Wohnhäuser aus dieser Zeit. Aber auch in der belgischen Kolonialzeit nach dem Ersten Weltkrieg lebten hier viele Kolonialbeamte und Siedler. Das war auch ein schönes Plätzchen Erde hier.

»Bob, bitte melden«, hörte Baumann Douglas McFarland einen neuen Versuch starten, Kontakt zum Krankenhauschef in Goma herzustellen.

Ja, man konnte Teile von Goma jenseits der Grenze am westlichen Seeufer sogar schon sehen. Goma, ihr Ziel, drüben im Kongo, der heute Zaire hieß.

Baumann war schon einmal in dieser Gegend gewesen, als er sich aufgemacht hatte, die Berggorillas in den Virunga-Bergen zu finden. Zwei Tage lang war er mit der Familie des Silverbacks Marcel drüben durch die Regenwälder an den Berghängen gestrichen. Das war ein herrliches Erlebnis gewesen. Aber er war nie dazu gekommen, darüber in der Zeitung zu schreiben, weil vier Tage nach seiner Rückkehr nach Nairobi der Bürgerkrieg und der Völkermord in Ruanda ausgebrochen war.

Jetzt sah Goma von hier oben ganz friedlich aus. Von Kämpfen war nichts zu hören oder zu sehen. Dafür erspähte Baumann ganz rechts den Nyiragongo, einen der Virunga-Vulkane, die wie von Kinderhand in die Landschaft gemalt schienen, kegelförmig, symmetrisch mit der flachen Kuppe des Kraters.

»Lass uns weiterfahren«, knurrte Douglas McFarland verärgert rüber und knallte die Wagentür von innen zu. Er war erfolglos geblieben. Kein Wort von Bob Luci war über Funk zurückgekommen. Irgendetwas musste vorgefallen sein.

Sie fuhren weiter. Die Sonne begann schon zu sinken und ihr letztes warmes Licht zu senden. Der Plan war, im Serena Hotel am Seeufer nahe der Grenze zu übernachten, und dann Morgen über die Grenze zu kommen.

Aber was für eine unnötige, böse Überraschung. Sie kamen kaum bis zur Hotelanfahrt. Überall standen auf beiden Straßenseiten Autos, zumeist Geländewagen, wie sie eigentlich nur Weiße fuhren. Viele waren im verräterischen Weiß der UNO lackiert, manche davon hatten den

UN-Wimpel hinten an einem Fahnenstecker hängen, andere Aufkleber von Oxfam oder kirchlichen Organisationen. Alles, was in der Hilfeindustrie Rang und Namen hatte, war hier: Welternährungsprogramm, UN-Entwicklungsprogramm, dann noch die Ärzte ohne Grenzen, das Rote Kreuz und wie sie alle hießen. Man hatte die Wahl.

Im Hotel lächelte die junge Dame hinter der Rezeption höflich, aber hilflos. »Wir sind völlig überbelegt«, entschuldigte sie sich. Der Hotelmanager erschien, um ihr zu helfen. »Sie wissen, die Hilfsorganisation sind alle aus dem Zaire abgezogen. Die meisten wohnen bei uns, weil sie hoffen, bald wieder nach Goma zurück zu können, Sie verstehen.«

»Wir brauchen nur einen Platz für eine Nacht, wir sind auch auf dem Weg nach Goma«, antwortete Douglas McFarland entschieden. Die Enttäuschung, keinen Kontakt zu Bob zu haben, ließ ihn barsch werden. »Wir haben auch Schlafsäcke dabei, haben sie irgendwo einen Platz für uns, wo wir uns hinlegen können. Wir zahlen auch dafür.«

Das dunkle Gesicht des Hotelmanagers wurde fast kreidebleich. »Sir, im Konferenzsaal wäre noch Platz, dort schlafen schon einige Leute. Aber sie können die Duschen und Toiletten im Schwimmbad nutzen«, machte der Hotelchef endlich Hoffnung.

»Ja, gerne, wieviel?« Michael Baumann übernahm das Angebot mit etwas höflicherer Stimme. So waren sie dann für 50 US-Dollar pro Kopf untergekommen, Frühstück und Abendbuffet inklusive.

Das war gestern gewesen.

Jetzt stand Baumann wieder an einen der Kleinbusse gelehnt in der Sonne und schaute gedankenlos auf den malerischen Kivusee. Ihre Pässe hatten sie, wie alle anderen, bei den ruandesischen Grenzern abgegeben. Eine lange Liste mit Namen wurde geschrieben. Das dauerte

Stunden. Wer aus der langen Schlange der Wagen aus-scherte, wurde von den jungen ruandesischen Soldaten zurückgepfiffen. Hier herrschte preussische Ordnung.

Plötzlich hörte Baumann eine junge Stimme seinen Namen rufen. Eine nicht unattraktive Frau mit halblangen braunen Haaren lief in Cowboystiefeln und Tropenweste aus sandfarbenem Leinen über dem T-Shirt an den Autos vorbei auf ihn zu. »Hallo, Herr Baumann, Nadine Bauer, sie erinnern sich noch? Deutsche Journalistenschule«, sagte sie keuchend und außer Atem mit aufgeregter Stimme. Hatte er diese Frau mal an der Journalistenschule unterrichtet? Jetzt arbeite sie bei RTL Fernsehen, versuchte sie seiner Erinnerung auf die Sprünge zu helfen.

»Klar, damals in München«, gab Baumann zurück. Er konnte sie immer noch nicht einordnen. »Welche Lehrredaktion war das nochmal?«

Der Redeschwall war nicht zu unterbrechen, die Worte sprudelten aus ihrem Mund wie Wasser nach einem Rohrbruch. Es sei so toll hier zu sein und so »alte Hasen« wie ihn hier zu treffen. War er wirklich schon so alt mit seinen 41 Jahren?

Klar, die Journalistenschule in München hatte er vor Urzeiten selber mal besucht. Die sagenumwobene Aufnahmeprüfung war gar nicht so schwer gewesen. Bei dem Bildertest hatte er freilich auch Glück gehabt. Baumann hatte bestanden.

Als er nach Jahren bei der Münchener Zeitung angeheuert hatte nach der Frankfurter Zeitung und der englischen Nachrichtenagentur in der Bundeshauptstadt Bonn, hatte Baumann in der Journalistenschule selber unterrichtet, Nachrichten, Kommentare und Reportagen. Das hatte Spaß gemacht, vor allem, weil man sich selbst immer wieder den Spiegel vorgehalten hatte, worauf es eigentlich beim Journalismus ankam.

Dann war Baumann Korrespondent in Düsseldorf für Nordrhein-Westfalen und die Niederlande geworden. Nach einem Jahr hatte er seinen Lehrauftrag an der berühmten Schule beendet. Zuviel Aufwand, ganz früh morgens nach München zu fliegen und zu unterrichten.

Also musste er diese junge Frau mit ihren großen braunen Augen, die jetzt hier mitten in Afrika ihn umschwärmte, schon vor mehreren Jahren irgendwann in einer der Klassen gehabt haben. Keine Erinnerung, sagte Baumann sich selbst. Du wirst wirklich alt.

»Sind sie extra für diese Story nach Afrika gekommen«, fragte Baumann höflich zurück. »Ja, ja, ja, toll gell, und dann treffe ich Sie hier! Habe jeden ihrer Artikel aus Afrika gelesen. Was glauben Sie, wie wird das ausgehen?«

Oh Gott, wieder so eine Kollegin, die auf die schnelle, tolle Geschichte hofft und weder Ahnung noch wirkliches Interesse hat, was vor sich geht. Douglas McFarland grinste unter seinem australischen Cowboy-Hut verschmitzt mit seinen hellblauen Augen. »Mr. Baumann, wie wird es also ausgehen«, gab er ironisch in die Runde. Irgendwann ließ die Kollegin dann von ihnen ab und ging zu ihrem Team zurück.

»Beine hat sie ja«, grummelte Douglas McFarland anerkennend von links, als sich Baumann zur Entspannung eine weitere Zigarette anzündete.

»Nicht nur Beine, ist überhaupt recht hübsch, aber so naiv«, gab Baumann zurück.

»Siehst du, deswegen mag ich keine Journalisten«, lachte Douglas McFarland zurück.

Es war kurz vor 11 Uhr, da geschah es: Name für Name wurden verlesen. Die ruandesischen Soldaten inspizierten Auto und Gepäck jedes einzelnen Teams. Dann erst händigten sie die Pässe wieder aus und ließen die Teams den Schlagbaum auf Ruandas Seite passieren. Auf dem sandigen Boden lagen verschossene Patronen und Hülsen so zahlreich rum wie Kieselsteine und Zigarettenkippen.

Baumann und McFarland waren die einzigen, die zwei Wagen mit Verbandmaterial und Medizin geladen hatten. Auch sie fuhren die nächsten 40 Meter weiter.

Dort wartete Odongo, »Kommandeur« Odongo, wie er sich nennen ließ. Vor allem von den Weißen, die dort drei Steinstufen unter ihm standen. Odongo thronte auf einem alten Holzstuhl am Schlagbaum, der den Weg in den Zaire blockierte, und wippte.

Mit seinem Kopf bedeutete er in seiner schmucken Uniform, dass auch Michael Baumann und Douglas McFarland ihre Pässe gefälligst auf den Stapel legen sollten. Dort warteten drei Türme internationaler Ausweispapiere auf dem ausgetrockneten hölzernen Tisch darauf, noch weiter in die Höhe zu wachsen.

Kommandeur Odongo war nicht allein. Ihm zur Seite standen seine Soldaten, Kinder in schäbigen Kleidungsfetzen, aber jeder mit einer AK-47 um die Schulter hängend. »Kidogos«, murmelte Douglas McFarland in seine wachsenden Bartstoppel leise zu Baumann. »Kindersoldaten«, vielleicht 13, maximal 14 Jahre alte Jungen, die im Krieg geboren, aufgewachsen waren und nun auch kämpften.

»Wir bringen Medizin für das Krankenhaus«, sagte Douglas McFarland zu Odongo in fließendem Swahili und zeigte auf die beiden weißen Kleinbusse. »Und ich bin auch ein echter Kongolese«, fügte er in fließendem Französisch mit der etwas härteren Aussprache hinzu. So wie hier die ehemalige Kolonialsprache gerne ausgesprochen wurde.

»Was heißt hier Kongolese, weißer Mann?«

Sie an, Kommandeur Odongo konnte auch sprechen. Wieder wippte er mit seinem Stuhl auf den beiden hinteren Beinen.

Douglas McFarland stellte seinen einen Fuß auf die erste Steinstufe, schob seinen Hut etwas nach hinten und erzählte Kommandeur Odongo munter seine Lebensgeschichte. Geboren war der schlaksig große Kerl im heutigen Kisangani, damals Stanleyville, als Sohn eines irischen Missionars. Dann hatte er, Douglas aber beschlossen, nicht auch Missionar zu werden. Und er erzählte Grenzkommandeur Odongo, dass er auf der Universität in Frankreich Landwirtschaft studiert habe, seine Frau kennen gelernt und dann weiter oben im Norden, in Bunia, eine der großen Farmen geleitet habe.

»Und was machst du jetzt, weißer Mann«, fragte Kommandeur Odongo sichtlich interessiert zurück ob der farbigen Lebensgeschichte des Mannes, der ziemlich selbstbewusst vor ihm stand, aber ihn zugleich auch mit Hochachtung von Gleich zu Gleich behandelte.

Da erzählte Douglas, dass er inzwischen für eine deutsche Hilfsorganisation arbeite, die eben auch das Virunga-Hospital betreibe. Odongo war sichtlich beeindruckt. Ganz jung konnte er nicht mehr sein, denn seine kurzen Haare zeigten an den Schläfen schon einige graue Kringel. Aber das Leben war für ihn bisher bestimmt nicht ganz einfach gewesen. Schließlich spukte er den Grashalm aus, auf dem er die ganze Zeit herum gekaut hatte, und gab bekannt: »Ich kenne das Krankenhaus. Die sind gut, haben unsere Verletzten versorgt. Doktor Bob Luci ist in Ordnung.«

War das der Durchbruch? Auf jeden Fall eine gute Nachricht über den Doktor. Er war noch am Leben.

Aber ein Durchbruch war es nicht. Nein, auch hier nahe des Herzens Afrikas wucherte die Bürokratie. Und zwar ganz gewaltig.

Kommandeur Odongo sprach scharf in sein Funkgerät, hörte zu. Dann rief er einen seiner »Adjutanten«, dessen AK-47 kräftig auf seinen Rücken schlug, als er sich erschrocken seinem Vorgesetzten zuwandte. Der schrieb etwas auf seinen Block, riss das Blatt ab, faltete es zusammen und gab es dem Kindersoldaten. Der machte sich sogleich auf in Richtung Stadt, in Richtung Goma.

Michael Baumann und Douglas McFarland standen wieder neben ihrem Wagen in der Sonne.

Inzwischen war es fast Mittag geworden. Es wurde deutlich wärmer. Odongo schaute sich andere Pässe an und sortierte manche in einen neuen Stapel.

»Hätten wir ihm ein kleines Geschenk machen sollen, ein wenig Chai geben«, sagte Baumann zu McFarland.

»Auf keinen Fall, das hätte ihn in dieser Situation nur beleidigt. Er genießt seine Macht. Er scheint hier aus der Gegend zu kommen. Hast du sein Gesicht gesehen, als ich ihm meine ehemalige Farm nannte? Er wusste genau, wem die gehört hat«, stellte Douglas McFarland fest.

»Wem«, fragte Baumann nach?

»Einem ziemlich bedeutenden, reichen und einflussreichen Mann aus dem Ost-Kivu«, sagte Douglas McFarland abschließend. Mehr wollte er offenbar dazu nicht sagen.

Wieder Warten mit ungewissem Ausgang.

Michael Baumann schätzte im Kopf die Zahl seiner Zigarettenpäckchen ab. Wenn das so weiterginge, würden sie nur noch für zwei Tage reichen. Das einzige, was ihn tröstete, war, dass die meisten Journalistenfahrzeuge nicht nach Goma durch durften.

Einem Team nach dem anderen ließ Odongo die Pässe zurückgeben mit der Nachricht, heute sei die Grenze für Journalisten noch nicht offen. Sie sollten es Morgen wieder probieren. Freunde machte er sich damit keine. Aber wenn einer nochmal bei ihm vorsprechen wollte, wie ein britischer Kollege, der nachverhandeln wollte, ignorierte er diese Versuche mit stoischer Ruhe. Er war der Herr des Grenzbaums, keine Diskussion.

Douglas McFarland stieß Michael Baumann leicht an. »Schau, da kommt der Junge mit dem Schießgewehr wieder zurück. Und er ist nicht alleine. Gleich wissen wir, ob wir rüber kommen.«

Kommandeur Odongo gab Handzeichen. Douglas McFarland und Michael Baumann traten vor seinen Thron zur Audienz, nein besser, zur Urteilsverkündung. Und es war ein salomonisches Urteil. »Ihr könnt rüber, aber heute Abend will ich Euch hier wieder sehen. Und ich gebe Euch Suleiman mit zur Sicherheit.«

Odongo sprach, so sollte es geschehen.

Suleiman war schon älter, 24 Jahre, wie er später zu Douglas McFarland sagte. Französisch konnte er kein Wort. Also konnte er eigentlich nicht aus dem Ost-Kivu kommen. Wahrscheinlich ein Ugander. Aber mit ihm auf dem vorderen Beifahrersitz öffnete sich der Schlagbaum wie von selbst.

Sie hatten es geschafft. Goma, wir kommen.

BUKAVU

Das war ein gutes Treffen gewesen. Bobby Brown versuchte im Kopf Fazit zu ziehen. Er saß in einem Armee-Geländewagen, der aus Ruandas Hauptstadt Kigali die knapp eineinhalb Stunden in Richtung Grenze fuhr. Das Ziel war die Grenzstadt Cyangugu und dann in den Zaire nach Bukavu.

Bei dem Treffen im Hauptquartier der ruandesischen Armee waren alle mit Rang und Namen mit dabei gewesen. Die Hierarchie des Militärs in Ruanda, rekapitulierte Bobby Brown, hatte nicht nur wohl klingende Titel wie General, Generaloberst oder Major, sondern das waren geschulte und ganz offenbar auch kriegserfahrene Soldaten.

Auch Oberstleutnant Cesar Kayzali war anwesend gewesen, mit dem er schon das erste Briefing hatte. Nun erfuhr Bobby Brown in der Vorstellungsrunde, dass Cesar - inzwischen sprachen sie sich nur noch mit dem Vornamen an - auf der Hamburger Offiziersakademie in Deutschland zum Offizier ausgebildet worden war. Daher hatten sie sich gleich verstanden, dieselbe Sprache gesprochen.

Und General Ubundu oder so ähnlich hatte dann den Projektor angeknipst und eine Karte des Gebietes der Großen Seen an die Wand geworfen und völlig ungeschminkt und militärisch sachlich vorgetragen:»Im Spätsommer 1996 begann die Situation im Südkivu zu eskalieren. Ab August rückten ruandesische Truppen in das Siedlungsgebiet der Banyamulenge ein und verbündeten sich mit lokalen Milizen. Diese begannen mit der Eroberung von Gebieten auch außerhalb ihres Heimatgebiets, am 4. Oktober eroberten sie Lemera.«

Sie waren also die Kriegstreiber, die Ruandesen, ohne Wenn und Aber. So offene Worte hatte Bobby Brown nach allen seinen sehr ausführlichen Briefings zuhause nicht erwartet. Dort hatte es immer noch geheißen, »so weit wir wissen«, »es scheint so, dass…«. Nix möglicherweise. Die Ruandesen waren sogar stolz darauf, mit dem großen Nachbarn verstecken zu spielen und ihn dabei kräftig zu piksen, so stark, dass es weh tat.

Der General hatte dann ohne Überleitung weitergemacht und auf der an die weiße Wand projizierten Karte mit einem Laserpointer die Stelle markiert: »Am 7. Oktober 1996 forderte der Vizegouverneur der Provinz Südkivu alle Tutsi und Banyamulenge, also sowohl Einheimische als auch Einwanderer aus Ruanda, auf, Zaire innerhalb von einer Woche zu verlassen. Daraufhin begannen sowohl Ruanda als auch die Rebellen, ihre Aktivitäten zu verstärken.«

»Darf ich dazwischen fragen, was das heißt: verstärken?« Die Frage brannte Bobby Brown zu stark auf den Lippen, als dass er noch länger hätte still bleiben können. Seit der Vorstellungsrunde wussten sie ja alle, dass er hierher abkommandiert war, die kriegerischen Handlungen, wie er gesagt hatte, zu unterstützen und unnötiges Blutvergießen dabei zu vermeiden.

»Mein Name ist Bobby Brown, Rang Oberstleutnant«, hatte er seine Vorstellung begonnen. »Ich bin ein ehemaliger Navy SEAL, das ist eine offiziell nicht existierende Elite-Einheit der Marines. Ex bin ich aus mindestens zwei Gründen: Ich werde dieser Tage 29 Jahre alt. Alle SEALs müssen in diesem Alter ihren Dienst in dieser Einheit quittieren. Zudem wurde ich bei einem Einsatz in Somalia durch Granatsplitter verletzt. Seither habe ich spezielle Ausbildungen erhalten, als Einzelkämpfer Einsätze wie diesen im Osten des Zaire für die US-Army erfolgreich zu absolvieren.«

»Was waren das für Spezialausbildungen«, hatte General Ubundu nachgefragt? »Sir, Taktik, Sprachen, breite Ausbildung an den unterschiedlichsten Waffen, die nicht zur Standardausrüstung der amerikanischen Streitkräfte gehören - und auch Kurse in Politik und Kultur der Region, in der ich jetzt zum Einsatz komme.«

Alle hatten mit den Köpfen genickt, Bobby Brown hatte das Gefühl gehabt, sie meinten es anerkennend, zumindest die meisten.

Bei dieser Vorstellungsrunde hatte er dann auch endlich mehr über Cesar Kayzali erfahren. Er war, wie wohl alle in der Runde, ein Tutsi, der mit seinen Eltern bei den »Säuberungen« in Ruanda aus dem Land geflohen war. Nach einigen Jahren in Uganda war er mit seiner Familie nach England gegangen und hatte dort auch studiert. Dann schloss sich der noch junge Tutsi-Mann den Rebellen an, die von Uganda aus immer wieder Vorstöße in die Hutu-Diktatur Ruanda unternahmen. Da er sich bewährt hatte, war er nach Deutschland, Hamburg auf die Bundeswehrakademie für Offiziere geschickt worden und drei Jahre zum Offizier ausgebildet worden, offiziell als Mitglied der ugandischen Armee. Wie immer das die Rebellen hinbekommen hatten.

Dann war es bei dem Meeting des Generalstabes in Kigali um viel Zahlen und manche Ungewissheit gegangen. Wieviel Mann die Rebellen im Zaire wirklich unter Waffen hatten, war die schwierigste der zu beantwortenden Fragen. Es mussten schon mehr als 3.000 Mann sein, jeden Tag kämen neue hinzu. Aber die Bewaffnung, selbst die Bekleidung sei fürchterlich, hatte Oberstleutnant Cesar Kayzali ausgeführt.

Sie selbst, die ruandesischen Einheiten, würden derzeit mit 600 Mann die Rebellion anführen. »Deshalb die schnellen Landgewinne. Wir haben auch Fahrzeuge drüben und Granatwerfer«, hatte Cesar seinen Vortrag abgeschlossen, nicht ohne zu erwähnen: »Von der offiziellen Armee des Zaire gibt es keinerlei Gegenwehr. Sobald wir näher kommen, nehmen die Reissaus. Schlecht ausgebildet, seit Monaten nicht mehr bezahlt. Das eine Armee zu nennen, ist schon zu viel der Ehre.«

Da war plötzlich ohne jedes Klopfen oder Vorwarnung die Tür aufgemacht worden und alle, auch die Generäle, waren wie ein Mann aufgesprungen. Auch Bobby Brown stand auf.

Dann sah er ihn, »das Herz und den Kopf des Machtzentrums Ruanda«, wie sein Professor Steve Miller ihn immer beschrieben hatte. »Ein Ästhet, ein Computergehirn, schmächtig, aber bis auf die Knochen durchtrainiert, ein Power-Zentrum.« Paul Kagame war inzwischen Vize-Präsident Ruandas und zugleich Verteidigungsminister. »Bleiben Sie doch sitzen, ich will nicht lange stören.« Und an Bobby Brown gewandt: »Schön, Sie hier zu haben«, sagte er in perfektem Englisch. Wie auf höchsten Befehl setzten sich alle gleichzeitig wieder.

»Lassen Sie mich kurz berichten«, fuhr Paul Kagame fort, der als einziger stehen geblieben war. »Am heutigen Freitag, den 18. Oktober, haben Vertreter mehrerer kongolesischer Rebellengruppen in unserer Hauptstadt das »Abkommen von Lemera« unterschrieben und damit die Alliance des Forces Démocratiques pour la Libération du Congo (AFDL) gegründet. Mit dieser Demokratischen Allianz zur Befreiung des Kongo haben wir jetzt einen offiziellen Akteur für die politische Weltbühne. Bringen sie mich also schnell auf den militärischen Status quo«, sagte der drahtige Mann mit dem nicht ganz sauber rasierten Gesicht. Aber seine scharfen Augen wurden durch die schwarz umrandete Brille noch präziser.

Viele Worte verlor dieser Mann nicht. Bobby Brown musste selbst jetzt wieder lächeln, als sie über die glatten Teerstraße der Grenze immer näher kamen. Paul Kagame, das war der Chef der Tutsi-Rebellen gewesen, als der Völkermord gegen diese Minderheit in Ruanda wütete, der Krieg der 100 Tage. Wohl gut eine Million Menschen waren dabei umgekommen, vor allem Tutsi, aber auch viele Hutu. Auch Kagames geordnete Rebellentruppen, die von Uganda eingefallen waren, um dem Töten ein Ende zu setzen, hatten keine Gefangenen gemacht.

General Ubuntu fasste für seinen Oberbefehlshaber die Lage kurz zusammen. Denn, dass Kagame jetzt nur Vize-Präsident war, war nichts anderes als Kosmetik. Der offizielle Präsident war ein willfähriger Hutu, damit die Bevölkerungsmehrheit sich nicht beschweren konnte. Paul Kagame war der eine, der alles widerspruchslos entschied.

»Als nächstes kommt Goma dran - und dort vor allem die Hutu-Camps. Räuchert sie aus, durchbrecht ihren menschlichen Schild. Diese Interahamwe-Milizen sind die Mörder unseres Volkes. Die Hunderttausenden an Ruandesen dürfen dann die Tage danach wieder zurück nach Hause kommen«, gab Kagame unmissverständlich den Befehl zum Angriff auf die Flüchtlingscamps in den Außenbezirken von Goma. »Und Sie, Oberstleutnant«, sagte er an Bobby Brown gewandt, »Sie bekommen eine unserer Eliteeinheiten unter ihren Befehl. Samt Granatwerfern, Sie wissen ja, was die Dinger für Schaden anrichten können.« Sagte es und verließ ohne ein weiteres Wort das Meeting.

Die Tür schloß ziemlich laut nach ihm und Bobby Brown war der einzige, der sitzen geblieben war. Immerhin hatte der starke Mann Ruandas die Akte über ihn aufmerksam gelesen, dachte er sich. Es war eine Granate gewesen, die ihn in dem somalischen Holzkohle-Hafen fast das Leben gekostet hatte. Er sollte dort eine Cruise Missile direkt in das heimliche Hauptquartier einer islamistischen Miliz leiten. Guiden nannten sie diese Himmelfahrtskommandos. Denn ohne einen Mann an Ort und Stelle mit Laserpointer und Funkkontakt fand eine Cruise ihr Ziel nicht. Aber irgendwie hatten sie ihn auf dem Hausdach ausgemacht und eine Granate geschossen. Wenn der einsatzbereite Apache-Hubschrauber ihn da nicht mit Sperrfeuer rausgeholt hätte, gäbe es ihn nicht mehr.

Aber das war jetzt schon Jahre her. Vor ihnen, zwischen den Hügeln, war schon der Kivusee zu ahnen. Da nahm Julie Gitenga neben ihm im Auto plötzlich seinen Arm und zeigte auf einen der wuchtigen Bäume am Straßenrand.

Tatsächlich, Bobby Brown sah seinen ersten frei lebenden Colobus-Affen genüßlich an seinen langen schwarz-weißen Armen von Ast zu Ast pendeln. »Wir sind gleich an der Grenze«, sagte Julie Gitenga wie zur Beruhigung. Als Major war sie nicht bei dem Meeting in Kigali mit drinnen gewesen. Sie saß schon im Geländewagen, als Bobby Brown und Cesar Kayzali aus dem Gebäude gekommen waren.

Nun also in den Zaire. Die Grenzstation wurde schon von den Rebellen kontrolliert, oder waren das ruandesische Einheiten? Bobby Brown konnte das nicht unterscheiden. Auch er trug inzwischen eine olivfarbene Uniform ohne jedes Abzeichen. Cesar hatte sie ihm ins Hotel gebracht und mit den Worten übergeben: »Darin fällst du weniger auf.«

Sie waren beim Grenzübertritt nicht einmal richtig zum Stehen gekommen. Nach zwei weiteren Kurven auf der nun deutlich brüchigeren Straße konnte Bobby Brown verstehen, warum sie diesen Ort gerne auch die »Riviera am Kongo« nannten.

Die belgischen Kolonialisten, hatte ihm Professor Steve Miller erzählt, hatten sogar mal überlegt, hier einen Kurort aufzubauen. Eine große Landzunge erstreckte sich in den See und die bewaldete, hügelige bis bergige Landschaft außen herum ließ einen sofort an den Schweizer Tessin denken - wenn nur die unzähligen Bananenstauden nicht gewesen wären.

»Wir übernachten im Hotel Residence an der Avenue Lumumba«, gab Julie Gitenga eine knappe Information. »Dürfen Cesar und ich Sie heute Abend zum Essen dort einladen?« »Gerne«, gab Bobby Brown zurück, »ich habe nichts anderes vor.«

KIVUSEE

Suleiman, der Rebellensoldat, war genau so korrekt, bestimmend und diszipliniert wie »Kommandeur« Odongo. Sein T-Shirt war unter den Achseln durchgeschwitzt. Wahrscheinlich waren er und der andere junge Grenzsoldat durch die Mittagssonne gelaufen, um einen Anschiss vom »Kommandeur« zu vermeiden. Aber Suleiman hatte im Gegensatz zu seinem jungen Kollegen schon eine Militärhose und sogar Stiefel an. Seine Maschinenpistole sah gut gepflegt aus und roch nach Öl. Der Geruch füllte den ganzen Kleinbus. »Da lang«, gab er Anweisung.

Sie bogen auf die Avenue des 20. Mai ein. Die Straße führte direkt nach Goma, vielleicht ein, maximal zwei Kilometer bis zur offiziellen Stadtgrenze.

Goma, daran erinnerte sich Michael Baumann von seinen früheren Besuchen, war eine Großstadt mit wohl rund einer halben Million Einwohnern. Sie lag zwischen den Ufern des Kivusees und dem Vulkan Nyiragongo im Norden.

Der Nyirangongo war einer der aktivsten Vulkane dieser Erde. Der Lavasee in seinem Krater kochte permanent. Wenn abends die Sonne im Westen über dem Kongobecken unterging, schimmerte das Rot der kochenden Lava bis zu den Wolken im Himmel und ließ diese rosarot glühen. Ein echtes Monster, das direkt aus dem Urwald zu kommen schien, Natur pur, mit all ihren ungezügelten Kräften.

Zudem lebten hier noch die fast zwei Millionen Flüchtlinge aus Ruanda, in den Camps südlich und nordwestlich der Stadt. Baumann hatte diese Flüchtlingscamps immer wieder besucht. Flüchtlingsgeschichten aus Afrika druckte die Zeitung immer gerne. Das passte zu den Vorurteilen über diesen Kontinent, gingen ihm dunkle Gedanken durch den Kopf.

Gleich würden sie bestimmt auch die Chukudus sehen, fahrbare hölzerne Lastenroller, die mehr an die Zeichentrickserie Fred Feuerstein erinnerten als an Fahrräder europäischer Bauart. Selbst die Räder waren bei den Chukudus aus Holz geschnitzt. Darauf transportierten die einfachen Menschen, zumeist die Bauernkinder von den Berghängen, hier alles, was zu schwer zum Tragen war. Vor allem an die großen Bananenstauden erinnerte sich Michael Baumann nur zu gut, wie die Jungen mit denen auf dem Trittbrett die ungeteerten Straßen von den Bergen nach unten zum Markt rasten.

Aber nichts von alledem war durch ihre Frontscheibe zu sehen. Vor ihnen lag eine geplünderte Stadt.

Die Straßen waren bedeckt mit Unrat, verstreuten Papieren und nutzlosen Dingen. Die Geschäfte auf der Avenue Mobutu waren aufgebrochen und ausgeplündert. Wie Schatten wandelten überall Menschen entlang, Frauen, Männer, Kinder.

An einem Laden bildeten sich Schlagen. Offenbar wurde hier, was noch da war, ausgegeben. Aber Suleiman ließ die zwei Kleinbusse mit McFarland und Baumann nicht anhalten. Sie waren die einzigen Autos auf den Straßen, außer den vier Lastern des Roten Kreuzes. Diese sammelten Leichen ein.

Ein lokaler Rot-Kreuz-Mitarbeiter rief Michael Baumann zurück: »Bisher haben wir mehr als 400 aufgelesen.« Tote von den Kämpfen und Plünderungen. Viele der Autos von den Hilfsorganisationen, die zwei Jahre lang Goma zum Versorgungszentrum der Hutu-Flüchtlinge gemacht hatten, waren von den fliehenden zairischen Soldaten »konfisziert« worden, als die Rebellen immer näher rückten.

Suleiman drang darauf weiterzufahren.

Kaum eine Häuserfassade ohne Narben von Einschüssen. Größere Schäden waren auf den ersten Blick nicht auszumachen. Also hatte es hier keinen schweren Beschuss mit Granaten gegeben. Ein Wassertanker des UN-Flüchtlingswerkes kreuzte den Weg der Kleinbusse. Die örtlichen Mitarbeiter waren nicht mit ihren weißen Chefs über die Grenze nach Ruanda gegangen, sie versuchten ein Minimum an Versorgung aufrechtzuerhalten.

Zum Flughafen in Richtung Norden durften sie nicht abbiegen. »Den haben wir schon komplett eingenommen«, gab Suleiman bekannt. Vom Süden her war immer wieder Gewehrfeuer zu hören. Gleich hinter der Stadt in Richtung Bukavu lag das große Flüchtlingscamp Mugunga. Dieses Lager war immer die Hochburg der Hutu-Milizen aus Ruanda gewesen. Dort wurde offenbar immer noch gekämpft. Diesmal nicht Rebellen gegen die reguläre Armee des Zaire, sondern Rebellen gegen die Hutu-Milizen, die Völkermörder aus Ruanda.

Endlich waren sie da, das Virunga-Hospital stand noch.

Bob Luci raste in seinem Operationsmantel mit weißen Gummistiefeln über das Gelände. Mit seinem grünen Haarschutz sah er aus wie ein Derwisch. Er blieb überrascht stehen. Er wusste nichts vom Kommen der beiden Kleinbusse.

»Die Funkgeräte haben wir alle vergraben«, sagte er nach einer kurzen, aufgeregten Begrüßung. »Wer so etwas hat, gilt hier als Verräter.« Dabei deutete er mit seinem Zeigefinger einen Schnitt durch den Hals an. Der Mann stand völlig unter Strom. Am Vorabend hatte er bis Mitternacht operiert. Die Rebellen hatten Verwundete. Sie besorgten ihm von irgendwoher 20 Liter Diesel. Also hatte er Dank des Diesel-Generators Licht.

»Ich bin seit 7 Tagen der einzige Chirurg hier.« Seitdem habe er das Krankenhaus nicht mehr verlassen, sagte Bob Luci, der als Sohn einer lokalen Größe hier aus Goma in England Medizin studiert hatte und dann wieder in seine Heimat zurückgekommen war.

Das Krankenhaus sei gottlob nicht geplündert oder beschossen worden, »genauso wenig wie die Brauerei«, fügte Bob Luci aufgedreht scherzend an. Mindestens sechs verschiedene Rebellengruppen seien in der Stadt, antwortete er auf Michel Baumanns Fragen. Alle sprächen andere Sprachen, es herrsche tiefes Misstrauen zwischen ihnen. Einige unterhielten sich nur in Kiruanda, fügte er flüsternd hinzu. Aber sie seien alle ungeheuer höflich und sehr diszipliniert, die Rebellen, »ganz anders als die zairischen Soldaten«.

Weg war er.

Douglas McFarland und Michael Baumann luden ab. Die Zimmer waren voll Patienten. Zairer, Rebellen, Zivilisten, wer konnte das schon sagen. Viele hatten Bauchverletzungen, starke Blutungen. Das ließ auf Kampfverletzungen schließen. Jetzt war zumindest wieder etwas Medizin da. Die paar Kartons aus den Kleinbussen würden Leben retten, wenigstens einige Leben retten. Nur darauf kam es an.

Plötzlich stand Suleiman wieder zwischen beiden und erinnerte an die Abmachung, abends wieder an der Grenze zu sein. Gerade, als Douglas McFarland antworten wollte, war der kleine Bob Luci wieder da. »Nein, nein, Suleiman. Ich brauche die beiden hier. Sie müssen helfen, deine Kollegen wieder in Ordnung zu bringen. Fahr´ du mit den Wagen und den Fahrern wieder zu Kommandeur Odongo. Sag` ihm einen Gruß von mir, ich bürge für die beiden. Und ich werde sie Morgen zur Grenze bringen.«

Wunder gibt es immer wieder, dachte sich Michael Baumann. Denn Suleiman schaute Bob Luci nur kurz verdutzt an, dann machte er kehrt und bedeutete den beiden Fahrern, in die Kleinbusse zu steigen und zurück zur Grenze zu fahren. »Und wir? Wo bleiben wir heute Nacht«, fragte Douglas McFarland seinen Krankenhaus-Doktor?

»Da habe ich schon eine Idee. Aber lass uns erst einmal die Listen mit dem Allernotwendigsten machen, das ich hier so schnell wie möglich brauche«, sagte Bob Luci und ging voraus in sein winziges Zimmer, das er Büro nannte.

Michael Baumann nutzte die Zeit für eine Zigarette und schaute sich vom Tor der Mauer um das Krankenhaus aus die zerstörte Stadt an. Hier also sollte er heute bleiben? Die Nächte waren immer die gefährlichste Zeit auf diesem Kontinent. Das hatte er in seinen Jahren in Afrika leidvoll und nachdrücklich gelernt. Immer, wenn etwas schief gelaufen war in seinem Leben, war dies nachts passiert. Und das ging nicht nur ihm so. Deshalb suchten die Menschen hier auch bei der untergehenden Sonne immer den Weg nachhause und verriegelten ihre Türen. Wenn sie welche hatten, kam ihm der Gedanke bei all den Schatten, die durch die staubigen und schmutzigen Straßen in Goma huschten.

Noch immer waren die Schüsse aus dem Süden zu hören. Dort musste andauernd gekämpft werden, bei den Flüchtlingscamps. Und wo würden sie heute übernachten?

Was, wenn es zu Kämpfen in der Stadt kam? Gut, dass er in seiner Tasche neben weiteren Zigaretten auch Zahnbürste und Waschsachen eingepackt hatte, und frische Unterwäsche.

Auch eine zweite Zigarette konnte seine innere Aufregung nicht beruhigen.

»Auf geht's«, klopfte ihm da Bob Luci auf die Schulter aus seinem offenen Jeep. Ein alter amerikanischer Armee-Jeep, ob das das passende Fahrzeug in einer Stadt im Krieg war?

»Wo fahren wir hin«, fragte Michael Baumann seinen Freund Douglas McFarland beim Einsteigen. »Kein Problem, wir fahren zu einer wichtigen Familie, die unten am See wohnt. Ich kenne die auch sehr gut. Das sind Freunde von Bob und mir. Dort können wir übernachten, dort sind wir sicher.«

DEUTSCHE AUSSENPOLITIK

Philip Bender spielte mit seinem Kugelschreiber zwischen den Fingern. Heute hatte er den Gelben mitgenommen, schlank, aber gerade dick genug, um gut in der Hand zu liegen, wenn er schnell mal eine Notiz machen wollte. Eigentlich liebte er den roten Kugelschreiber dieser Marke noch mehr, weil er ein so schönes Weinrot hatte. Aber den hatte er nicht auf die Schnelle in seiner Schreibtischschublade gefunden, als Botschafter Groß am Morgen angerufen hatte und ihn zu der Telefonkonferenz mit den »Kollegen aus Kinshasa und Kigali« dazu gebeten hatte.

»Sie müssen auch nicht viel sagen, Schallenberg und Borch werden sowieso die meiste Zeit reden. Aber wir müssen die beiden Streithähne einfangen. Wunsch des Ministers. Und da brauche ich Hilfe.«

Wieder einmal eine klassische Selbstüberschätzung des lieben Herrn Botschafters Manfred Groß. Er glaubte nur an eines in seinem Leben. Und das war er selbst. Groß und seine Karriere, das waren Synonyme.

Als Adlatus des früheren Außenministers war er auf das diplomatische Karussell geworfen worden, damit er nach der Amtszeit des Ministers nicht nutzlos im Ministerium herumlungern musste bis zu seinem Ruhestand in 15 Jahren. Und jetzt glaubte Groß, immer gepflegt gekleidet und sich distinguiert ausdrückend, er sei auf seinem ersten Botschafterposten bereits oben angekommen. So ein Schwachsinn, dachte sich Bender, der BND-Agent, und malte weiter kleine Kreise auf dem Block vor ihm.

Nairobi war nicht mehr als ein Bewährungsposten. Keine Fehler und hoffentlich ein überraschender Erfolg, dann konnte es auf der Karriereleiter weiter nach oben gehen. Das war bei ihm genauso, sinnierte Bender vor sich hin. Den blauen Kugelschreiber, ja, er hatte dasselbe

Modell auch in Blau, den nahm er nur für offizielle Anlässe.

Da donnerte Botschafter Groß in die Mikrofonspinne auf dem Konferenztisch: »Lieber Herr von Borch, alles, was sie bisher von sich gegeben haben, ist doch durch ihre ideologisch-politische Brille verfärbt. Schauen Sie sich doch einmal die Fakten an. Wir wissen alle, auch der Herr Minister, dass sie ein großer Anhänger des Vize-Präsidenten Ruandas sind. Aber Kagame ist nicht einfach nur ein weiser Diktator, der das Gute notfalls auch mit Gewalt umsetzt. Er scheint doch alle internationalen Regeln der Völkergemeinschaft zu brechen und die Souveränität des Zaire zu missachten.«

Berthold von Borch, deutscher Botschafter in Kigali, war wirklich für seine politische Halbblindheit berühmt. Bender stimmte Botschafter Groß diesmal zu, wenn auch nur in Gedanken, still und heimlich. Borch, oder von Borch, so viel Zeit musste sein, hielt sich für einen modernen Botschafter der neuen Generation, der politisch die Welt mit verändern wollte und konnte. Das war schon sein erster Fehler.

Botschafter waren heutzutage nicht mehr als Partypräsente für die jeweiligen Machthaber. Wenn es wirklich diplomatisch brannte und es darum ging, die Glut abzukühlen, telefonierte der Außenminister entweder mit seinem Amtskollegen direkt, oder er kam gleich angeflogen und beriet sich mit der Regierung in mehreren Gesprächsrunden und Vieraugengesprächen.

Wir, dachte sich Bender, der gerade zwei Kreise auf seinem Block miteinander verband, sind dann immer für die Fakten und Papiere zuständig, damit der Außenminister auch wusste, wovon er sprach. Diese Diplomaten konnten quatschen und saufen, und das wie Pferde im Stehen, schob er eine kleine Gehässigkeit gedanklich hinterher.

Jetzt hatte Dietrich von Schallenberg, der deutsche Botschafter bei Mobutu in Kinshasa, freie Bahn. Groß hatte seinen Erzfeind von Borch angeschossen. Von Schallenberg legte nach: »Ohne Zweifel sind die Ruandesen in diesem Konflikt eine treibende Kraft. Ein paar Rebellen aus dem Busch haben nicht die Disziplin und schon gar nicht die Waffen und Transportmöglichkeiten für einen solchen schnellen Vorstoß. Lesen Sie denn meine Depeschen nach Berlin nicht? Ich setze Sie doch immer in cc. Kagame muss zurückgepfiffen werden. Er bedroht den Frieden im Herzen Afrikas.«

Das war nun eine Schippe zu viel, dachte sich Bender. Von Frieden war in dieser Region auch vorher nicht viel zu spüren gewesen. Ständig Überfälle der Hutu-Milizen auf Ruanda, Plünderungen, Entführungen. Kurze Rachefeldzüge der Ruandesen folgten dann immer innerhalb von 24 Stunden rüber in den Zaire. Was war das für ein Frieden?

»Ohne Zweifel, die Ruandesen unterstützen die Rebellion«, sagte Botschafter Groß. »Bender, fassen Sie doch bitte für uns die Fakten zusammen, die der BND bisher gesammelt hat.«

Also musste er doch etwas sagen. Als Friedensstifter war Botschafter Groß auch nicht gerade eine gute Wahl. Er wollte nur keinen Fehler machen, der Botschafter, das könnte seine Karriere ja behindern. Wenn es brenzlich wurde, spielte er den Ball sofort ab, wie ein feiger Außenstürmer, der Angst um seine Beine hatte, wenn die Verteidiger der gegnerischen Mannschaft auf ihn zuliefen.

»Wenn die Herren Botschafter erlauben«, hob Bender schließlich an, sich in Richtung Tisch-Mikrofon aufzurichten. »Feststeht für uns, dass die Rebellion im Zaire von mehreren Gruppen getragen wird. Allen voran von den Banyamulenge-Tutsi. Diese Volksgruppe wird im Zaire seit Jahren unterdrückt. Jetzt hat Mobutu ihnen die

Staatsbürgerschaft aberkannt und sie aufgefordert, zurück nach Burundi oder Ruanda auszuwandern.«

»Aber das war doch nur eine Reaktion«, erwiderte Dietrich von Schallenberg aus Kinshasa mit wütend zitternder Stimme. »Weil sie eine Rebellion unterstützen, sah sich Mobutu zu diesem Schritt gezwungen«, setzte er nach.

»Herr Botschafter, ich will mit ihnen gar nicht streiten. Fakt ist«, sagte Bender mit fester Stimme, »dass die Banyamulenge-Tutsi schon seit Jahren nicht mehr wählen dürfen oder im Parlament vertreten sind. Sie sind die eine Gruppe. Hinzukommen dann noch Kämpfer einer Truppe um den Dauer-Rebellen Laurent Kabila und einige warlords aus der Region. Sicher scheint auch zu sein, dass vor allem die Banyamulenge Hilfe aus Ruanda, und wenn ich meinen amerikanischen Kollegen glauben darf, auch aus Uganda erhalten. So weit die Fakten. Vermutet werden darf darüber hinaus, dass Ruanda vor allem die Banyamulenge-Tutsi stark unterstützt. Die Erklärung steckt schon im Namen: Ethnisch sind die Banyamulenge mit den Tutsi in Ruanda und Burundi durchaus verwandt.«

»Aber Beweise für die Unterstützung haben sie keine, oder?« geiferte von Borch aus Kigali sofort zurück.

»Nein, Herr Botschafter. Bilder oder schriftliche Bekenntnisse haben wir keine. Aber sowohl unsere Quellen als auch die der amerikanischen und französischen Dienste stimmen bei diesen Angaben ziemlich überein. Das sollte uns und muss uns im Moment genügen«, beendete Bender seinen Bericht.

»Das will ich wohl sagen«, spielte Botschafter Manfred Groß wieder den Staatsmann. »Das ist unsere Ausgangslage. Nun will der Herr Minister in Berlin wissen, was wir für Optionen haben. Ich höre gerne Vorschläge.«

»Lassen sie uns Kagame unterstützen und diesen Mobutu endlich in seine Schranken verweisen«, ereiferte sich sofort von Borch. »Das ist ein Kampf Heute gegen Vorgestern. Mobutu ist doch ein Überbleibsel aus der bipolaren Welt des Kalten Krieges. Und wir Deutsche …«

»Was soll denn dieser Quatsch«, brüllte von Schallenberg zurück. »Wenigstens geben Sie endlich zu, dass ihr Kagame in diese Rebellion verstrickt ist. Aber wir können doch nicht zulassen, dass der Zaire auseinander bricht. Die gesamte Weltpolitik würde auf den Kopf gestellt. Es ist das heilige und unumstößliche Prinzip unserer deutschen Außenpolitik, keine Grenzänderungen zuzulassen, die mit Gewalt erzwungen werden. Und nur das will Kagame doch: sich Teile des Zaire einverleiben. Und sein Polit-Spezi Museveni aus Uganda, bei dem er gelernt hat, schneidet sich dann wahrscheinlich auch noch seinen Teil raus. Die Amerikaner setzen auf diese beiden Diktatoren, weil sie jung sind, die USA verbal unterstützen und deshalb nach Zukunft riechen.«

Von Schallenberg und von Borch, die adeligen Antipode, hatte Bender Chef Metzler ihn noch vor dem Termin gewarnt. Ideologische Leerschwätzer mit Stammbaum, hatte er sie genannt. Inzwischen musste Bender zugestehen, dass sein Chef in der Einschätzung gar nicht so falsch lag.

Der von Borch, hatte Metzler gesagt, für den ist Kagame der Held. Paul Kagame in Ruanda, Yoveri Musevini in Uganda und der eritreische Präsident Isayas Afewerki, dass seien die Helden des sich erneut befreienden Afrikas, die Schöpfer einer unabhängigen Geschichte des Kontinents, kurz auf eine Formel gebracht: die Clinton-Boys eben. Mit denen wollten die USA diesen Kontinent aufbrechen. Lieber westlich gesinnte moderne und offenbar gute Diktatoren als ewig gestrige Patriarchen oder Abzocker, die nur in die eigene Tasche wirtschafteten und ihre Länder so wie die Geberländer ausquetschten.

Und von Schallenberg, meinte Metzler, der sei die andere Seite der Medaille, der moderne Stock-Konservative.

Bloß keine Veränderung, es ist doch alles gut. Der glaube an die »neue« Weltverschwörung - Kapitalismus gegen Freiheit. Der sehe in den Amerikanern nur die neuen Unterdrücker der Welt unter der Flagge der Freiheit und Demokratie, damit ihre Konzerne überall das beste Geschäft machen könnten. Dabei ist der von Schallenberg, hatte Metzler dann fast im Flüsterton heimlich angefügt, selber eher ein Stockkonservativer, nationalistisch geprägt, tief verwurzelt im Glauben an die Selbstbestimmung der Nationen. Bismarck sei sein historischer Held, die Sozialdemokratie der Wegbereiter des Abstiegs der deutschen Kultur, die ihr Niveau Stück für Stück verliere. Auf der Weltbühne sollten sich die Deutschen besser zurückhalten, hätten doch alles bekommen, was sie wollten. »Wir sind wiedervereint«, das sage von Schallenberg verklärt alle 10 Minuten, wenn er ein Glas Wein auf einem Stehempfang in Händen halte.

Bender verzweifelte. Wie komme ich hier nur wieder raus? Ein Ergebnis zur Vorlage im Ministerium würde bei so einer Diskussion nie herauskommen. Aber das war auch das Problem von Manfred Groß. Der hatte den Auftrag zu vermitteln, nicht er.

Dann kam, was kommen musste. Botschafter Groß sprach das Schlusswort - auf seine, Benders Kosten:

»Meine Herren, ich sehe, wir haben noch nicht ausreichende und beweiskräftige Fakten auf dem Tisch, um eine Empfehlung abgeben zu können. Lassen Sie mich den BND in Person von Herrn Bender bitten, binnen einer Woche einen konsistenteren Bericht vorzulegen und an jeden von uns zu mailen. Dann können wir uns wieder zusammenrufen und weiter diskutieren.«

Da saß Bender und wusste nicht, wie ihm geschah. Er steckte den gelben Kugelschreiber in die Innentasche seines Jacketts und hörte sich sagen: »Gerne, Herr Botschafter, wir setzen uns gleich hin.«

Und zu sich selbst flüsterte er, während er seinen Block schloss und in seine Aktentasche schob: Hoffentlich kommt der Baumann mit irgendwelchen »Beweisen« von seiner nächsten Reise zurück. Denn ich werde liefern müssen, damit Botschafter Groß einen Erfolg vorweisen und weiter an seiner Karriere basteln kann.

DER ÜBERRASCHUNGSGAST

Was für ein Ausblick. Michael Baumann konnte nicht aufhören, aus dem Fenster zu schauen. Eben noch lag der Kivusee ganz silbrig schimmernd vor ihm da. Doch dann spiegelten sich die roten und orangenen Töne der Wolken auf der Oberfläche des schläfrig auf die Nacht wartenden Wassers. Das Farbspiel speiste die permanent kochende Lava im Krater des Nyiragongo, der seine leuchtenden Strahlen in den Himmel sendete. Dieser Flecken Erde war mit allen Schönheiten der Natur so gesegnet und zugleich doch so grausam und unmenschlich.

Baumann zog die Vorhänge zu. Der rötliche Schimmer des Sees schwand langsam wieder und das Grau der Nacht ergriff Besitz vom glatten Wasser. Was für ein Haus, was für ein Anwesen, in das sie Bob Luci hier gebracht hatte. Eine alte, bestens erhaltene Kolonialvilla aus belgischer Zeit, mit eigenem Ufer und Strand an einem der schönsten Seen Afrikas. Der freie Blick rüber in die grüne Hügellandschaft Ruandas ließ einen von Segelbooten träumen.

Wäre da nicht die jüngste Geschichte des Völkermordes drüben passiert. Vom Fuße des Vulkans waren immer wieder Schusswechsel aus automatischen Waffen zu hören und Einschläge von Granaten. Dort lag, nur wenige Kilometer entfernt, das große Flüchtlingscamp der Hutu. Ganz offensichtlich wurde darum noch gekämpft.

Als sie mit Bob Lucis Jeep vor dem schmiedeeisernen Gitter des mächtigen Tores standen, eingefasst von verzierten Steinsäulen, war Michael Baumann schnell klar geworden, dass sie hier wohl wirklich nichts zu befürchten hatten.

Zwei bewaffnete Wächter waren zum Wagen gekommen, um nachzusehen, wer alles im Fahrzeug saß. Bei der Durchfahrt durch das geöffnete Tor hatte Baumann sofort den Pickup-Geländewagen mit dem schweren Maschinengewehr auf der Ladefläche gesehen, durchgeladen mit langen Munitionsbändern.

Auf der Fahrt zum überdachten Haupteingang der dreigeschossigen Villa sah Baumann auf dem weitläufigen Grundstück überall Patrouillen, immer zwei Mann mit automatischen Waffen und Sprechfunk-Geräten. Dieses Seegrundstück war exterritoriales Gelände für alle Gruppierungen. Das war Michael Baumann sofort klar. Hier musste ein mächtiger Mann wohnen.

»Josef Gitenga«, stellte der Hausherr sich vor, als Baumann, aus seinem Zimmer kommend, die große Treppe nach unten gekommen war. Der hätte in jüngeren Jahren auch Basketballer gewesen sein können, schoss Baumann ein Gedanke durch den Kopf.

Aber der Druck der Hand sprach eine andere Sprache. Feste muskulöse Unterarme nutzen die langen Finger der großen Hand wie Beißzangen. »Michael Baumann, danke dass wir hier Unterschlupf für die Nacht bekommen«, antwortete der deutsche Journalist so höflich er konnte, ohne sich den Schmerz in der Hand anmerken zu lassen.

»Douglass Freunde sind auch meine Freunde«, gab der Tutsi lächelnd zurück. »Wir sitzen im Kaminzimmer auf einen Aperitif. Douglas sagte, du würdest auch einen guten Malt Whiskey schätzen. Ich darf doch du sagen?«

Für einen guten Malt war Baumann immer zu haben.

Malt Whiskeys hatten in der Freundschaft mit Douglas McFarland eine konstituierende Funktion. Immer, wenn sich die beiden ungleichen Reisepartner irgendwo in Zentralafrika trafen, hatte mindestens einer von ihnen eine Flasche dabei, meistens hatte jede von ihnen beiden eine Flasche gekauft. Die ließen sich im Duty Free in Entebbe, dem internationalen Flughafen Kampalas, bei einem Inder immer schnell und gut bekommen. Meistens begannen die

Reisen in den Zaire über einen Zwischenstopp in Entebbe in Uganda.

»Soll ich meine Flasche holen«, fragte Baumann spontan. »Habe auch eine dabei.«

»Das hat mir Douglas schon erzählt. Probiere mal meine und sag mir Deine ehrliche Meinung dazu«, sagte Josef Gitenga.

Douglas stand mit einem herrlich tief-ocker funkelnden Glas vor dem offenen Kamin, in dem drei große Holzscheide brannten.

»Michael, Josef hat wirklich gute Whiskeys. Gut, dass wir heute hier auch gleich schlafen können, die Treppe rauf, das schaffen wir dann schon zusammen.«

Josef Gitenga goss, ohne zu fragen, ein weiteres Glas mit zwei Finger breit Whiskey voll und reichte es Michael Baumann. Die ätherischen Düfte ließen Baumann Gutes erwarten. »Auf den ersten Journalisten, der in meinem Haus übernachten darf«, sprach Josef Gitenga einen Toast in die Runde und alle nahmen einen kleinen Schluck.

»Ist das ein Mortlach?« Baumann schaute in die Runde. »Oder blamiere ich mich gerade?«

»Der Kerl ist gut, Douglas, der versteht zumindest etwas von Whiskey«, lachte Josef Gitenga.

Der Mann hatte Stil und, nach kurzen schnellen Blicken war es Michael Baumann auch klar, er musste auch Geld haben. Natürlich eine Rolex-Uhr am Handgelenk, aber auch die Schuhe unter der grauen leicht fallenden Hose waren Rahmen-genähte englische Schusterkunst, der dünne graue Pullover bestimmt aus Kaschmir.

»Michael, der Deal ist: Du warst nie hier, und alles, was du in meinem Haus siehst oder hörst, ist nie geschehen. Ich will nichts davon irgendwo einmal lesen müssen.«

Sonst steht wohl das Todesurteil an, dachte sich Michael Baumann seinen Teil. Josef Gitenga hatte dies in einem Tonfall von sich gegeben, der keine Missverständnisse oder Scherze erlaubte.

»Selbstverständlich. Solange ich alles fragen darf. Ich bin immer noch ein Lernender hier in Afrika.« Baumann wollte nicht ganz kampflos beigeben.

»Du darfst mich alles fragen, nur nicht schreiben.«

»Womit verdient man so viel Geld hier, um sich das Anwesen und eine kleine Privatarmee zu leisten«, legte Baumann gleich nach.

»Ganz einfach, ich mache mit allen Geschäfte: Regierungen, Rebellen, Nachbarstaaten, Privatleuten. Und die meisten kaufen bei mir Waffen, eigentlich alle.«

Eine so offene Antwort hatte Michael Baumann nicht erwartet. Er musste schlucken.

»Und um die nächste Frage gleich zu beantworten: Ja, ich bin ein Tutsi, nicht weit von hier geboren. Aber mein Großvater war mit einer wunderschönen blonden Polin verheiratet. Deswegen passe ich mit diesem Abstammungsmakel nicht in die Hierarchie, bin dafür aber für alle anderen kompatibel und ansprechbar.«

In der Schwingtür mit den Glasfacetten erschien ein Bediensteter, schwarze Hose, weißes Jackett und, Baumann wollte es zunächst nicht glauben, mit weißen Handschuhen. »Das Dinner ist fertig, Sirs.«

»Lasst uns Essen gehen.« Josef Gitenga stand auf und ging durch die Doppeltüre vor.

Baumann konnte nur staunen: Das Esszimmer war komplett in dunklem Tropenholz getäfelt, der rund geschwungene Erker hatte große Fenster, durch die der Kivusee, vom Mond erleuchtet, sie grüßte. Vor der Villa musste noch eine Steinterrasse sein, dann ein paar Stufen und man war am Ufer. Der große Esstisch war für sechs Personen eingedeckt.

»Meine Frau und meine Tochter werden gleich hier sein. Für später hat sich noch meine ältere Tochter angesagt. Simba, mein Sohn, ist leider verhindert. Der steckt in Kampala fest.«

Josef Gitenga wies Michael Baumann seinen Platz zu. Douglas McFarland saß ihm gegenüber. Weißes Porzellangeschirr, große Teller und darauf eine Suppenschale, daneben silbernes Besteck für mindestens 4 Gänge. Baumann spürte, dass er Hunger hatte.

»Warum bist du Journalist geworden?«

Josef Gitenga goss allen Dreien Mineralwasser ein.

»Aus Neugier, bezahlte Neugierde, so würde ich meinen Beruf umschreiben«, gab Michael Baumann seine Standardantwort auf diese Standardfrage. »Eigentlich war ich auf dem Weg, Historiker zu werden. Aber nur als Fußnote zu überleben und dafür jeden Tag Seminare für Lehramtsanwärter geben zu müssen, schien mir keine Lebensperspektive zu sein. Zudem zahlen Lehrberufe in Deutschland schrecklich schlecht.«

»Aber sind Journalisten nicht alles heimliche Politiker, die die Menschen nur vom angeblich Guten überzeugen wollen?«

Michael Baumann spürte bei dieser Frage, dass dieser Abend nicht einfach würde. Gitenga hatte seine festgefahrene Meinung.

»Was kennen Sie für Journalisten, was lesen Sie für Zeitungen, welches Fernsehen schauen Sie, dass Sie so verächtlich über meinen Berufsstand sprechen«, konterte er.

»Touché«, sagte überraschend eine warm und wohlklingende Frauenstimme hinter Michael Baumann. »Lassen Sie ihn nicht mit allen Provokationen durchkommen, ich kenne Josef, er versucht jeden in die Ecke zu stellen. Willkommen in unserem Zuhause«, sagte die attraktive Frau, die einem Pariser Modemagazin entsprungen zu sein schien.

Baumann stand blitzschnell auf und gab »Madame«, wie Josef Gitenga seine Frau nur vorstellte, die Hand. Was für eine Berührung. Auch sie hatte lange Finger, aber diese wärmten, ja schmiegten sich in seine Hand. »Madame, danke, dass ich Ihr Gast sein darf«, sagte Baumann und vergas dabei fast, die verführerische Hand wieder loszulassen.

Die großen braunen Augen streichelten ihn, das Lächeln in den Mundwinkeln verriet, dass sich Madame ihrer Wirkung bewusst war und ihren Auftritt ziemlich genoss.

Inzwischen waren alle Männer um den Tisch aufgestanden. Douglas McFarland begrüßte Madame als alte Bekannte mit einem kleinen Küsschen, ihr Mann Josef zog den Stuhl für sie vor und half ihr beim Hinsetzen. Endlos lange Beine konnte Michael Baumann da kurz sehen, wohlgeformt, die nahtlos in das mit einem Hauch Rosa gefärbte Kleid übergingen, das einen reizvollen Ausschnitt aufwies. Aber jeder Blick dorthin wurde durch ein feingliedriges Goldkettchen reflektiert, das auf der glatten straffen Haut jeden Versuch zu vereiteln wusste, tiefer blicken zu wollen.

»Thérèse, bitte suche du den Wein aus«, bat Josef die Hausdame. »Mit deinen Jahren in Frankreich bist du da besser ausgebildet wie ich einfacher Amerikaner.« So also hieß Madame: Thérèse. Sie flüsterte der Bediensteten kurz etwas ins Ohr, beide kicherten kurz, und die Kleine in blauem Dienstkleid mit weißer Schürze verschwand in die Küche.

»Meine Tochter Cathrine kommt gleich, aber wir können schon mit der Suppe beginnen, alles lokale Nahrungsmittel heute Abend, lieber Michael Baumann, damit Sie auch schmecken können, dass es dem Gebiet der Großen Seen an nichts mangelt«, lächelte Thérèse Gitenga in die Runde. »Hat mein Mann seinen Hass auf Journalisten schon ausgelebt?«

Madame schien gleichfalls die Provokation zu lieben. Sofort zog sie das Gespräch an sich, füllte mit ihrer Persönlichkeit den Raum und ließ keinen Zweifel, wer in diesem Haus letztendlich das Sagen hatte.

Woher er in Deutschland käme, was er studiert habe, ob er verheiratet sei, Kinder? Konversation gepaart mit Neugierde schien ihr Steckenpferd.

»Sie haben in Frankreich gelebt«, fragte Baumann zurück?

»Und studiert habe ich auch dort, sie werden es nicht glauben: Philosophie in Paris, meine Eltern fanden das toll«, gab Thérèse Gitenga mit Stolz preis. Ihre Familie war in den 50er Jahren aus Ruanda geflohen, als am Ende der belgischen Kolonialzeit die Hutu revoltierten und die Herrschaft übernahmen, wie sie es formulierte. Ihr Vater, Klinikchef in Kigali, habe sich als Arzt in Paris niedergelassen. »Meine Eltern waren glücklich dort.«

»Madame«, unterbrach die Angestellte das Gespräch vorsichtig und zeigte die Flasche Wein Thérèse Gitenga. »Genau der Richtige«, bestätigte diese.

Michael Baumann machte große Augen, als sein Glas eingeschüttet wurde. Was ihm da am Kongo-Ufer des Kivusees kredenzt wurde, war nichts anderes als ein fränkischer Bocksbeutel.

»Damit hatte ich nicht gerechnet«, gab er erstaunt preis.

»Ich dachte, für einen deutschen Gast der passende Wein«, lächelte Madame zurück und prostete dem deutschen Journalisten zu. »Votre santé«, stieß Baumann mit Madame an und hätte fast das Glas verschüttet, als sein Blick die junge Frau ins Esszimmer eintreten sah.

Wenn er in seinem Leben jemals pure Schönheit gesehen haben sollte, dann war dies der Moment. Madame war die Königin der Weiblichkeit, aber diese junge Frau war die Verkörperung von Venus oder Aphrodite, schlank und doch fest, mit einem Schritt, der den Körper durch-strömte, und einem Lächeln, das nicht echt, sondern nur gemalt sein konnte.

»Meine Tochter Cathrine, Michael, Sie werden sich gut verstehen, sie ist auch studierte Historikerin und Poli-tologin«, stelle Madame Thérèse Gitenga ihre Tochter vor.

Am liebsten hätte Michael Baumann seinen Freund Douglas McFarland kopiert, der Cathrine mit einem an-gedeuteten Handkuss begrüßte. Aber Baumann versuchte einfach normal zu bleiben und gab der jungen Frau, die ihm auf Augenhöhe fast frech ins Gesicht lächelte, nur fest die Hand.

»Sie sind also der Journalist«, sagte Cathrine in ak-zentfreiem Englisch und setzte sich zu Tisch. »Wo haben Sie studiert?«

Während sie die mediterraner Gemüsesuppe löffelten, drehte sich die Tischunterhaltung um amerikanische Uni-versitäten - Catherine hatte auf der Georgetown in Wa-shington, Baumann auf Johns Hopkins in Baltimore stu-diert - und deren Lehrsystem, die Professoren, das Leben in den USA und schließlich um den Job als Korrespondent in Afrika, als die Steaks aus Ankole-Rinder, zart medium gegrillt, serviert wurden.

»Ist das nicht ein schwieriger Kontinent für einen wei-ßen Journalisten«, fragte Catherine, als sie von ihrer Mut-ter unterbrochen wurde. »Michael, Sie können meine Tochter gerne auf eine Zigarette auf die Terrasse beglei-ten. Sie rauchen doch? Das tut man als Journalist. Sie auch, das dumme Ding.«

Das ließ sich Baumann nicht zwei Mal sagen, nicht nur, weil er das dringende Bedürfnis hatte, eine zu rau-chen, sondern auch, weil er das Gespräch und den Anmut des klar gegliederten, schmalen Gesichtes mit den am Hinterkopf verknoteten Haaren nicht missen wollte.

»Gerne«, sagte er sofort, erhob sich, half Catherine Gitenga auf. Sie gingen beide im Wohnraum durch die abgerundeten Flügeltüren auf die Steinterrasse. Abermals fesselte die silberne Scheibe des Kivusees den Blick des Deutschen.

»Also, ist das ein schwieriger Kontinent?« Die junge Frau inhalierte den erste Zug aus der Zigarette tief, setzte sich auf die Stein-Balustrade und schlug die Beine übereinander. Ihr Blick durchdrang Baumann. Der zündete sich seine Zigarette an und sagte: »Für mich ist es ein faszinierender Kontinent, weil ich ständig auf Neues stoße, jeder Konflikt immer schwarz-weiß scheint, grundsätzlich, endgültig, es gibt keine Grauwerte, weder im Lachen noch im Weinen.«

Der stechende Blick aus den sonst so warmen braunen Augen ließ ihn zweifeln, ob er neben einem Teufel oder einem Engel stand. »Das haben Sie schön - und diplomatisch gesagt.«

Catherine Gitenga schaute selbst auf den See. »Ich liebe diesen Kontinent, hier ist mein Zuhause, auf diesem Flecken Erde. Aber die Menschen geben keinen Frieden und ich sehe auch keinen Weg zum friedlichen Kompromiss. Sonst könnte dies das Paradies für uns alle sein.«

Ihre Brust hob sich langsam, dann gab sie einen fast stöhnenden Laut von sich und blies den Rauch ins Mondlicht.

»Aber Sie und ihre Familie sind doch Tutsi - und Sie leben im Kongo?« Michael Baumann versuchte die Stimmungslage besser einzuschätzen.

»Das ist Tutsi-Erde, auf der Sie stehen, seit gut 400 Jahren. Aber lassen Sie uns nicht über Geschichte und Politik streiten. Das können Sie später mit meiner Schwester machen. Die muss jeden Moment kommen. Sie ist Teil der möglichen Lösung, Sie ist beim Militär. Ich lebe in Kalifornien und unterrichte dort als Dozentin afrikanische Geschichte und Ethnologie. Ich bin zu feige, um für unsere Ideale zu kämpfen.«

Sie schnippte die Zigarette auf den Boden und löschte die Glut mit ihren sündteuren, fein geschnittenen Abendschuhen mit deutlichem Absatz. Was für eine Schönheit, dachte sich Michael Baumann in diesem Moment, ganz platt auf die makellosen Beine der jungen Frau starrend, selbst beim Zertreten der Zigarette war Catherine ganz selbstbewusst in ihrer Rolle der weiblichen Kraft und Anmut.

Aus dem Esszimmer waren laute Stimmen zu hören. Douglas McFarland diskutierte aufgeregt mit Joseph Gitenga, beide standen sich gegenüber, verstärkten ihre Argumente mit ausholenden Handbewegungen, die sich in der Luft beinahe trafen.

»Unsinn«, hörte Michael Baumann seinen Freund Douglas McFarland abwehrend in Richtung Joseph schleudern. »Es gibt keine militärische Lösung, am Ende muss immer der Interessenausgleich die Gemüter wieder beruhigen und die Menschen zusammenführen. Aber je mehr Unrecht geschehen ist, umso teuerer wird der Frieden. Das passiert gerade.«

»Mit denen gibt es keinen Frieden«, gab darauf Joseph schnippisch zurück, »das Beste ist Abwesenheit von Krieg. Aber dabei musst du jede Sekunde auf der Lauer, auf der Wacht liegen. Denn die können jederzeit zu den Waffen greifen und wieder gegen dich zu Felde ziehen. Und dann werden sie wieder versuchen, dich auszurotten.«

Catherine Gitenga blieb kurz vor den beiden Männern stehen, starrte sie abwechselnd ungläubig an und erklärte: »Ihr werdet den Tutsi-Hutu-Konflikt heute Abend nicht lösen, also vertragt Euch wieder und trinkt lieber noch ein Glas.«

Daraufhin eilte sie zu ihrer Mutter, die mit einer weiteren Person im Halbdunkel noch am Esstisch stand. Mit einen lauten »Julie« fiel Cathrine der Person im Halbdunkel um den Hals. Michael Baumann konnte nur ahnen, dass dies die Schwester sein musste. Denn er konnte deutlich die olivgrüne Uniform sehen.

»Da sind Sie ja wieder«, sagte Madame zu Baumann, während sie ein paar Schritte auf ihn zukam. »Sie können gleich wieder auf die Terrasse, Julie ist gerade mit dem Essen fertig und will bestimmt lieber eine Zigarette rauchen, als sich mit den alten Männern streiten«, sagte Madame Gitenga sarkastisch in Richtung ihres Mannes.

»Darf ich vorstellen: meine ältere Tochter Julie.« Dabei trat Thérèse Gitenga leicht zur Seite, hakte sich bei Cathrine unter und schritt mit ihr von dannen.

»Hallo«, sagte Julie Gitenga zu Michael Baumann. »Sie sind also der Freund von Douglas, der Journalist?«

»Ja, der bin ich«, antwortete Baumann mechanisch und erkannte in dem Gesicht vor ihm die Züge die weiblichen Züge der Mutter, nur war diese Ausstrahlung vergraben in scheinbar endlose Müdigkeit und Anstrengung.

»Haben Sie Zigaretten? Dann lassen Sie uns meiner Mutter nicht widersprechen.«

Julie Gitenga schien etwas kleiner zu sein wie ihre Schwester. Aber das konnten auch die Militärstiefel ohne Absätze sein. In ihrem olivgrünen Overall ohne jedes Abzeichen machte die junge Frau einen körperlich sehr durchtrainierten Eindruck. Sie tippelte die drei Stufen auf die Terrasse herunter, ohne einen Blick auf den Steinboden werfen zu müssen.

»Ihr erster Bürgerkrieg«, fragte sie Michael Baumann, als dieser ihr eine Zigarette angeboten und angezündet hatte.

»Nein, leider nicht. Ich war schon 1994 dabei.« Baumann starrte verunsichert über den See. Diese Frau war anders als Schwester und Mutter. Sie schien distanzierter, aber war zugleich viel emotionaler aufgewühlt. Auch wenn sie sich gut beherrschen konnte.

»So schlimm wie damals wird es diesmal nicht, bestimmt nicht.« Die Worte hallten in die Nacht. Julie Gitenga drehte sich um und schaute Michael Baumann geradeaus ins Gesicht. Dann begann sie zu erzählen, nahm sich Nüsse aus dem Glas, schenkte sich Wein nach, den die Angestellte auf die Terrasse gebracht hatte, und ließ dabei Michael Baumann nie aus den Augen.

Dass sie als einzige dieser Familie die Konsequenz gezogen habe und sich für den Dienst beim Militär in Ruanda entschieden habe, dass es jetzt um mehr ginge, als »nur« die Beruhigung des Grenzraumes. Ihr und der politischen Elite in Ruanda gehe es um eine »Friedensordnung der Zukunft«, um ein neues Afrika.

Michael Baumann stand da, hörte zu und konnte es kaum glauben, mit welcher Inbrunst hier eine Afrikanerin offen und sehr wortgewandt über die Zukunft lektorierte, die sie selbst mitgestalten wollte.

»Und wer sind dann diese Rebellen, weiter oben im Norden?« Michael Baumann konnte den Redefluss nicht noch weiter umleiten.

»Sie meinen Mulele und seine Leute?« Julie Gitenga drehte sich kurz ab.

»Ja, so soll er heißen, nach dem Vorbild aus den 60er Jahren, hat man mir erzählt«, spekulierte Michael Baumann und biss sich fast auf die Lippe. Denn er spürte, ins Schwarze getroffen zu haben.

Julie Gitenga drehte sich blitzartig um. »Mulele ist ein Guter«, warf sie dem Journalisten vor die Füße. »Er ist noch nicht dabei, glaubt an seinen eigenen Traum. Aber er ist ein Guter.«

Jetzt hatte Baumann Feuer gefangen. »Was heißt: Er ist noch nicht dabei?«

Julie Gitenga lächelte ihn erstmals verführerisch an, nickte ihm zu, das Glas ruhig zu halten, goß ihm den Rest fränkischen Bocksbeutel ein und meinte mit einem tiefen Blick von unten rauf: »Baumann, Sie haben noch nichts verstanden. Aber wenn Sie wollen, arrangiere ich, dass Sie Mulele mal treffen, okay?«

»Gerne«, meinte Baumann. Aber die drahtige junge Frau sagte nur »Gute Nacht«, sprang die Stufen ins Haus und verschwand.

Kurz darauf hörte Michael Baumann auf der Terrasse, wie ein Dieselmotor auf der anderen Seite der Mauer startete und ahnte, wie ein Geländewagen ohne Licht davon fuhr.

MILLE COLLINE

Der Bildschirm des Laptops füllte sich von ganz alleine. Zeile um Zeile lief, wie von Geisterhand getippt, in das Textprogramm. Michael Baumann saß mit brennenden Augen davor und massakrierte die Tastatur. Hier ging es nicht um Verstehen, hier ging es einfach nur um Sympathie, Mitleid, Gefühl, Entsetzen.

Er war erst vor einer knappen Stunde morgens um 3 Uhr in Kigali angekommen, völlig aufgedreht vom Erlebten der letzten 24 Stunden. Der Nachtportier war gottlob noch wach gewesen und hatte ihm gleich ein Zimmer gegeben. Nun saß Michael Baumann vor seinem Laptop und ließ seine Eindrücke und Gedanken ungezügelt in die Tastatur fließen.

Eine Geisterhand schrieb die Reportage. Gisenyi, Grenzort in Ruanda, Mitte November, tippte Baumann die Ortszeile. Nachts im Lichtkegel meines Autos waren die Bilder noch grotesker, erschien die Zahl, die Masse der Menschen noch unglaubhafter. Da lagen sie, Zehn-, wenn nicht Hunderttausende entlang der einzigen Straße, die vom Grenzort die Hügel hinauf ins Landesinnere führt. Bedeckt nur mit den blauen Plastikplanen des UN-Flüchtlingswerks, kauerten Familien erschöpft mit all ihrem Hab und Gut am Straßenrand. Kilometerlang glommen die Reste der Holzfeuer noch im Nieselregen nach dem letzten Schauer. Ab und zu war das Heulen eines kleinen Kindes zu hören, Frauen legten nasse Äste in die Glut.

Baumann schrieb völlig mechanisch, war dabei nicht er selbst. Er dachte nicht, sondern eine innere Stimme diktierte die Zeilen. In seinen Augen standen Tränen. Er hatte das Erlebte überhaupt noch nicht verarbeitet, geschweige denn durchdacht, analysiert, zerlegt und dann geordnet. Die Worte flossen einfach aus ihm raus.

Es war eine Flüchtlingsapokalypse. Völlig übermüdet von dem langen Marsch des Tages versuchten diese Menschen wieder Kräfte zu sammeln für Morgen, den nächsten Tag, an dem es weiterging. Und dennoch, die, die da entlang der Straße für die Nacht kampierten, hatten es immerhin bis hierher geschafft. Sie waren wieder in Ruanda, nach zweieinhalb Jahren in den Flüchtlingscamps im Ostzaire wieder in der Heimat, wenn auch noch nicht Zuhause, aber sie waren rübergekommen.

La petite barrière nannten sie diese Grenze, den kleinen Schlagbaum. Er lag am Fuße des Karisimbi-Vulkans. Seit Freitag Mittag stand er einfach offen. Denn niemand konnte diesen Strom von Menschen aufhalten, der zurückfloss, langsam, müde, aber beständig.

Michael Baumann lief eine Träne über die Wange und tropfte auf die Tastatur. Er stand schnell auf, holte aus dem Bad ein paar Blätter Klopapier und rieb die Tastatur wieder trocken. Er selbst nahm einen tiefen Schluck aus der großen Mineralwasserflasche, die er sich vom Nachtportier mitgenommen hatte.

Dann setzte er sich wieder vor das Laptop. Aber seine Gedanken waren wirr, völlig durcheinander, als er aus dem Fenster in die dunkle Nacht mit den hellen Sternen schaute.

Gestern noch hatte er bei den Gitengas in Goma verbracht, mit den beiden schönen Töchtern geflirtet, den mächtigen Vater provoziert und die begehrenswerte Madame verehrt. Sie hatten satt und richtig gut gegessen, Suppe, saftige Rindersteaks. Dazu hatte es, er konnte es immer noch nicht glauben, als Weißwein fränkischen Bocksbeutel gegeben und zum Nachtisch obendrauf belgische Pralinen. Sogar seinen Lieblingswhiskey hatte der Waffenhändler Gitenga ihm serviert: Mortlach. Was für ein weicher, hinterhältiger Spey-Whiskey.

In dieser Traumwelt mitten in Afrika waren er und Douglas McFarland auf ihre Zimmer gegangen und hatten in weichen Betten mit Daunendecken geschlafen. Bis sie dann von der kleinen Angestellten in ihrem blauen Kleid wachgerüttelt worden waren. »Sir, die Flüchtlinge, sie gehen zurück, alle«, hatte sie aufgeregt wiederholt, während sie ihn mit der einen Hand wachrüttelte, in der anderen schon einen heißen Kaffee bereit hielt.

Deshalb also hatte der Beschuss in der Nacht aufgehört, das hatte Julie Gitenga angedeutet, deshalb war sie noch nachts wieder weggefahren. Die Rebellen hatten die Flüchtlingscamps geknackt. Auf einmal passierte alles, was Jahre lang wie in Stein gemeißelt und unbeweglich existiert hatte.

Die Hutu-Flüchtlinge aus Ruanda strömten nach zwei Jahren wieder aus dem Zaire zurück.

Schnell geduscht, angezogen, dann hatte Bob Luci sie schon vor dem Haus in seinem Jeep erwartet. Die Sonne ging gerade über Ruanda auf der anderen Seite des Sees auf, der Motor lief und Bob drängte: »Lass uns losfahren, das wollt Ihr nicht versäumen. Hunderttausende sind auf den Beinen und machen sich wieder auf nach drüben.«

Bob war durch die Geisterstadt Goma gerast zur »kleinen Grenze«, wie er immer wieder brüllte, um den Fahrtwind und den Dieselmotor zu übertönen. »Ich fahre Euch, so weit ich kann, dann müsst Ihr laufen.« Am Ende der Stadt dann sahen sie schon den Bandwurm aus Tausenden von Menschen. So etwas hatten sie alle noch nie erlebt.

Baumann blickte wieder zur Tastatur hinunter und fing an, weiter zu schreiben. Kontrollen gab es keine mehr. 200, 300 Menschen in der Minute passierten die Grenze. Ein stiller Marsch. Kinder trugen Bündel dem Kopf, größer als sie selbst, in der Hand noch einen Ast für das spätere Feuer, Mütter schleppten Säcke und Plastikkanister, auf dem Rücken im Tuch ein Kind, ein anderes hing am Rockzipfel. Wenige hatten Schuhe, andere dagegen schoben sogar einen vollbepackten Kleinwagen mit platten Reifen über die Grenze. Der Fluss floss, ein Strom, der sich, so weit man in den Zaire hineinsehen konnte, aus unerschöpflichen Quellen speiste.

Baumann hatte sich frei durch diesen Strom bewegt, war stehen geblieben, hatte Menschen berührt, Kindern Bonbons zugesteckt. Keiner wollte mit ihm sprechen. So ging er stundenlang mit dem Strom, mal schneller, mal beobachtete er, am Rande stehend, das Unglaubliche, was vor seinen Augen geschah. Eine Million Flüchtlinge waren mindestens in den beiden Lagern um Goma gewesen, bewacht, organisiert, unterdrückt von den Milizen ihres Heimatlandes, den Todesschwadronen der Interahamwe.

Waren diese Kämpfer, diese Mörder auch dabei, mischten sie sich unter die Flüchtlinge? Oder waren sie, als die Rebellen die Camps eroberten, nach Westen in die Tiefen des Zaire geflohen? Denn in den zwei Jahren der Flüchtlingsrealität hatte nicht einmal das Flüchtlingswerk der UNO wirklich Zugriff gehabt auf all die Menschen. Wo steckten die Völkermörder?

Baumann war schon in Ruanda. Douglas McFarland hatte sich von ihm an der Grenze getrennt. Die Teerstraße wand sich, recht und links von großen Eukalyptusbäumen gesäumt, in Kurven bergauf.

Ein Kind stand mitten auf der Straße und heulte fürchterlich. Die Menschen ging schweigend an dem Hindernis einfach vorbei weiter, teilten sich um den kleinen Jungen, als ob er nur ein störender Felsbrocken im Flussbett war.

Baumann konnte nicht anders. Er nahm ihn bei der Hand. Wahrscheinlich hatte seine Mutter ihn nur verloren und war weitergespült worden von dem Druck der Masse. Hoffentlich, denn was sollte er mit dem Kleinen sonst machen?

Da stand sie am Straßenrand und lächelte. Ein Baby auf dem Rücken, Plastiktüten und Säcke in beiden Händen. Der Kleine riss sich los und lief zu seiner Mutter. Baumann schaute ihm glücklich nach.

Mugunga, das letzte große Flüchtlingscamp, war gefallen. Und Baumann stand, völlig hilflos, mitten im Geschehen, machte sich in seiner Kladde immer wieder Notizen, spürte den historischen Moment.

So war er weitergetrieben worden von dem Menschenstrom, immer tiefer nach Ruanda und in die Nacht hinein. Er konnte nicht aufhören, zu schauen, zu fühlen. Ihm fiel auf, trotz all der Menschen, es roch nicht wie in den Camps. Die ersten Flüchtlinge hatten begonnen, sich am Straßenrand niederzulassen. Mütter rollten Bastmatten aus oder legten einfach Plastikplanen für ihre Kinder aus, damit diese einen trockenen Platz zum Schlafen hatten. Immer mehr kleine Feuer leuchteten auf, der grau-blaue Rauch versuchte, aufzusteigen, aber er wurde immer wieder von der schweren Luft heruntergedrückt. Blechtöpfe standen auf den Feuern. Die Menschen kampierten inzwischen auch auf der Straße. Sie kochten sich was, um dann zu schlafen.

Baumann musste immer mehr darauf achten, wo er hintrat. In Decken und Umhänge gehüllt schliefen viele schnell ein, ermüdet von den Strapazen und der Anspannung. Baumann ging vorsichtig weiter, runter in ein Tal, wohin ihn die Straße führte, dann wieder bergan. Überall Menschen, wohin er auch sah, meistens Frauen und ihre Kinder. So musste es auf dem Zug der Israeliten aus Ägypten zugegangen sein, nichts wie weg und doch keine Ahnung, in welche Zukunft hinein. Leib und Leben retten, weitermachen, nicht aufgeben.

Auch Michael Baumann begann, seine Füße zu spüren.

Da sah er Lichtkegel jenseits der nächsten Hügelkuppe. Er schritt schneller. Tatsächlich, dort stand auf einer Straßenkreuzung ein weißer Toyota-Jeep. Als er näher kam, erkannte er zwei Kollegen und eine Kollegin darin, kanadische und amerikanische Journalisten. Sie kamen mit dem Auto kaum voran, weil sie immer darauf achten mussten, keine auf der Straße schlafende Person zu überfahren.

Baumann lief zum Auto. Ohne Diskussion boten die Kollegen ihm an, ihn mitzunehmen. Sie gaben Baumann eine Flasche Wasser. Er trank sie in wenigen Zügen halb leer. Auch das trockene Baguette, dass ihm Emily, die Amerikanerin anbot, verschlang er. Dann schaute er auf die Uhr. Es war kurz nach 22 Uhr. Stockfinstere Nacht und fast kein Vorkommen, zumindest die ersten paar Kilometer.

Dann lichteten sich langsam die Reihen der Flüchtlinge auf der Asphaltstraße und die vier Journalisten konnten zügig bis Kigali fahren.

Michael Baumann war gleich ins Hotel Mille Collins und auf sein Zimmer gegangen und hatte begonnen, die Eindrücke, die Erlebnisse in den Laptop zu prügeln.

Jetzt war er fertig, völlig leer von den Schicksalen, die er hautnah erlebt hatte - und die Sonne ging trotzdem auf. Schnell las er die Story auf Tippfehler noch einmal durch. Aber getrieben, wie als ob er selbst auf der Flucht wäre, änderte er nichts mehr. Jedes Wort war unmittelbar, war echt und ehrlich. Er kürzte nichts, obwohl die Geschichte fast 400 Zeilen hatte. Das war zu lang für die Seite-3-Reportage, außer, sie gaben ihm die ganze Seite. Sollten seine Kollegen in München sich darum streiten und kümmern.

Jetzt galt es, die Datei irgendwie nach Deutschland zu übertragen. In Hotels klappte das immer schlecht mit dem Telefonkoppler. Aber die Story per Telefon zu diktieren ging aus zwei Gründen nicht: Es war Samstag, da war niemand in München im Büro für die Aufnahme des Diktats. Samstag war der Journalisten-Sonntag. Das galt auch für die Nachrichtenaufnahme.

Außerdem wäre ein solches Telefonat von mindestens 45 Minuten viel zu teuer geworden. Ein paar hundert Dollar. So viel Bargeld hatte Michael Baumann nicht mehr dabei. Auch seine Kreditkarte war schon hart am Limit, war er doch schon fast drei Wochen unterwegs. Das kostete.

Der Telefonkoppler war schnell ausgepackt und angeschlossen. Der erste Versuche ging sofort daneben, weil sich die Telefonzentrale des Hotels meldete statt des Übertragungstons. Also packte Michael Baumann alles zusammen und raste runter an das Hoteldesk. Dort gab ihm der Portier eine direkte Leitung. Ein Versuch, noch einer, immer wieder brach die Übertragung ab.

Diese blöden Telefonanlagen, immer wieder dasselbe. Baumann beschloss, in eine der privaten Telefonhütten draußen zu gehen und dort sein Glück zu probieren. Gleich beim Hotel, vielleicht 400 Meter weiter, gab es so eine »Telefonzelle«, die Baumann wie viele der weißen Helfer hier schon öfter genutzt hatte.

Er musste klopfen, dann kam ein verschlafenes Gesicht ans Fenster. Der Preis war schnell ausgehandelt, nicht einmal halb so teuer wie im Hotel. Und tatsächlich, schon der zweite Versuch koppelte mit dem Internetanschluss in Deutschland und begann, Baumanns Geschichte zu übertragen. Sie war lang, hoffentlich würde die Telefonleitung durchhalten.

Drei Zigaretten später, das Auge immer auf dem Bildschirm, über den die gesendeten Zeilen liefen, dann der befreiende, gleichmäßige Pfeifton aus dem Koppler. »Übertragung abgeschlossen«, leuchtete auf dem Laptop-Bildschirm.

Das Ding war in München. Baumann spürte die Erleichterung. Sein Puls ging runter. Hoffentlich hatte er genügend Bargeld in der Hosentasche. Es reichte, selbst mit einem saftigen Trinkgeld für die frühe Stunde.

Wie auf Wolken ging Michael Baumann leichten Schrittes ins Hotel zurück, auf schnellstem Wege in den

Frühstücksaal und bestellte sich Spiegeleier mit Speck und dazu einen Cappuccino. »Bitte noch einen Cappuccino«, bestellte er gleich den zweiten nach. Was für ein Festmahl. Baumann hatte Hunger. Er merkte erst jetzt, dass ihm eine Dusche wohl sehr gut tun würde, alleine schon, um den Geruch, der tief in seinen Kleidern steckte und sich auf seine Haut gelegt hatte, auszuspülen.

Nach der warmen Dusche, zurück im Zimmer, packte Michael Baumann seine Sachen in die Reisetasche, kontrollierte noch einmal das Zimmer und zahlte an der Rezeption. »Wir sehen uns wieder«, sagte er zu dem Mann hinter dem Tresen, dem er schon so oft in die Augen gesehen hatte.

Draußen warteten die hellblauen Taxen mit den weißen Dächer. »Zum Flughafen, bitte«, sagte Baumann. »Wohin geht es«, fragte der Fahrer zurück, während er aus dem Tor des Mille Colline fuhr. »Nach Hause, nach Nairobi«, gab Baumann mechanisch zurück und wunderte sich über die Normalität auf den Straßen der ruandesischen Hauptstadt.

Keine 100 Kilometer weiter westlich spielte sich in diesem Land eine der größten Flüchtlings-Heimkehraktionen völlig ungeordnet ab, das schien hier niemanden aufzuregen.

»Haben Sie was von den rückkehrenden Flüchtlingen gehört«, fragte er seinen Taxifahrer. Der nickte mit dem Kopf und sagte mit einem Blick in den Rückspiegel: »Hoffentlich bleiben die ganzen Völkermörder drüben in Zaire, die können wir hier nicht gebrauchen beim Aufbau des Landes.« Ein Tutsi also, das wunderte Baumann nicht bei dem schmalen Gesicht.

Am Flughafen stieg Baumann aus und ging nicht in das moderne Gebäude rein. Er wollte erst einmal versuchen, ob nicht irgendein Journalistenflieger aus Nairobi reinkam, mit dem er wieder zurückfliegen konnte. Nachmittags um 16 Uhr ging die Linienmaschine von Kenya Airways immer noch als sein Backup.

Kaum stand er vor dem großen Tor der Einfahrt zum Flugfeld, begrüßte ihn Theodosius, genannt Theo: »Hey, Michael, was machst du denn schon hier? Peter kommt in einer halben Stunde rein.« Theo arbeitete seit dem Völkermord vor zwei Jahren immer wieder als »leg man« für das deutsche Fernsehen, als Mädchen für alles: Infos, Übernachtungen, Autos und gute Beziehungen zu den richtigen Leuten für Interviews.

Michael Baumann schüttelte Theo übermäßig die Hand. So freute er sich, schon in einer halben Stunde rauszukommen. Denn genau das wollte er. Alles für ein paar Tage hinter sich lassen, heim nach Nairobi, seine Frau und Kinder sehen, eine Runde Golfspielen. Ab Montag müsste er sowieso die Sache kommentieren, wenn nicht schon am morgigen Sonntag. Wir werden sehen.

Da erinnerte er sich, dass Theo ein ständiger Schnorrer war und bot ihm von sich aus eine Zigarette an. Theo bedankte sich dafür herzlich, indem er Baumann erzählte, was alles in der Zeitung hier gestanden habe: dass die Rebellen die Flüchtlingscamps überrannt hätten und die Interahamwe Milizen in den kongolesischen Busch vertrieben hätten. Dann habe Kagame einen Waffenstillstand ausgerufen und alle Hutu aus den Camps aufgefordert, zurück nach Ruanda zu kommen und beim Wiederaufbau des Landes zu helfen. Wer sich keine Schuld aufgeladen habe damals beim Bürgerkrieg, habe auch nichts zu befürchten. »Wahrscheinlich kommen nur die Frauen und Kinder«, endete Theo sein Pressebriefing.

»Da hast du Recht, Theo, ich habe nur Frauen und Kinder gesehen«, bestätigte Baumann die Vermutung.

Später, glücklich an Bord der Cessna Caravan in Richtung Wilson Airport in Nairobi, lehnte Michael Baumann mit seinem Kopf am Fenster an und betrachtete die afrikanische Steppe Tansanias. Was für ein Kontinent der Widersprüche. Da unten fuhren bestimmt einige Touristen aus Deutschland oder den USA Tier-Safari, während nur wenige hundert Kilometer hinter ihm weiter westlich Hunderttausende von Menschen eine neue Zukunft in ihrer alten Heimat suchten. Und er mittendrin. Ob es für diesen Konflikt im Herzen Afrikas je eine Lösung geben würde? Oder war alles viel zu vertrackt, verstrickt zwischen ethnischen Konflikten aus Zeiten der Völkerwanderung vor Hunderten von Jahren, heutigen Machtinteressen, regionalem Dominanzwahn und obendrein garniert mit den politischen und wirtschaftlichen Interessen der großen Weltpolitik?

Immer, wenn ihm vor Müdigkeit die Augen zufielen, sah er ziemlich deutlich vor sich die beiden Gitenga-Schwestern. Er kuschelte seinen Pullover als Kissenersatz zwischen sich und die Bordwand und fällte schließlich sein Urteil: Die Jüngere, Cathrine, war die hübschere, aber Julie Gitenga ohne Zweifel die aufregendere. Attraktiv waren sie beide, sehr attraktiv sogar.

Dann nickte er, verwirrt von seinen eigenen Gedanken, zum gleichmäßigen Summen des Motors der Ein-Propeller-Maschine in einen seligen Schlaf ein, während rechts der majestätische Kilimandscharo mit seinem schneebedeckten Kraterrand leise vorbei glitt.

HIMA

Bobby Brown setzte den Fernstecher ab und stellte das Glas auf den kleine Holztisch vor sich. Sie hatten ihm hier oben einen guten Spähstand eingerichtet. Aber jetzt war über Funk die Aufforderung zum Sammeln gekommen.

Bobby Brown rieb sich seine Augen. Seit zwei Tagen verbrachte er die meisten Stunden hier oben überhalb des Flüchtlingscamps. Was hatten sie für Chancen verpasst. Er hatte mindestens 80 Autos gezählt, die sich, vollbeladen mit bewaffneten Kämpfern, aus dem Staub gemacht hatten.

Alle Wagen waren Richtung Westen zu den bewaldeten Hügeln hinter dem Camp gefahren, während sich die Flüchtlingscamps, wie von Zauberhand geführt, geleert hatten. Aber die Menschen waren in Richtung Grenze zu Ruanda aufgebrochen, beladen mit allem Möglichen. Nach Bobby Browns Aufzeichnungen waren die Flüchtlinge vor allem Frauen und Kinder gewesen, dagegen die Toyota-SUVs hatten mindestens ein Dutzend Kämpfer auf den Ladenflächen gehabt. So hatten sich die Flüchtlingscamps vor seinen Augen aufgelöst.

Bobby Brown machte seinen letzten Eintrag in das Buch vor ihm auf dem Tisch. Hier waren sie fertig. Wegen des Waffenstillstands, den Verteidigungsminister Kagame ausgerufen hatte, damit die Leute »nach Hause kommen« konnten, waren Bobby Brown und die zumeist ruandesischen Einheiten zum Nichtstun verurteilt gewesen.

Mit wenigen Granaten aus den Mörsern und einigen Runden Maschinengewehrfeuer aus den versteckten Unterständen hätten sie unter den Hutu-Kämpfern ein Blutbad anrichten können. Aber das taktische Ziel war erreicht. Die Lager waren aufgelöst. Bobby Brown klappte den Tisch zusammen, dann nahm er einen kräftigen Schluck Wasser aus seiner Feldflasche. Schon konnte er

Schritte seiner Leute hören, die den Tisch runtertragen würden.

Am Fuß des Berges angekommen, begrüßte Oberstleutnant Cesar Kayzali gut gelaunt. »Na, Bobby, fertig mit dem Tracking. Jetzt geht es den Teufeln hinterher«, strahle der Offizier und klopfte Bobby Brown auf die Schulter. Kurz darauf saßen sie beide zusammen mit Major Julie Gitenga in einem japanischen Geländewagen.

»Was ist unser nächstes Ziel«, fragte Bobby? Cesar Kayzali saß am Steuer, Julie Gitenga auf dem Beifahrersitz. Julie Gitenga drehte sich um. »Wir werden Richtung Masisi vorstoßen. Dafür werden wir unsere Truppen aufteilen. Du, Bobby, übernimmst die Nachhut und sicherst uns den Rücken.«

Bobby Brown schaute etwas enttäuscht aus dem Wagenfenster. »Damit verlassen wir aber die unmittelbare Grenzregion«, gab er schließlich zurück. »Das ist richtig«, sagte Cesar Kayzali, »aber wir haben dort noch eine Rechnung offen. Die wird jetzt beglichen.«

Die letzten Worte klangen ziemlich aggressiv.

So fuhr Cesar Kayzali auch den Wagen über den Feldweg, ohne Rücksicht auf Bodenschwellen oder größere Löcher, als ob er es plötzlich sehr eilig habe. Bobby Brown verzichtete darauf, weiter nachzufragen. Er würde schon rausbekommen, um was für eine Rechnung es sich handelte.

»Sagt mal, hätten wir die meisten der Hutu-Kämpfer auf ihrer Flucht aus den Lagern nicht locker erledigen können?«

Keiner sagte ein Wort. Cesar Kayzali rumpelte über die nächste Unebenheit, Julie Gitenga hielt sich mit der linken Hand inzwischen an dem Haltegriff über der Tür fest. »Geht es auch etwas langsamer«, giftete sie Cesar Kayzali mit fast geschlossenem Mund an. Aber der ließ sich nicht bremsen. Julie Gitenga drehte sich kurz zu

Bobby Brown um: »Paul Kagame hatte einen Waffenstillstand ausgerufen. Also nein. Was er sagt, gilt.«

Immer wieder fiel dieser Name. Er hatte Paul Kagame ja kurz kennengelernt, ein schmächtiger, fast dürrer Mann, nicht auffallend groß, dafür aber mit Laserstrahlen als Blicke, die nur durch seine Brille gedämpft wurden. Als Kagame in der Kaserne in Kigali ohne Klopfen reingekommen war, hatte er sofort den Raum gefüllt.

»Wer ist dieser Kagame, also ich will nicht wissen, dass er Vize-Präsident und gleichzeitig Verteidigungsminister ist. Sondern woher kommt er, welche militärische Ausbildung hat er, wer hat ihn geprägt?«

Bobby Brown stellte die Frage ganz naiv.

Cesar Kayzali und Julie Gitenga schauten sich kurz fast betroffen an.

Natürlich wusste Bobby Brown aus seinen Briefings eine ganze Menge über Paul Kagame, den starken Mann Ruandas. Der ehemalige Rebellenchef wurde von den USA sehr geschätzt. Deshalb hatten sie ihn ja auch rübergeschickt, Ruanda zu unterstützen und dem alten Leoparden Mobutu in Kinshasa einzuheizen. Kagame war die Zukunft, hatten sie ihm eingebleut, Mobutu ist Vergangenheit.

»Kagame ist unser Chef. Er hat Ruanda von der Hutu-Diktatur befreit«, versuchte Julie Gitenga den Anfang.

»Das ist bekannt«, gab Bobby Brown kühl und enttäuscht zurück.

Jetzt versuchte es Cesar Kayzali. »Sein Leben steht stellvertretend für uns alle. Seine Familie musste wegen der Pogrome gegen die Tutsi mit dem fünf Jahre alten Paul nach Uganda fliehen.«

»Warum gab es bei der Unabhängigkeit solche Gewalt gegen die eigenen Leute?«

Bobby Brown ließ nicht locker.

»Am Ende der belgischen Kolonialzeit hatten die Hutu revoltiert, der Mami, der Tutsi-König Kigeli V Ndahindurwa musste abdanken. Die Revolte ging gegen die Belgier und gegen ihre traditionelle lokale Führungsschicht der Tutsi. Die wollten die Macht ohne Wenn und Aber.«

Cesar Kayzali ließ seine Worte nachklingen, während er in der nächsten Kurve beinahe den Wagen aufgesetzt hätte. Der Regen hatte der Lehmstraße schwer zugesetzt und sich ein tiefes Bett in Richtung Tal gegraben.

»Du musst ja nicht gleich den Wagen schrotten, Oberstleutnant«, provozierte Julie Gitenga den Offizier. Dann dreht sie sich nach hinten zu Bobby Brown. »In Uganda ging Paul Kagame zur Schule. Er schloss sich danach Yoveri Museveni an, kennst du den?«

Bobby Brown war enttäuscht. Wollten die ihn verarschen? »Der Präsident Ugandas, richtig, Frau Lehrerin?«

»Sehr gut, setzen, ein A+.«

Jetzt hatte sich Julie Gitenga verraten. Sie kannte die amerikanischen Schulnoten. War sie dort in die Schule gegangen?

»Aber was hat er da gemacht?« Bobby Brown ließ nicht locker und wollte die beiden aus der Reserve locken.

»Er wurde Chef des militärischen Geheimdienstes«, schnappte Julie Gitenga zurück.

»Unter Obote?« Bobby Brown wollte die beiden wissen lassen, dass er seine Hausaufgaben gemacht hatte.

»Hört endlich auf, Ihr Beiden«, fuhr Cesar Kayzali dazwischen. »Um es kurz zu machen: Paul Kagame machte nach dem Sturz von Milton Obote erst richtig Karriere unter Museveni. Der putschte gegen Obote und übernahm die Macht. Kagame, sein Gefolgsmann, trat in die aus der National Resistance Army hervorgegangene offizielle Armee Ugandas ein. Dort wurde er, übrigens mit eurer Hilfe, Offizier. Es muss 1990 gewesen sein, da absolvierte er eine Ausbildung am Command and General

Staff College der United States Army in Fort Leavenworth im US-Bundesstaat Kansas. Reicht das? Haben wir die Prüfung bestanden, Mister America?«

Kurz herrschte Schweigen im Auto. Bobby Brown fragte sich, ob er zu weit gegangen war mit seinen Fragen. Julie Gitenga schaute aus dem Seitenfenster, Cesar Kayzali kutschierte das Vehikel um die größten Löcher herum. Die Unebenheiten auf der Straße waren mit Wasser vollgelaufen. Da konnte keiner wissen, wie tief so ein Loch wirklich war.

Kaum wurde die Straße ebener, setzte sich Julie Gitenga aufrecht hin, drehte sich um und sagte mit warmer, aber bestimmender Stimme zu Bobby Brown: »Willst du uns testen? Das haben Sie dir doch bestimmt alles beigebracht, bevor du los bist.«

Dann drehte sie sich ohne ein weiteres Wort wieder um und starrte durch die Windschutzscheibe nach vorn.

Bobby Brown fragte sich, was er falsch gemacht hatte? Er wollte doch nur aus erster Hand einen Eindruck erhalten über den unumstrittenen Chef der Tutsi-Regierung, ihren Helden. Warum hatten die beiden offenbar Schwierigkeiten, mit einem wie ihm, der zu ihrer Unterstützung da war, über ihre Nummer Eins zu reden? Der Mann war doch ihr Held.

Er beschloss, die Wogen zu glätten. »Ich wollte doch nur Eure Meinung über Euren Nationalhelden wissen, ein bisschen Fleisch erzählt bekommen an die ausgekochten Knochen meiner Schulbildung. Sorry, wenn ich Euch verletzt haben sollte.«

Das Schweigen blieb, zunächst, bis Cesar Kayzali den Außenposten ihres Camps erreichte und sich für ein paar Minuten entschuldigte. Kaum hatte er den Wagen verlassen, schnallte sich Julie Gitenga ab und drehte sich über die Rücklehne ihres Sitzes zu Bobby Brown.

»Nur unter uns beiden: Cesar war auch ein Junge, der in Uganda im Exil aufgewachsen ist. Er war einer der ersten, die in die ugandische Armee aufgenommen wurden und damals noch unter Fred Rwigema auch bei den Rebellenvorstößen der Tutsi gegen die Hutu-Diktatur mit marschiert ist. Er verehrte, nein, er liebte Rwigema.«

Bobby Brown musste mit großen Augen gestaunt haben, den nach einer kurzen Redepause sagte Julie Gitenga den entscheidenden Satz: »Als Rwigema von einer Kugel getroffen wurde, stand er neben ihm.«

Was wollte sie ihm damit sagen?

Bobby Brown war wie vor den Kopf gestoßen. Von dem »edlen« Soldaten Rwigema, dem ersten Rebellenchef der Tutsi, hatte er gehört. Er war, so hatte man ihm gesagt, ein perfekter Soldat gewesen, aufrecht, bei seinen Truppen beliebt und immer sauber geblieben bei all dem Blutvergießen. Bei einem heimlichen Einmarsch in Ruanda war er von einer Kugel in den Kopf getötet worden. Danach hatte Paul Kagame die Führung der RPF, der Ruandischen Patriotischen Front, übernommen. Was hatte dieser Vorfall Anfang der 90er Jahren mit der angespannten Situation in ihrem Auto zu tun?

Bobby Brown beschloss, ganz naive und offen genau diese Frage zu stellen.

Er sah, wie Julie Gitenga mit der Antwort rang, sie schluckte mehrmals, bis sie sagte: »Es gibt Gerüchte, dass Kagame selbst die Führung der RPF haben wollte und deshalb Rwigema hat erschießen lassen.«

»Und, hat er?« Die Frage traf Julie Gitenga sichtlich unvorbereitet.

Der weibliche Major in der neutralen Uniform ohne Hoheitszeichen saß wie versteinert da. Dann beschloss sie offenbar, mit einer unbequemen Wahrheit raus zu gehen.

»Cesar zumindest glaubt das, denn der Schuss fiel, als weit und breit kein Feind da war.«

Julie Gitenga schaute wieder nach vorne. Die Tür wurde hektisch aufgemacht und Cesar Kayzali sprang förmlich in den Wagen.

»Alles ist schon vorbereitet. Die Rebellen unter Joseph verfolgen die Interahamwe in den Busch. Wir können uns ganz auf Masisi konzentrieren.«

Cesar Kayzali schien wieder ganz aufgeräumt. Militärische Aktion hatte bei vielen Offizieren diesen Effekt. Jetzt gingen ihm wohl alle Details für die anstehende Operation durch den Kopf. Da hatte ihr Gespräch von vorhin keinen Platz mehr in seinen Gedanken.

»Also Bobby, du deckst uns den Rücken. Dafür hast du 300 Elitesoldaten, vier Mannschaftstransporter und die gesamte Feuerkraft unserer Mörser. Für alle Fälle. Wir stoßen mit jeweils einer Hundertschaft zu Fuß durch den Busch vor und bilden eine Zange. Du, Julie, kommst von Norden, ich mit meinen Leuten von Süden. Ich erwarte keine große Gegenwehr.«

Cesar holte aus der Türablage eine Karte raus und zeichnete Bobby ein, wo sie waren. »Du stößt bis zu diesem Bergvorsprung vor. Dort bleibt Ihr im Schutz des Abhangs versteckt. Du kannst zwei Späher hoch schicken, damit Ihr auf dem Laufenden seid. Wir erledigen den Job, dann holt Ihr uns ab. Ich gebe über Funk Bescheid.«

Operation Hima nannte er das Ganze. So klang also Cesar Kayzali im Befehlston.

»Klar«, sagte Bobby Brown. Er sah schon seine beiden Adjutanten, Joseph und Ezechiel, auf den Wagen zukommen. »Dann gehe ich mal zu meinen Leuten«, sagte er und stieg aus.

Cesar Kayzali fuhr sofort weiter.

»Sir, wir stehen dort vorne. Wollen sie noch etwas essen, bevor wir abziehen?«

Joseph dachte immer an alles.

»Was auf die Hand reicht mir, lasst uns aufsitzen.«

119

Bobby Brown spürte selbst das Kribbeln einer bevorstehenden Operation. Aber warum hatte Cesar Kayzali die Operation Hima genannt? So hieß das alte, längst untergegangene, sagenumwobene Königreich der Tutsi.

»Keine Eile, wir haben Zeit. Die anderen müssen sich zu Fuß gut zwei Stunden durch den Busch schlagen.« Joseph war immer die Ruhe selbst. Aber zwei Stunden, das war ein Wort. Also ging Bobby Brown zu einem der bereit stehenden Lastwagen für die Mannschaften und setzte sich auf den Beifahrersitz. Er kurbelte das Seitenfenster herunter und versuchte, es sich gemütlich zu machen.

Da kam schon Joseph mit einem großen Sandwich. Der Käse und die Salatblätter quollen seitlich heraus. »Sieht gut aus, danke«, nahm Bobby Brown das Sandwich in Empfang. Der erste Bissen war der beste.

Während Bobby Brown noch mit der Mayonnaise in den Mundwinkeln kämpfte, reichte Joseph ihm eine Flasche mit frischen Wasser durch das offene Fenster.

»Ihren Koffer haben wir mit dabei, Sir, wenn immer Sie ihn brauchen, ein Wort genügt.«

Auf Joseph war Verlass. In dem Koffer war sein Satellitentelefon, die einzige Verbindung zu seiner Einsatzleitung, entweder dem Kontakt in Kigali oder über den Atlantik nach Hause direkt in die USA.

Der verlässliche und offenbar treue Tutsisoldat war ihm von Cesar Kayzali in Bukavu vorgestellt und zur Seite gestellt worden. »Ein 100-prozentig verlässlicher Kerl«, hatte Cesar Kayzali Joseph vorgestellt.

Der schlaksige Typ, über 1,90 Meter groß, war ziemlich dünn, aber zugleich drahtig gebaut. »Joseph kann alle notwendigen Sprachen. Er stammt aus Gitarama, kann nicht nur Kiruanda, sondern auch Englisch, Französisch, Kiswahili - und einige lokale Sprachen des Kivu. Lass ihn Dein Sprachrohr und Dein Ohr sein«, hatte Cesar Kayzali ihm mitgegeben und dann noch, ohne große Worte, Ezechiel als zweiten Adjutanten dazugegeben.

Wahrscheinlich sollten die beiden auch auf ihn aufpassen und alles berichten, was er so machen und fragen würde, hatte sich Bobby Brown gleich gedacht. Aber über die vergangenen Tage hatte er beide schätzen gelernt. Sie waren immer zur Stelle, hatten immer eine Antwort oder eine Idee parat. Sie schienen nie zu schlafen und sich immer um ihn zu kümmern.

»Den Koffer brauche ich erst heute Abend«, sagte Bobby Brown dankend. Der zweite Biss in das Sandwich war auch nicht schlecht. Mit noch halb-vollem Mund fragte er dann Joseph: »Welche Rechnung haben wir in Masisi denn noch offen, dass nur Soldaten Ruandas die Operation umsetzen und kein Rebell dabei ist?«

»Das ist eine Tutsi-Angelegenheit«, sagte Joseph knapp und stieg vom Außentritt des Lastwagens auf den Boden.

»Was heißt das?«

Mit dieser Antwort konnte Bobby Brown nicht viel anfangen.

Joseph blickte etwas verzweifelt unter seinem Käppi nach oben.

»Sir, vor Masisi ist ein kleiner Hügel. Der ist uns Tutsi ziemlich heilig.«

Dann drehte er sich um und ging.

Mit dieser Antwort hatte er Bobby Brown erst richtig neugierig gemacht.

Aber der US-SEAL hatte gerade erst gelernt, bei seinen neuen Freunden nicht zu schnell und offen nachzufragen. Das brachte meist das Gegenteil des Gewünschten, meist keine Antwort, sondern eher Schweigen. Also aß er erst einmal das Sandwich auf und trank die Wasserflasche bis auf den letzten Tropfen leer.

Dann betrachtete er die Karte noch einmal. Bis nach Masisi führte eine nicht geteerte Straße. Dafür dürften sie maximal eine gute Stunde benötigen, bis zu dem von Kayzali eingezeichneten Bergvorsprung war es noch kürzer, höchstens eine Stunde. Also hatten sie noch gut fast eine Stunde Zeit. Denn zu Fuß würden die anderen Einheiten mindestens zwei bis drei Stunden brauchen.

Bobby Brown sah Ezechiel auf den Wagen zukommen.

»Sir, wir haben noch Zeit, wollen sie noch einmal duschen, oder können wir das Zelt abbauen?«

»Abbauen, danke, Ezechiel«, sagte Bobby Brown. »Wer hat ihnen eigentlich den tollen Namen gegeben, Vater oder Mutter?«

Ezechiel schaute kurz schüchtern zu Boden. »Ich glaube beide zusammen. Meine Eltern waren gläubige Christen, Sir.«

»Sind die meisten Bürger von Ruanda Christen?« Bobby Brown versuchte Konversation. Aber er hatte einen Hintergedanken.

»Ja, Sir, wir gingen und gehen fast alle auf christliche Schulen. Die sind besser als die staatlichen«, gab Ezechiel lachend zurück.

Bobby Brown setzte sich auf und öffnete die Tür des Lastwagen. »Ich habe da noch eine Frage, Ezechiel. Was hat es mit dem Hügel vor Masisi auf sich?«

Während er fragte, rutschte Bobby Brown runter. Jetzt stand er vor Ezechiel, der fast einen halben Kopf größer war wie er.

Die Frage machte dem Ruandesen sichtlich Bauchschmerzen.

»Sie meinen den Krönungshügel?«

»Ach da liegt er, der Krönungshügel des alten Hima-Reiches!« Bobby Brown hätte da auch selbst drauf kommen können. Er ärgerte sich über sich. Klar, deshalb der Operationsname Hima. Um Zeit zu gewinnen, knöpfte er sich den oberen Knopf seines Tarnhemdes zu. »Den wollen Kayzali und seine Mannen also sichern?«

»Ja, Sir, die Interahamwe Milizen der Hutu haben den Hügel nach ihrer Flucht aus Ruanda eingenommen. Das war ein schlimmes Sakrileg. Denn, ohne dieses Stück heiliger Erde kann kein neues Hima-Reich entstehen. Der Nyiginya muss auf diesem Hügel gekrönt werden.« Ezechiel sprach diese Sätze wie ein Gebet aus. Man merkte, dass er an diese Wahrheit glaubte.

»Aber das Hima-Reich ist, wenn es je existiert hatte, doch längst untergegangen, Ezechiel. Zumindest hat mein Professor mir das bei meiner Ausbildung so beigebracht.«

Bobby Brown provozierte Ezechiel ganz bewusst.

»Sie haben afrikanische Geschichte studiert?« Ezechiel fragte begeistert zurück.

»Ja und nein. Während meiner Vorbereitung hat ein Professor für afrikanische Geschichte versucht, mich in die großen Entwicklungsstränge hier im Gebiet der Großen Seen einzuweihen.«

»Dann lassen Sie sich sagen, Sir: Die Nyiginya sind der höchste Clan der Tutsi. Aus ihm gehen die Könige hervor. Niemand sonst kann über uns herrschen. Der Miami, der König, vergibt Land und Rinder. Und ohne Land und Rinder bist du niemand.«

Ezechiel war körperlich fast gewachsen, als er sein Glaubensbekenntnis aussprach. »Deswegen brauchen wir wieder die Kontrolle über den Königshügel.«

Joseph war plötzlich wieder aufgetaucht.

»Sir, wir müssen langsam los. Lieber zu früh als zu spät.«

Schade, dachte sich Bobby Brown, jetzt wurde diese Unterhaltung gerade spannend. Aber der Einsatz ging vor.

Er merkte, dass er noch viel lernen musste und verstehen sollte, bevor er sich Urteile bildete. Von den Clans hatte sein Professor Steve Miller auch immer wieder gesprochen. »Das sind keine ethnische Konflikte, sondern Kämpfe um Macht und Einfluss unterschiedlicher Clans«, hatte Steve Miller immer wieder gelehrt. »Es gibt 52 Tutsi-Clans. Zu welchem du gehörst, entscheidet das meiste wie ein Los in deinem Leben. Chancenverteilung per Geburt, würde ich sagen.«

Aber jetzt mussten sie los. Drei Geländewagen mit offener Ladefläche voller Soldaten fuhren vor, dann kam ein technical, ein Geländewagen mit einem fest montierten großen Maschinengewehr. Dann der Lastwagen, in dem Bobby Brown saß. Auf der Ladefläche standen und saßen mindestens 30 schwer bewaffnete Elitesoldaten der Armee Ruandas.

So kroch der Militär-Lindwurm langsam durch die satte Tropenlandschaft aus immer grünen Bäumen und Lianen vorwärts. Hinter ihnen folgten noch zwei Lastwagen und mindestens ein Dutzend Geländewagen. Insgesamt hatte Bobby Brown mindestens 140 Mann unter seinem Befehl.

Es dauerte über eine Stunde, bis der vorderste Wagen stehenblieb. Joseph war dort mitgefahren. Er gestikulierte ziemlich klar, dass sie den Bergvorsprung erreicht hatten.

Bobby Brown ließ den Lastwagen aufschließen und sprang dann sofort raus, um sich das Terrain genauer anzuschauen. »Lasst uns 10 Mann und drei Funkgeräte mitnehmen und auf den Bergrücken steigen. Von dort sollte man Masisi oder den Hima-Hügel sehen können«, befahl Bobby Brown seinen Adjutanten.

Minuten später waren sie im Aufsteigen. Jetzt spürte Bobby Brown, welche feuchte Hitze es hier hatte. Gottsei-dank waren sie mindestens 1.200 Meter über dem Meeresspiegel, das machte das Klima erträglicher. Moskitos gab es in dieser Höhe auch keine mehr, also keine Malaria. Joseph war bei den Truppen geblieben, Ezechiel mit ihm unterwegs. Gleich mussten sie nach dem nächsten Vorsprung freie Sicht in das Tal haben.

Bobby Brown spürte die Motivation zurückkehren. Gleich würde es action geben. Ezechiel klopfte ihm auf die Schulter. Als Bobby Brown sich umdrehte, legte Ezechiel seinen Finger über seinen Mund.

»Sir, wir sind nicht allein auf diesem Berg«, sagte er und zeigte auf links über sie. Im Flüsterton ergänzte er: »Ungefähr auf 11 Uhr.«

Bobby Brown war instinktiv in die Hocke gegangen. Alle kauerten hier im Immergrün. Noch konnte Bobby Brown nichts sehen. Aber da. War das ein im Sonnenlicht reflektierendes Metall?

Bobby Brown zog seinen Fernstecher aus der Umhängetasche. Tatsächlich. Dort saß ein Posten mit einem Gewehr zwischen den Beinen und schaute ins Tal.

Ezechiel gab drei seiner Leute Anweisungen in Kiruanda. Sie ließen ihre AK-47 ins Gras fallen und schlichen direkt bergauf. Schon waren sie im Busch verschwunden.

Zu hören war nur das Zwitschern von Vögeln und zwischendurch so etwas wie einen Kuckucksruf.

»Was ist der Plan?« Bobby Brown schaute Ezechiel fest in die Augen.

»Die Drei kümmern sich um den Posten da oben. Vermutlich Interahamwe. Schießen sollten wir nicht. Sonst warnen wir nur andere, die in der Gegend sind, vor unserer Anwesenheit«, flüsterte Ezechiel.

Es dauerte eine Ewigkeit. Dann knackte das Funkgerät in der Hand Ezechiels.

»Einer weniger. Nicht anderes zu sehen.«

Ezechiel gab einen kurzen Befehl in Kiruanda.

Bobby Brown schaute ihn ernst an.

»Habe den Dreien nur gesagt, so sollen parallel zu uns da oben weiter gehen. Der Posten ist erledigt. Interahamwe.«

Keine fünf Minuten später standen sie an einem Felsvorsprung, von dem aus das ganze Tal zu übersehen war.

»Dort ist der Hügel, mit den Hütten darunter«, zeigte Ezechiel Bobby Brown gerade aus.

»Ich sehe aber keine Bewaffneten«, gab Bobby Brown zurück, nachdem er den Hügel mit seinem Fernglas ausführlich abgetastet hatte.

»Wer weiß, wo die stecken«, gab Ezechiel zurück.

Die drei Soldaten kehrten zurück. »Keine weiteren Spuren dort oben. Es scheint nur einer gewesen zu sein«, sagte einer von ihnen, offenbar aus Höflichkeit in Englisch. Er gab Ezechiel ein altes, stark benutzt aussehendes Funkgerät. In seiner Hand hielt er die AK-47 des Interahamwe-Milizionärs. »Gut gemacht«, sagte Ezechiel und entließ die drei.

In diesem Moment knatterten im Tal unten Maschinengewehre.

Alle schmissen sich an den Felsrand. Ezechiel und Bobby Brown starrten in ihre Ferngläser. Das Maschinengewehrfeuer machte Dauerlärm. Eine Salve überlagerte die nächste. Bobby Brown konnte ihre Einheiten im Norden und Süden sehen, wie sie mit Dauerfeuer auf den Hügel vorrückten - aber ohne jede Gegenwehr.

»Die mähen alles nieder, was sie sehen«, schrie er fast ins Ohr von Ezechiel.

»Ja, Sir, ich sehe auch keinerlei Verteidiger«, antwortete Ezechiel pflichtbewusst, ohne das Fernglas abzusetzen.

»Aber das sind alles Zivilisten!«

Bobby Brown war außer sich.

»Los, lass uns runterfahren«, forderte er Ezechiel auf.

»Wir müssen auf den Funkspruch warten, so lautet der Befehl.«

Bobby Brown war das egal. Er hatte sich aufgerichtet, das Moos von seiner Hose geklopft und war schon auf dem Abstieg zu den Fahrzeugen. Diesmal lief er fast. Er musste da runter. Das war keine Militäroperation, das war brutaler Mord.

Der Aufstieg war doch länger gewesen, als er in Erinnerung hatte. Aber fünf Minuten später war er am Konvoi. Das Maschinengewehrfeuer war vorbei.

»Aufsitzen, wir fahren«, schrie Bobby Brown, ohne hinter sich zu schauen, ob Ezechiel und die anderen Soldaten schon am Konvoi waren.

Kaum saß er im Lastwagen, sprang Ezechiel an seine Seite. Ohne ein Wort zu wechseln, fuhren sie los.

»Schneller«, gab Bobby Brown durch sein Funkgerät an die Konvoispitze durch.

Da kam der Funkspruch aus dem Tal: »Cesar an Bobby. Operation Hima abgeschlossen. Keine Verluste. Bitte kommen.«

Es dauerte zu lange. Bobby Brown hielt nichts mehr im Lastwagen, als sie auf der Straße nahe des Hügels zum Stehen kamen. Er lief bergan, auf Cesar zu, der oben stand.

Noch ziemlich außer Atem packte er Cesar am River und begann ihn anzuschreien: »Was sollte das, das war kein Kampf, ihr habt die Menschen einfach abgeschlachtet. Was seid Ihr für Kreaturen. Keinerlei soldatische Ehre im Leib, kein Codex!«

Cesar ließ den US-Soldaten sich ausleben und schaute ihm nur fest in die Augen. Jetzt sah auch Bobby Brown, dass das Massaker Cesar Kayzali nicht unberührt gelassen hatte. Seine Augen war feucht, seine Pupillen blass.

»Bobby, wir mussten das tun.«

»Was musstet ihr tun, Menschen abschlachten, massakrieren? Niemand muss das, niemand kann das vor seinem Gewissen rechtfertigen, geschweige denn vor Gott - wenn es einen gibt.«

Bobby Brown hatte seine Beherrschung völlig verloren. Er riss den Ruandesen hin und her, am liebsten hätte er ihm einen Faustschlag mitten ins Gesicht verpasst.

Bis von hinten Julie Gitenga ihn mit beiden Händen an den Schultern nahm und umdrehte.

»Bobby, wir mussten diese Rechnung begleichen. Vor zwei Jahren hatten die Hutus und ihre Interahamwe hier auf diesem Hügel mehr als 300 Tutsi ermordet, Frauen, Kinder, ältere Männer. Sie haben hier gewohnt, um den Hima-Hügel in Ehren zu halten. Das ist heilige Erde für uns Tutsi, auch für uns moderne, junge Menschen. Aber um aus dem blutgetränkten Ruanda einen modernen Staat mit einer modernen Gesellschaft aufzubauen, dürfen wir die alten Traditionen nicht mit Füßen treten - oder Verunglimpfungen unserer Traditionen ungesühnt lassen.«

Bobby Brown schaute sie völlig entgeistert an. »Morden für eine gute Sache, ist es das, was du meinst?«

Sie standen beide schweigend da.

»Ja, vielleicht ist es das«, gab Julie Gitenga kleinlaut zurück. »Morden, damit das Blutvergießen endlich aufhört.«

»Welch ein Unsinn«, belehrte Bobby Brown die Ruander. »Bei nächster Gelegenheit werden die Hutu kommen und sich den Hügel wieder mit Gewalt nehmen!«

»Diese Gelegenheit wird es nicht mehr geben.«

Julie Gitenga ließ ihn an den Schultern los und nahm seine beiden Hände in die ihren. »Es waren doch die Belgier als Kolonialmacht, die veranlassten, dass Hutu oder Tutsi im Ausweis stehen musste. Wir haben über Jahrhunderte zusammengelebt, miteinander. Natürlich gab es immer wieder Kriege um Macht und Land und Vieh. Aber das war zwischen den Fürsten, nie zwischen Hirten und Bauern. Nicht mehr ist das, dieser ethnische Zwiespalt, hoch stilisiert vom Weißen Mann als Fremdherrscher. Das Hima-Reich war schon zerfallen, bevor die Kolonialisten hierher kamen. Aber es ist Teil unserer Kultur. Und vergiss nicht: Ohne Tradition, ohne Geschichte, ohne Kultur gibt es keine Zukunft. Du musst die Menschen mitnehmen nach Morgen, an das sie nicht so glauben wie an das Gestern.«

Bobby Brown schaute in die großen braunen Augen und spürte, dass sein Puls nachließ.

»Aber warum gleich so ein widerwärtiges Massaker?«

Julie Gitenga ließ seine Hände los: »Weil die Menschen keine andere Sprache verstehen: Aug´ um Aug´, Zahn um Zahn, wie du mir, so ich dir. So funktionieren wir. Wir sind keine Engel.«

Dann ließ sie Bobby Brown alleine auf dem Hügel stehen.

Seine Augen suchte im Osten den See. Den sollte man angeblich von hier aus sehen können. Aber sein Blick trübte sich. Er konnte es nicht unterdrücken. Noch lagen überall Leichen auf den Abhängen des Hügels, Leichen von Männer, Frauen und auch Kindern. Zum Teil zerfetzte Körper, andere lagen völlig unnatürlich verrenkt da.

Der US-Navy-SEAL hatte schon viel erlebt, schlimme Einsätze hinter sich gebracht und so manchen Gegner auch mit den eigenen Händen umgebracht. Aber dieser Anblick war erbärmlich.

Ob aus Scham oder Mitgefühl, Bobby Brown fing an zu weinen.

KAPITEL DREI

DAS HALBBLUT

AUF DEM WEG ZUM HALBBLUT

»Zum Wilson Airport, bitte«, sagte Michael Baumann zum Taxifahrer. Er schloss die Tür und Peter, der Torwächter, öffnete ihnen das Tor zur Amboseli Road. Baumann hatte nur sein »leichtes Gepäck« dabei, wie er seine Umhängetasche mit Zahnbürste, Deostick und frischer Unterwäsche gerne bezeichnete.

Der Anruf von Douglas McFarland am Vorabend hatte ihn ziemlich überrascht. Gerade war er über einer Hintergrundgeschichte zum Kongokonflikt vertieft, als das Telefon plötzlich läutete.

»Michael, wie geht's?«

»Okay, ich versuche das Puzzle zu einem schlüssigen Bild zu legen. Nicht einfach«, hatte Baumann gestanden.

Der Konflikt im Osten des Zaire machte eine klare Unterscheidung in hier die Guten, dort die Bösen nicht einfach. Ruanda hatte durchaus ein berechtigtes Interesse, seine Grenze zu schützen. Aber längst waren die Kämpfe doch viel weiter gegangen. Die Gerüchte und Nachrichtensplitter verdichteten sich, dass nicht nur die Rebellen des Zaire gegen die Hutu-Milizen und Mobutu Armee kämpften, sondern auch die Ruandesen Truppen immer tiefer in den Zaire schickten. Und die Amerikaner? Waren sie aktiv beteiligt? Wollten sie Mobutu, ihren langjährigen, wenn auch wankelmütigen Gefolgsmann plötzlich stürzen. Und wenn, warum?

»Was gibt es, dass du anrufst?«

Douglas zögerte kurz mit der Antwort.

»Du hast Eindruck gemacht in Goma. Gestern rief mich Julie Gitenga an und sagte, wenn du Morgen in Bunia landest, kann sie alles arrangieren für ein Treffen mit Mulele. Hattest du sie darum gebeten?«

»Ja, hatte ich.«

Baumann hatte nie daran geglaubt, dass die junge Offizierin der ruandesischen Armee ihm ein solches Interview ermöglichen würde. »Aber wie soll ich so schnell nach Bunia kommen?«

Douglas hatte schon alles arrangiert. »Mit der MAF, meiner Missionars Airline. Die warten Morgen um 8 Uhr auf Wilson Airport auf dich.«

Also hatte Michael Baumann eine fast schlaflose Nacht über dem Text verbracht, ihn dann irgendwann nach Mitternacht nach München gesendet und noch kurz geschlafen.

Jetzt saß er im Taxi in Richtung Wilson Airport. Der Fahrer bog in die Kingara Road und fuhr um ein paar Schlaglöcher herum. Wieder einmal so ein wackeliges Taxi, aber immerhin schon mit Taxameter, dachte sich Baumann.

Nairobi wurde auch immer westlicher.

Baumann wohnte in Lavington. Das war der letzte von den Engländern noch angelegte Stadtteil der Millionen-Metropole. Hier standen noch alte Häuser auf verhältnismäßig großen Grundstücken. Baumann hatte die Bleibe von seinem Vorgänger übernommen. Auch das sechseckige Holzhaus im Garten unter dem Pfefferbaum, das er als Büro nutzte. Hier konnte er auch nachts ungestört arbeiten, hatte sein eigenes Telefon, wenn es denn ging und keiner der frei hängenden Drähte irgendwo durchtrennt war. War er zwischen seinen Reisen in Nairobi, wollte er nicht in die Stadt in ein Büro fahren. Wenigstens diese Tage sollten seine Kinder ihren Vater sehen und wahrnehmen. Drei Töchter hatte er, die jüngste fing mit gut einem Jahr gerade an, zu laufen und die Welt zu erkunden.

Eigentlich war es ein wunderbares Leben hier als westlicher Zeitungskorrespondent. Du wurdest nach deutschen Verhältnissen bezahlt und konntest dir alles leisten, was das Leben angenehm machte: einen Koch, ein Kindermädchen, einen Gärtner. Und zwei Sicherheitsleute, einen für die Nacht, einen für den Tag

Das Taxi bog auf die Gong Road stadteinwärts ab. Da lag der Impala Club. Dort spielte Michael Baumann mindestens einmal im Monat Tennis. Und das nicht mit irgendwem. Er hatte Peter Orwa als Trainer, der spielte als Nummer Vier der kenianischen Davis-Pokal-Mannschaft. Aber davon konnte er nicht leben. Also gab er auch Tennisstunden an Möchtegern-Sportler wie Michael Baumann. Was für ein tolles Leben, rauschten die Gedanken durch Baumanns Kopf, als er die Tennis Courts sah. Seine beiden älteren Töchter nahmen hier einmal die Woche Unterricht bei Orwas Balljungen und Sparringspartner.

Warum stresse ich mich immer wieder mit diesen Reisen, die mir in München ja doch niemand dankt? Und die Außenpolitik schimpfte gerne über die Kosten, die er verursachte. Aber sie nahmen alles, was er lieferte. Es waren aufregende Zeiten in Afrika, gut für Journalisten.

Der nächste Kreisverkehr verlangte alles vom Taxi, was es an Stabilität geben konnte. Dann ging es in den Mbaghati Way und am Ende scharf rechts in die Langata Road. Baumann konnte den Wilson Airport schon sehen.

»Wir fahren zur Missionary Aviation Fellowship«, rief er nach vorne.

Der Fahrer bog nach rechts. Richtig. Die Halle von MAF lag gleich hinter dem Kenya Wildlife Service.

Chris, der Pilot, begrüßte Michael Baumann. Sie waren schon öfter miteinander unterwegs gewesen. Vor allem damals während des Genozids in Ruanda.

»Hallo Kugelschreiber, wir haben einen schönen Flug vor uns.«

Chris nannte Baumann immer den »Kugelschreiber«.

Chris Ewans war früher Business Clipper geflogen, aus Chicago. Bis er dann, irgendwann in einem schweren Gewitter, Gott zu ihm sprechen hörte. Das hatte Chris in einem schlimmen Moment während der Ruanda-Krise Baumann auf einem staubigen Landestrip erzählt. Er habe die Botschaft verstanden, gekündigt und sei zur MAF gegangen, um aus seinem Leben noch »etwas Gutes« zu machen.

Rotblonde Haare, leicht gekraust, inzwischen mit einer Pastorin verheiratet, zwei kleine Kinder, so weit sich Baumann erinnerte. Vor allem aber ein wunderbar sicherer Buschpilot.

»Gib Tom deinen Pass, der macht vorne inzwischen alles klar.«

Baumann gab Tom vom Bodenpersonal der Airline seinen Pass. Da musste eine Ausreisestempel rein. Auch auf Wilson Airport hatte dem Schein nach alles seine Ordnung.

Chris bot Baumann eine Tasse Kaffee an, Filterkaffee, nicht Baumanns Lieblingsgetränk. Aber zu dieser frühen Stunde trotzdem wunderbar. Baumann stellte sich neben die Cessna Caravan, die Chris zum letzten Mal inspizierte, und blickte über das Rollfeld.

Hinter dem Maschenzaun am anderen Ende begann der Nairobi National Park, alles außer Elefanten gab es dort. Gerne fuhren Baumann und seine mittlere Tochter, die Tiere liebte, an Samstagen ganz früh dort hinein und »jagten« Nashörner. Seine Tochter war inzwischen schon sehr gut darin, Nashörner auch im hohen Steppengras über einen Kilometer entfernt auszumachen. Außerdem liebte sie es, wenn sie mitten im Nationalpark dann den Range Rover, zwischen den Füßen ihres Vaters stehend, lenken durfte.

Auf den Parkplätzen auf dem Flugfeld standen mindestens 5 Cessna vollgepackt mit Khat. Das war eine Pflanze, die vor allem in Somalia und im Jemen gerne von den moslemischen Kämpfern gekaut wurde. Khatkauen beruhigte am Anfang, aber spätestens nachmittags nach 15

Uhr machte es ziemlich rammdösig und high. Deshalb ereigneten sich die kleinen Schießereien in Mogadischu auch meistens zu diesen Stunden. Khat, in der Nähe des Mount Kenias angebaut, war der Hauptexport-Schlager von Wilson Airport in Richtung Somalia. Jeden Tag flogen mindestens 10, wenn nicht ein Dutzend dieser kleinen Cessnas nach Mogadischu samt Piloten - und machmal auch einem westlichen Journalisten als zahlendem Gast. Baumann war so oft nach Mogadischu gekommen, als Somalia noch wöchentlich Schlagzeilen lieferte.

Tom kam zurück und gab Chris die Papiere.

»Wir können los.«

Der Rest war Routine. Baumann saß mit Chris in der Maschine, als dieser sie, vom Tower freigegeben, auf die Startbahn bugsierte und dann mit voller Kraft in Richtung Ngong Hills startete. Wie immer flog er leicht rechts an dem Wahrzeichen von Karen vorbei, dieser Berggruppe. Die Gong Hills lagen da wie eine angespannte Faust. Dann kamen die Aufwinde aus dem Rift Valley und sie flogen über die Masai Mara auf den Viktoriasee und Uganda zu.

Chris deutete Baumann an, den Kopfhörer aufzusetzen.

»Wir müssen in Entebbe runter, auftanken. Ich habe keine Ahnung, ob ich später in Bunia Treibstoff bekomme, okay?«

Das war wohl eher eine rhetorische Frage. Entebbe war schon Uganda. Dort gab es einen gut sortierten Duty Free, in dem Baumann immer gerne einen Malt Whiskey für solche Trips kaufte.

»Wie lange wird das dauern?« Baumann schaute Chris an.

»Keine Stunde, lang genug, um Deinen Whiskey zu kaufen«, gab er schmunzelnd zurück. »Der Inder hat angeblich auch eine Nachricht für dich.«

Jetzt wurde Baumann neugierig.

Eine Nachricht, von wem? Warum wusste Chris davon und er nicht? Dies versprach wieder so ein Abenteuer zu werden. Ob er dabei wirklich das Halbblut Mulele treffen würde? Was für ein Typ der wohl war, gesprächig oder schmallippig, verschwiegen, unwirsch gegenüber westlichen Reportern? Was ihn wohl in Bunia erwarten würde? Ob die Rebellen die Stadt im Norden des Kivu schon eingenommen hatten?

Es war in der Nähe von Bunia gewesen, in einem kleinen Hostel der Missionare, in dem Douglas McFarland ihm zum ersten Mal von Mulele, dem alten Mulele, erzählt hatte und von der Missionarin als Geisel, die ein Kind geboren hatte. Ob dieser Mulele, das Halbblut, wohl der Sohn Muleles war?

Aber der alte Mulele war kein Rebellenkämpfer gewesen, eher ein Intellektueller, der mit Worten als Politiker, aber nicht mit Waffen für einen freien Kongo gekämpft hatte. Wie also sollte der Vater eines Sohnes mit einer weißen entführten Missionarin geworden sein? Spannend, ob er das alles rausbekommen würde, auch, ob dieser junge Mulele inzwischen mit den Rebellen unter Laurent Kabila gemeinsame Sache machen würde.

Ein paar Böen rüttelten Baumann aus seinen Tagträumen wach. Sie hatten den Viktoriasees erreicht. Deshalb die Luftschwankungen. Durch den Propeller hindurch konnte er am Horizont schon Entebbe entdecken, als Chris in Höhe von Ninja, dem Ausfluss aus dem See in den Nil, begann, die Nase der Cessna zum Landeanflug nach unten zu drücken.

Am Boden vor dem Hangar kam ein Land Rover mit einem Tank-Container hinten drauf auf die Cessna zu.

»Soll dich jemand zum Duty Free begleiten, ist vielleicht besser, damit du auch wieder auf das Flugfeld raus darfst?« Chris gab Michael Baumann einen MAF-Boden-

Techniker mit. Mit großen Schritten gingen sie beide auf das Flughafengebäude zu. »Eine Stunde, nicht länger«, rief Chris ihnen nach.

Mit seiner Scheckkarte konnte Denis, der Ugander, die Tür öffnen. Nach der ersten Schwingtür sah Baumann schon den Duty Free Laden.

»Good Morning, Sir«, begrüßte eine Angestellte hinter der Kasse Baumann. Der ging den gewohnten Weg nach hinten zu den Malt Whiskeys. Es war ein guter Tag. Sein Lieblingswhiskey stand gleich neben seiner Nummer Zwei, dem Dalwhinnie. Aber für so eine wichtige Reise wollte sich Michael Baumann nicht lumpen lassen. Er nahm zwei Mortlach, 16 Jahre alt, aus dem Gestell und machte kehrt zurück zur Kasse.

Dort war inzwischen der kleine Inder aufgetaucht, den Michael Baumann aus zahllosen Einkäufen schon kannte.

»Gute Auswahl«, begrüßte er den Mann.

»Ja, wir bemühen uns«, antwortete dieser.

»Sie sind der Freund von Douglas, oder?« Baumann schaute dem Mann hinter dem Tresen länger als gewöhnlich direkt in die Augen.

»Ja.«

»Dann habe ich hier noch ein kleines Päckchen. Mit der Bitte, es ihrem Gesprächspartner mitzunehmen.«

Baumann beschloss, nicht nachzufragen, was in der kleinen Holzkiste war.

»Mache ich gerne«, sagte er und zahlte per Kreditkarte die beiden Flaschen Whiskey.

»Wollen sie eine oder zwei Tüten?«

»Gerne zwei«, antwortete Baumann und steckte das Kästchen und eine Flasche als Mitbringsel in die eine. Die andere benutzte er für seine eigene Flasche.

Dank Denis und seiner Chip-Karte waren sie auch gleich wieder auf dem Rollfeld. Baumann konnte sehen, wie Chris den Tankschlauch auf dem Flügel abschraubte und dem Tankwart runter reichte.

»Rauch noch eine, dann müssen wir aber auch schon weiter«, sagte Chris und zeigte auf eine versteckte Ecke am Hangar. Eigentlich bestand Rauchverbot auf dem Rollfeld, aber Chris wusste um das Laster von Michael Baumann. Während Baumann in der Ecke genüßlich an seiner Zigarette im feuchten Abwind des Sees sog, machte Chris sich seine Hände an einem großen Lappen sauber, setzte sich in die Maschine und machte alles startklar.

Fünf Minuten später rollten sie mit der Cessna auf die Startbahn und hoben über den See ab.

»Auf nach Bunia«, sagte Chris in sein kleines Mikrofon.

Baumann nickte mit dem Kopf. Er hatte keine Ahnung, was ihn dort erwartete. Schweigend sah er aus dem Seitenfenster auf den mächtigen Viktoriasee und zweifelte wieder einmal an sich und seinem Job. Warum mache ich das alles nur?

Baumann blieb nicht viel Zeit für seine Selbstzweifel, denn nach gut 40 Minuten in der Luft waren sie schon über dem Albertsee, an dessen westlichem Hochufer Bunia im Zaire lag.

»Ein herrlicher Tag, gute Winde, schnelles Fliegen. Wie lange bleibst du in Bunia?«

Baumann ließ Chris die Klappen leicht ausfahren, dann sagte er: »Keine Ahnung, ich hoffe nicht länger als ein, zwei Tage. Wie lange kannst du warten?«

»In Bunia kann ich nur ein paar Stunden bleiben, aber nicht über Nacht. Ich warte auf dich in Entebbe. Douglas hat mich für drei Tage gebucht. Hier«, und dabei gab er Michael Baumann einen Zettel, »das ist mein Funkcode. Sag´ mir rechtzeitig Bescheid, dann hole ich dich in Bunia wieder ab.«

In Bunia wartete schon ein Geländewagen mit sechs Mann auf Michael Baumann. Jeder hatte eine Pistole umgeschnallt, der große Mann mit Bart war ganz offenkundig der Anführer.

»Michael?« Die Frage klang mehr wie eine Feststellung. Mit dem Kopf wies er auf den Geländewagen. »Funk mich rechtzeitig an, ein paar Stunden genügen«, hörte Baumann Chris noch sagen. Dann waren sie schon auf dem Weg in das Fahrzeug.

Auf dem Boden des Geländewagens lagen schussfeste Westen gestapelt.

»Die sind nur gegen die Landminen da«, sagte der Bärtige von vorne.

Baumann saß auf der hinteren Sitzbank. Ein Fahrer und der Mann mit Bart vor ihm, neben ihm saßen zwei Mann mit Maschinenpistolen zwischen den Beinen, die anderen beiden quetschten sich mit ihren Gewehren auf die Notsitze im hinteren Teil der Passagierkabine.

Mit ziemlicher Geschwindigkeit fuhren sie aus Bunia raus auf eine Buschstraße. Baumann versuchte sich am Sonnenlicht zu orientieren. Das musste in südwestliche Richtung sein.

»Wie lange fahren wir?«

Schließlich fragte er doch, nachdem er schon mehrfach mit dem Kopf ans Autodach geknallt war, weil der Fahrer keine Rücksicht auf Insassen noch Wagen nahm und laut Tachometer auf der unbefestigten Straße mindestens 60 Kilometer schnell fuhr.

»Noch fünf Minuten, dann muss ich dir sowieso die Augen verbinden«, gab der Bärtige bekannt.

Die Fahrt dauerte ewig. Michael Baumann, inzwischen mit verbundenen Augen, verlor jedes Gefühl für Zeit und Raum. Sein rechter Oberschenkel musste übersät sein von blauen Flecken, so oft schon war er an die Seite geknallt, wenn der Fahrer mal wieder ein Schlagloch übersehen oder einfach ignoriert hatte. Seinem Kopf ging es nicht viel besser, der Wagen hüpfte durch den Busch. Er schwitzte in dem feuchten Klima, obwohl die Fenster offen waren und viel Zugluft durch den Wagen blies.

Plötzlich roch Michael Baumann den Rauch von Holzkohle und glaubte, menschliche Stimmen zu hören.

Und tatsächlich. Sie nahmen ihm die Binde von den Augen und gaben ihm eine Plastikflasche mit Wasser zum Trinken. Baumann hatte furchtbar Durst.

»Wir sind gleich da«, sagte der bärtige Anführer.

Baumann konnte bei dem Geschaukel kaum Wasser trinken, ohne sich selbst nass zu spritzen. Dann kamen sie, mitten im dichten Wald mit riesigen Bäumen, Farnen und blühenden Büschen sowie bemoosten Felsformationen, um eine Rechtskurve.

Baumann konnte ein befestigtes Lager sehen: Holzpalisaden, ein großes Tor mit zwei Türmen an den Seiten, und dahinter Hütten und einige Häuser mit Wellblechdächern.

War das das Lager von Mulele?

DIE PYGMÄEN-FRAU

Michael Baumann musste eingeschlafen sein, und das überraschte niemanden angesichts der langen und anstrengenden Reise. Draußen herrschte bereits tiefe Nacht. Die Geräusche des Dschungels, das Gurren, Zirpen und gelegentliche Knacken von Ästen, drangen nicht zu ihm durch und störten seinen Schlaf auf der einfachen Matratze nicht. Er fühlte sich sicher in diesem Dschungelcamp mit dem wohlklingenden Namen «Kambi ya Uhuru» - Das Friedens- oder Freiheitscamp. Zum Glück hatte er genug Suaheli gelernt, um den Schriftzug über dem Tor, durch das sie vor Stunden gefahren waren, zu verstehen. Er hatte es geschafft, das war der Hauptstützpunkt des Halbblutes Mulele.

Aber er hatte Mulele immer noch nicht getroffen. Der bärtige Anführer im Wagen hatte ihn zu einem der Ziegelhäuser mit Wellblechdach gebracht und ihm dann zugeflüstert: «Steig aus. Hier kannst du dich waschen und dann schlafen.»

Also stieg Michael Baumann aus dem Geländewagen, hängte seine Umhängetasche über die Schulter und stieg die beiden Stufen zur kleinen überdachten Terrasse empor. Kaum oben angekommen, öffnete sich die Holztür und eine zwergenhafte Wesen trat heraus.

«Karibuni a Kambi ya Uhuru», begrüßte die Frau ihn herzlich. Trotz ihres turbanähnlichen Kopfschmucks reichte sie Baumann nur bis zur Brust und schaute neugierig aus ihrem faltigen Gesicht. «Wananiita Judy», lachte sie ihn an.

Also hieß sie Judy. Das verstand Michael Baumann. Die Frau musste eine der Pygmäin sein, kaum 140 Zentimeter groß oder besser gesagt klein, mit etwas zu großen nackten Füßen. Pygmäen, die immer noch im Osten des Kongos lebten. Sie trug ein sehr buntes Tuch um die Hüfte geschlungen und ein leuchtend blaues T-Shirt. Vielleicht war sie eine Efe, die im Ituri-Wald lebten. Darüber hatte er schon gelesen.

Baumann schüttelte ihr die Hand und grüßte sie mit einem Lächeln und einem Nicken. »Ich heiße Michael«, sagte er. »Ah, Michael. Ich kein Englisch«, kicherte die Alte zurück. Also versuchte sich Michael Baumann auf Suaheli. »Maji ya kuniosha?« Das sollte bedeuten: »Gibt es Wasser zum Waschen?« Sie verstand ihn und winkte ihm, ihr zu folgen. Mit kleinen Trippelschritten ging sie ins Haus.

Der Boden war nackter Beton, in der Dunkelheit erkannte Baumann ziemlich genau in der Mitte des Hauses einen Herd aus Steinen mit einem Kamin aus Blech direkt durch das Dach. Rechts und links waren unverputzte Mauern und je eine einfache Holztür. Judy zeigte ihm den Weg nach rechts, öffnete die Tür und ließ ihn vorgehen.

Das Zimmer, das Baumann betrat, hatte wenigstens zwei Fenster und damit Licht. Drinnen stand nicht viel, ein einfaches Holzbett mit Matratze und sogar einem Leintuch, ein wackeliger Stuhl am Tisch vor dem einen Fenster, ziemlich unbehandeltes Holz, spürte Baumann, als er seine Tasche darauf abstellte. Es roch muffig, feucht. Baumann öffnete ein Fenster. An der anderen Wand waren große Nägel in die Wände getrieben worden. Dort konnte er wohl seine Kleidung hinhängen. Er hatte ja fast nichts dabei.

»Gästehaus«, kicherte die Alte von der Tür herein, drehte sich um und verschwand aus seinen Blicken. Einfach, aber sauber, dachte sich Baumann und setzte sich aufs Bett. Schön, eine harte Matratze, keine Federn, nur knarzendes Holz darunter. An der Decke war ein Moskitonetz angebracht und zu einem Knoten gebunden. Judy kam schon wieder rein und stellte eine Blechkanne und ein Glas auf den Tisch. »Maji« sagte sie und gestikulierte, Wasser zum Trinken.

Baumann nahm einen Schluck. Es schmeckte sauber und gut. Nach dem zweiten Glas spürte er, wie der Schweiß aus seinen Poren trat. Es war warm, schwül, feucht, er war mitten im Regenwald. Nur wo genau? Mit den verbundenen Augen hatte er alle Orientierung verloren. Die bewaffneten Begleiter hatten sich nichts entlocken lassen, und der Fahrer war immer weiter, gefühlt auch immer schneller über die Erdpiste gerast.

Schon kam Judy wieder in sein Zimmer. Sie hielt auf dem einen Arm ein verblichenes gelbes Handtuch, mit der anderen Hand machte sie ihm Zeichen, ihr zu folgen. Michael Baumann tat, wie ihm geheißen. Judy watschelte nach draußen, ging auf der Veranda um das Haus. Dort stand ein Holzverschlag, der nur auf einer Seite offen war. Die kleine Pygmäenfrau quasselte Unverständliches und machte zugleich Zeichen, er solle sich ausziehen und rein gehen. Das musste die Dusche sein. Baumann kannte solche Konstruktionen von den einfacheren Zeltcamps, in denen er in den vergangenen Jahren vielfach übernachtet hatte.

Also zog sich Baumann aus und stellte sich in den Holzverschlag. Ein Ledersack, angebunden an einen großen Ast, tauchte plötzlich über seinem Kopf auf. Daran war eine Schnur befestigt. Baumann hatte Recht gehabt, damit konnte er die kleine Öffnung am Sack bedienen. Und es spritzte Wasser raus, nur ein paar Strahlen, aber das Wasser musste mit warmem Wasser vermischt worden sein, es war erfrischend lauwarm - und der Dreck und Staub lief Baumann in dicken Rinnsalen vom Körper.

Nach der erfrischenden Dusche hatte sich Michael Baumann abgetrocknet und musste mit dem Handtuch um seine Lenden ins Haus zurückgehen. Seine Jeans, Unterhose, Socken und auch das Hemd waren nicht mehr da. Bestimmt hatte Judy die schmutzige, staubige Kleidung zum Waschen mitgenommen. Also zog er im Zimmer frische Sachen an.

145

Die Sonne über den Wipfeln der hohen Bäume begann, goldenes Licht zu verbreiten. Ein Blick auf seine Armbanduhr bestätigte Baumann, dass der Tag zur Neige ging. Es war kurz nach 18 Uhr. Zeit am Äquator, sich für die dunklen Nachtstunden vorzubereiten. Der Tag hatte hier zwei gleich große Hälften, zwölf Stunden Licht, zwölf Stunden Nacht.

Judy hatte ihm eine dampfende Schüssel auf den Tisch gestellt, einen Teller und eine Löffel sowie eine Gabel. Das Essen war ein Gemisch aus Bohnen, weißem Mais, Hirse, Zwiebeln und Tomatenschnipseln. Es schmeckte gut. Baumann war hungrig. Schon aus Vernunft trank er viel Wasser dazu. Jetzt konnte er nur warten und hoffen, dass er den Rebellenchef zu Gesicht bekam.

Baumann stellte sich vor das Haus auf die Terrasse und zündete sich eine Zigarette an. Aus vielen der Hütten und einfachen Häuser kräuselte sich blau-grauer Rauch nach oben. Die Menschen hier bereiteten ihr Abendessen. Um Halbsieben war es schlagartig dunkel geworden, und das Rufen und die rhythmische Klänge von marschierenden Truppen hatten sich in Gemurmel und Gegacker von Hühnern gewandelt.

Ein Lichtkegel erfasste Baumann, dann bremste ein Geländewagen vor dem Haus. Der Bärtige sprang aus der Beifahrertüre und sprach ihn gleich an: »Alles in Ordnung?«

»Alles Bestens«, erwiderte Baumann und schnippte seine Kippe in den nächsten Busch. »Du musst immer am Haus bleiben, am besten drinnen. Leg` dich schlafen, es kann noch dauern, bis Mulele Zeit für dich hat. Wir wecken dich schon rechtzeitig. Also bis später.«

Der Bärtige suchte keine Unterhaltung, sondern er verlautbarte. Denn kaum hatte er die Worte ausgesprochen, drehte er sich um, setzte sich in den Wagen und sie fuhren schon wieder weg.

Eine Flasche Bier hatte er vorne auf die Terrasse gestellt. Kaltes Primus, belgische Braukunst, die die Unabhängigkeit und alle Wirren überstanden hatte. Baumann kannte das Bier nur zu gut. Es schmeckte wunderbar herb und hatte den Vorteil, dass es nur in Ein-Liter-Flaschen kam. Eine schöne Überraschung.

Also setzte sich Baumann auf den Absatz der Beton-Terrasse, öffnete die Flasche mit seinem Ein-Weg-Feuerzeug und nahm gleich mehrere kräftige Schlücke zu sich.

Wunderbar, das Primus-Bier perlte kühl in seinen Magen hinunter. Offenbar mussten die Rebellen hier auf nicht viel verzichten. Danach hatte ihm Judy noch eine Petroleum-Lampe ins Zimmer gestellt. Als diese anfing, zu flackern, schloss Baumann die Tür und das Fenster, öffnete das Moskitonetz über seinem Bett und zog sich bis auf Unterhose und T-Shirt aus. Kaum hatte er sich hingelegt, fielen ihm auch schon die Augen zu. Er war müde, nach all den Kilometern und Eindrücken, die er heute aufgesogen hatte - und die meisten davon hatte er in seine Kladde geschrieben.

BEI MULELE

Das laute Klopfen ließ Michael Baumann erschreckt hochfahren. Für einen Moment wusste er nicht, wo er sich befand. Doch das Moskitonetz und das schlichte Betonzimmer brachten ihm sofort die Gewissheit, dass er sich im Camp des Rebellenführers Mulele befand.

Das Klopfen an seiner Tür wurde immer heftiger. Die Stimme des bärtigen Mannes rief im Befehlston: »Wach auf, Michael, Mulele will dich in einer halben Stunde sehen.«

»Ich komme gleich«, rief Baumann zurück. Im Dunkeln zog er sich an, griff nach einem Stift und einem frischen Notizbuch und suchte auf dem Tisch nach seiner Brille. Dann öffnete er die Tür. Judy stand dort, etwas verschlafen, und reichte ihm ein Glas frisches Wasser. Ihr Lächeln war unbezahlbar. Baumann trank es aus und warf einen Blick auf seine Uhr: kurz vor 2 Uhr morgens. Das schien eine Eigenart von Rebellenführern zu sein. Als er einst mitten im Busch in Angola auf sein Interview mit Jonas Savimbi wartete, musste er zwei Tage lang ausbarren - nur um dann gegen 2 Uhr morgens zu dem zweifelhaften, glubschäugigen Schlächter mit gedrungener Statur vorgelassen zu werden, der Jahrzehnte lang mit Unterstützung des Westens der linken Regierung in Luanda und deren Bevölkerung das Leben schwer machte.

Nun also Mulele. Hoffentlich würde er sich diesmal nicht erneut eine Malaria einfangen. Das Warten auf Savimbi hatte ihm eine Malaria Tropicana eingebracht, mit unangenehm hohem Fieber über mehrere Tage. Erst nach und nach hatten die Tabletten ihre Wirkung gezeigt. Bei diesem Gedanken kehrte Baumann schnell in sein Zimmer zurück und holte das Zedernöl aus seiner Umhängetasche. Zumindest rieb er sich damit die Arme und Beine bis zum

Knie ein. Mücken mochten den starken Geruch der Zeder nicht.

Anschließend trat Baumann vor das Haus und stieg in den Geländewagen ein. Der bärtige Mann saß dieses Mal selbst am Steuer, schaute ihn an und grinste. Sie fuhren los. Der Bärtige hatte nur das Standlicht eingeschaltet. Nach ein oder zwei Hütten bog er scharf nach rechts ab und gleich nach dem nächsten Haus wieder links.

Plötzlich tat sich ein runder Platz vor ihnen auf, an dem ein größeres Ziegelhaus stand mit sogar einem zweiten Stockwerk über den Grundmauern. Viel mehr sehen konnte Baumann nicht, es war stockfinstere Nacht. Am Himmel blinzelten die Sterne durch die wolkenlose Nacht. Am Boden brannten nur wenige Petroleum-Fackeln, in den Boden gerammt und nur an den Kreuzungen. Vor dem großen Haus bremste der Bärtige hart ab und deutete Baumann mit dem Kopf an, auszusteigen. »Einfach reingehen«, sagte er und brauste mit dem Wagen wieder weg.

Die Holzstufen knarzten unter Baumanns Schritten. Die Veranda war nicht aus Beton gegossen, sondern aus Holzbrettern aufwendig gezimmert. Als Michael Baumann zur Türlinke griff, öffnete sich die Tür plötzlich. Vor ihm stand ein muskulöser, großer Mann, angekleidet mit Stiefeln und Khakihose, aber einem eng anliegenden schwarzen leichten Rollkragenpullover. Die schwere Uhr am linken Handgelenk, silbern oder aus Titan, fiel Baumann sofort auf.

Mit tiefer Stimme fragte er: »Michael Baumann, der Journalist?«

»Ja, und Sie müssen Mulele sein«, begrüßte Baumann den fast gleichaltrigen Mann.

»Komm, du bist der erste Journalist, der mein Zuhause sieht. Bedanke dich bei Julie Gitenga, die hat von dir geschwärmt. Sonst wärst du nie hierher gekommen«, sagte er und ging über die Parkettbohlen aus Mahagoni in ein großes, voll eingerichtetes Zimmer.

Das war ein anderes Haus, als das, in dem Baumann untergebracht war. Dieses Zimmer hätte auch irgendwo in England oder an der Ostküste der USA stehen können. Schwere Vorhänge umsäumten die Fenster mit geschlossenen Holzjalousien, ein massiver Schreibtisch aus Tropenholz stand dominant im Raum, dahinter aus demselben Tropenholz Bücherregale, voll gestellt mit dicken Schwarten.

Bei seinen kurzen Blicken im Vorbeigehen erkannte Baumann einige Titel: Revolutionen im 20. Jahrhundert, Euro-Sozialismus oder der Dritte Weg, dazwischen auch eine Mao-Bibel, von dem englischen Historiker Eric Hobsbawm gleich zwei Bände: The Age of Revolution und The Age of Capital. Hobsbawm, als Kommunist verschrien, verehrte Michael Baumann selbst. Er hatte ja auch Geschichte studiert.

Mulele forderte ihn auf, sich auf den Polstersessel am niederen Couchtisch aus Glas hinzusetzen.

»Auch einen Schluck Tee«, fragte er und nahm die Thermoskanne in die Hand, die auf dem Glastisch mit schmiedeeisernen Beinen bereit stand. Mulele füllte Baumann ein Glas voll mit dem dunklen, heißen Tee, bevor er seine Teetasse aus Porzellan nachfüllte.

»Ich habe keine Erfahrung mit Journalisten. Aber Julie versicherte mir, man könne dir trauen. Also erzähle ich dir einfach alles, was mich bewegt und was wir hier machen. Einverstanden?«

Michael Baumann skizzierte gerade seinen ersten Eindrücke vom Rebellenchef auf der linken Seite seiner Kladde: »Er erinnert mich an Shaft, den ersten afro-amerikanischen Serienheld in den 70er Jahren, adrett anzuschauen, gut und muskulös gebaut, schlau, wenn nicht gar klug, selbstbewusst, weißer und wortgewandter als jeder andere Privatdetektiv vor ihm.«

»Sehr gerne«, erwiderte Baumann. »Besonders interessiert mich: Worum geht es eigentlich in diesem Bürgerkrieg?« Mulele starrte ihn mit großen Augen an. Baumann fuhr fort: »Wer kämpft hier gegen wen? Warum gibt es mehrere Rebellenarmeen im Zaire? Warum schließen sie sich nicht alle Laurent Kabila an, dem Mächtigsten unter ihnen? Ist das Ziel, Mobutu zu stürzen? Haben die Amerikaner ihre Finger im Spiel? Und warum ist Ruanda unter Kagame ebenfalls militärisch involviert?«

»Wie viele Tage hast du Zeit, damit ich all diese Fragen beantworten kann?«

Mulele lachte und zeigte seine weißen, gepflegten Zähne in seinem schmalen Gesicht. Einer der Backenzähne hatte eine Goldplombe. An den Händen, schrieb sich Baumann links in die Kladde, sieht man noch deutlicher, dass er ein Mischling ist. Die Haut im Gesicht ist dagegen recht dunkel für einen Mulatten. Oder sollte er besser immer Halbblut schreiben?

»Lass mich damit beginnen, was wir hier vorhaben, was wir vorbereiten«, sagte Mulele. Er saß auf dem Sofa, nach vorne gelehnt, und begann, seine tief verwurzelte Überzeugung in treffende Worte zu kleiden. Sein Englisch war akzentfrei, er musste nie nach Begriffen oder Worten suchen. Er sprach mit einer Präzision, als wäre er ein junger Professor, der seine Studenten beeindrucken wollte. Und das um halb drei morgens.

Baumann notierte stichwortartig alles auf der rechten Seite seines Skizzenbuchs. Auf der linken Seite hielt er stets die Fakten, Zitate und objektiv wahrnehmbare Wahrheiten fest.

»Wir werden den Kongo zerschlagen und aus den Trümmern ein wirklich freies, selbstbestimmtes Afrika aufbauen«, diktierte Mulele ihm. Die Kolonialherren seien offiziell in den 1950er und 1960er Jahren durch die Vordertür gegangen. Doch zur gleichen Zeit seien Unternehmen und Konzerne aus Europa und den USA durch die Hintertür in Afrika eingedrungen.

»Wir waren nie unabhängig. Wir hatten nie frei gewählte Regierungen, die Politik für die Menschen hier in Afrika machen konnten.« Mulele ließ keinen Zweifel an seinen Worten, das war seine Überzeugung, seine Wahrheit, die er mit gezielten Handbewegungen unterstrich.

Baumann schrieb unermüdlich, fand kaum Zeit, dem Bündel an Energie, Wahrheiten, Urteilen und Ideologien immer wieder ins Gesicht zu schauen. Die Augen von Mulele brannten regelrecht, glühten vor Engagement. Die feinen Äderchen im Weißen um seine dunklen Pupillen schwollen rot an. Gelegentlich schlug er sogar mit der Faust auf den Tisch, um seinen Vorwürfen Nachdruck zu verleihen.

»Mobutu - ein Produkt des Westens, ein Spielzeug amerikanischer Interessen. Er muss verschwinden«, rief er aus. Die Faust krachte auf den Glastisch.

»Kabila, dieser selbsternannte Rebell seit 30 Jahren - eine Marionette der westlichen Wirtschaftsinteressen. Er soll den Weg freimachen für das Kupfer, Kobalt und all die anderen Bodenschätze im Kongo. Aber für wen? Für amerikanische Konzerne. Das ist kein Rebell, sondern ein dicker, egoistischer Mann, der für Macht und Reichtum zu allem bereit ist, vor allem wenn andere für ihn die Drecksarbeit erledigen müssen.«

Da brach der Hass hervor, der diesen Mann antrieb.

»Kabila, über den hat sogar Che Guevara geschrieben. Er interessiere sich nur für Frauen und Whiskey. Du weißt doch, dass Che einige Monate 1965 hier im Kongo gekämpft hat und dann enttäuscht von Afrika abgereist ist? Wegen solcher Typen wie Kabila. Marionetten der Interessen Deiner Leute!«

»Was soll das heißen«, warf da Michael Baumann ein. »Wir Deutschen haben mit Kabila und der Rebellion nichts zu tun.«

»Nein, ihr versteckt Euch immer hinter den Amerikanern, Engländern oder den Franzosen und schickt Entwicklungshilfe dorthin, wo ihr Wirtschaftsinteressen habt. So etwas Verlogenes.«

Wenn Blicke töten könnten, dann wäre Baumann sofort leblos umgefallen. Mulele starrte ihn mit halboffenen Mund einige Sekunden an. Dann blickte er runter auf den Tisch und nahm einen Schluck Tee. Er wollte sich ganz offenkundig wieder selbst fangen, ruhiger werden, seine Emotionen beherrschen.

Baumann spürte das und setzte nach. Jetzt hatte er ihn so weit, jetzt könnte er die entscheidenden Zitate provozieren: »Sind sie eigentlich Rassist - schwarz gut, weiß böse?«

Das war ein Stichwort, das Mulele offenbar gerne aufnahm. Völlig ruhig stellte er seine Porzellantasse wieder auf den Tisch, lehnte sich im Sofa an und spielte den Ball gekonnt zurück: »Die Frage ist rassistisch! Ich bin noch nie auf einen solchen Gedanken gekommen.«

Es herrschte Stille zwischen ihnen. Rassismus war auch in Afrika ein heikles Thema.

Doch Michael Baumann war nicht bereit, loszulassen. Er wollte den Rebellenchef nicht so leicht davonkommen lassen.

»Dann stelle ich die Frage andersherum: Kann ein Weißer ein Afrikaner sein?«, sagte er beharrlich.

Die Frage traf ins Schwarze. Offensichtlich hatte er Mulele damit empfindlich getroffen. Dieser sprang auf und ging mit großen Schritten und gesenktem Kopf durch das Zimmer.

»Du bist schwierig, Michael Baumann. Du denkst. Du hast Deinen eigenen Kopf. Das mag ich an dir, auch wenn es nicht einfach ist, mit solchen Leuten umzugehen.« Mit der einen Hand kramte der muskulöse Mann verstört in Papieren auf seinem Schreibtisch. Schließlich zog er ein Blatt hervor und kam zum Couchtisch zurück und blieb stehen.

»Ja, aber der Weiße muss es sich verdienen«, sagte er wie nebenbei und setzte sich wieder.

Baumann im festen Blick begann er wieder eine Tirade der Vorwürfe. Mobutu sei von der CIA eingesetzt worden, dafür hätten wirkliche Politiker wie Lumumba und der alte Mulele sterben müssen. In Nigeria, Angola oder Kongo-Brazzaville gehe es den Weißen nur ums Öl, an der Elfenbeinküste um den Kakao. »Soll ich weiter machen? Links oder rechts interessiert niemanden. Wer schert sich schon um die Menschen hier. Alle wollen nur das haben, was Afrika besitzt. Wir Afrikaner haben doch keine Chance, uns selbst zu entwickeln!«

Längst war es schon vier Uhr morgens vorbei. Baumann merkte, wie er müder wurde. Auch an Mulele, dem so dynamischen, lebendigen Redner, konnte er sehen, wie dessen Spannkraft nachließ. Um die großen, wachen Augen legten sich Ringe der Müdigkeit. Tee war offenbar keiner mehr in der Thermoskanne, denn er schenkte sich aus einem Glaskrug inzwischen immer wieder Wasser nach.

»Lass uns Morgen weiter reden, Baumann. Ich habe noch zu arbeiten.«

Das war kein Vorschlag. Mulele stand auf und ging zur Zimmertür, öffnete diese und bat Baumann unmissverständlich zu gehen. Also schloss Michael Baumann seine Kladde, steckte den Kugelschreiber am Umschlag fest und ging zur Tür nach.

Auf der Holzveranda blieb Mulele stehen, gab Baumann die Hand.

»Das war ein gutes Gespräch, ein erstes, lass uns Morgen weitermachen. Dann über die Zukunft.« Sein Blick war inzwischen fast versöhnlich. Er reichte Baumann das Papier vom Schreibtisch. »Bis dahin ein wenig Lektüre«, sagte er, ging wieder ins Haus und schloss die Tür.

Baumann sah, dass das Papier, mit Schreibmaschine beschrieben, nur einige Sätze mit großen Abständen enthielt. Doch bevor er im Halbdunkel der Terrasse anfangen konnte zu lesen, stand Ben, der Bärtige, neben ihm.

»Ich bringe dich in dein Haus.«

Den Namen Ben hatte Mulele für ihn benutzt. Jetzt trottete Baumann Ben, bewaffnet mit seiner Taschenlampe, einfach müde hinterher. Sie gingen zu Fuß. Im Camp war fast völlige Ruhe. Die Leute schliefen. Alles war in tiefes Nachtblau getaucht.

Wieder in seinem Zimmer setzte sich Michael Baumann an den Tisch und entzündete ungeschickt mit seinem Feuerzeug die Petroleumlampe. Er war neugierig, was auf dem Papier stand. Fast hätte er sich die Finger verbrannt, als er das Glas über der Flamme runterließ. Dann faltete er das Papier auf, zog es über der Tischplatte glatt und fing an zu lesen:

»Regelkatalog:

- Respektiere alle Menschen, selbst die schlechten.

- Bestiehl die Dorfbewohner nicht, sondern kaufe ihnen ihre Güter zu fairen Preisen ab.

- Bringe Geborgtes ohne Ärger und Streit zurück.

- Ersetze Dinge, die du zerstört hast, zu einem angemessenen Preis.

- Misshandle niemanden.

- Betrete und zerstöre das Land Fremder nicht.

- Respektiere Frauen und belästige diese nicht.

- Behandle deine Kriegsgefangenen anständig.

Pierre Mulele (1961)«

DAS KONGO-BECKEN

Bobby Brown kam sich vor wie Henry Morton Stanley, der amerikanische Forschungsreisende in Afrika. Er saß auf einem Safari-Stuhl mit einem kleinen Klapptisch auf einer weiten Lichtung des Tropenwaldes, leicht abschüssig nach Westen, und die Sonne bereitete sich vor, den Tag zu beschließen.

Wie Stanley war Bobby Brown Amerikaner, auch wenn er keinerlei Papiere oder Marken trug, die ihn als einen solchen ausweisen könnten. Freilich stand er nicht in den Diensten der Engländer und suchte nicht nach Douglas Livingston, den entdeckungsfreudigen Missionar. Und er sollte auch nicht dem englischen Gouverneur im Sudan, Emin Pascha, der eigentlich ein Deutscher war, zu Hilfe eilen. Das war alles lange her, Kolonialgeschichte im 19. Jahrhundert.

Er, Bobby Brown, kämpfte vielmehr jetzt in einem verdeckten Einsatz für die Todesschwadronen Ruandas gegen die Zentralgewalt des Zaire - gegen Mobutu, den ehemaligen Verbündeten der USA.

Die Welt war verrückt. Außerdem war Bobby Brown nicht weiß. Ein Grinsen machte sich über sein schwarzes Gesicht breit. Alles verkehrt, grummelte er leise vor sich hin.

Vor Bobby Brown auf dem Tisch stand sein »Wunderkoffer« aus Hartschale in anthrazit. Der Deckel des Koffers war nichts anderes als eine Satellitenantenne, versehen mit einer Himmelskarte auf der Innenseite und einem Kompass für die Grad-genaue Ausrichtung am Firmament. Im Bauch des Koffers war das Satellitentelefon und der Akku untergebracht. Ein praktisches Gerät hier im Irgendwo vom Nirgendwo.

Alle Nummern und Plaketten, die auf die Herkunft des Satellitentelefons schließen lassen könnten, waren fein säuberlich entfernt worden. Die Nummer, die Bobby Brown eingeben musste, hatte er auswendig gelernt. Sie wurde auch nicht gespeichert. Niemand, der den Koffer in die Hand bekommen würde, sollte seine einfachen Schlüsse ziehen können oder gar einen Beleg in Händen halten, dass die amerikanischen Streitkräfte in diese Auseinandersetzung militärisch involviert wären. Der Koffer war seine einzige direkte Verbindung zu seinem eigentlichen Befehlshaber irgendwo im fernen Virginia.

Bobby Brown richtete die Antenne auf einen Satelliten über dem Atlantik aus. Das war etwas fisselig. Er hatte den Tisch deshalb fest in der aufgewühlter Erde verankert. Nichts durfte wackeln. Die kleine Kontrolllampe wechselte von Rot auf Grün, der Satellit war angepeilt. Er wählte die Nummer, 15 Stellen, und ließ läuten. Es war ein leichtes Echo zu hören.

Vor zwei Tagen erst, kurz nachdem sie von den Transportlastwagen abgesessen und zu Fuß weiter durch den Tropenwald gezogen waren, hatte er den letzten Kontakt gehabt. Da hatte er über den neuen Einsatzplan berichtet. Außerdem hatte er einen kurzen Absatz über die Geschehnisse auf dem Hügel bei Masisi angefügt und das, was passiert war, beim Namen genannt: ein Massaker an der Zivilbevölkerung aus Rache für einen angeblich ähnlichen Vorfall, der vor zwei Jahren stattgefunden habe. Er hatte lange gezögert, welche Opferzahl er eintippen sollte in das elektronische Fax. Dann hatte er zirka 300 geschrieben. Das war die Zahl, die er für sich ziemlich genau geschätzt hatte.

Das Telefon fand seine Verbindung. Zwei Faxe standen für ihn abrufbereit. Er musste seine Kennung eintippen, diesmal 12 Stellen, dann lud er das erste Dokument runter. Auf dem schwarzen Bildschirm erschien in grüner Schrift die Anweisung aus dem Einsatz-Hauptquartier: »Folgen

Sie den autorisierten Truppen in den Zaire. Inzwischen geht es um Landgewinne. Dies ist die mit uns abgesprochene Strategie. Kampfhandlungen werden wahrscheinlicher. Hiermit ist ihre Teilnahme genehmigt, auch gegen Truppen der zairischen Armee sowie die flüchtigen Hutu-Milizen. Wir stellen täglich Satellitenaufklärung zur Verfügung. Sie erhalten diese in Kopie. Erwarten laufende Berichterstattung (kurz). Viel Glück.« Dem folgte ein Kürzel, das Bobby Brown versicherte, dass dieser Befehl vom richtigen Absender kam.

Bobby Brown tippte auf die Taste »Bildschirm löschen« und rief die zweite Datei auf. Ausdrucken konnte er die Kommunikation nicht. Sie war nur für seine Augen bestimmt.

In einem kurzen Absatz las er: »Die Vorfälle in Masisi sind zu verurteilen. Sie konnten dies an Ort und Stelle nicht verhindern. Unsere Seite wird diese unmilitärische Aktion bilateral zur Sprache bringen. Wir gehen davon aus, dass dies ein Einzelfall bleiben wird. Bitte halten Sie uns auf dem Laufenden.« Derselbe Code autorisierte auch diese Stellungnahme.

Bobby Brown löschte auch die zweite Datei und fing an, seine Tageslosung in das Gerät zu tippen. Sie waren noch zwei Tage von Kisangani, dem ehemaligen Stanleyville, entfernt. Er erbat Satellitenaufklärung über die Stadt am Kongofluss und aktuelle Flugbewegungen, rein und raus. Er werde mit einer Spähtruppe heute Nacht dorthin aufbrechen. Der Vorstoß der Kabila-Rebellen verlaufe planmäßig. »Godfather« - der Code für die ruandesischen Todesschwadronen, mit denen Bobby Brown unterwegs war - sei ungefähr zwei Tage voraus und werde die Flanke der Rebellen beim Angriff auf Kisangani sichern.

Bisher sei es nur zwei Mal zu kurzen Gefechten mit den Interahamwe, den Hutu-Milizen, gekommen. Alle dieser Milizionäre seien bei den Gefechten gefallen. Die ungefähre Zahl gab Bobby Brown mit 250 Mann an.

»Undiszipliniert, schlecht bewaffnet.« Sie hätten weitere Spuren ausgemacht und würden versuchen, auch diese Einheiten aufzuspüren und auszuschalten. Keine eigenen Verlust. Disziplin und Feuerkraft seien klar auf ihrer Seite. Er kündigte an, sich in den nächsten zwei Tagen wieder zu melden.

Dann drückte Bobby Brown auf Senden und wartete den grünen Balken ab. Gesendet, Ende. Schließlich schaltete er das Satellitentelefon wieder aus und verstaute alles im Koffer und schloss diesen mit dem Zahlenschloss ab. Als er aufstand, sah er schon seine beiden Adjutanten Joseph und Ezechiel auf ihn zukommen.

»Sir, wir müssen in gut einer Stunde aufbrechen. Es wird ein langer Marsch heute Nacht. Sie sollten noch etwas essen. Alles ist vorbereitet«, sagte Joseph. Dabei zeigte er an den Waldrand, wo sie eine kleine Feldküche aufgebaut hatten.

Ein großes Wort: Dort brannte ein kleines Feuer und darauf lag eine Metallplatte. Dem Geruch nach brutzelten ein paar Hühner darauf. Sehen konnte Bobby Brown dies nicht. Denn die Soldaten legten die Hühnerteile auf die heiße Metallplatte und deckten dies dann mit einer zweiten schweren Metallplatte zu. So wurden das Hühnerfleisch samt Knochen zusammengedrückt und durch das Gewicht der zweiten Platte auf den heißen Untergrund gepresst. Nach nicht einmal 15 Minuten war das Fleisch durch. Und es schmeckte würzig und saftig, obwohl kein Gewürz dran war.

Bobby Brown wischte sich das Kinn sauber, nachdem er fertig war. Das war gut. Dann schnürte er seine Stiefel fester, schulterte seinen Rucksack und er und seine 30 Mann brachen zu dem Nachtmarsch auf.

Bobby Brown ging in der Mitte der Kolonne, Joseph an der Spitze, Ezechiel bildete die Nachhut. Oberstleutnant Cesar Kayzali hatte ihm beim Abendessen den Auftrag nochmals detailliert erklärt.

Heute Nacht sollte sie bis zum Kongofluss vorstoßen und, wenn möglich, auch übersetzen. Hier hieß der mächtige Strom bei den Menschen noch Lualaba.

Eine Vorhut werde versuchen, bis zu ihrem Eintreffen bei den Fischern Boote und Ruderer für die Überquerung des Flusses zu finden. Von den Interahamwe-Milizen sei in diesem Teil noch nichts registriert worden. Die schienen deutlich langsamer voranzukommen als sie mit ihren insgesamt 450 Mann an Elitesoldaten.

Bobby Brown und seine Spähtruppe sollte dann am linken Ufer des Flusses bis Kisangani vorstoßen und dort alles auskundschaften. Denn in ein paar Tagen würden die flüchtigen Hutu-Milizionäre bestimmt versuchen, sich mit den Soldaten in Kisangani zusammenzutun, um vor den ruandesischen Todesschwadronen sicher zu sein und gleichzeitig Kisangani gegen die Kongo-Rebellen unter Laurent Kabila verteidigen zu können.

Bobby Brown hatte Cesar Kayzali von seiner Bitte um Satellitenaufklärung und alle Flugbewegungen von und nach Kisangani erzählt, die er beim US-Einsatzkommando angefordert habe.

»Wir haben schon die ersten Bilder erhalten«, sagte Kayzali und zeigte Bobby Brown einen Ausdruck.

Darauf war vor allem der Simi-Simi-Flughafen und seine Umgebung zu sehen. Neben der Piste standen fünf Hubschrauber. »Alles russische Modelle, werden wahrscheinlich von serbischen Söldner geflogen, diese Modelle hat die zairische Armee nicht«, hatte Cesar Kayzali angemerkt und dann Bobby Brown auf einige Befestigungsanlagen am Rande des Flugfeldes aufmerksam gemacht. »Das solltet ihr besser in Augenschein nehmen. Diese Bunker, oder was immer das sind, werden wir oder die Rebellen einnehmen und zerstören müssen, um Kisangani einzunehmen.«

Das also war der Plan, die Hutu-Milizionäre in Kisangani abzufangen. Der Krieg fraß sich immer tiefer in den Zaire hinein. Das war kein Grenzkrieg im Osten mehr, es ging vielmehr längst um das Herz Afrikas.

Mit diesen Informationen im Kopf marschierte Bobby Brown durch die dichten Wälder des Kongobeckens. Nachts waren diese Wälder alles andere als leise. Von ihrem Trupp aus 30 Mann in voller Kampfausrüstung war auf dem feuchten Boden nichts zu hören. Aber es rauschte, zirpte, unkte immer wieder mal rechts oder links von der schweigenden Kolonne. Stetig marschierten die Soldaten weiter. Ab und an kam von Joseph vorne ein kurzer Funkspruch über das kleine Mobilgerät: »Kleines Dorf, vier Hütten auf der linken Seite, rechts halten.«

Nach zwei oder drei weiteren Windungen des Trampelpfades, auf dem sie trotz des schweren Gepäcks schnell vorankamen, sah auch Bobby Brown die Bleibe der Waldbewohner. Die Hütten waren, so weit er dies in dem nächtlichen Wald erkennen konnte, oftmals rund, mit Stroh gedeckt. Um die Hütten selbst war der Waldboden abgebrannt worden, damit kein Ungeziefer in die Behausungen kam. Dann waren einige kleine Felder nah der Hütten gerodet, nicht größer als 5 mal 10 Meter. Darauf wuchs wahrscheinlich der Maniok und die anderen Gemüse und Salatsorten, von denen sich die Menschen hier mühsam ernährten. An Festtagen gab es vermutlich mal eine Waldratte vom Spieß oder ein Huhn, wenn ein Gast vorbeikam.

Jetzt lag alles friedlich und fast wie ausgestorben da. Nicht einmal kalter Rauch von gelöschten Feuerstellen war zu riechen, kein Hund bellte, keine Ziege meckerte. Gut so, dachte sich Bobby Brown. Aber vielleicht hielten die Menschen auch nur still und versteckten sich, weil sie ihren Trupp hatten nahen sehen. Wer konnte das schon wissen.

Fast wäre er über eine starke Wurzel gestolpert, die aus dem fruchtig duftenden Waldboden herausragte. Hörte er da den Fluss schon? Irgendwo war ein ständiger rauschender Grundton auszumachen. Bobby Brown checkte sein Funkgerät, da war alles in Ordnung. Es musste irgendein Wasserlauf sein, aber ein mächtiger. Es rauschte und gurgelte unerbittlich und unaufhörlich.

Joseph war am Waldrand stehen geblieben und hielt die rechte Hand angewinkelt nach oben, Zeichen, Acht zu geben und anzuhalten. Alle waren sofort in die Hocke oder auf ein Knie runter gegangen.

War da was? Bobby Brown verzichtete auf eine Nachfrage über Funk, sondern schlich sich gebeugt nach vorne zu Joseph, um selbst zu sehen.

»Was gibt es?«

»Wir sind gleich am Ufer des Flusses. Nur noch Felder und Wiesen vor uns. Wir sollten hier warten, bis die Vorhut Zeichen gibt«, antwortete Joseph leise und suchte den baumlosen Uferstreifen vor ihnen mit einem Nachtsichtgeräte ab. Nichts. Bobby Brown wollte nicht länger warten. Er öffnete seine Umhängetasche und holte sein Nachtsichtgeräte ebenfalls raus, setzte den Gummiring auf seinen Kopf und spähte selbst durch die beiden Okulare.

Er sah den Fluss, enorm, breit und schäumend, so schnell floss das Wasser hier durch die satte Landschaft. Aber halt, dort rechts, bewegte sich etwas. Er tupfte Joseph vorsichtig an und zeigte in die Richtung.

»Ja, das sind sie«, sagte sein Adjutant. »Wir haben einfach gute Späher, ich habe sie nicht gleich gesehen«, gab er lächelnd zurück. Seine weißen Zähne glänzten im Mondlicht. »Zwei von ihnen waren schon mal in dieser Gegend. Gleich wissen wir, ob sie schon Boote ausgemacht haben - oder sonst etwas.«

Nur wenige Minuten später war der Spähtrupp bei ihnen am Waldrand. In der Hocke erklärten sie, für Bobby

Brown auf Englisch, wo sie ein Fischerdorf ausgemacht hatten mit sechs Booten. Die Leuten seien bereit, sie gegen Geld überzusetzen. »Gute Leute«, wie einer der Späher mit der großen Backennarbe noch anfügte.

»Was heißt das, gute Leute?« Bobby Brown wollte sich auf keine Unsicherheiten einlassen. Dieses Vorauskommando stand unter seinem Befehl. So hatte Cesar Kayzali es gewollt.

»Die Fischer leben nicht nur von Fisch, sondern vor allem auch von ihren Fährdiensten. Wer zahlt, den setzen sie über den wilden Strom - und verlieren nicht viel Worte«, sagte der Narbenmann. »Sie reden auch nicht mit anderen darüber. Passt nicht in ihr Geschäftsmodell«, fügte er grinsend an. Die Narbe ließ seine rechte Gesichtshälfte starr erscheinen. Das musste keine kleine Wunde gewesen sein, dachte sich Bobby Brown.

»Wir haben ihnen 20 US-Dollar angeboten für die Überfahrt. Keine Diskussion. Sie wollten nur wissen, ob wir auch wieder zurück wollten.«

Der Narbige schaute Bobby Brown direkt in die Augen.

»Ich hätte gerne, dass sie drüben auf uns warten, bis wir zurückkommen. Biete ihnen 10 Dollar pro Tag zusätzlich an, dann haben wir einen Deal - und einen freien Rücken«, sagte Bobby Brown ohne lange zu zögern.

»Das wird kein Problem sein«, nickte der Mann mit der Backennarbe.

»Dann mal los - oder sind andere Truppen in der Gegend?«

»Wir haben nichts entdeckt und die Fischer haben auch seit Tagen niemanden vorbeikommen gesehen.«

Also huschte die Truppe leise und schnell bis zum Ufer.

Die Böschung war höher, als Bobby Brown vom Waldrand aus vermutet hätte. In einer kleinen Bucht lagen sechs längliche Boote. Rund zehn Männer standen neben den wohl aus Baumstämmen geschälten Flussbooten.

Der Narbenmann sprach in einer für Bobby Brown völlig unverständlichen Sprache mit einem der Männer, der bereits weiße Haare hatte. Schließlich winkte er, sie sollten nach unten kommen.

»Wir sollten drei Mann bei ihnen im Lager lassen, für alle Fälle«, flüsterte Joseph zu Bobby Brown.

»Gute Idee, machen wir. Suche die passenden Leute aus.« Bobby Brown war für die Anregung sehr dankbar. Er verließ sich auf solchen Missionen am liebsten nur auf sich selbst und möglichst wenig auf andere. Einer seiner Ausbilder hatte ihn mal »Einsamen Wolf« genannt, als er nach sieben Tagen Ausbildung aus einem Wald, nur bewaffnet mit einem Militärmesser frisch gewaschen in das Camp zurückgekehrt war. Alleine auf Mission zu sein, war ihm lieber. Aber hier hatte er die Augen, Ohren, den Mund und die Erfahrung von Joseph und Ezechiel bitter notwendig.

Beides gute Leute, dachte er sich, als er in das zweite Boot einstieg. Der Fluss rauschte nicht an ihnen vorbei, er brauste. Das war richtig viel Wasser, das hier vorbei schoss. Jetzt sah Bobby Brown, dass drei der Boote Außenbordmotoren hatten. Die Fischer schmissen die Maschinen an. Im Getöse des Stroms waren die kleinen Motoren kaum zu hören.

Die Männer auf den anderen Booten hielten, im Bug sitzend, ein schweres Tau und ließen sich jeweils von einem motorisierten Kahn ziehen. Als sie hinter der Landzuge auf den Fluss kamen, riss die Strömung sie gleich mindestens 50 Meter weiter. Aber dann ging es rüber.

Fast wie surfen, dachte sich Bobby Brown, während sie über die Strömungswellen ritten. Ab und zu krachte eine vorbei gleitende Insel aus Gras und Erde gegen den Rumpf eines der Boote. Der Fluss schien am Ufer immer wieder Erde samt Gras auszureißen und mitzunehmen bis zum gut 1000 Kilometer entfernten Ozean.

Bobby Brown war heil froh, als sie drüben auf dem Uferkies aufsetzten und aus den Kähnen raus konnten. Alles war gut gegangen. Der Ritt über den Strom hatte weniger als eine Viertelstunde gedauert. Perfekt. Ein bisschen nass waren sie alle geworden. Aber das war okay. Auch nachts war es im Kongobecken wohlig warm.

Der Narbenmann redete wieder mit dem alten Fischer. Drei seiner Soldaten, junge große Kerle, blieben bei den Fischern. Bobby Brown und sein Trupp aber verschwanden im Laufschritt hinter den nächsten Büschen. Dort sammelten sie sich.

»Wie weit, wie lange haben wir noch«, fragte Bobby Brown Joseph. Der beriet sich kurz mit Ezechiel.

»Wir kommen hier schneller voran, haben aber weniger Deckung. Viele ehemaligen Felder, viel gerodeter Boden. Wir sollten bis kurz vor dem Tageslicht nahe Kisangani sein und uns dort ein verstecktes Plätzchen suchen«, gab Joseph das Ergebnis der Beratung bekannt.

»Dann mal los«, sagte Bobby Brown. Mit jeweils zwei Mann links und rechts, gut 20 Meter entfernt zur Sicherung der Flanken, brachen sie wieder auf. Es war bereits 4 Uhr morgens. Also noch knapp zwei Stunden schneller Marsch durch das zum Teil matschige Gelände bei tiefer Dunkelheit.

WELT AM DRAHT

Zurück in seinem kleinen Holzhaus in Nairobi, das er als sein Büro benutzte, saß Michael Baumann vor seinem Computer und wartete ungeduldig darauf, dass das Gerät endlich hochfuhr. Der Bildschirm zeigte immer noch die Sanduhr an. In seiner Hand hielt er eine blaue Diskette. Diese hatte ihm Mulele nach ihrem zweiten Treffen im Ituri-Wald überreicht.

»Schau dir alles darauf an. Du kannst es verwenden oder weitergeben, aber unter einer Bedingung: Du musst den Inhalt auf eine Webseite hochladen. In der Word-Datei auf der Diskette findest du Anweisungen dazu.«

Danach hatten sie noch gemeinsam tief in die Nacht hinein Whiskey getrunken. Inzwischen diskutierten sie mehr, anstatt zu streiten.

»Kennst du Axel Kabou?«, fragte Baumann.

»Ja, natürlich«, antwortete Mulele. »Sie ist sehr intellektuell, aber ihr fehlt der Bezug zur praktischen Umsetzung.«

»Finde ich nicht«, hatte Baumann die Kamerunerin verteidigt, die wie so viele afrikanische Intellektuelle in Europa, in Paris lebte. »Weder arm noch ohnmächtig« hieß der Titel ihrer polemischen Streitschrift über die Gründe der Unterentwicklung des ganzen Kontinents. Und schon im Untertitel machte die scharfzüngige Professorin klar, wen sie als die Hauptschuldigen sah: Die schwarzen Eliten und die weißen Helfer«.

Darauf konnten sich auch Mulele und Baumann schnell einigen. Das stimmte schon, auch, dass die Afrikaner, egal, ob in Ost-, West- oder Südafrika nicht zwanghaft nach eigenen Traditionen suchen sollten, die sie wieder zum Leben erwecken wollten.

»Hunderte Jahre Fremdbestimmung - durch die Araber und dann die Europäer - haben doch alle politischen und sozialen Traditionen längst total verbogen und kaputt gemacht.«

Dieser These konnte Baumann wiederum voll zustimmen. Aber Mulele holte immer wieder viel kommunistische Analyse aus seinem Ideologieschatz hervor. Seine Augen blitzten, als Baumann ihm genau das vorwarf. »Lieber pragmatisch als ideologisch verbohrt« sollten die neuen Anführer in Afrika denken und dann auch handeln, »im Allgemeininteresse der jeweiligen Bevölkerung und keine offensichtliche Klientelpolitik betreiben - für Stamm, Ethnie oder eigene Großfamilie«, wie Baumann seinen Vorwurf formulierte.

»Gut gesprochen, weißer Mann«, konterte Mulele beim Einschenken der nächsten Runde Whiskey.

Baumann war froh, zwei Flaschen mitgebracht zu haben.

»Aber wenn die Amerikaner, wenn dieser Clinton von seinen Boys spricht, meint er Kagame in Ruanda, Musevini in Ruanda, Afkeworki in Eritrea und dann noch Meles Zenawi in Äthiopien oder den Luftwaffenfanatiker Rawlings in Ghana«, zählte Mulele an seinen Fingern ab. Diesmal kein Schlag mit der Faust auf den Tisch, sondern fernsehtauglicher Argumentationsstil. »Die fünf Clinton Boys«, hob Mulele seine offene Hand in die Höhe, »alles angeblich moderne afrikanische Führer. Aber das Modernste an ihnen für Clinton ist wohl deren Abneigung gegenüber Moskau oder Peking. Sie folgen brav den amerikanischen geopolitischen Interessen. Basta. Dafür dürfen sie alles andere machen und die USA schauen weg.«

So war es immer weiter gegangen, aber diesmal mit viel Sympathie, fokussiertem Engagement für eine innerafrikanische Lösung. Allein beim Zaire, den Mulele immer Kongo nannte, gab es für den Rebellenchef keine Kompromisse. »Dieses Monstrum, von König Leopold, dem Belgier geschaffen, von den Europäern sanktioniert - übrigens bei euch in Berlin, Michael - dann von den USA usurpiert, für meinen Kongo gibt es nur eine Lösung: Befreiung.«

Seine Gesichtshaut straffte sich bei diesen Worten, der Brustkorb blies sich auf. »Dafür kämpfen wir hier - und wir werden nie mit diesen Handlangern a la Kabila gemeinsame Sache machen.«

Eine angewiderte, wegwerfende Armbewegung unterstrich den Ekel, den Mulele bei diesem Namen empfand. »Der Kongo muss zerfallen und dann, befreit, wieder auferstehen - vielleicht als Bundesstaat oder als Räterepublik.«

Große Worte, klar formuliert, auf jeden Fall erst gemeint, trotz oder wegen des Whiskeys.

Am nächsten Morgen hatte Ben Michael Baumann früh geweckt und ohne verbundene Augen, dafür mit dröhnendem Kopf zurück nach Bunia gefahren.

Auf der Strecke durch den Busch hatte er ihm erzählt, dass er mitten im Ituri-Wald gewesen war, in dem vor mehr als hundert Jahren der arabisch-afrikanische Sklavenhändler Tippo Tipp seine Routen und Stützpunkte gehabt hätte und die Menschen dann über Sansibar im Indischen Ozean in die Welt verschifft hätte.

Chris, der Pilot der Missionars-Airline MAF, hatte auf Baumann schon auf dem Rollfeld gewartet und ihn dann direkt mit der Cessna Caravan nach Nairobi zurückgeflogen. Wie immer nach Wilson Airport. Rein ins Taxi, ab nach Hause.

Vor dem Mittagessen war Michael Baumann schon wieder in der normal pulsierenden Welt Nairobis gewesen, mit Teerstraßen, Verkehrsampeln und Büdchen, in denen er Zigaretten kaufen konnte. Seiner westlichen Insel, wie er nicht müde wurde zu erklären. Wobei bei diesem Spruch viele ihrer Besucher aus Deutschland ungläubig den Kopf schüttelten. Wenn die wüssten, wie anders, um wieviel einfacher, unmittelbarer dieser Kontinent an anderen Stellen mit dir umging.

Aufgeregt war Michael Baumann schnell ins Haus geeilt, hatte seine Frau gebeten, für den Rest des Tages nicht mit ihm zu rechnen. »Holst du die Kinder vom Bus?« Klar hatte sie geantwortet. »Danke.«

In der Küche hatte James, der Koch, es wieder einmal geschafft, den frischen Apfelkuchen fertig zu haben zu seiner Heimkehr. Der Kuchen war noch lauwarm. Woher ahnte James nur immer, wann er wieder da sein würde? Egal, Hauptsache der Apfelkuchen stand da. Bewaffnet mit einem übergroßen Stück, einem passenden Esslöffel und einem Mug voll Espresso - insgesamt drei Schüsse - war er ins Büro im Garten gesprintet.

Und da saß er nun und wartete, bis der Computer bereit war, die Floppy-Disk zu lesen.

Jetzt. Floppy ins Laufwerk, kurz darauf waren Dateien zu sehen, auch die Anleitung zum Hochladen ins Internet. Aber das musste erst einmal warten.

Michael Baumann wollte erst die anderen Dateien sichten und untersuchen.

Hier ein Ordner »Kommunikation«, darin Dateien mit Abschriften klarer Befehle an ruandesische Einheiten im Zaire, mit amerikanischen Satellitenfotos, dann Truppenbewegungen im Zaire, auf den zweiten Blick erkannte Michael Baumann, dass es sich dabei um die fliehenden Interahamwe-Milizen des ehemaligen Hutu-Regimes handeln musste. Listen über Listen mit Militärgerät, das entweder von den USA an Kigali geliefert worden war. Oder eine Liste mit »Einkäufen« der Armee Mobutus an Hubschraubern samt Piloten aus dem ehemaligen Ostblock.

Baumann fing an, die ihn interessierenden Dateien gleich auf seine Festplatte zu kopieren. Dabei stieß er auch auf eine verschlüsselte Zip-Datei. Die sollte er, so stand es in der Word-Anleitung, ins Internet hochladen. Er versuchte verschiedene Wege, aber er konnte diese Datei nicht öffnen oder lesen.

»Verdammt«, stieß er laut aus. Im selben Moment klingelte das Telefon.

»Hallo, hier Bender«, meldete sich der BND-Mann an der deutschen Botschaft in Nairobi. »Habe gehört, Sie waren gerade im Zaire oder Ruanda? Können wir uns mal zum Essen treffen? Ich bräuchte mal wieder eine Lehrstunde. Im Horseman in Karen? Ich lade auch ein.«

Der hatte ihm gerade noch gefehlt. Bei all diesen Materialien. Dennoch blieb Baumann höflich. Vielleicht hatte Bender ja auch etwas Neues für ihn?

»Klar«, sagte Baumann, »wann?«

»Wie wäre es mit einem späten Mittagessen heute noch. Habe ein paar Schriftstücke ...«

Baumann schaute auf seine Armbanduhr. Gleich 12:30 Uhr.

»Aber nicht vor 14 Uhr, dann gerne, außer München will heute noch etwas haben.«

»Geht klar«, gab Bender zurück und legte auf.

Baumann lehnte sich kurz zurück. Jetzt musste er sich organisieren. Er legte fast alle Dateien auf seine Festplatte, auch die verschlüsselte. Dann folgte er Schritt für Schritt der Anleitung und lud diese Datei auf eine ziemlich obskure Internetadresse hoch. Das ging schneller als befürchtet, aber es dauerte dennoch fast zehn Minuten, nicht ohne Risiko bei diesen unzuverlässigen Leitungen.

Dann fing Baumann an, für Bender vor allem die Listen und Karten auszudrucken. Der Drucker fing an zu arbeiten. Er hatte Pause.

Also rief Baumann schnell noch in München an.

»Habe was anzubieten, muss nicht für Heute sein, aber gerne für Morgen«, fiel er gleich mit seinem Angebot durch die Tür, als einer der außenpolitischen Redakteure abhob. »Einen Leitartikel, aus aktuellem Anlass der Kämpfe im Ost-Zaire. War gerade dort. Thema: Das Ende Mobutus, eine Chance auf Neuanfang in Afrika.«

»Aber es geht doch gar nicht um Mobutu«, gab der Tischredakteur abwehrend zurück.

Die waren alle gut in der Zentrale, schlaue Köpfe, viel Routine, aber alle infiziert von dem Bakterium »Vorsicht« - nur nichts drucken, was nicht interessiert und dafür etwas auslassen, was am nächsten Tag alle Konkurrenten im Blatt haben.

»Ich schreibe für die Nachrichten auch gerne ein Stück, das mit dieser Annahme Schluss machen wird. Ich habe Belege, dass es um den Sturz von Mobutu geht und um einen Machtwechsel in Kinshasa. Die Amis wollen das so, samt militärischer Unterstützung der Rebellen, natürlich indirekt über Ruanda.«

»Wirklich?« Der Tischredakteur sah Arbeit auf sich zukommen und wehrte immer noch ab.

»Gib mir einfach Bescheid, was Ihr davon haben wollt. Kannst du mit den Nachrichten sprechen? Habe auch Kartenmaterial, schicke ich heute noch irgendwie rüber.«

»Ich schaue mal, was ich da machen kann«, kam wie immer die machtlose und furchtsame Antwort zurück. Die verstanden nie, wenn es um etwas wirklich Neues ging. Notfalls würde er heute Abend seinen Ressortleiter Joshua Jobst anrufen, gleich nach dem Essen mit Bender.

Manchmal half etwas Druck, aber das hing wieder sehr von den Launen von Jobst ab. Afrika interessierte den auch nicht. Mit Jobst hatte Baumann zwar ein angespanntes Verhältnis. Sie waren politisch eigentlich immer anderer Meinung. Aber Jobst hatte wenigstens eine Nase für News. Und wenn die von ihm so geliebten Amerikaner verstrickt waren und er das belegen konnte, würde er schon darauf anspringen.

»Okay«, sagte Baumann, gab einen weiteren Druckbefehl für die nächsten Dateien. Dann klingelte er bei der Reportageseite an.

»Kann ich della Noce sprechen.« Della Noce, der Ressortleiter, war beim Mittagessen. Baumann hatte vergessen, wie die Zentrale funktionierte. Bürokratisch und vorhersehbar. »Ich melde mich wieder, oder schreibe ihm eine kurze Mail.«

Es war wie immer. Du kommst aus einem Bürgerkriegsgebiet mit heiler Haut raus und die Herren in München sind nicht zu erreichen. Dort gingen die Uhren einfach anders. Der Weißwurst-Äquator hatte seine eigenen Gesetze. Nur Selbstdarsteller kamen dort nach oben, nicht die Arbeitstiere. Das war das best gehütete Geheimnis des deutschen Journalismus. Karriere machten nur die Poser.

Baumann schaute auf die Uhr. Kurz vor Halbzwei, er musste los. Er packte einen Stapel der ausgedruckten Karten und Listen in einen Umschlag. Dann schrieb er noch kurz eine E-Mail an della Noce: »War im Ost-Zaire, habe einen faszinierenden Rebellenchef getroffen, ist nicht bei Kabila im Boot und sieht die Sache ziemlich anders als wir alle. Könnte ein gutes Lesestück werden mit viel exklusiven Neuigkeiten. Interesse? Rufe mich am späten Nachmittag gerne an. Michael.«

Dann sprang Michael Baumann auf, schaltete den Computer in den Schlafmodus und spurtete zu seinem Range Rover, schon ein älteres, ziemlich abgefahrenes Modell. Zum Küchenfenster rief er seiner Frau, die James beim Abservieren des Mittagessens half, noch zu: »Treffe Bender bei Horseman, keine Ahnung wie lange das dauert. Wenn München anruft, sage, ich melde mich, wenn ich wieder zurück bin oder sie sollen es auf dem Handy probieren.«

Das »viel Glück«, das sie ihm nachrief, hörte Baumann schon nicht mehr.

DIE SERBEN VON KISANGANI

Noch im Dunkeln erreichten sie ein Wäldchen, das fast genau gegenüber der großen Flussstadt Kisangani lag. Dort hatten sie schnell kleine Gräben ausgehoben und sich mit Zweigen im Immergrün des Kongos unsichtbar gemacht.

Kisangani, früher Stanleyville genannt, war die größte Flussstadt im Zaire. Hier wohnten, fast genau in der Mitte des afrikanischen Kontinents, mehrere Hunderttausend Menschen. Jenseits des Stroms, der über 100 Meter schien, und dennoch so schnell wie ein Gebirgsbach vorbeirauschte, konnte man richtige Häuser und sogar Kirchtürme sehen. Die Straßen waren zum Teil geteert, aber die Beleuchtungen waren fast alle ausgefallen. Auf dem linken Ufer dagegen gab es kein Haus, keine Hütte, kein Zeichen für Besiedlung. Eine Brücke war nirgends zu sehen, und der Fluss für eine Floßfahrt zu wild. Auf dieser Seite, dachte sich Bobby Brown, waren sie also ziemlich sicher vor Überraschungen.

Kaum war die Gruppe in dem Wäldchen aus Büschen und dürren Bäumen eingegraben, war schon von Weitem das Brummen von Flugzeugmotoren zu hören. Eine kleine Twin Otter kam aus dem Westen angeflogen und landete auf der anderen, der rechten Seite des mächtigen Stroms.

Bobby Brown lag unter Büschen und machte ständig Fotos mit seiner Kamera mit dem riesigen Teleobjektiv. Damit konnte er fast die Bartstoppel des einzigen Weißen erkennen, der aus der Twin Otter mit zairischen Hoheitszeichen ausstieg und von einem Jeep abgeholt wurde. Musste ein wichtiger Mann sein, dachte sich Bobby Brown. Der Fahrer hatte stramm militärisch gegrüßt.

Die Betonklötze am Rande der Landebahn waren, wie vermutet, bewehrte Maschinengewehr-Unterstände. Davon gab es insgesamt fünf befestigte Anlagen. Dafür würden sie ihre Mörser brauchen und große Granaten ziemlich genau reinsetzen müssen. Und das, ohne die Landepiste zu treffen. Sonst wäre das Flugfeld kaputt.

An den Hangars standen tatsächlich Kampfhubschrauber. Den Typ kannte Bobby Brown. Es waren Mi-24 Kampfhubschrauber, fünf Stück, sowjetische Bauart. An allen waren die Hoheitszeichen unkenntlich gemacht worden. Im Nato-Jargon wurden diese gepanzerten Hubschrauber wegen ihres Erscheinungsbildes meist Krokodil genannt. Diese Dinger, von den Sowjets viel in Afghanistan eingesetzt, konnten nicht nur Waffen an Bord haben, Maschinengewehrfeuer explodieren lassen und Luft-Boden-Raketen abschießen, sie konnten auch acht bis zehn Mann transportieren. Aber die Russen setzten sie meist als Feuer speiende Festungen ein.

Bobby Brown machte unzählige Fotos von den Maschinen. An einer erkannte er Reste der ukrainischen Farben. Der andere hatte auch etwas drauf gehabt, eher dreifarbig, vielleicht serbisch, dachte sich Bobby Brown. Aber das sollten die Analysten lieber noch bestätigen.

Jetzt kamen Leute zu den Mi-24. In den schlampigen Fliegermonturen waren das alles Weiße. Bobby Brown drückte seinen Zeigefinger auf den Auslöser. Plötzlich hörte er Joseph neben sich flüstern: »Das sind serbische Söldner. Wir haben die schon gecheckt. Zwei der Hubschrauber aber kommen aus der Ukraine, einer aus Weißrussland.«

Bobby Brown fühlte sich bestätigt. »Danke«, sagte er zu Joseph. »Und der weiße Typ, der mit der Twin Otter angekommen ist, kennt ihr den auch?«

Joseph grinste Bobby Brown in ihrem Unterstand ziemlich stolz an. »Ja, Sir«, sagte er stolz. »Das ist ein belgischer Söldner, den Mobutu zu Hilfe gerufen hat. Er wird ihm auch nichts nutzen, ist schon zu alt. Sein Camp ist gut 100 Kilometer von Kisangani entfernt. Er kennt den Kongo gut, war schon in den 60er Jahren hier kämpfen.«

»Und hat er auch einen Namen?«

Bobby Brown war erstaunt, was die Ruandesen alles über die Vorgänge und die ausländische Hilfe im Zaire wussten. Bobby Brown ließ Joseph nicht aus den Augen.

Schließlich sagte Joseph vielsagend: »Er heißt: Christian Tavernier.«

Einer der »weißen Riesen« schoss es Bobby Brown durch den Kopf. Damals, als Kisangani noch Stanleyville geheißen hatte, hatte es hier eine große Befreiungsoperation unter amerikanischer Beteiligung gegeben. Im Simba-Aufstand, wie die Rebellen sich damals nannten, waren hunderte Weiße als Geiseln genommen worden. Damals hatten die Amerikaner belgische Fallschirmspringer nach Stanleyville geflogen, um ein Blutbad zu verhindern. Auf Seiten der zairischen Regierung hatten damals viele weiße Söldner die Fußtruppen angeführt. Daher der Name »weiße Riesen«.

Zu dieser Zeit waren alle die großen Namen der Söldner-Walhalla mit dabei gewesen, vor allem Mike Hoare. Aber auch dieser Tavernier soll mit von der Partie gewesen sein, angefordert vom damaligen Militäroberbefehlshaber Mobutu. Der hatte sich kurz danach mit amerikanischer Billigung auf den Präsidentenstuhl geputscht. Aber, so weit sich Bobby Brown an sein Geschichtsbriefing bei Steve Miller, dem Afrika-Professor erinnerte, dieser Tavernier war eher spät dazugekommen und ziemlich glücklos geblieben. Hoffentlich würde das auch diesmal wieder so sein. Schließlich stand er hier und heute auf der anderen, auf der falschen Seite.

HORSEMAN IN KAREN

The Horseman war ein ganz besonderes Restaurant. Nicht nur, weil The Horseman in Karen vor Nairobi, nahe der Ngong Hills, lag. Nein, vor allem seine Steaks waren einfach wunderbar. Außen kross und innen immer noch rot bis blutig, je nach Bestellung. Denn die Steaks aus weit gelaufenen Masai-Rindern wurden hier auf dem offenen Holzkohlefeuer gegrillt, Stück für Stück. Und serviert wurden diese Fleischbrocken mit den besten Pommes Fritten, die es weit und breit gab, knackig, heiß und innen zart. Dann kam noch das kleine Holztablette dazu mit den Soßen. Alle waren gut, aber die Knoblauch-Mayonaisse war unverzichtbar.

Das The Horseman war zum Teil ein überdachtes Freiluft-Restaurant, bei schlechterem Wetter in der Regenzeit konnte man aber auch nach drinnen gehen. Die Gebrüder Schmidt hatten an alles gedacht. Die Schmidts waren eigentlich Österreicher. Aber der eine Bruder war leidenschaftlicher Polospieler. Weil dieser Sport in Kenia mehr geschätzt wurde als in Österreich, war schon der erste Grund gefunden, auszuwandern. Schmidt 1 spielte inzwischen längst in der National-Equipe Kenias, und das angeblich wirklich nicht schlecht. Hier konnte er sich die vielen Pferde und Stallungen auch leisten, hatte er Michael Baumann in einer Stunde der Wahrheit gestanden.

Baumann kam gerne ins The Horseman, auch weil es von seinem Stadtteil Lavington in Nairobi nicht allzu weit weg war. Ohne Verkehr war die Strecke auf der Ngong Road in 20 Minuten zu schaffen. Aber heute hatte er diesen schwarz dieselnden Baulaster vor sich. Immer, wenn ein gerades Stück Strecke kam, kam Gegenverkehr. Und auf der Ngong Road sollte man auch nicht zu schnell fahren. Denn die Löcher im Fahrbahnbelag waren rekordverdächtig. Baumann war genervt von diesem Schneckentempo. Weil der Lastwagen so dieselte, schloss er das Seitenfenster.

Was wohl Bender für ihn hatte? Sollte er selbst erst einmal rausplatzen mit all den neuen Daten und Fakten, die er diesmal sogar mit ausgedruckten Belegen dabei hatte? Oder sollte er den BND-Mann erst einmal sich aufwärmen und erzählen lassen?

Wieder kam ein Touristen-Kleinbus entgegen. The Horseman lag nicht weit vom Karen-Blixen-Haus. Das wollten alle Amerikaner, die Kenia besuchten, sehen, spätestens nach dem erfolgreichen Film »Jenseits von Afrika« mit Meryl Streep und Robert Redford. Das Grundstück lag ja auch schön.

»Ich hatte mal eine Farm in Afrika«, an diesen berühmten ersten Satz musste Baumann denken, als er endlich an dem mit Sand voll beladenen Dieselmonster vorbeikam. Sein alter Range Rover war kein Rennauto mehr, aber für die Verhältnisse das optimale Gefährt, hart im Nehmen, gute Ersatzteil-Situation, alt genug, um nicht mehr in Gefahr zu sein, mit vorgehaltener Pistole aufgehalten zu werden von Autodieben.

Hier auf der Strecke, kam Baumann in den Sinn, als er endlich in den vierten Gang schaltete, auf der Ngong Road war die Geschichte mit dem alten Engländer geschehen. Der alte Mann liebte seinen alten Mercedes Benz, und genau den hatten sie ihm abgenommen, gun pointed, wie alle dies in »Nairobbery« nannten. Also sann der Brite auf Rache. Nein, er kaufte keine Waffe. Er füllte stattdessen in eine gute Flasche Whiskey Rattengift, als er sich einen neuen alten Mercedes gekauft hatte und stellte die Flasche ins Seitenfach an der Tür.

Tatsächlich, er wurde wieder angehalten, musste aussteigen und die vier Typen fuhren mit seinem Benz davon. Aber sie kamen nicht weit. Offenbar hatten alle eine Schluck aus der Flasche genommen. Zwei starben, die anderen überlebten im Krankenhaus.

Aber dann begann die Geschichte tragisch zu werden. Die Kenianer wollten den Briten des Totschlages anklagen. Da halfen die britischen Diplomaten bei der Flucht. In einer Nacht- und Nebelaktion brachten sie ihren Landsmann in einem Diplomatenwagen auf den Internationalen Flughafen an eine British Airways Maschine und flogen ihn außer Land. Ob die Deutsche Botschaft zu so einer Aktion wohl auch fähig und bereit wäre? Baumann schüttelte den Kopf. Nie und nimmer würden seine Krauts einen solchen Schelmenstreich für ihn initiieren.

Der Kreisel war schon zu sehen, an dem es bei der zweiten Ausfahrt raus ging. Da lag The Horseman. Parkplatz war kein Problem. »Nein, danke«, wehrte Baumann den Versuch des Straßenjungen ab, ihm während seines Essens den Innenraum seines Autos sauber zu kehren. Er gab ihm dennoch ein kleines Trinkgeld. Sicher war sicher.

Baumann nahm zwei Stufen auf einmal und stand auf der Terrasse des Restaurants. Bender winkte. Er saß ganz geheim an der Mauer. Auch gut, dachte sich Baumann. Auf seinem Weg zu dem Tisch klopfte ihm Schmidt, der Polospieler, auf den Rücken. »Schön, dich wieder zu sehen«, sagte er nur kurz. »Dein Geheimkontakt sitzt da hinten.« So viel zu deutschen Diplomaten und Geheimagenten und ihren Auftritten im Ausland. Baumann musste grinsen.

»Servus«, begrüßte er Bender und setzte sich. Bender kam auch aus Bayern. Das passte schon. »Was gibt es so dringend Neues?«

»Bestelle erst einmal, dann können wir in Ruhe reden«, flüsterte Bender leicht nach vorne gebeugt.

Ja, Baumann hatte Hunger. Er beschloss aus diesem Tag einen Festtag zu machen. Bender wollte ihn ja einladen. Also bestellte er sich als Vorspeise einen kleinen Teller Sansibar Fischsuppe, ein Fischsud mit Kokosmilch und Tomaten eingedickt und endlos viel Weißfisch darin. Dazu kamen dann noch ein paar kleine Shrimps. So etwas

Gutes gab es nur hier. Besser als Sex, hatte Baumanns Frau ihr Lob einmal offen und ehrlich formuliert. Wohl war, dachte sich Baumann. »Und danach ein Steak, medium rare, und ein kühles White-Cap-Bier, kein Tusker, bitte«.

»Du warst gerade im Zaire?« Bender hatte offenbar Druck. Er sprang gleich an, kaum, dass der Kellner weg war. Das vertraute du setzte er immer dann gerne ein, wenn er was brauchte.

»Ja.« Baumann nahm den ersten Schluck aus dem herrlich kühlen kenianischen Bier, das der Kellner sofort gebracht hatte. White Cap musste kalt sein, dann schmeckte das Lager-Bier am besten. Fast wie ein bayerisches Helles.

»Und was hast du Spannendes mitgebracht?« Michael Baumann wollte nicht gleich den BND-Mann mit seinen neuesten Daten, Fakten und Einschätzungen beglücken. Während nur ihm die Sansibar Fischsuppe serviert wurde, begann Philip Bender zu erzählen. Dabei holte er einen großen Umschlag aus seinem Fliegerkoffer hervor, den er als Aktentasche benutzte. Das war gerade Mode.

Bender erzählte, dass beide deutschen Botschaften, die in Kigali und die in Kinshasa, inzwischen einräumten, dass es sich bei dem Aufstand wohl um ein durchaus berechtigtes Vorhaben handeln würde, die Unsicherheiten im Grenzgebiet durch die Millionen Flüchtlinge und die immer noch bewaffneten Hutu-Milizen zu beenden. »Selbst Berthold Borch, der Botschafter in Ruanda, will inzwischen erfahren haben, dass die Kagame-Armee den Rebellenchef Kabila und seine wilden Horden unterstützt.«

Baumann hörte zu, aber er genoss vor allem die Suppe. Immer wieder tauchte er eine Schnitte des Baguettes in die gewürzte Mayonnaise ein, tunkte es in die Suppe und ließ das Geschmacksspektakel seinen Gaumen kitzeln.

179

»Solltest du auch einmal probieren, diese Fischsuppe mit allem Drum und Dran ist einfach umwerfend.«

Bender fuhr fort, er habe ihm wieder einige Berichte beider Botschaften an das Auswärtige Amt kopiert und in den Umschlag gesteckt. »Diesmal sind sie beide nur noch uneinig in dem Punkt, ob die Amerikaner sich wirklich aktiv beteiligen und den Vormarsch der Rebellen samt Ruandesen unterstützten, oder ob sie das nur tolerieren.« Kinshasa sehe die »Weltverschwörung« gegen den kranken Mobutu, Kigali glaubt eher an Desinteresse.

»Beides stimmt nicht.« Michael Baumann war mit der Suppe fertig und hielt den Zeitpunkt für gekommen, Philip Bender nicht länger auf die Folter zu spannen. »Die Amerikaner sind aktiv beteiligt, nicht nur mit Waffen, sondern ganz offensichtlich auch mit einigen wenigen Offizieren. Und es geht längst nicht mehr um eine Säuberungsaktion an der Grenze zu Ruanda. Die Amis haben vielmehr beschlossen, dass die Zeit Mobutus abgelaufen ist und es einen neuen Machthaber im Zaire braucht, der ihnen gesonnen ist.«

Der Kellner servierte den Suppenteller ab und säuberte mit einem kleinen Besen das Tischtuch. »Sind die Herren bereit für den Hauptgang«, fragte er höflich. Bender und Baumann bejahten, nicht nur aus Höflichkeit. Beide hatten jetzt Hunger auf Fleisch und wollten auch nicht mehr gestört werden. Die Steaks kamen. Sie dampften noch von der heißen Holzkohle. Ein zweiter Kellner brachte zwei Steakmesser und kleine Salate.

»Bitte noch zwei Bier, White Cap, bitte«, setzte Baumann nach.

Bender schaute ihn mit großen Augen an.

»Woher willst du das alles wissen?«

Jetzt war es an Baumann, seinen Umschlag auf den Tisch zu legen.

»Du kannst alles benutzen, was du darin findest. Ich habe noch nicht alles eingehend studiert, aber so viel kann ich schon sagen: Darin findest du detaillierte Listen an Waffen, die geliefert wurden, sei es durch die Amerikaner oder auch die Israelis übrigens, zudem Satellitenaufnahmen, auf denen du nicht nur siehst, dass die Kongo-Rebellen mithilfe der ruandesischen Armee und ihren amerikanischen Waffenbrüdern bereits auf dem Weg nach Kisangani sind. Auf den Karten sind auch interessante Alternativen, wie es in diesem Krieg - denn das ist es inzwischen -, wie es also in diesem Krieg weiter gehen wird. Mach` mal auf.«

Michael Baumann war sichtlich stolz, dass er diesmal nicht nur reden und erzählen konnte, sondern seinem Gegenüber auch Dokumente und Fotos vorlegen konnte, die seine Thesen stützten. Bender wiederum konnte gar nicht warten, was für ein Material ihm diesmal von Baumann zugespielt wurde. Seine Investition in Michael Baumann über die vergangenen Jahre schien sich jetzt vielleicht schon richtig bezahlt zu machen. Noch bevor er das Fleisch anschnitt, benutzte er das Steakmesser, den Umschlag aufzuschneiden.

»Woher hast du das alles«, schoss seine erstaunte Frage über den Tisch, als er die Seiten-langen Listen mit Militärmaterial und vor allem die Satellitenaufnahmen sichtete.

Baumann kaute vergnügt am ersten Schnitt von seinem Steak.

»Mein Gott, ist das gut.«

Da kam der Kellner noch einmal zurück, mit den beiden Bieren und den berühmten Steaksoßen, die es beim The Horseman gab. Als er anfing, den Inhalt jeder der fünf Schälchen zu benennen, winkte Bender ab, der seine Serviette über die Unterlagen gelegt hatte. »Kennen wir, danke.« Er wollte den Kellner so schnell wie möglich vom Tisch weg haben.

»Also, woher hast du das alles?«

Michael Baumann schnitt den nächsten Streifen vom Fleisch. Genüsslich beugte er sich über den Tisch zu Bender und sagte im Flüsterton: »Das ist doch völlig egal, woher ich das habe. Schau«, und dabei zeigte er mit seiner Gabel auf die untere Seite eines der Satellitenfotos, »hier steht genau, an welchem Tag, zu welcher Stunde dieser Satellit«, dabei zeigte er auf den Namen, »diese Aufnahme gemacht hat.«

Natürlich, meinte Baumann, seien die meisten der Aufnahmen Kopien amerikanischer Dokumente. »Aber wenn du die handschriftlichen Anmerkungen und Erläuterung meinst: Kann ich dir nicht sagen. Aber die Quelle kennt sich bestens aus.«

Der Steakstreifen verschwand in einem Stück in Baumanns Mund.

»Geil, oder?« Baumann war stolz auf sich.

Dann begann er dem armen Bender, der fast sein Steak vergessen hätte, an einer Farbkopie zu erläutern, was die bunten Kringel auf der Karte wohl bedeuteten. Hier Rot, das seien die Hutu-Milizionäre auf der Flucht in Richtung Kisangani, die dortigen Truppen, wohl die zairische Armee, sei in blau eingezeichnet. Also müssten die roten Markierungen wohl die Interahamwe-Milizen kennzeichnen.

»Die sind auch längst auf dem Weg nach Kisangani, also ins Zentrum des Zaire, wie du sehen kannst.« Baumann wischte sich den Mund ab. Dieses Steak und diese Informationen, wenn das Leben nur immer solche Tage bereit halten würde.

Gerade wollte Bender eine Frage stellen, da klingelte das Mobiltelefon des Journalisten.

»Hallo, Baumann…«

Baumann hatte schon eines der neuen digitalen Telefone. Das Netz war in Kenia erst vor gut einem Jahr in Betrieb gegangen. Die analogen Handys davor hatten einen grauenhaft schlechten Empfang. Aber der Beginn der digitalen Welt hier in Nairobi hatte vielversprechend begonnen mit den deutschen Digitaltelefonen.

»Grüß´ dich, Roberto, ja, ich kann sprechen«, sagte Baumann und machte auch keine Anstalten, aufzustehen. Er hörte erst einmal zu, was der Reportagenchef ihm zu sagen hatte. Er sollte also für nächste Woche eine kleinere Geschichte über den neuen Rebellenchef machen, wenn der etwas hergebe. Aber, so della Noce, er habe auch mit Joshua Jobst schon gesprochen. Der wolle gerne einen Leitartikel für übermorgen und eine entsprechende Nachricht.

»Den Rebellenchef wirst du lieben, das ist ein ganz anderer Typ«, sagte Baumann mit ruhiger Stimme zurück ins Telefon. Er hatte eigentlich alles bekommen, was er wollte. Gut, dass er die Amerikaner und ihre Verwicklung erwähnt hatte bei seinen Anrufen in München. Joshua Jobst war ein treuer »Atlantiker«. Wenn seine amerikanischen Freunde mit einer Sache zu tun hatten, war er immer gleich ein Stückchen mehr daran interessiert.

»Kannst du den Nachrichten und der Außenpolitik bitte Bescheid geben, dass ich Morgen liefern werde. Du bekommst Deine Story am Montag«, säuselte Michael Baumann fast ins Telefon. »Danke und servus.«

»Wann schreibst du über alles das?« Bender zeigte auf die Dokumente auf dem Tisch und wurde nervös, dass die Zeitung das alles erfahren würde, bevor er Pullach berichten könnte. Dann war die Information für ihn nur halb so viel wert. Vor allem für sein Ansehen und seine Karriere würde es dann nichts mehr bringen.

Baumann und Bender sprachen über solche Dinge immer ganz offen. Diese Offenheit war Teil ihrer für beide Seiten nützlichen Freundschaft. Eine Hand wusch immer die andere. Das war für beide gut. Also machten sie einen Deal. Baumann würde natürlich über das Engagement

Ruandas und der Amerikaner berichten. Und darüber, dass es um den Kopf und Sturz Mobutus gehe. »Aber schaue dir mal die weiteren Karten an. Meine Quelle hat da ein paar ziemlich interessante Pfeile eingezeichnet.«

Baumann ordnete den Kartenstapel kurz, während er noch sprach, und zog dann eine der Karten raus. »Nach der Einnahme von Kisangani rücken die nicht direkt weiter in Richtung Westen auf die Hauptstadt Kinshasa vor. Wenn meine Quelle alles richtig verstanden hat, und das hat er, da bin ich mir sicher, dann geht der nächste Vorstoß nach Süden, in die Kupfer- und Kobaltregionen um Lubumbashi. Die Bodenschätze interessieren die Amis, nicht die Hauptstadt.«

Bender starrte ungläubig auf die Karte. »Nach Lubumbashi? Und dann Kinshasa? Du meinst, die wollen wirklich den gesamten Zaire einnehmen?«

»Ja, darum geht es. Willst du noch diesen lauwarmen Apple Cramble, aber mit Sahne? Dafür lasse ich dir ein paar Tage die militärische Stoßrichtung, okay?«

Bender nickte.

MULLER UND DER AUFBRUCH

Es war Mittwochabend, und Michael Baumann hatte in den kommenden Tagen viel vor. Morgen musste er den Leitartikel und eine etwas ausführlichere Nachricht schreiben. Würde die Zeitung die Nachricht wohl auf Seite 1 platzieren? Als Afrika-Korrespondent hatte er das schon lange nicht mehr erlebt, einen Artikel auf der Titelseite zu platzieren. Also musste er heute noch damit anfangen, sonst würde er es nicht rechtzeitig schaffen, dachte er bei sich und bereute die beiden Biere, die er im The Horseman getrunken hatte. Kaum hatte er sein Auto durch das Tor vor seinem Haus gefahren, klingelte schon wieder sein Mobiltelefon.

»Baumann?«, meldete sich Joshua Jobst. Was wollte er jetzt schon wieder?

»Haben Sie Roberto erreicht? Was beabsichtigen Sie eigentlich in dem Leitartikel zu schreiben?«

»Können wir den Leitartikel auch für Samstag bringen?«, fragte Baumann. Jobst zögerte einen Moment und suchte nach Argumenten. »Dann haben Sie ein paar Zeilen mehr. Die Innenpolitik will morgen wieder einmal unbedingt etwas veröffentlichen.«

Das übliche Geschachere um den Platz auf der Kommentarseite. Doch diesmal schien es zugunsten der Außenpolitik und damit gut für Baumann zu laufen. Der Wochenend-Leitartikel war immer sehr begehrt unter den Kollegen. Ob er für die Leser wirklich so wichtig war, spielte dabei eine untergeordnete Rolle. Das Verfassen eines Leitartikels war eine Auszeichnung unter den Kollegen. Und es erforderte eine gewisse Meisterschaft in der internen Politik der Zeitung und den ständigen Machtkämpfen, ein Afrikathema als Leitartikel durchzusetzen. Zudem würden sich die Nachrichten freuen, wenn sie das Thema bereits einen Tag zuvor drucken könnten.

»Wenn der Samstag sicher ist, bin ich gerne dabei«, stimmte Baumann zu.

»Natürlich«, antwortete der Chef und legte sofort auf.

Sehr gut, dachte Baumann, dann kann ich morgen früh aufstehen und zunächst das Material genauer durchgehen. Zuerst werde ich die Nachricht verfassen, bevor ich mich an den Leitartikel setze. Er stieg aus dem Auto aus.

Die Kinder waren schon im Bett. Michael Baumann hatte Durst. Er ging in die Küche und füllte sich ein großes Glas mit Passionsfruchtsaft. Den machten sie selber, das hieß, James, der Koch, presste die Passionsfrüchte aus, siebte alles durch ein Spültuch, um die Kerne und das meiste Fruchtfleisch rauszufiltern, und dann goss er den zähen Fruchtsirup mit Wasser auf. Sie hatten immer eine Kanne davon im Kühlschrank.

Michael Baumann warf noch ein paar Eiswürfel ins Glas.

»Alles gut«, fragte seine Frau, als sie zu ihm in die Küche kam.

Ein kurzer Begrüßungskuss, ein zweiter Schluck Fruchtsaft.

»Ja, ich surfe auf einer Welle der Neuigkeiten. Da ist eine Menge los im Zaire. Muss heute noch ein wenig rüber ins Büro, arbeiten, warte nicht auf mich.«

Einzelheiten seiner Arbeit interessierten seine Frau selten. Sie hatten sich längst damit arrangiert, dass jeder bis zu einem gewissen Grad sein eigenes Leben lebte. Dennoch war das keine schlechte Ehe. Jeder hatte einfach nur seine beruflichen und zeitlichen Freiheiten. Und wann immer es ging, machten sie gemeinsame Sache mit den Kindern. Drei waren es inzwischen, 11 Jahre, sechs Jahre und die »Neue« mit knapp einem Jahr. Da konnte man schon an freien Wochenenden Safaris unternehmen oder Freunde besuchen.

Baumanns Frau, die eigentlich Johanna hieß, aber immer Jo-Jo genannt wurde, brachte seit Kurzem auch ein kleines Monatsmagazin für Deutschsprachige in Nairobi und Kenia raus. Sie wollte nicht einfach eine mitausreisende Ehefrau sein. Magazin war ein großes Wort. Der »Sundowner«, wie das Magazin hieß, war 30 bis 40 Seiten dick, auf dem Computer geschrieben, dann schwarzweiß ausgedruckt und in einer kleinen Druckerei fototechnisch vervielfältigt und gebunden. Die Artikel gingen über aktuelles Geschehen, Ausstellungen, Reisetipps, Lebensweisheiten, Buch- oder Videoratschläge, auch ganz praktische Adressen wurden genannt, wo es was gerade gab. Die Auflage stieg jeden Monat. Inzwischen kursierten 6.000 Stück jeden Monat, Tendenz steigend. Die Deutsche Botschaft fragte fast jeden Monat nach, ob sie auch eine Seite füllen dürften. So fühlte sich Erfolg an.

Seit Jojo Baumann den »Sundowner« machte, war sie in der deutschen, österreichischen und Schweizer Community fast bekannter als Michael Baumann. »Ach, sie sind der Mann von Jojo mit dem `Sundowner´«, war er schon auf Partys begrüßt worden. Das liebte seine Frau. Er durfte dafür dann auch ungestört arbeiten, wenn für ihn viel zu tun war. Ein funktionierender Kompromiss.

Also ging Michael Baumann noch in sein Büro, das auf dem Grundstück lag. Seine vier Labradore begrüßten ihn wild und freudig. Wie immer durfte nur der junge schwarze Rüde in sein Büro mit rein. Der »Alte« legte sich vor die kleine Holzhütte, die das Afrika-Büro einer der großen deutschen Tageszeitungen war. Immerhin hatte das Büro einen eigenen Telefonanschluss, wenn alle Kabel, die von Holzpfeiler zu Holzpfeiler ungeschützt in der Luft hingen, bis zum Grundstück in Lavington auch heil blieben und funktionierten. In der Regenzeit gab es die meisten Ausfälle.

Michael Baumann startete seinen Computer und sah noch einmal die unzähligen Dateien durch, die auf der

Floppy-Disk von Mulele gespeichert waren. Sollte er bereits jetzt über Mulele schreiben? Oder sollte er lieber warten, bis er den Artikel für Seite 3 wirklich bekam? Er beschloss zu warten und vertiefte sich in die Dateien und ihre Fakten. Auf seinem Papier entstand aus den einzelnen Notizen rasch die Struktur einer äußerst interessanten und exklusiven Nachricht.

Kaum hatte Baumann am nächsten Morgen die zwei älteren Töchter zum Schulbus gebracht, setzte er sich mit einer Kanne Kaffee ins Büro und fing an zu schreiben. Alles war in seinem Kopf fertig. Morgens konnte er sich beim Schreiben immer am besten konzentrieren, abends oder nachts dafür kreativ denken und entwerfen. Es war morgens. Also tippte er los. In München war noch keiner im Büro. Die zwei Stunden Zeitverschiebung gaben Michael Baumann einen deutlichen Vorsprung. Um 9 Uhr Ortszeit war er mit der unredigierten Nachricht schon fertig. Noch müsste er gut 30 Zeilen kürzen.

Da klingelte das Telefon. Diesmal war es die Standardleitung.

»Hi, mein Name ist Muller. Philip von der Botschaft hat mir Ihre Nummer gegeben.«

Wer um Himmels willen war Muller? Der sprach auch ziemlich schlecht englisch. Michael Baumann fiel zu diesem Namen nichts ein. Aber halt, Philip Bender hatte ihn beim Essen gefragt, ob er an Kontakten zu Rebellengruppe im Ost-Zaire hier in Nairobi interessiert sei. Vielleicht war Muller einer davon?

»Was kann ich für sie tun?« Baumann blieb ganz neutral.

»Ich bin der Sprecher der Banyamulenge, Philip meinte, wir sollten uns mal treffen«, gab Muller zurück.

Schnell waren sich beide einig, sich bei Baumann im Büro zu treffen. Von der Deutschen Botschaft aus war der

Stadtteil Lavington schnell und leicht mit einem Matatu zu erreichen.

Matatus sind private Kleinbusse, die wie Linienbusse den ganzen Tag in der Stadt ihre Strecke abfahren und jeden mitnehmen, der die Hand hebt. Man bezahlte ein paar Kenia-Schillinge und sprang ein, notfalls auch nur auf das Trittbrett, und hielt sich fest. Ein zusätzlicher Passagier war immer noch möglich. Das Wichtigste war, die Strecke zu fahren. Wenn man aussteigen wollte, klopfte man auf die Karosserie oder zwinkerte eindeutig dem »Schaffner« zu, dann hielt der Fahrer dieses nicht immer verkehrstüchtig aussehenden Gefährts kurz an und man konnte aussteigen. Schon war man angekommen.

So ging es auch mit Muller. Peter, der Torwächter, klopfte gefühlt nur Minuten nach dem Telefonat bei Michael Baumann an die Bürotür und meinte, da sei ein Mann da, Muller mit Namen. »Er sagt, er sei mit Ihnen verabredet, Bwana.«

»Ja, lass ihn rein, Peter, danke.«

Baumann hatte noch die Nachricht eingekürzt und war gerade am elektronischen Übertragen, da kam Muller schon, ganz schüchtern, zu den zwei Stufen vor dem Büro und stellte sich lächelnd vor.

»Wollen Sie einen Tee«, fragte Baumann und lief dann kurz rüber ins Haus und bestellte bei James Tee und einen doppelten Espresso für sich.

»Sie sind also der Sprecher der Banyamulenge im Zaire«, begann Baumann das Gespräch.

»Einer der Sprecher«, sagte Muller. Er war ein dürrer Kerl, dachte sich Baumann. Die Finger an den Händen, lang und knochig, fast wie bei einer Leiche, die Haut warf an den Fingergelenken Falten. Der Kopf schmal und hoch, der Haaransatz schon leicht ergraut. Aber Muller hatte einen grauen Anzug an und Schuhe, die trotz starker Benutzung dank guter Pflege immer noch zu zeigen versuchten, dass sie eigentlich hellbraun waren.

»Woher kommt Ihr Name, der klingt für mich sehr deutsch«, löcherte Baumann gleich mit seiner Neugier. James kam mit dem Tee und dem Espresso. Da war auf ihn Verlass.

»Ja, mein Großvater war in der deutschen Schutztruppe, daher unser Name.« Muller hieß also eigentlich Müller. Lassen wir das gut sein, beriet sich Baumann mit sich selbst.

»Warum akzeptieren Mobutu und seine Regierung die Banyamulenge nicht mehr als zairische Staatsbürger?«, fragte Baumann. Muller hatte auf diese Frage gewartet. Er begann seine Philippika gegen die ständige Ungerechtigkeit gegenüber seiner Volksgruppe, redegewandt und offensichtlich nicht zum ersten Mal. Schon die Kolonialherren... Ja, Baumann war sich bewusst, dass bis zum Ende des Ersten Weltkrieges die Deutschen ihr Kolonialreich von Deutsch-Ostafrika bis nach Burundi und Ruanda ausgedehnt hatten. Dann wurden die Gebiete in Zentralafrika zwischen Belgien und England aufgeteilt.

»Und die Banyamulenge, gehören sie zu den Tutsi? Zu den Tutsi aus Ruanda oder denen aus Burundi?«, fragte Baumann weiter. Muller wusste die Antwort. Natürlich waren die Banyamulenge etwas ganz anderes. Das hatte Baumann erwartet. Aber es war wirklich interessant, was Muller zu erzählen hatte. Wie die Banyamulenge sich lange vor dem Eintreffen der Kolonialmächte vom großen Tutsi-Reich abgespalten hatten, genug von der Monarchie hatten und lieber in kleineren autonomen Einheiten leben wollten. »Wir haben Versammlungen in den verschiedenen Clans, auf denen alles entschieden wird. Dann gibt es die Ratsversammlung aller Clans, wo auch bei uns abgestimmt wird und die Mehrheit entscheidet.«

Doch dann wurde die Situation komplizierter, als das gesamte Umfeld, die anderen afrikanischen Völker der

Region und schließlich die weißen Kolonialherren eingriffen und die Banyamulenge sich verteidigen mussten. »So ist es auch jetzt«, schloss Muller den Bogen zurück zur Gegenwart.

Baumann hätte liebend gerne noch viel länger von diesem Mann gelernt. Muller hatte viel zu erzählen, etwa von dem Rätesystem der Banyamulenge-Tutsi, von ihrer Abneigung gegen die absolute Macht der Tutsi-Könige, und auch wie sie sich mit ihren unmittelbaren Nachbarn immer versuchten zu arrangieren - »durch Gespräche, nicht mit Krieg.«

»Aber ihr seid doch jetzt Teil der Rebellenkoalition AFDL unter Führung von Laurent Kabila«, wollte sich Baumann versichern. Die »Allianz Demokratischer Kräfte zur Befreiung des Kongos«, die AFDL, war erst Mitte Oktober 1996 unter der Schirmherrschaft von Ruanda und Ruanda gegründet worden.

»Ja, wir haben uns der AFDL angeschlossen, weil Mobutu uns aus dem Land werfen wollte. Aber wir sind weder ehemalige Kommunisten wie Kabila noch heimliche Monarchisten und Alleinherrscher wie Paul Kagame in Ruanda. Für unser Überleben gab es keine andere Wahl.«

Muller war gut. Baumann war dieser zurückhaltende und glasklar argumentierende Mann schrecklich sympathisch. Aber was sollte er machen. Er musste noch den Leitartikel schreiben. Die Nachrichten würden auch gleich zurückrufen. Die hatten bestimmt noch Fragen. Also würgte er das Gespräch mit Muller für heute erst einmal ab, nachdem er sich erkundigt hatte, wie sie wieder in Kontakt kommen könnten. Denn ein Profil für die Zeitung war dieser Neffe eines kolonialen deutschen Schutztruppen-Soldaten allemal.

Baumann machte noch ein paar Portraitfotos von Muller, schrieb sich die drei Telefonnummern Mullers auf und wünschte ihm alles Gute.

Kaum war Muller aus dem Büro, klingelte das Telefon wirklich schon wieder. Joshua Jobst, am Mittag schon.

»Geht auch heute?«

»Klar«, antwortete Baumann. Viel verhandeln konnte er ohnehin nicht. Ein Blick auf die Uhr, kurz vor 13 Uhr. Bis spätestens 17 Uhr musste er liefern. Das würde schon klappen, auch wenn er sich für Leitartikel immer gerne mindestens eine Nacht Zeit ließ, herumdoktern, darüber schlafen und dann erst abschicken. Aber das war heute wohl nicht möglich. »Ich liefere, so schnell ich fertig bin.«

Das war ernst gemeint. Also drehte sich Baumann um und schaute seine Notizen an, die er sich schon als Argumentarium für den Leitartikel gemacht hatte. Genau so würde er schreiben: Das Ende des Kongos ist besiegelt, auf jeden Fall steht das Ende Mobutus fest, nicht nur, weil die Amis es so wollten. Schlicht, weil Mobutu alt und krank war und zudem seine Methoden, sich Mehrheiten für seinen Absolutismus zu kaufen und auf Dauer zu zahlen, so nicht mehr funktionierten.

Zweitens, der mögliche Zerfall der Mitte Afrikas wäre gar nicht so schlimm. Im heutigen Zaire gab es sowieso schon mindestens vier verschiedene Wirtschaftszonen mit unterschiedlichen Währungen, bloß nicht der offiziellen Zahlungsmethode des Neuen Zaire. Also würde nur vollzogen, was de facto schon geschehen war. Ein solches Riesenreich mit dieser erbärmlichen Infrastruktur war von Kinshasa aus nicht zu regieren. Dann noch die Argumentation, lieber ein durch die USA kontrollierter Zerfall als Anarchie wie in Somalia.

Das würde schon laufen. Baumann hastete kurz ins Haus rüber, versorgte sich mit Brot und Käse und eilte zurück ins Büro. Kaum eine Stunde später hatte er den ersten Entwurf des Leitartikels vor sich auf dem Bildschirm. Das war wirklich schnell gegangen.

Schon wieder klingelte ein Telefon, diesmal sein Mobilteil.

Es war Douglas McFarland. »Wach auf, Michael, der Mittagsschlaf ist vorbei. Wenn du willst, ich fliege in einer Stunde wieder rüber, Medizin und klinisches Material nach Bunia. Willst du mit?«

Es gab so Tage. Heute war ein solcher.

»Ich ...«, Baumann konnte diese Chance nicht ausschlagen.

»Gib mir 65 Minuten, okay?«

»Maximal 70 Minuten, dafür fliegen wir diesmal auch mit einer DC 3, historisch, ein wahres Platzwunder, beeile dich.« Schon hatte McFarland aufgehängt.

Also las Baumann sein Machwerk nur noch einmal durch und drückte auf den Knopf. Ab nach München, wird schon gut gehen. Während er sich frische Sachen zum Anziehen in die Reisetasche steckte, verabschiedete er sich noch von seiner Familie, die gerade vom Schulbus nach Hause kam. Er rief Joshua Jobst in München an und gab ihm freie Hand, ohne Rücksprache alles mit dem Leitartikel machen zu können und müssen, weil er schon wieder auf dem Weg in den Ostkongo sei. »Diesmal auch nach Bunia, dort scheinen die AFDL-Rebellen nicht wirklich zu sein, interessant, was dort passiert«, schob er als Grund vor und bestellte sich ein Taxi.

Auf in den Kongo. Dieses Land schien seine neue Zweitheimat zu werden. Und irgendwie freute er sich diesmal wirklich, wieder zurückzukehren.

AUSSENEINSATZ KIGALI

Jetzt hatte er sich einen Cappuccino verdient. Philip Bender ging in die Kaffeeküche und startete die große Espressomaschine. Die musste jetzt erst einmal aufwärmen. Inzwischen holte er eine der größeren Tassen aus dem Hängeschrank samt Unterteller, einen kleinen Löffel aus der Schublade und starrte dann das LCD-Display der Maschine an. Immer noch nicht fertig. Langsam wurde es dafür ihm warm.

Die Kaffeeküche auf diesem Stockwerk der Botschaft hatte keine Klimaanlage, und da alle immer die Tür geschlossen hielten, erwärmte sich der kleine Raum ohne Fenster gegen Mittag immer ziemlich schnell, es wurde stickig. Philip Bender goss sich ein Glas Wasser ein und trank es in einem Schluck.

In den Tropen zu leben, hatte seine Vorteile. Fast jeden Tag schien die Sonne, auch in der großen Regenzeit wurde es nicht wirklich kalt. Hier in Nairobi, das ziemlich hoch lag, 1.500 Meter über dem Meeresspiegel, sinnierte Bender, gingen die Nachttemperaturen in den kalten Wochen nie unter 7 bis 8 Grad Plus. Das fühlte sich dann kalt an, war es aber objektiv nicht. Dort, wo er herkam, nördlich nahe München, gab es im Winter ganz andere Temperaturen. Vor allem, wenn der Wind pfiff. Dafür konnte es hier nahe des Äquators schnell warm und feucht werden. Und beides zusammen war nicht so Philip Benders Ding. Mit den paar Kilo zu viel spürte man die feuchte Hitze schnell am Kreislauf.

Die Maschine schaltete auf Grün. Gut so. Bohnen waren noch genug im Mahlwerk, Wasser im Tank. Also füllte Philip Bender noch schnell den Milchschäumer mit der fettarmen H-Milch aus dem Kühlschrank auf. Dann blätterte er genussvoll durch das Menü des aufwendigen Apparates und drückte die Cappuccino-Taste. Sofort fing das

Mahlwerk an und der anregende Duft gemahlenen Kaffees puschte die Hochstimmung, in der Philip Bender schon war.

Denn er hatte die Materialien, die ihm Michael Baumann gestern im The Horseman überreicht hatte, heute Morgen, ziemlich früh, wie er fand, auf seinem Schreibtisch ausgebreitet. Dann hatte er angefangen, die Dokumente zu sortieren. Stapel für Stapel baute sich in seinem Kopf der Bericht zusammen, den er gleich schreiben und dann sofort nach Pullach schicken würde. Die Listen und Satelliten-Landkarten hatte er alle gleich eingescannt. Dann setzte er sich an den Computer und schrieb sich eine Gliederung. Die Zusammenfassung, die ganz am Anfang stand, schrieb er als Letztes.

Als er fertig war, war sein Entschluss noch klarer. Nein, diesmal würde er den Bericht nicht, wie unausgesprochen immer gewünscht, seinem Chef Markus Metzler vorlegen. Diesmal, so sein Entschluss, wollte er alle Lorbeeren für sich. Nicht nur hatte er Belege dafür, dass die USA in den Konflikt im Zaire involviert waren mit Waffenlieferungen und Aufklärung. Sie hatten auch Ausbilder und Offiziere, vor allem bei Einheiten der Armee Ruandas, die mit den Rebellen in den Zaire einmarschiert waren und ins Landesinnere vorstießen. Sogar den Codenamen hatte er: »Godfather«. Paten eines Krieges waren sie also, die großen Verbündeten, und hatten bisher nichts davon zugegeben.

Und er konnte belegen, dass die AFDL, wie sich die Rebellenallianz seit einigen Wochen nannte, von Ruanda und Uganda gesponsert wurde. Schließlich konnte er anhand der Eintragungen auf den Karten glaubhaft machen, dass der militärische Vorstoß sich nach Einnahme von Kisangani im Zentrum des Landes nicht geradewegs auf die Hauptstadt Kinshasa richten würde. Nein, die Rebellen mit ihren Freunden waren taktisch schlauer. Sie wollten erst die ganzen Reichtümer des Zaire kontrollieren,

Kupfer, Gold, Mangan und im Südwesten auch die Diamanten, bevor sie den kranken Diktator Mobutu in Kinshasa abkanzeln würden.

Alles das hatte Philip Bender in einem Ruck herunter geschrieben, fast 10 Seiten. Er war stolz auf sich. Dann hatte er sein Werk nochmal durchgelesen, die eingescannten Anhänge dazu getan, kurz den Bildschirm angeschaut, alles als geheim und dringlich ausgewiesen und schon vor 10 Uhr auf den Sendeknopf gedrückt.

Das war ein tolles Gefühl gewesen. Er war gespannt, wann sich Pullach mit Nachfragen bei ihm melden würde. Denn eines hatte er ziemlich vage gelassen: Woher er das alles hatte. Bei den Listen mit Militärgütern und den Satellitenaufnahmen war es klar. Auf den Dokumenten waren fortlaufende Nummern und Kürzel, die diese als amerikanische Militärunterlagen von höchster Geheimstufe auswiesen. Den Code kannte Philip Bender. Aber woher hatte er das alles? Dafür musste er sich noch eine gute, plausible Erklärung zurecht legen.

Jetzt aber erst einmal den Cappuccino genießen, der gerade fertig gebrüht war. Philip Bender, der deutsche Bundesnachrichtendienstler, stellte die große Tasse auf den Unterteller, legte den Löffel drauf und gönnte sich drei Würfelzucker. Zur Feier des Tages, wie er sich dafür entschuldigte. Dann ging er zurück in sein klimatisiertes Büro, setzte sich an seinen Schreibtisch und genoss den Cappuccino.

Doch kaum war er damit fertig, die letzten Reste des Milchschaums mit dem Löffel auszukratzen und genüsslich in seinen Mund zu schieben, knallte Markus Metzler, sein Chef, schon zur Tür rein. »Woher haben Sie das alles? Warum habe ich es nicht gesehen, bevor Sie dies mit Ihrer Interpretation nach Pullach schicken?«

Das war zu erwarten gewesen. Philip Bender blieb ganz ruhig und wartete ab, dass sich Markus Metzler, klein und untersetzt wie er war, schwitzend einen Stuhl auf die andere Seite seines Schreibtisches schob, sich darauf setzte und ihn, mit einem Arm auf seinem Schreibtisch aufgelehnt, fordernd ansah. Beide Backen waren gut gerötet. Er war ziemlich aufgebracht.

»Sorry Chef, ich wusste nicht, dass Sie schon da sind und dachte, das sind brisante Informationen, die möglichst schnell weiter geleitet werden müssen.«

Markus Metzler vibrierte am ganzen Körper. Die dicken, kurzen Finger seiner Hand auf dem Schreibtisch rieben sich gegenseitig, das Rot an den Wangen wurde dunkler. Hoffentlich würde er nicht gleich einen Herzanfall bekommen.

»Sie spinnen. Wollen Sie meinen Stuhl, oder was?«

Bei einer ehrlichen Antwort hätte Bender mit einem klaren »Nein« antworten müssen. Ihm wäre es am liebsten, hier in Nairobi weiter eine ruhige Kugel zu schieben, vielleicht ein paar Reisen mehr in die Gegenden, über die er immer berichten musste, aber noch nie dort war. Das war Ruanda, aber genauso Tansania, Burundi und auch Somalia. Somalia müsste nicht sein. Da gab es keinerlei Infrastruktur mehr von den Deutschen in Mogadischu. Die Botschaft hatte als eine der ersten westlichen diplomatischen Vertretungen bereits 1992 zu gemacht, Botschafter und alle anderen hatten das Land am Horn fluchtartig verlassen. Seitdem war es dort ziemlich ungemütlich für einen wie ihn. Da konnte Baumann regelmäßig hinfliegen und ihm berichten. Aber Tansania, Burundi und Ruanda, das hätte er schon mal gerne selber gesehen.

»Herr Metzler, ich wollte keinen Fehler machen. Deshalb habe ich das Material gleich rausgeschickt.«

Die Antwort saß. Metzler war darauf nicht vorbereitet gewesen. Er lehnte sich auf dem Stuhl zurück und gab den Schreibtisch frei.

»Die Münchener haben angerufen. Fanden alles ganz toll. Soll Ihnen Komplimente ausrichten. Aber Sie wollen wissen, wer ihre Quelle ist.«

»Sorry, kann ich nicht sagen, habe ich versprechen müssen.«

Metzler tanzte bei dieser Antwort fast auf seinem Stuhl.

»Sie spinnen also doch«, schnauzte er zurück. »So funktioniert das nicht bei uns. Wer ist die Quelle? Wieder dieser Journalist, dieser Baumann?«

Markus Metzler kannte seinen einzigen Mitarbeiter. Der hatte nicht viele Quellen, dafür saß er zu viel im Büro und dachte darüber nach, was er in seiner Freizeit machen könnte. Woher sollte er also plötzlich jemanden aufgetrieben haben, der ihm geheime amerikanische Dokumente zusteckte und dann noch das belastende Material über die jugoslawischen Söldner und israelische Waffenlieferungen. Das hatte bestimmt kein US-Kollege weiter gegeben.

»Baumann war das nicht«, log Bender ganz unverschämt. »Der hat mir nur den Umschlag aus Kigali mitgebracht.«

Bender schaute seinem Chef mitten ins Gesicht. So große Augen hatte er bei Markus Metzler noch nie gesehen. Jetzt schaut er aber, dachte sich Bender stolz.

»Also«, begann Metzler seine Verhandlungen in versöhnlicherem Ton, »was soll ich dem Afrika-Desk in Pullach sagen? Wer ist unsere Quelle?«

Dafür hasste Bender Markus Metzler. Sobald etwas gut, wichtig oder karriereförderlich war, sprach er immer von »unserem«, wenn es dagegen um Fleißarbeit ging, war es immer Bender Sache. Einen besseren Chef, ergänzte Bender auf seiner Wunschliste, menschlicher, kooperativer, ehrlicher, das wäre es.

»Sagen Sie ihnen, ich habe eine Quelle in Kigali aufgetan, die geschützt bleiben will.«

Das saß. Metzler rührte sich nicht.

In das anhaltende Schweigen im Raum machte Bender den Vorschlag, ob er Metzler einen Espresso holen solle? Metzler schaute aus seinen Augenwinkeln zurück.

»Sie holen mir einen Espresso. Machen Sie sich auch gleich einen. Und dann rufen wir gemeinsam das Afrika-Desk an. Das kommt besser, wenn Sie es denen selber sagen.«

Kaum hatte Bender die beiden Espressi auf seinem Schreibtisch abgestellt, wählte Markus Metzler schon die Nummer in Pullach.

»Metzler hier, ich bin im Büro von Bender. Der hat den Bericht geschrieben. Sie können ihn alles fragen.«

Also erzählte Bender, dass er über einige Ecken eine Quelle in Kigali aufgeschlossen hätte, die ihm gestern diesen Umschlag habe zukommen lassen. Er habe sich gleich hingesetzt und die Materialien geordnet und weiter geschickt. Das schien ihm wichtig.

»Gut gemacht, Bender«, kam es aus dem angeschlagenen Lautsprecher der Gegensprechanlage des Telefons zurück. Die Worte vibrierten im Raum, auch weil die Leitung schlecht war und ein leichtes Echo erzeugte. »Da scheint ein größerer Krieg im Gange, mit unseren amerikanischen Freunden an der Spitze. Geht wohl um den Griff auf den Kongo und seine Bodenschätze. Wir teilen hier Ihre Auffassung. Gut belegt.«

Markus Metzler schaute skeptisch zu Bender rüber. »Guter Mann, dieser Bender, habe ich doch immer gesagt«, machte Metzler sich mit seiner Antwort wichtig.

»Ziemlich gut«, kam aus Pullach zurück. »Wir haben gleich unsere amerikanischen Kontakte angerufen, die fielen aus allen Wolken, woher wir das alles wüssten und hätten. Das hat Spaß gemacht. Haben die uns wohl nicht zugetraut.«

Metzler rieb sich die Hände. Bender setzte sich aufrecht in seinen Stuhl.

»Bender, die Amerikaner sind sehr interessiert an ihrer Quelle oder ihren Quellen. Wir auch. Aber behalten Sie die lieber für sich, solange sie uns füttert. Macht es Sinn, dass Sie mal nach Kigali rüber fliegen und ein paar Tage dort an Ort und Stelle recherchieren? Geht das Metzler?«

Bender wollte am liebsten laut jubeln. Das hatte er immer schon gewollt, aber der alte Brummbär von Metzler hatte sich gesperrt. Auf Firmenkosten Urlaub machen und in schönen Hotels schönen Frauen hinterher schauen, oder? Immer seine Standardantwort. Diesmal klang es schon besser.

»Klar, der kann gleich Morgen hinfliegen, selbstverständlich. Er sollte dann aber auch ein paar Tage dort bleiben.«

Markus Metzler schaute gönnerhaft zu Bender rüber.

»Perfekt, ganz in unserem Sinne. Guten Gelingen. Und passen Sie dort auf unseren Botschafter auf. Besser nicht bei ihm melden. Botschafter von Borch ist so ein ganz Linker, ein Kagame-Freund. Der bringt eh nichts. Halten Sie sich an seinen zweiten Mann, der heißt Meyer, Friedrich Meyer mit y. Und gehen Sie mal bei den Amerikanern vorbei, schon aus Höflichkeit, Aber denen nix sagen, gell.«

»Mache ich gerne«, sagte Bender mit Vorfreude und fester Stimme. Er hatte keine Ahnung, ob der Mann vom Afrika-Desk ihn noch gehört hatte. Die Leitung war schon tot.

»Dann packen Sie mal die Koffer und fliegen hin«, meinte Markus Metzler in väterlichem Ton. »Viel Glück - und Bender: Halten Sie mich auf dem Laufenden, verstanden?«

»Klar doch, Chef.«

KAPITEL VIER
FRAUEN, FREUND UND FEIND

LANDEBAHN BUNIA

Michael Baumann grinste bis zu beiden Ohren. Er hatte, man konnte es nicht anders sagen, einen »geilen« Beruf. Oder wer sonst würde dafür bezahlt werden wie er, mit einer alten DC 3 vom Flughafen Kigali abzuheben. Der Schwanz der Blechkiste, wie Baumann die alte Douglas für sich getauft hatte, hob als erstes hinten langsam vom Boden ab, als Kapitän Steve Russell das Höhenruder langsam nach unten drückte und die beiden Turboprop-Maschinen auf volle Leistung hochfuhr.

Was für ein Gefühl, an Bord eines Flugzeuges zu sitzen, das drei Jahre älter ist als du selbst, dachte sich Baumann, als die »Lady«, wie Russell seine DC 3 liebevoll nannte, ganz bedächtig schließlich ihren Kopf hob und ganz ruhig und sachte aus Kigali in den Himmel zu gleiten begann.

»Schau´ mir in die Augen, Kleines«, war der berühmte Spruch Humphrey Bogarts im Film Casablanca, als er Ingrid Bergman vor einer solchen DC 3 stehend im Nebel Lebewohl sagt. Zugegeben, eine Ingrid Bergman war nicht auf dem Flugfeld gestanden, als sie endlich die Fluggenehmigung erhalten hatten. Alles andere hatte aber schon den Atem Bogarts gespürt.

Stundenlang waren die Crew von Steve Russell von der Missionary Aviation Fellowship (MAF), Douglas McFarland und Michael Baumann neben der mit Hilfsmitteln, vor allem medizinischen Gütern, beladenen Maschine auf dem Flugfeld herumgelungert. »Nein« hatte es immer wieder auf dem Tower Kigali geheißen. Sie dürften nicht Richtung Goma starten. Der Zaire habe alle Flugrechte für Maschinen aus dem Ausland ausgesetzt. Also durfte die Flugsicherung eine Maschine mit diesem Ziel von Kigali aus nicht starten lassen.

Es sah nicht gut aus mit den Plänen, heute noch über Goma nach Bunia weiter nördlich im Zaire zu kommen. Goma, die Stadt am Kivusee, hatten sie erst gar nicht anfliegen wollen, sondern gleich nach Bunia starten wollen. Doch dann hatte Douglas McFarland den Funkruf von seinem Krankenhaus in Goma erhalten. Sie sollten doch in Goma zwischenlanden. Rebellenchef Laurent Kabila würde gerne die Anlieferung von Hilfsgütern in »den befreiten Gebieten« persönlich vornehmen.

Da war Douglas McFarland die rettende Idee gekommen. Goma war nicht mehr Zaire, sondern von Rebellen befreites und kontrolliertes Gebiet. Also könnte doch die Flugsicherung nichts dagegen haben, wenn sie dorthin flögen - denn die Regierung in Kinshasa habe dazu gar nichts mehr zu melden.

Die Idee war gut, aber sie hatte bei der Flugsicherung in Ruanda nicht gezündet. Alle standen ziemlich ratlos auf dem Flugfeld um die DC 3 herum. Kapitän Steve Russell hatte zum gefühlt 100sten Mal die Propeller inspiziert, nur um seiner Wut keinen Ausbruch zu erlauben. Dann aber hatte Douglas McFarland diesen zweiten Anruf auf seinem Handy gemacht. Kaum, dass er das Gespräch beendet hatte, hatte er angefangen, richtig breit zu grinsen. »Mal schauen, ob Präsident Kagame das genauso sieht.«

Nein, er hatte nicht den Präsidenten von Ruanda persönlich angerufen. Aber McFarlands Hilfsorganisation war auch in Ruanda tätig. Da kannte man natürlich Leute in wichtigen Positionen. So hatte Douglas McFarland einen »guten Bekannten« im Stab des Präsidenten Kagame angerufen und ihm kurz sein Problem geschildert.

Und tatsächlich, gut eine Stunde später hatte sich die Flugsicherung bei ihnen gemeldet und bekannt gegeben, die Maschine der MAF habe eben per Fax direkt aus dem Präsidentenamt die Genehmigung erhalten, aus dem Luftraum Ruandas nach Goma zu fliegen. Sie müssten nur unterschreiben, dass sie dies auf eigenes Risiko unternähmen. Douglas McFarland war, ohne seinen australischen Lederhut, sofort zum Tower gesprintet und hatte unterschrieben.

Deshalb flogen sie jetzt langsam aufsteigend über die grünen Hügel Ruandas, erst in Richtung Norden, dann in einer langen Schleife majestätisch gen Westen. Der Kivusee war schon von Weitem zu sehen, diesmal im Sonnenlicht des Vormittags fast wie eine goldene Scheibe. Dahinter tauchte die dunkle Barriere der Virunga-Berge auf, gleichsam wie eine Warnung vor der Unberechenbarkeit des Landes, in das sie flogen.

Kapitän Steve Russell hatte Michael Baumann schon auf dem Flugfeld in Kigali über alles seiner DC 3 belehrt. Auf dem Rollfeld hatten sie ja genug Zeit dafür gehabt. Die Maschine war ein Nachkriegsmodell. Denn die Douglas DC 3 gebe es schon seit Mitte der 1930er Jahre. Seine »Lady« aber sei erst 1952 gebaut worden, nach dem Zweiten Weltkrieg also, und dann vor allem im Linienflug in Südamerika eingesetzt gewesen. Die MAF habe sie gebraucht gekauft und zunächst auch in Lateinamerika eingesetzt. Dann aber habe ein christlicher Spender so viel Gelder springen lassen, dass sie die »Lady« in Wisconsin in den USA hätten generalüberholen lassen können. Bei der Gelegenheit seien auch die beiden Turboprop-Motoren eingebaut und die Navigations- und Kommunikationsinstrumente auf den neuesten Stand gebracht worden.

Jetzt sei sie, trotz ihres Alters, »ein sehr modernes Flugzeug«, hatte Steve Russell geschwärmt und die Maschine fast gestreichelt. »Die Dinger haben keine Druckkabine, können also nicht so hoch hinauf, aber dafür halten Rumpf und Flügel eben ewig«, schwärmte der Kapitän. Mit den neuen Motoren könnte er zudem sehr viel mehr Lasten transportieren. »Wichtig hier, beim Einsatz in Afrika.«

Gut zu wissen, dachte sich Michael Baumann und schaute aus dem kleinen Fenster. Kleine Wolkenfetzen tanzten zwischen den grünen Hügeln. In den Tälern zwängten sich immer wieder kleine Waldstücke, durch die sich schmale Straßen schlängelten. Von hier oben sah alles aus wie ein grünes Ferienparadies. Doch einmal am Boden hatten sich in diesen abgelegenen Orten Ruandas erst vor wenigen Jahren die schlimmsten Bürgerkriegsszenen abgespielt. Das war noch gar nicht lange her.

Jetzt endlich konnte Baumann auch die Asphaltstraße entdecken, die von Gisenyi nach Kigali führte. Dort unten hatte er erst vor Tagen die Hutu-Flüchtlinge bei ihrer Rückkehr begleitet. Jetzt machte alles den aufgeräumten Eindruck einer Modell-Landschaft im Glaskasten eines anthropologischen Museums, Abteilung Afrika.

Plötzlich setzte sich Douglas McFarland auf den Sitz neben Michael Baumann, einfache Stoffsitze, aber nicht unbequem. Dennoch quietschten die Federn hörbar. Der ganze hintere Teil des Flugzeuges war mit Paletten voller Hilfsgüter vollgestopft, festgezurrt und mit einer Plane abgedeckt.

»Michael, wenn wir in Goma zwischenlanden und wirklich Rebellenchef Kabila uns begrüßen wird, sei einfach einer von uns und kein Journalist«, sagte McFarland. »Ich habe keine Ahnung, welches Spiel er mit uns spielen will.«

»Klar, was dir recht ist«, antwortete Baumann. »Aber der will doch als Präsident der befreiten Gebiete gefeiert werden, da dürfte ihm die Präsenz internationaler Presse nur willkommen sein. Dennoch: Wie du willst, dein Flug, Deine Entscheidung.«

»Danke«, sagte McFarland wie immer wortkarg. »Und keine Fotos, okay? Bei Kameras werden die Mächtigen hier immer sehr nervös.«

Das Anschnallzeichen blinkte und ein helles Bing klang durch die Kabine. Die Turboprop-Maschinen waren angenehm leise. Durch die offene Tür des Cockpits sah

Michael Baumann, wie Steve Russell Knöpfe drückte, Hebel bewegte und irgendetwas in das kleine Mikrofon vor seinem Mund murmelte. Offenbar gab es in Goma auf dem Flughafen jemanden, der nach dem Rechten schaute. Das beruhigte. Gleich wären sie da, Steve Russell leitete die Landung ein.

Michael Baumann saß auf der linken Seite. Aus seinem Blickwinkel konnte er nur den See immer größer werden sehen, am anderen Ufer lag Ruanda. Ein schöner Blick. Da stupste ihn Douglas McFarland unsanft am Arm. Er forderte ihn auf, durch sein Fenster an der rechten Seite der DC 3 zu schauen. Tatsächlich, dort standen zwei Hercules-Transportmaschinen. Beide hatten das Sternenbanner Amerikas auf dem Seitenruder. Michael Baumann griff schnell in seine Reisetasche und kramte den Fotoapparat raus. Doch bis dieser eingeschaltet war und er den Apparat Douglas für ein paar Schnappschüsse geben konnte, setzte die DC 3 schon auf der Landebahn auf, sachte wie ein Kindermädchen.

Kapitän Steve Russell ließ seine »Lady« ausrollen, dann wendete er die Maschine und rollte auf die Lagerhallen neben dem kleinen Terminalgebäude zu. Kein Blick war mehr möglich auf die amerikanischen Militärtransporter. Kaum waren die Motoren aus, kam Steve Russell zu Douglas McFarland und sagte fast sorgenvoll: »Die haben durchgegeben, dass Kabila an Bord kommen will, um die Hilfslieferung selber in Augenschein zu nehmen. Ist das okay so?«

Douglas McFarland fummelte noch an seinem Sicherheitsgurt herum. Dann schaute er auf und sagte in seiner gewohnten ruhigen Art: »Anschauen darf er die Paletten gerne, aber davon bleibt nichts hier. Die gehen alle rauf nach Bunia. Lass ihn ruhig rein.«

Darauf gab Russell dem jungen Damian mit dem Lockenkopf und dem spärlich wachsenden Schnauzbart das Zeichen, die Türen zu öffnen und die Treppe runter zu lassen. »Unser Lademeister«, sagte Steve Russell mit einem Augenzwinkern. Damian war noch neu bei der MAF-Airline. Er wurde gerade eingearbeitet. In seinen Stammbaum musste sich irgendwann ein Inder eingeschlichen haben, bei so großen, treuen braunen Augen und dem gebräunten Teint der Haut.

Michael Baumann und Douglas McFarland stiegen aus. Die Treppe war ziemlich wackelig, vor allem nach dem Sitzen in den niedrigen Flugzeugstühlen. Die feuchte Wärme des Kongos umarmte sie zur Begrüßung sofort heftig und ließ die Hemden augenblicklich am Körper ankleben. Die Teerstreifen zwischen den Betonplatten auf dem Boden mussten schon von der Sonne ziemlich aufgeheizt sein, denn es roch nach Straßenarbeiten mit heißem Teer. Von den Rebellen oder ihrem Chef, keine Spur. Auch sonst kam niemand zur Maschine.

»Mal schauen, was passiert«, sagte Douglas McFarland. Kaum gesagt, waren Motorengeräusche zu hören, offenbar von der Rückseite einer der beiden Hallen. Und dann kamen sie, erst ein »technical«, ein Geländewagen mit einem großen Maschinengewehr auf der Ladefläche montiert, dann ein weißer Kleinbus voller Kämpfer mit automatischen Waffen AK 47, und dann drei frisch polierte weiße Geländewagen mit geschlossenen und verdunkelten Fenstern.

»Präsidial, kann ich nur sagen«, warf Baumann in die Runde und stellte sich dann zur Crew. Die Sonne spiegelte sich im Silberrücken der DC 3 und blendete die Neuankömmlinge. Die Rebellenkämpfer sprangen schnell aus ihrem Kleinbus und sicherten in einem Halbrund den Platz. Dann öffnete sich die hintere Tür eines der nagelneuen Geländeautos, und heraus stieg Laurent Kabila, Chef der Rebellenallianz im Ostkongo. Aber er war alles andere als eine einnehmende Größe. Klein, rundlich zwängte er sich in seinem hellblauen Leinenanzug aus dem Wagen. Der Schnitt des Anzuges sollte wohl an den großen Mao erinnern. Der kugelrunde Bauch des lächelnden Kabilas freilich strahlte wenig Askese aus. Dafür waren seine Turnschuhe nagelneu und ganz sauber geputzt, kein Staubkörnchen konnte sich auf diesen weißen Sportschuhen festhalten.

Die Zeremonie dauerte nicht lange. Douglas McFarland begrüßte den Rebellenchef mit einem höflichen Handschlag und der Anrede, »Herr Präsident«. Kabila bedankte sich artig und sprach dann etwas lauter ein paar Sätze in französisch. Er freue sich, das erste Flugzeug mit Hilfsgütern im befreiten Kongo begrüßen zu dürfen. Vielen Dank dafür. Die Welt wisse eben, dass es mit dem Verbrecher Mobutu in Kinshasa vorbei sei. Er werde jetzt an Bord gehen und die Lieferung kurz in Augenschein nehmen.

Sagte es und tat es. Einer seiner schlank und hoch gewachsenen Adjutanten half ihm beim Erklimmen der wackeligen Treppe. Dann forderte Kabila die »Weltpresse« auf, Fotos von diesem historischen Moment zu machen. McFarland stieß seinen Ellenbogen in Baumanns rechte Seite und sagte lapidar: »Jetzt bist du dran, Weltpresse, mache deine Fotos.«

Michael Baumann ließ es sich nicht nehmen, neben den Aufnahmen von Kabila in der Maschine und an den Hilfsgütern auch ein paar Portraitaufnahmen von dem Mann zu machen, der zur Zeit fast jeden Tag im vordersten Teil der Medien erwähnt wurde. Seines Wissens nach war er der erste westliche Journalist, der Kabila direkt und persönlich vor die Flinte bekam. Also stellte er, wie sich das für die »Weltpresse« gehörte, auch seine Frage: »Wann nehmen Sie Kinshasa ein?«

Von Kabila kam nur ein lächelndes »Bald«. Keine Fragen mehr, meinte daraufhin plötzlich einer der Adjutanten, der in militärischem Khaki gekleidet Michael Baumann mindestens um einen Kopf überragte. Dann eben nicht, dachte sich Baumann und gab die Kamera an Damian weiter mit der Aufforderung, noch ein paar Bilder von ihm mit dem künftigen Präsidenten zu machen.

Dann rauschten die »Befreier« genauso schnell und wortlos wieder ab, wie sie gekommen waren.

»Lasst uns gleich wieder starten. Die Zeit wird sonst knapp, heute noch wieder aus dem Zaire rauszukommen«, klatschte Steve Russell in die Hände und feuerte seine beiden Crewmitglieder an, die Maschine wieder startklar zu machen. Damian packte die Ladung wieder ordentlich zu und schloss die Ladeklappe, während Russell selbst seinen Rundgang um die Maschine machte. Als Dritten gab es noch den Copiloten und Techniker, ein verschwiegener hagerer Mann mit wenig Haaren, der sich schon wieder im Cockpit hinsetzte und die Flugstrecke in die Navigation eingab. Er war Michael Baumann nie vorgestellt worden.

Baumann nutzte die Zeit, seine notorische Zigarette zu rauchen, mit ein wenig Abstand zur DC 3. Das war also Kabila. Ein seltsamer Kerl. Baumann schrieb sich zu dem gerade Erlebten ein paar Stichworte in seine Kladde, die er immer in der linken hinteren Hosentasche stecken hatte. Als er die Zigarette noch nicht ganz fertig hatte, rief Steve Russell schon: »Aufsitzen, es geht weiter.«

Nächster Stopp sollte Bunia sein, die kleine Stadt weiter nördlich, die offenbar von den Rebellen überrannt worden war, aber in der sie keinerlei Präsenz mehr vorhielten. So hatte Douglas McFarland Michael Baumann gebrieft. Er hatte dort eine kleine Außenstelle mit drei Krankenschwestern, mit denen er per Funk immer Verbindung gehalten hatte. Spannend, was sie dort erwarten würde, im befreiten Kongo, in dem nicht einmal mehr die Befreier waren.

Aber zunächst kam wieder einer dieser herrlichen Starts mit der DC 3, erst hinten hoch und dann das leichte Abheben und Entschweben vom Boden rauf in den Himmel. Und wieder hatte Baumann vergessen den Fotoapparat für einen schnellen Schnappschuss auf die beiden amerikanischen Transportmaschinen bereit zu halten. Alles ging wieder zu schnell. Sie waren schon in Richtung der Virunga-Vulkane in der Luft, als Baumann, dank einer Rechtskurve, noch versuchte, einen Schnappschuss durch das Flugzeugfenster auf die Hercules-Maschinen zu machen. Aber das Glas spiegelte stark und verzerrte die Sicht. Schade.

Eine gute halbe Stunde später kam wieder das metallene Bing. Steve Russell machte aufmerksam, dass er bald landen wollte. Baumann und McFarland kontrollierten instinktiv den Sitz ihrer Sicherheitsgurte. Beim Blick aus dem Fenster waren nur endloses Grün des hügeligen Tropenwaldes zu sehen. An den Tragflächen fuhren die Landeklappen ganz auf, die Maschine ruckelte das erste Mal. Offenbar stieg zur Mittagszeit die warme, feuchte Luft aus dem dichten Tropenwald massiv nach oben.

Da sah Baumann nur, wie Kapitän Steve Russell wild gestikulierend in sein Mikrofon schrie. Und Douglas McFarland hatte ebenfalls einen Kopfhörer mit Mikrofon aufgesetzt. McFarland schnallte sich ab und ging nach vorne ins Cockpit. Baumann schaute nur zu und wunderte sich.

Da kam Douglas McFarland schon zurück und erklärte ihm: »Da ist was nicht in Ordnung in Bunia. Die Landebahn ist frei, aber links und rechts liegen viele Dinge ganz verstreut rum. Wir gehen dennoch runter und schauen uns das an.«

Steve Russell setzte zur Landung an.

Baumann hielt sich diesmal am Vordersitz mit beiden Hände fest. Er hatte ein ungutes Gefühl.

DER FALL KISANGANIS

Der Fluss tobte wild und unberechenbar, als ob er sich gegen die in sein Land eindringenden fremden Truppen wehren würde. Die Bootsführer kämpften verzweifelt gegen die reißenden Strömungen und die aufgewühlten Wellen.

Bobby Brown verzweifelte. Er konnte nichts tun, war einfach nur Fracht. Diesmal war sein Trupp aus ruandesischen Elitesoldaten deutlich größer als bei der letzten Überfahrt. Gut 250 Mann waren sie. Auch hatten sie viel mehr schweres Gerät dabei. Schließlich ging es um die Eroberung von Kisangani, einer Stadt. Und ausgerechnet heute schien der Fluss beinahe lebendig zu sein und versuchte, die Boote zu kippen und die Männer ins Wasser zu stürzen.

Die Soldaten an Bord der Boote waren schon alle nass. Jede Welle versuchte, sie aus dem Gleichgewicht zu bringen. Diesmal hatten sie mindestens 25 Boote organisiert. Der alte Mann mit dem weißen Bart hatte sich über die Dollars gefreut, die er und sein Dorf mit dieser Operation verdienen konnten. Krieg war lukrativ für die Fischer am Kongo.

Die Bootsführer waren erfahren und geschickt. Sie steuerten ihre Boote mit eingeübten Manövern und navigierten zwischen den gefährlichen Strömungen hindurch. Dennoch wurden die Männer immer wieder von Wellen getroffen, die über die Seiten der Boote schwappten.

Endlich hatten sie es geschafft. Es war ein erleichternder Moment, als die Männer wieder festen Boden unter den Füßen hatten. Sie sprangen aus den Booten und halfen einander, ihre Waffen und Ausrüstungen auszuladen. Die Kisten mit den Panzerfäusten waren schrecklich unhandlich für so einen Einsatz ohne Fahrzeuge mitten in der Wildnis. Aber sie kamen ziemlich trocken an. Diesmal hatten sie bei Tag übergesetzt. Den Rest an Feuchtigkeit würde die Sonne weg dampfen. Bobby Brown wischte sich das Gesicht mit einem Tuch trocken. Es war heiß, heiß und feucht hier in den Tropen.

Heute Nacht müssten sie durchmarschieren und sich entlang der Stadt Kisangani auf dieser Seite des Kongoflusses eingraben. Der Plan war einfach, klar und gradlinig. Bobby Brown und Cesar Kayzali hatten den Angriff gemeinsam entworfen. Bobby Brown und seine Männer würden auf der linken Kongoseite mit Panzerfäusten und Granaten den Flughafen und mögliches schweres Gerät der zairischen Armee ausschalten oder in Schach halten.

Der Abschuss des ersten Hubschraubers der Söldner wäre das Zeichen für die Rebellenarmee von Laurent Kabila, die Tropenstadt am Nordufer des großen Flusses von drei Seiten aus zeitgleich anzugreifen. Der Überraschungsmoment eines so massiven Zuschlages würde, obwohl in Kisangani alle auf sie warteten, dennoch zu einem Überraschungsmoment führen. Bobby Brown und Cesar Kayzali rechneten mit nicht mehr als einem Tag, um den Widerstand niederzukämpfen. Notfalls würde Cesar Kayzali auch mit den ruandesischen Eliteeinheiten nachhelfen, die Stadt zu erobern.

Einfacher Plan, der fast eine Garantie auf Erfolg versprach, dachte sich Bobby Brown und teilte seine Männer in drei Züge ein. Joseph würde mit seinen rund 100 Mann paar hundert Meter weiter im Landesinneren vorstoßen und so die Flanke schützen. Joseph sollte dann mit seinen Mann und dem schweren Gerät hinter Bobby Brown und seiner Hundertschaft vorrücken.

»Lass uns aufbrechen. Lieber zu früh dort sein als am Ende hetzen zu müssen.« Bobby Brown salutierte, Joseph und Ezechiel standen kurz stramm und grüßten zurück.

Der amerikanische SEAL hatte inzwischen seine Meinung zu beiden Ruandesen stark geändert. Sie waren vielleicht auch »Aufpasser« auf den Amerikaner, aber sie waren vor allem auch ziemlich gute Soldaten. Außerdem waren beide nette Kerle, dachte sich Bobby Brown, während er diesmal sein Weitschussgewehr, eine M40 A3, trotz des Gewichts selber schulterte und sich auch ausreichend Munition in den Marschrucksack steckte sowie seinen geliebten Schalldämpfer. In den hinteren Hosenbund steckte er sich als Rückversicherung seine Sig Sauer Pistole. Man kann nie wissen, sagte er zu sich selbst.

Joseph marschierte als erster los. Als man seine Soldaten nicht mehr sah noch hörte, gab Bobby Brown den Befehl zum Aufbruch. Sie zogen los.

Nach nur wenigen Stunden tauchte die Sonne alles in das unbeschreibliche Honiggelb des Abends. Dann brach die Dunkelheit über sie ein. Die Späher verlangsamten ihre Schritte trotzdem nicht. Sie schienen Röntgenaugen zu besitzen.

Stunden später, es musste so gegen 22 Uhr gewesen sein, keine drei Stunden mehr bis auf die Höhe von Kisangani, kam Bobby Brown an den Rand eines Wäldchens vor einer weiten Grasfläche. Die beiden Späher kauerten am Rand und machten Zeichen, er solle vorsichtig und geduckt näher kommen. Kaum kniete Bobby Brown neben ihnen, zeigte der eine ziemlich aufgeregt in Richtung Fluss.

Rechts von ihnen erstreckte sich der Kongo-Fluss wie ein dunkles Band durch die schwarze Nacht. Das sanfte Rauschen des Wassers vermischte sich mit dem Zirpen der Insekten und den entfernten Schreien der Nachtvögel. Das Mondlicht, das durch die Baumkronen drang, warf silbrige Schatten auf die bewegte Wasseroberfläche, die wie flüssiges Silber schimmerte, das nach dem Schmelzen wieder hart wurde.

»Ungefähr auf 2 Uhr«, flüsterte der eine Späher und zeigte in die Richtung.

Bobby Brown kniff seine Auge zusammen und suchte das Ufer ab. So sehr er sich anstrengte, er konnte nichts sehen. Doch, da, aber das konnten sie doch nicht meinen?

Am Ufer des Kongoflusses ruhte in der Dunkelheit eine Herde Flusspferde. Ihre massiven Körper hoben sich nur schwach von der Umgebung ab, ihre feuchte Haut glänzte im fahlen Schein des Mondes. Das dumpfe Grollen der Tiere drang aus der Dunkelheit, eine tiefe, erdbebenartige Klangkulisse, die den Nachthimmel erfüllte. Mindestens ein Dutzend war schon aus dem Wasser auf die Wiese gewandert. Die anderen lagen in der kleinen Bucht noch gemächlich im Fluss. Ihre Nasenlöcher blubberten rhythmisch auf und ab, während sie behutsam Wasser in die Luft schnaubten, um sich abzukühlen.

Die Flusspferde bewegten sich lautlos, ihr massiger Gang erzeugte nur das sanfte Plätschern des Wassers um ihre massiven Körper. Ihr schweres Atmen vermischte sich mit dem Geräusch des Grases, das unter ihren klobigen Füßen knirschte. Das leise Rascheln der Blätter begleitete ihre Bewegungen, während sie ihre mächtigen Kiefer öffneten und mit jedem Bissen das zarte Grün der Ufervegetation zermalmten.

»Wir können nicht weiter«, stellte der Späher fest. »Bei so einer großen Herde könnte auch ein Bulle in der Nähe sein. Die sind sehr gefährlich.«

Bobby Brown schaute ihn fassungslos an. 250 bis an die Zähne bewaffnete Soldaten mussten in Deckung bleiben, weil Flusspferde grasten und nicht gestört werden wollten? Safari machen und Tiere schauen hatte er sich schon vorgenommen, aber nach diesem Einsatz. Das war sein Plan. Aber ausgerechnet heute Nacht. Das passte gar nicht.

»Siehst du den Bullen?«, fragte er im Flüsterton.

»Noch nicht, aber wenn, dann hat er mich auch schon ausgemacht. Die sind schnell und schlau. Bleib unten.«

Also blieb Bobby Brown in der Hocke. Nur ganz langsam nahm er sein M40 A3 von der Schulter und baute die Stützen langsam zusammen.

Der Duft der Nacht hing in der Luft, eine Mischung aus feuchtem Moos, erdigem Boden und der erfrischenden Brise des Flusses. Der Geruch von verrottendem Pflanzenmaterial und feuchtem Schlamm vermengte sich zu einem starken Aroma. Hin und wieder wurde die Nachtluft von einem Hauch von verfaultem Geruch durchzogen, wenn eines der vorzeitlich anmutenden Tiere seine Exkremente auf die Erde fallen entließ, und kein Fluss diese lautlos davontrug.

Dann tupfte der Späher vorsichtig seinen Oberarm. »Da.«

Der Flusspferdbulle war eine gewaltige Kreatur von beeindruckender Stärke. Auch im Dunkeln konnte Bobby Brown seine bedrohliche Präsenz deutlich sehen und spüren. Mit einer geschmeidigen und zugleich unglaublich kraftvollen Bewegung erhob sich der Bulle aus dem Wasser, während seine massigen Muskeln sich unter der dicken Haut spannten. Seine Augen durchdrangen die Luft mit unerbittlichen Entschlossenheit, keinen Nebenbuhler oder Mitesser zu akzeptieren. Ein tiefes Grollen ertönte aus seinem Inneren des Bullen, ein warnendes Signal für jeden, der sich seinem Revier nähern wollte. Die Luft schien plötzlich schwerer zu werden, als der Flusspferdbulle sich mit zorniger Entschlossenheit in Richtung des Wäldchens aufmachte.

Bobby Brown schraubte seinen Schalldämpfer mit gleichmäßigen Drehungen an den Lauf.

»Wohin muss ich zielen, um ihn zu töten?«

Der Später schaute überrascht. »Du willst schießen?«

»Wir haben nicht die Zeit, zu warten bis alle satt sind«, antwortete Bobby Brown entschieden. Er legte sich ins Gras und justierte das Zielfernrohr.

»Also: Wohin muss ich bei einem Flusspferd zielen? Auf die Augen? Auf die Stirn? Wohin, sag´ schon?«

Der Späher legte sich neben Bobby Brown ins Gras.

»Siehst du das kleine Dreieck zwischen den Augen? Genau in der Mitte, genau zwischen den Augen. Aber du muss genau da rein treffen, dann geht die Kugel ins Hirn.«

Bobby Brown suchte den Kopf des Bullen ab. Der Gigant ahnte nichts, er grast und verdaute ganz offensichtlich prächtig. Zumindest konnten sie alle die Töne laut und deutlich vernehmen.

»Und wenn er mich nicht anschaut, sondern den Kopf auf die Seite nimmt?«

»Dann musst du genau unter sein Ohr zielen. Nur dort ist die Haut nicht so dick. Sonst bleibt die Kugel einfach stecken und er rast noch wütender weiter.«

Der Später hatte seine AK-47 entsichert. Bobby Brown schaute ihn fragend an.

»Nur für alle Fälle«, grinste er zurück. »Wenn der amerikanische Jäger nicht trifft, muss ich mich selber gegen den Bullen Afrikas wehren«, gab der Späher in fließendem Englisch zurück.

Jetzt wird der auch noch frech, Bobby Brown schluckte den Ärger runter. Für Disziplin und Ermahnungen war jetzt nicht die Zeit. Erst musste der Flusspferdbulle erledigt werden.

Der Bulle hob den Kopf und riss sein Maul auf. Die riesigen Hauer waren beeindruckend. Da möchte ich nicht rein, dachte sich Bobby Brown.

Er zielte. Es waren gut 300 Meter zwischen ihnen, kein Wind, aber feuchte Luft. Die bremste auch eine Kugel. Bobby Brown stellte am Zielfernrohr vorsichtig nach.

Jetzt sah er das Dreieck. Was Gott bei der Erschaffung des Flusspferdes sich dabei gedacht hatte, dieses Dreieck genau einzuzeichnen. Danke nach oben, frotzelte Bobby

Brown mit sich selbst, um seinen Atem zu beruhigen. Der Bulle graste wieder friedlich.

Bobby Brown atmete langsam und lange ein und ließ die Luft noch langsamer durch seine Nase entweichen. Bevor er fertig war, zog er langsam seinen Zeigefinger durch.

Plopp. Der Rückstoß war lauter als der gedämpfte Schuss.

Der Bulle riß den Kopf nach oben und machte - nein, er konnte nicht mehr laufen, das tonnenschwere Tier brach auf der Stelle zusammen.

Dann brach die Hölle los. Die Weibchen rasten wie auf ein Kommando alle gleichzeitig los, in Richtung Fluss. Ja, man konnte die Panik spüren, der Boden stampfte dumpf, dann schrie der Fluss auf, als ein Flusspferd nach dem anderen mit rasender Geschwindigkeit die Sicherheit des Wassers fanden und so schnell wie möglich eintauchten und wegschwammen.

»Guter Schuss«, sagte der Späher anerkennend.

»Verdammt, waren die schnell«, gab Bobby Brown, immer noch fasziniert von dem nächtlichen Schauspiel der fliehenden Herde überrascht zurück.

»Lasst uns weiter marschieren.«

Bobby Brown hatte seinen Befehlston wieder gefunden. Er zerlegte den Tripod des Gewehres wieder, verstaute alles in seinem Rucksack und gab Zeichen zum Aufbruch.

Als er an dem toten Bullen vorbeikam, grüßte er ihn mit einer gewissen Hochachtung. »Sorry«, sagte er leise, »falscher Zeitpunkt, falscher Ort.«

Die Kolonne zog weiter durch die Nacht.

Sie kamen erst gegen 5 Uhr morgens in die Nähe von Kisangani.

Ohne Worte gruben sich die drei Züge im Abstand von rund einem Kilometer und geschützt von Büschen und Bäumen nahe des Ufers ein. Die Funkgeräte funktionierten bei einem kurzen Test einwandfrei. Dann lagen sie nur noch still auf der Lauer mit ihren Ferngläsern am Auge.

Es war an Bobby Brown, mit seinem ersten Schuss den Angriff der Kabila-Rebellen auf die Stadt zu starten.

Die Sonne stieg pünktlich um 6.30 Uhr am Himmel über Kisangani auf. Auf die Tropen war Verlass. Ihre ausgeruhten, grellen Strahlen durchdrangen die dichte tropische Vegetation und tauchten die Szenerie zunächst in ein gleißendes Licht. Die Luft war erfüllt von einem Gemisch aus feuchtem Grün, schwerem Dieselrauch und dem süßen Duft der blühenden Orchideen, die vereinzelt zwischen den Bäumen hervorlugten. Es schien fast so, als ob die Natur selbst sich auf den bevorstehenden Kampf vorbereitete.

Die brütende Hitze hing schwer über dem trüben Flussufer von Kisangani. Der Himmel wurde von Minute zu Minute immer dichter von einer grauen Dunstschicht aus aufsteigender Feuchtigkeit bedeckt, die das Sonnenlicht dämpfte und das Unheil, das in der Luft lag, verstärkte.

»Alles auf seinem Platz«, hörte Bobby Brown endlich die markante Stimme von Cesar Kayzali in seinem Kopfhörer, der im rechten Ohr steckte. Also waren auch die Rebellenkämpfer und die Ruandesen auf der anderen Seite des Flusses um die Stadt rechtzeitig angekommen und bereit.

Die roten Dächer der Flughafengebäude bildeten einen markanten Kontrast zu dem umgebenden Grün. Auf einem etwas abgelegenen Platz am Rande des Flugplatzes herrschte geschäftiges Treiben. Drei Hubschrauber mit serbischen Abzeichen standen in Reih und Glied, mehrere Rotoren drehten sich schon und gaben ein tiefes, bedrohliches Brummen von sich. Die grauen Metallkörper waren mit Waffen und Munition beladen, bereit, Tod und Zerstörung zu bringen. Unter der glühenden Hitze tanzten Hitzeflimmern über dem Asphalt, als ob die Erde selbst die Anspannung spüren würde.

Inmitten der Söldnertruppe stand Christian Tavernier, ein gealterter weißhaariger Veteran. Die Augen des Berufssöldners waren von unzähligen Schlachten gezeichnet, und sein Gesicht war von tiefen Narben durchzogen, die stumme Zeugen vergangener Kämpfe waren. Er strahlte Autorität aus, während er seine Männer um sich versammelte und ihnen letzte Anweisungen gab. Seine Stimme war rau und durchdringend.Tavernier, ein großer, schlanker Mann mit gebräunter Haut und grauen Haaren, strich sich den Stoppelbart und beobachtete seine Männer, wie sie geschäftig umher wuselten. Ihre kantigen Gesichter erzählten von jahrelanger Kriegserfahrung, wahrscheinlich auch im Krieg um Jugoslawien, und ihre harten Augen verrieten professionelle Kälte, die in ihren Herzen ruhte. Einige trugen Narben, Erinnerungen an vergangene Scharmützel und Massaker, die sie überlebt hatten. »Die Weißen Riesen« nannten sich solche europäischen Söldnertruppen schon seit Jahrzehnten gerne hier im Kongo.

Bobby Brown konnte seine Blicke nicht von ihnen nehmen. Er musterte einen nach dem anderen durch sein starkes Fernglas, das er ab und zu wieder schärfer stellte. Dabei atmete er immer wieder laut aus, das wie ein Stöhnen klang. Aber Bobby Brown beruhigte mit dieser Atemübung nur seine Nerven. Solche Typen kannte er aus Büchern und Ausbildungseinheiten. Er war ihnen noch nie direkt gegenüber gestanden. Bestimmt gute Kämpfer. Aber ob sie für Geld auch bereit waren, zu sterben? Bobby Brown konnte sich nicht vorstellen, wie man so einen Beruf ergreifen konnte oder wollte.

Neben den serbischen Söldnern sah er auch Soldaten der offiziellen Armee des Zaire. Sie waren in grüne Uniformen gekleidet, die von Schweiß und Dreck fleckig aussahen. Ihre Gesichter waren von Anspannung und Furcht gezeichnet, denn sie wussten, dass der Ausgang der Schlacht ihr Schicksal bestimmen würde. Immer wieder mischten sich ganz offensichtlich auch Einheiten der geflüchteten Hutu-Milizen Interahamwe unter die Soldaten, sie waren schon an ihrer Größe beziehungsweise ihrem kleinen, gedrungenen Körperbau leicht erkennbar. Aber ihre Uniformen saßen, trotz Flucht durch den Dschungel, sauber und wie frisch gebügelt am Körper. »Deren Augen glühen immer vor Hass und Rache«, hatte Cesar Kayzali ihn noch in Goma vor diesen gut ausgebildeten Einheiten gewarnt. Kayzali, der Ideologe, dachte sich Bobby Brown.

Die Spannung in der Luft war greifbar. Bobby Brown legte das Fernglas in die dazu gehörige Box. Dann gab er Zeichen, dass er die Kiste mit der Panzerfaust jetzt hier gerne bei sich vorne hätte. Zwei Soldaten Einheit mühten sich sichtlich damit ab, die schwere und unförmige Holzkiste unter den Zweigen in gebückter Haltung zu ihm zu bringen. Bobby Brown öffnete die vier Schnappverschlüsse vorsichtig und leise, indem er seine freie Hand über die Schnalle hielt, die jedes Mal versuchten, laut aufzuspringen. Dann holte er die schwere Waffe aus ihrer Verankerung in der Box.

Bobby Brown kniete ruhig da, die Schultern fest und die Augen fixiert auf sein Ziel. Er hatte sich für den rechten Hubschrauber entschieden. Das Gewicht der Panzerabwehrrakete lastete schwer auf seiner Schulter. Er konzentrierte sich ganz auf den Augenblick. Dann nahm er in einer fließenden Bewegung die entscheidende Position ein und drückte seinen Rücken durch. Seine Finger glitten über den Abzug der Abschussvorrichtung. Er hielt den Atem an, seine Sinne schärften sich. In diesem Moment war er eins mit der Waffe, bereit, seine tödliche Fracht auf das Ziel gute 300 Meter entfernt auf der anderen Seite des Flusses abzufeuern.

Die Panzerabwehrrakete ruhte fest auf seiner Schulter. Hinter Bobby Brown waren alle seine Soldaten längst aus der Rückstoßzone weggerobbt oder gebückt auf die Seite gekrochen. Bobby Browns Daumen umklammerte den Abzug, während er den Hubschrauber mit wachsender Entschlossenheit anvisierte. Die Welt um ihn herum schien für einen Augenblick stillzustehen. Er versuchte, die Zeit einzufrieren, um den perfekten Moment für den Schuss zu wählen.

Dann, in einem einzigen Augenblick der Klarheit, drückte Bobby Brown den Abzug nach hinten. Ein ohrenbetäubender Knall durchbrach die Stille, die Panzerabwehrrakete flog in einem Blitz aus Feuer und Rauch von seiner Schulter ab. Das feuerspeiende Projektil durchschnitt die Luft mit beängstigender Geschwindigkeit und näherte sich dem Hubschrauber. Als die Rakete ihr Ziel mit tödlicher Präzision traf, gab es eine Explosion und einen Ausbruch flammender Zerstörung. Die Wucht ließ den Hubschrauber in einem Feuerball aufgehen. Seine Metallteile flogen in alle Richtungen, Kleinteile flogen so weit, dass sie in den Fluß fielen.

Bobby Brown stand aus der Hocke auf. Ein Gefühl des Triumphs durchströmte seine Adern, als er auf den zerstörten Hubschrauber sah. Das war das Zeichen für die Truppen, Kisangani von allen Seiten aus anzugreifen.

Die beklemmende Stille währte auch nur wenige Sekunden. Dann brach das Inferno los. Maschinengewehrsalven knatterten los, Mörsergranaten verwandelten Plätze und Straßen in Kraterlandschaften. Auch Bobby Browns Einheiten feuerten über den Fluss auf alle Kämpfer, die sich orientierungslos in Richtung Flussufer in Sicherheit zu bringen versuchten.

Bobby Brown mochte solche Szenen nicht. Körper zuckten und brachen zusammen. Wo früher Soldaten in Reih und Glied gestanden hatten, sah er nur flüchtende Kämpfer, auf der Suche nach Deckung. Aber sie verzweifelten schnell, als sie realisierten, dass ihr Feind von allen Seiten aus das Feuer auf sie eröffnet hatte. Es gab keine Deckung.

Rauchschwaden erfüllten die Luft, das Donnern der Explosionen ließ die Straßen Kisangani erzittern. Kein Zivilist war von Bobby Browns Beobachtungsposten aus im Freien zu sehen. Gottlob. Das war eine seiner Hauptsorgen gewesen, dass der Blutzoll unter Zivilisten zu hoch steigen könnte bei so einem totalen Zangenangriff.

Da hörte er Cesar Kayzalis Stimme plötzlich in seinem rechten Ohr. »Wir haben sie völlig überrascht. Die Ersten fangen schon an, ihre Waffen wegzuwerfen und die Hände zu erheben. Wie schaut es bei Euch aus?«

Bobby Brown schaute, längst aus der Deckung rausgetreten, mit seinem Feldstecher in die Straßen der Stadt. Dort sah er eine Gestalt, ganz offensichtlich ein Weißer, sich mit schnellen, entschlossenen Schritten durch die Trümmer und Schuttberge bewegen. Beim zweiten Blick wurde Bobby Brown klar, das war Tavernier, der belgische Söldnerchef.

»Tavernier flüchtet in den Stadtkern«, gab er Cesar Kayzali über Funk zurück. »Schnappt ihn Euch, wenn möglich.«

Cesar Kayzali hatte das Mikrofon angelassen. Bobby Brown hörte Maschinengewehr und dazwischen, Cesar Befehle, schnell zum Stadtkern vorzustoßen.

»Zu spät«, rief er schließlich Bobby Brown über Funk zu. »Der feige Kerl hat sich einen provisorischen Landeplatz für seinen Fluchthubschrauber in der Stadt eingerichtet. Sehe, wie er in den Hubschrauber springt, Rotoren laufen schon. Zu weit weg, der flieht.«

Bobby Brown sah, wie ein Hubschrauber plötzlich in rasender Geschwindigkeit in einer der Straßenfluchten sehr gekonnt noch mehr Geschwindigkeit aufnahm und dann nach Westen knapp über die Baumkronen in Richtung Dschungel zu flüchten versuchte. Die Rebellen oder ruandesischen Soldaten dort am anderen Stadtende schienen zu versuchen, ihn mit Maschinengewehren zu erwischen. Aber außer kleinen Blitzen, wenn eine Kugel den Boden des Hubschraubers traf, fehlte Bobby Brown der Treffer in einen der Tanks oder eine der Benzinleitung. Der Hubschrauber explodierte nicht. Der »Weiße Riese« machte sich auf und davon.

»Der ist weg«, gab er Cesar Kayzali über Funk den Status durch.

»Auch gut, jetzt haben wir sie. Ohne Führung ist der Rest verloren«, keuchte Cesar Kayzali zurück. Er war offenbar mit voller Montur gelaufen, um den Belgier als Trophäe zu erlegen. Die Enttäuschung schwang in seinen Worten mit. Aber er sprach sie nicht aus.

Da hörte Bobby Brown, wie der Motor eines weiteren Hubschraubers angelassen wurde.

»Schnell, die Panzerfaust hierher zu mir!«

Aber die Serben waren zu erfahren. Sie wussten, jetzt mussten sie schnell sein oder sie wären verloren. Als Bobby Brown die schwere Panzerfaust gerade auf der Schulter hatte und das Zielkreuz aufklappte, konnte er nurmehr sehen, wie auch dieser Hubschrauber knapp über den Baumwipfeln in Richtung Westen flüchtete. Sei's drum.

Der Feind war besiegt, Kisangani war gefallen.

DIE VERGANGENHEIT ÜBERHOLT

Diesmal stieg Steve Russell mit voller Kraft in die Bremse. Seine alte »Lady« quietschte und fing an zu wackeln. Beinahe wäre die DC-3 ausgebrochen. Aber der erfahrene Buschpilot spielte mit Lenkung und Bremse. So kam sie wieder in die Spur. Steve Russell wollte schnell landen und nicht die ganze Bahn zum Abbremsen brauchen. Das war ihm gelungen. Er drehte die Douglas-Maschine auf der Piste und ließ sie zum Anfang rollen.

Michael Baumann und Douglas McFarland schauten sich kurz aus ihren aschfahlen Gesichtern an. Douglas McFarland hob den Daumen, als das Flugzeug wieder ruhig rollte. Dann versuchten sie beide zu erkennen, was aus der Luft wie eine Müllhalde auf beiden Seiten der Landebahn ausgesehen hatte.

Es war schlimmer als befürchtet.

Vor Urwald aus edlen Mahagoni-, Ebenholz und Sapellibäumen waren die freigeschlagenen Flächen neben der Landebahn ein einziges Knäuel von verrenkten Körpern und abgeschlagenen Gliedmaßen. Als Douglas McFarland und Michael Baumann als erste aus dem Flugzeug 'raussprangen, umschwirrten sie ganze Schwärme von Schmeissfliegen. Deren Summen klang wie Todesmelodien. Aber das Schlimmste war der Gestank.

Es roch nicht mehr, der Leichengeruch saß überall, hielt sich an jedem Strauch, jedem Gegenstand, jedem Kleidungsstück fest. Wenn ein Lufthauch mit seiner Wärme über den flachen Grund des Flugfeldes strich, schnitt der säuerlich-scharfe Gestank sich durch Mark und Bein.

McFarland reichte Baumann ein feuchtes Frischetuch. Von denen hatte eine ganze Handvoll aus dem Flugzeug mitgenommen. Michael Baumann wagte es erst mit diesem chemischen Geruch vor seiner Nase, Douglas McFarland an den Rand der Landebahn zu folgen. Langsam ließ der Würgereiz nach. Jetzt erkannten sie die einzelnen Menschenkörper, die hier ihren Tod gefunden hatten.

»Es sind alles Männer«, versuchte sich McFarland durch das fest auf Nase und Mund gepresste Feuchttuch verständlich zu machen.

»Ja, und fast keiner hat mehr alle Kleider, geschweige noch Schuhe am Leib. Hier schau«, sagte Michael Baumann und zeigte auf einen ganzen Berg von Menschenteilen. »Die sind zum Großteil auch noch massakriert und zerstückelt worden.« Beine und Arme lagen, von den Körpern abgetrennt, als blutige Stümpfe wild durcheinander, aber auch einige Köpfe waren offenbar mit Macheten gespalten worden. Beim Hinsehen würgte es Michael Baumann diesmal richtig schwer, Douglas McFarland schloss immer wieder entsetzt die Augen.

Sie schleppten sich beide noch kurz auf die andere Seite der Landebahn. Dort hatte ein rostiger Bulldozer mit großer Schaufel damit begonnen, Gräben aus der Erde auszuheben. Er schaufelte menschliche Überreste in diese Vertiefungen. Immer, wenn der Fahrer, der selbst Tücher über seinem Mund und seiner Nase fest verknotet hatte, Gas gab, stieß das alte Baugerät eine Riesenwolke an schwarzem Dieselrauch aus. Fast begierig wollte man diese Abgase einatmen statt der mit Verwesung verseuchten Luft.

McFarland und Baumann eilten wieder zurück in Richtung Flugzeug und schlossen sich der Crew an, die per Handzeichen deutlich machte, dass sie noch weiter weg wollten von diesem Ort des Grauens. Hinter dem Haus, das hier in Bunia als Flughafengebäude diente, stand eine Gruppe von Männern, die wild gestikulierend miteinander diskutierten. Nach ihren Uniformen zu urteilen, waren offenbar ein paar lokale Polizisten und ein Priester dabei. McFarland grüßte die Gruppe in Lingala, einer der örtlichen Sprachen. Das konnte er, denn in jüngeren Jahren hatte er hier als Farmmanager gearbeitet. Der Priester umarmte Douglas McFarland, als er ihn erkannte. »Douglas!«

»Das ist Pfarrer Anselm«, stellte er den Priester vor. »Er ist der örtliche katholische Geistliche hier und zugleich ein Nganga.« Baumann schaute verdutzt. Douglas McFarland schob die Erklärung gleich hinterher. »Ein Nganga, so werden die traditionellen Heiler hier genannt. Anselm, der unter anderem in München Theologie studiert hat und eine zeitlang Novize in einem oberbayerischen Kloster war, ist beides: ein deutsch sprechender Priester und zugleich ein traditioneller Heiler.«

»Grüß Gott«, sagte Pfarrer Anselm, während er Michael Baumann die Hand gab.

»Dann können wir ja auch bayerisch reden«, begrüßte der Münchner den Kongolesen. Dessen Augen lachten kurz auf. »Ja, servus, aber das wäre sehr unhöflich gegenüber allen anderen.« Und dann sprach er zu McFarland und Baumann weiter auf französisch. »Ihr wollt bestimmt wissen, was hier passiert ist?«

Beide nickten sofort. Anselm begann zu erzählen. Dass die Rebellen der AFDL hier nur kurz durchmarschiert seien, alle Mobutu-Soldaten vertrieben hätten. Danach sei es hier in Bunia sehr ruhig geblieben. Niemand habe sich um Bunia gekümmert. »Das ist manchmal das Beste«, lächelte er in seiner Rede. Aber dann seien gestern Abend plötzlich zwei Transportmaschinen gelandet und hätten Hunderte von Hutu-Milizionären ausgespuckt.

»Was für Flugzeuge?« McFarland wollte das lieber gleich nachfragen.

»Das ist ja das Unvorstellbare: Es waren zwei Hercules-Flugzeuge mit UNO-Zeichen.« Pfarrer Anselm kramte in seinem schwarzen Anzug in der Innentasche des abgetragenen Jacketts und zog ein paar kleine, bleiche Polaroidfotos hervor. Darauf waren ganz klar die UNO-Maschinen zu erkennen. Über die herabgelassene Ladeklappe drängten sich bei der einen bewaffnete Milizionäre heraus, in Khaki-Uniformen und jeder mit einer AK-47 oder sogar Panzerfäusten. Auf einem weiteren Foto, das etwas verschwommener und noch blasser aussah, waren dennoch klar die Rauchschwaden zu sehen, welche Maschinengewehr-Salven aus dem umliegenden Wald spien. Auf dem letzten der drei Instantfotos konnte Baumann erkennen, wie die zweite Maschine im Hintergrund startete und vorne stand ein Jeep mit schwerem Maschinengewehr - sein Atem stockte, sein Mund wurde trocken.

»Was hast du? Zeig her«, sagte McFarland und nahm die Bilder. »Wer ist der Befehlshaber der Angreifer? Die mähen ja die Hutu-Milizen einfach nieder. Und die UNO macht sich aus dem Staub.«

Baumann hatte den Mann auf dem Geländewagen längst erkannt. Da sagte Pfarrer Anselm: »Das ist ein lokaler Kriegsherr, einer von den Guten. Er hat uns immer in Ruhe gelassen. Auch seine Soldaten sind okay. Keine Probleme mit denen. Er hat auch den Befehl gegeben, die Leichen alle neben dem Flugfeld sofort zu begraben, damit keine Seuchen ausbrechen.«

Dann war das Unvermeidliche geschehen. Erst plünderten die Rebellen von den Toten die Waffen und die Munition, dann kamen die lokalen Bevölkerung und die Menschen holten sich Schuhe und Kleidung.

»Wieviele schätzt du, sind das?« McFarland starrte in Richtung Flugfeld.

»Mindestens dreihundert, alle tot. Die Mulele-Rebellen haben keinen am Leben gelassen. Sie dulden hier keine anderen Kämpfer.« Bei diesen Worten machte Pfarrer Anselm das Kreuzzeichen. Der Bulldozer kam an ihnen vorbeigerattert. Die Sonne kündigte an, bald untergehen zu wollen.

McFarland gab Anweisung, die Maschine erst Morgen zu entladen, wenn die Lastwagen der Missionsstation hier sein würden. Dann fragte er Anselm, ob er ein Auto hätte, sie in das Gästehaus außerhalb der Stadt zu bringen. Sie würden dort übernachten. Pfarrer Anselm bot seinen klapprigen Peugeot an. »Fahrt gleich, mein Fahrer kommt wieder zurück und kann die Crew dann später nachbringen.«

Also fuhren McFarland und Baumann mit kirchlichem Fahrer in einem Peugeot, der nirgendwo auf der Welt mehr eine Zulassung bekommen hätte, zum Gästehaus.

»Wie kann das sein, dass die UNO Interahamwe-Kämpfer hierher fliegt?« Michael Baumann musste seine Gedanken aussprechen. »Meinst du, Pfarrer Anselm gibt mir die Fotos. Um das zu schreiben, brauche ich mindestens die Fotos als Beleg.«

McFarland blieb zunächst ruhig und schweigsam. Erst als das Gästehaus am Waldrand nach einer Kurve zu sehen war und der Fahrer von der Teerstraße auf den Feldweg abbog, sagte er: »Auch bei den Vereinten Nationen gibt es Menschen, die für Geld vieles machen.« Das blieb sein einziger Kommentar. Michael Baumann fand die Erklärung ziemlich unbefriedigend.

Im Gästehaus bekamen sie wieder dasselbe Zimmer, in dem vor einigen Wochen Douglas McFarland seinem Freud Baumann die Geschichte seiner Kindheit und der Geiselnahme durch die Simba-Rebellen erzählt hatte. Baumann stellte die notorische Flasche Whiskey auf den Tisch. »Diesmal ein Dalwhinnie von mir zuhause, bin nicht mehr in den Duty Free gekommen.«

»Den brauche ich jetzt.« McFarland holte die beiden Zahnputzgläser und schüttete gut ein. »Auf eine friedlichere Welt, so Gott will«, prostete er Baumann zu.

Beide tranken nach dem Erlebten und Gesehenen in einem Schluck aus. Während McFarland noch einmal einen kleineren Schluck nachschenkte, platzte es aus Baumann heraus.

»Ich kenne diesen Mulele, Julie Gitenga, die Tochter deines Freundes in Goma, hat mich mit ihm zusammengebracht.«

Douglas McFarland schaute Michael Baumann aus seinen blauen Augen eiskalt an. »Ja, Julie mag diesen Mulele, ich weiß. Sie glaubt eben gerne an das Gute.«

Dann setzte sich Douglas McFarland auf sein Bett und meinte: »Ich habe dir das letzte Mal hier die Geschichte von der entführten Missionarin nicht fertig erzählt. Setz dich, das dauert nicht lange.«

Baumann nahm sein Glas und die Flasche, goss beiden noch einen fingerbreit ein und sagte: »Schieß los.«

McFarland saß im Schneidersitz auf seinem Bett und fasste sich kurz. »Mike Hoare, der berühmt berüchtigte Söldner, der auch auf den Spitznamen Kongo-Mike hörte, verfolgte damals die Simba-Rebellen, welche die Missionarstochter entführt hatten. Erst nach gut neun Monaten fanden sie ganz im Norden des Kongos eine Spur und schließlich ein Camp. Die Holzkohle war noch warm, die Rebellen mussten erst gerade abgezogen sein. Neben der Feuerstelle lag ein Frauenleichnam. Es war Gwendoline. Sie brachten die Leiche in ihr Camp und eine Krankenschwester untersuchte sie. Dann war es klar: Sie hatte gerade ein Kind geboren.«

»Und war dabei gestorben?« Baumann schauderte.

»Nein, sie hatten ihr die Kehle durchschnitten, offenbar nach der Geburt.«

»Und das Baby« fragte Baumann nach.

»Das Baby haben sie mitgenommen.«

Außer mehreren Schluckgeräuschen, bis die Whiskeygläser ausgetrunken waren, war in dem kleinen Zimmer kein Geräusch mehr zu hören. Bis Douglas McFarland mit ruhiger und tiefer Stimme, aber fast verächtlich ergänzte:

»Dieser Mulele, der das Blutbad in Bunia angerichtet hat, der soll das Baby sein. Er ist doch ein Halbblut?«

Michael Baumann schaute seinen Freund lange an. Ihm war es offenbar nicht leicht gefallen, die beiden Ereignisse aus seinem Kopf zu bringen. Aber der Whiskey hatte ihm dabei geholfen, seine Last loszuwerden. Denn Douglas McFarland machte jetzt einen entspannteren, wenn auch sehr müden Eindruck.

»Ja, er ist ein Halbblut. Aber glaubst Du wirklich?«

Mit einem Ruck stand Douglas McFarland mitten im Raum. »Nein, ich glaube das nicht. Nach dem, was ich heute gesehen habe, teile ich auch nicht die Hoffnungen vieler Leute hier im Ostkongo, dass er ein ganz anderer ist als alle anderen Rebellenführer. Oder hat er dich denn auch bei dem Treffen verzaubert?«

Michael Baumann antwortete nicht. Ehrlicherweise hätte er nur mit Ja antworten können. Stattdessen stand auch er auf, griff in seine Tasche und sagte: »Ich gehe mal raus auf eine Zigarette.« Douglas McFarland gab ihm ein volles Zahnputzglas Whiskey mit und schenkte sich auch selbst noch einmal ein.

Aus der einen Zigarette wurden viele, mindestens drei, dachte sich Baumann. Er versuchte die Tür zum Gästehaus trotz des wirren Kopfes ganz vorsichtig und leise zu öffnen. Das hatte ihn alles ziemlich durcheinandergebracht. Die Leichen, die Massengräber, die Information, dass unter der Flagge der UNO Milizen der Interahamwe hierher geflogen worden sein sollten.

Und dann Mulele: Er hatte ihn ganz klar auf dem Foto des Priesters erkannt. Mulele, ein Massenmörder? Der Mann, der ihm den Rebellen-Katechismus auf einer Schreibmaschinen-Seite in die Hand gegeben hatte, auf dem nur Anständiges gefordert wurde. Aber der war ja auch vom alten Mulele, von Pierre Mulele in den 60er Jahren aufgeschrieben worden.

War der junge Mulele wirklich der Sohn dieses aufrechten, zumindest nicht Menschen verachtenden Rebellen? Er hatte bei seinen Gesprächen nie gezielt danach gefragt. Warum nannte er sich sonst Mulele? Wenn er aber genauso mit Maschinengewehren die andere Seite einfach niedermähen ließ, was unterschied ihn dann noch von all den anderen Kriegsherren, die auf diesem Kontinent ihr Unwesen trieben?

Bei all diesen unbeantworteten Fragen war das Glas Whiskey schnell leer gewesen und die Zigaretten heiß geraucht.

Dann aber war Baumann wirklich zu Tode erschrocken. Ein kleiner Junge war aus dem Dunkel der Nacht getreten und hatte ihm einen Zettel in die Hand gedrückt. Sofort war der Junge wieder Richtung Wald ins Dunkel verschwunden.

Im Licht seines Benzin-Feuerzeuges hatte Michael Baumann den Zettel aufgefaltet. Er hatte zwei Mal die handschriftliche Nachricht lesen müssen, um sie zu glauben.

»Michael, sei Morgen kurz nach Sonnenaufgang an der Straßenkreuzung in Richtung Kisangani. Ich lasse dich dort abholen. Dann zeige ich dir, wer hier gegen wen Krieg führt. Du wirst mit eigenen Augen sehen, wer in meinem Land zu wem hält.

Bunia musste sein. Ich erkläre dir auch gerne, warum.

Bis Morgen. Dein Mulele.«

FREUND UND FEIND

Die sengende afrikanische Sonne spiegelte sich auf dem leeren Flugfeld von Kisangani wider, als Baumann, verborgen in dem gut gewählten Versteck, seinen Blick über das Geschehen schweifen ließ. Die Hitze flimmerte über dem asphaltierten Boden und ließ die Luft flirren. Die Sonne schien erbarmungslos vom wolkenlosen Himmel herab und tauchte die Szene in leuchtendes Licht.

Am Morgen noch hatte Baumann nervös auf dem verabredeten Treffpunkt an der Straßenkreuzung außerhalb Bunias gewartet. Die Luft war schwer vom Geruch des tropischen Urwalds und dem Klang der exotischen Vogelwelt. Er spürte, wie die Hitze und die Feuchtigkeit schon zu dieser frühen Stunde des Tages, kurz nach Sonnenaufgang, langsam hoch krochen und sich auf seiner Haut festsetzten. Er hielt nach jeder Bewegung Ausschau. Die Zeit schien stillzustehen, während er sich fragte, ob er den richtigen Schritt gemacht hatte.

Plötzlich hörte er ein gedämpftes Geräusch aus dem Dickicht, gefolgt von einem leisen Flüstern. Die Schatten der Rebellenkämpfer tauchten unerwartet vor ihm auf, und in ihrer Mitte stand Ben, die rechte und linke Hand von Mulele, dem Rebellenchef. Bens ernstes Gesicht spiegelte Entschlossenheit und Tatendrang wider.

»Michael Baumann«, sagte Ben mit seiner tiefen, rauen Stimme, »es ist Zeit zu gehen. Wir haben keine Zeit zu verlieren.«

Baumann nickte und folgte Ben in den Urwald. Das leise Rascheln der Blätter unter ihren Füßen wurde vom Zwitschern der Vögel und dem gelegentlichen Knacken von Zweigen begleitet. Sie bewegten sich schnell, als ob sie von unsichtbaren Rufen angetrieben wurden, während der Urwald seine dunklen Geheimnisse um sie herum bewahrte.

Bis sie, nach scheinbar unendlicher Zeit, auf einen Feldweg stießen. Baumann atmete schwer. Ben dagegen schaute nur kurz nach dem deutschen Journalisten, dann spähte er nach rechts und links und ließ schließlich einen schrillen Pfiff los.

Ein Dieselmotor sprang an, versteckt hinter dickem Grün. Die Dieselwolke stieg gerade über den Busch, als das Geländefahrzeug schon seine Schnauze aus dem Versteck schob. Es war ein ziemlich robust aussehender Geländewagen, und am Steuer saß niemand anderes als Mulele selbst.

Alle Kämpfer stiegen schnell ein, die Beifahrertür blieb offen. Michael Baumann setzte sich auf den Sitz, schloss die Tür. Als er gerade Mulele seine Bedingung sagen wollte, unter denen er nur mitkommen würde, gab der Rebellenchef schon Gas. Baumann konnte ihn nicht nach der Rechtfertigung für das Blutbad in Bunia fragen. Mulele fuhr in einem halsbrecherischen Tempo an und beschleunigte nach jedem Schlagloch auf den unbefestigten Steinwegen offenbar mit durchgedrückten Gaspedal.

So wurde die Fahrt für Baumann zu einer Achterbahnfahrt der Gefühle aus Angst, Hass und Unsicherheit. Sie überquerten breitere Bäche und kleinere Flüsse auf wackligen Hängebrücken und passierten schlammige Pfade, die kaum breit genug für das Fahrzeug waren. Das Rauschen der Blätter vermischte sich mit dem Dröhnen des Motors, während sie sich immer weiter in das Herz des undurchdringlichen Dschungels fuhren.

Baumann hatte nicht mit einer so hügeligen und unberührten Landschaft in diesem Teil des Kongo gerechnet. Er klammerte sich fest an seinen Sitz, während der Geländewagen durch das Dickicht raste. Die Zweige schlugen gegen die Fenster, und der Wagen wankte bedrohlich auf dem unebenen Terrain. Doch Mulele schien völlig unbeeindruckt von der Hektik, die Baumann ergriffen hatte. Sein Blick war starr nach vorne gerichtet, als ob er einen unsichtbaren Pfad durch das Chaos des Urwalds verfolgte.

Die Stunden vergingen wie ein wilder Rausch. Schließlich, als sie eine kleine Lichtung erreichten, wurde das Fahrzeug langsamer. Mulele gab ein Zeichen, und die Männer stiegen aus dem Wagen. Der Geruch von Erde und Gras umhüllte sie, als sie sich in der Stille in der Hocke niederließen.

»Michael«, flüsterte Mulele, sein Gesicht vom Schatten der Blätter versteckt. »Du bist fast am Ziel. Das Flugfeld von Kisangani ist nur noch wenige Kilometer entfernt. Dort wirst du sehen, was du sehen musst. Aber sei gewarnt, die Wahrheit wird dich erschüttern.«

»du kommst nicht mit?« Baumann schaute Mulele mit zornigem Blick an. »Dann erkläre mir das Blutbad von Bunia, jetzt.«

Mulele blieb wie angewurzelt in der Hocke. Die Falten um seine Augen ließen seinen Blick böse und scharf werden. Dann, plötzlich, klopfte er Baumann auf die Schulter und sagte fast lachend: »Michael, wir haben Krieg. Da sterben Menschen, vor allem solche Mörderschwadronen, wenn sie für die alte Macht die Seite ergreifen.«

»Das war eine Hinrichtung«, giftete Michael Baumann zurück.

»Ja, eine Hinrichtung von Mördern«, gestand Mulele mit Stolz. »Die Interahamwe haben in Ruanda hunderttausende Tutsi und auch Tausende von Hutu abgeschlachtet, als es um Ruanda ging«, begann Mulele seine Rechtfertigung. Aber mit diesem Teil hatte Michael Baumann sowieso gerechnet. »Mobutu hat ihnen erlaubt, im Kongo Unterschlupf zu finden. Jetzt kam die Rebellion - und die Interahamwe haben sich auf ihre Art und Weise bedanken wollen. Sie wollten nun für Mobutu töten.«

Der Rest war Schweigen zwischen den beiden Männern, die sich, Auge in Auge, hier auf der Waldlichtung mitten im Kongo gegenüber standen. Bis der Journalist Baumann fragte:

»Aber die kamen doch mit UNO-Maschinen an?«

»Ja, das haben wir gewusst.«

»Woher«, fragte Baumann. »Die UNO verschickt doch keine Kämpfer?«

Muleles Mundwinkel begannen als erstes zu lächeln, dann grinste er über sein ganzes Gesicht.

»Mann, bist du naiv«, gab er abfällig zurück. »Du glaubst, die UNO tut nur Gutes, oder?«

»Zumindest mischt sie sich nicht mit Militärtransporten in innere Angelegenheiten ein«, gab Michael Baumann als scheinbar überzeugte Feststellung zurück.

»Richtig, weißer Mann, die UNO kannst du nicht kaufen. Aber du kannst die Menschen, die für sie arbeiten, kaufen.« Dann ließ er wie ein Schnellfeuergewehr seine Kanonade an Vorwürfen auf Baumann nieder. Die alte Hutu-Diktatur verfüge immer noch über viel Geld. Die Anführer seien im Ausland in Sicherheit. Die Witwe des abgeschossenen Hutu-Diktators etwa wohne gar nicht weit von ihm, Baumann, in Nairobi im Stadtteil Lavington. »Und die wollen am liebsten ihr Ruanda wieder zurück haben von den Tutsi.« Deshalb hätten sie Mobutu ihre Kämpfer angeboten und diese dann mit bestochenen Mannschaften in UNO-Transportern nach Bunia geflogen. »Von dort aus sollten sie gegen Goma am Kivusee vorstoßen. Verstehst du jetzt?«

Baumanns Puls beschleunigte sich, als er die Worte des Rebellenführers hörte. Er wusste, dass er an einem Scheideweg stand. Nicht nur das Schicksal des Kongo, auch sein eigenes stand auf dem Spiel. Der Weg vor ihm war gefährlich und unbekannt, aber er konnte nicht zurück. War er bereit, das Dickicht aufzudecken, die Wahrheit ans Licht zu bringen? Mulele ließ ihm keine Zeit, darüber nachzudenken.

»Ben geht mit dir. Ich warte hier auf euch.«

Mit einem letzten Blick auf Mulele und seine Kämpfer trat Michael Baumann den nächsten Fußmarsch durch den Tropenwald an, bereit für die Enthüllungen, die ihn erwarteten, und fest entschlossen, mehr über die Welt der dunklen Machenschaften im Herzen Afrikas zu erfahren.

Jetzt saß er mit Ben in dem gut ausgebauten Baumversteck nahe Kisangani. In der Ferne erkannte Baumann das Aufblitzen von Metall, als das Flugzeug vom Typ Douglas DC-3 heran flog. Das war doch die »Lady«, mit der er gestern nach Bunia geflogen war? Seine Augen verengten sich zu schmalen Schlitzen, während er gebannt das Geschehen verfolgte. Die Maschine glitt majestätisch durch die Luft und setzte schließlich sanft auf der Landebahn auf.

Ben reichte Baumann ein Fernglas, damit er die Einzelheiten besser sehen könne. Ein Gefühl der Bewunderung durchströmte Baumann, als er das geschickte Flugmanöver des Piloten beobachtete. So konnte doch nur Steve Russell fliegen, dachte er sich und musste lächeln. Einmal mit einer DC-3 geflogen und schon Spezialist, typisch Journalist, kritisierte sich Baumann selbst.

Mit dem Verzögern der Triebwerke erklang das vertraute Zischen des aufsteigenden Dampfes der Luftbremsen. Die Türen des Flugzeugs öffneten sich und Baumann erkannte Laurent Kabila, den Rebellenchef, den er in Goma getroffen hatte, wie er aus der Maschine stieg. Der Rebell, der sich inzwischen nur noch als »Präsident« anreden ließ, war auch diesmal in seinem hellblauen Mao-Anzug unterwegs, frisch gebügelt und mit den schneeweißen Turnschuhen an den Füßen. Aber so klein und rundlich Kabila auch gebaut war, diesmal strahlte er eine Aura des Sieges aus. Doch es war nicht nur Kabila, der das Flugzeug verließ.

Baumanns Blick wanderte zu der zweiten Gestalt, die aus der alten DC-3 kam. Es war, er konnte es nicht glauben: Douglas McFarland, sein Freund, der Mann, dem er seit Jahren unerschütterlich vertraute und große Loyalität gegenüber verspürte. Auch Douglas stieg aus der DC-3 und wurde von den jubelnden Rebellen-Offizieren begrüßt.

Zweifel nagten plötzlich an Baumann, seine Stirn gefror in Falten, während er die Szene vor ihm betrachtete. Wie konnte es sein, dass McFarland an der Seite von Kabila stand? War Douglas tatsächlich einer der Guten, wie Baumann immer geglaubt hatte? Oder war er nur ein weiteres Glied in der Kette von Verschwörung und Korruption?

Baumanns Verstand arbeitete auf Hochtouren, während er versuchte, die Puzzleteile zusammenzusetzen. McFarland hatte eine wichtige Rolle in seinem Leben gespielt, und Baumann hatte immer seinen Integrität und seine Loyalität gegenüber der Menschlichkeit bewundert. Aber jetzt wurden seine Überzeugungen auf die Probe gestellt. Er erinnerte sich an ihre vielen Gespräche über Gerechtigkeit und die Notwendigkeit, den Menschen zu helfen. Doch in diesem Moment überkamen ihn Zweifel, Zweifel an der wahren Natur von McFarland. Was, wenn er ein doppeltes Spiel spielte, seine Verbindungen zu den Rebellen nur nutzte, um sich selbst Vorteile zu verschaffen? Was, wenn er gar wirklich Teil der dunklen Machenschaften war, die den Kongo zerrütteten?

Baumanns Herz wurde schwer, als er die Möglichkeit in Betracht zog, dass sein enger Freund und Gewährsmann auf der falschen Seite stand. Der Gedanke daran, dass Douglas McFarland in Wirklichkeit Teil des kriegerischen Konfliktes war, erschütterte ihn tief ins Mark. Wie konnte er Douglas jemals wieder vertrauen? Wie konnte er sicher sein, dass sie wirklich auf der gleichen Seite standen? Die Zweifel nagten an ihm.

Die Hitze des Tages, es war längst Mittag, verstärkte Baumanns innere Kämpfe, während er zwischen der

Hoffnung auf die Unschuld Douglass und der düsteren Möglichkeit des Doppelspiels hin- und hergerissen war. In diesem Moment des Zögerns wusste Baumann, dass er seine bisherigen Überzeugungen auf den Prüfstand stellen musste. Doch ein Schatten der Zweifel würde ihn fortan begleiten und ihn dazu antreiben, den wahren Charakter seines Freundes neu zu entdecken. Aber er konnte die Möglichkeit nicht ignorieren, dass die Wirklichkeit weit komplexer sein könnte als er es sich vorgestellt hatte.

Noch während die Rebellen ihr Jubelgeschrei hinausposaunten, fiel Baumann etwas auf, das ihm ein unangenehmes Gefühl bescherte. In der Nähe der jubelnden Menge formierten sich weitere Gestalten, die er nicht kannte. Ihre Körperhaltung, ihre uniformierte Erscheinung und ihre Disziplin deuteten darauf hin, dass sie nicht Teil von Kabilas lockerer Rebellentruppe waren.

Es waren Bobby Brown und seine ruandesischen Eliteeinheiten, die hier Präsenz zeigten. Baumann hatte keine Ahnung, dass vor ihm der Beweis stand: Ruandesische Einheiten unter amerikanischer Führung. Aber ein Gefühl der Bedrohung und der Unsicherheit durchzog ihn. Seine Blicke durchdrangen scharf die Szenerie, während er jede Bewegung der ruandesischen Truppe beobachtete. Die Gesten, die Blicke, die Art und Weise, wie sie sich bewegten - all das verriet eine gewisse Entschlossenheit, eine Ausstrahlung von Macht. Baumann spürte instinktiv, dass hier etwas nicht stimmte, dass eine unsichtbare Bedrohung in der Luft lag.

Während die Hitze des Tages weiter stieg und immer unangenehm feuchter wurde, ließ Baumann seinen Blick über das Flugfeld schweifen. Inzwischen waren die Ehrengäste längst nach Kisangani gebracht worden. Michael Baumann konnte beobachten, wie Kapitän Steve Russell seine »Lady« inspizierte und wieder flugtüchtig machte. Ben reichte ihm im Versteck eine Feldflasche. Das Wasser war längst lauwarm, aber jeder Schluck war notwendig für seinen schweißgebadeten Körper.

Beim Trinken wurde Michael Baumann klar, dass er auf der Hut sein musste, dass sein ungutes Gefühl nicht unbegründet war. Die Sonne brannte erbarmungslos weiter, während er darüber nachdachte, was dieses Zusammentreffen von Kabila, Douglas McFarland und Bobby Brown wirklich zu bedeuten hatte. Baumann rätselte stumm vor sich hin. Denn Ben war nicht bereit, hier im Versteck zu sprechen. Etwas schwer Verständliches lag vor ihm, und Baumann war versessen, es zu entschlüsseln und zu begreifen.

Erst in der Dunkelheit zogen sich Michael Baumann und Ben zurück, fernab neugieriger Augen und lauschender Ohren. Die DC-3 mit Kabila und Douglas war nur wenige Stunden später wieder abgeflogen. Bei ihrem Marsch zurück durch den Wald umgab Baumann und Ben der Geruch feuchter Erde und von Verfall.

Nach einiger Zeit sahen sie schon von Weitem das Licht eines schwachen Lagerfeuers.

Dort saß Mulele mit den anderen Kämpfern. Sie setzen sich dazu. Es gab zu Trinken und kaltes Hühnchen mit Reis. Das Feuer warf flackernde Schatten auf ihre Gesichter, Baumann und Mulele saßen sich schweigend gegenüber.

Schließlich brach Mulele das Schweigen.

»Denk darüber nach.« Mehr sagte er nicht. Dabei reichte er Baumann einen Umschlag. Baumann ergriff den Umschlag und entfaltete das Kartenmaterial, das Mulele ihm darin übergeben hatte. Seine Augen wanderten über die sorgfältig gezeichneten Linien und Grenzen, während er versuchte, die verschlüsselten Informationen zu entziffern.

»Mulele, du hast ganze Arbeit geleistet«, sagte Baumann schließlich anerkennend. »Diese Karten zeigen die

Ausmaße der 'postkolonialen Rebellion unter dem amerikanischen Schutzschild', wie du darüber geschrieben hast. Es scheint, dass der Krieg im Kongo weitreichender ist als wir es uns vorgestellt haben.«

Mulele nickte ernst. »Ja, Baumann. Es gibt mehr Akteure im Spiel, als wir vermutet haben. Simbabwe und Angola sind tief in den Konflikt verstrickt. Sie liefern Waffen und Ausrüstung an die Rebellen, während sie im Gegenzug Zugang zu den Ressourcen des Kongo erhalten - insbesondere Kupfer und Diamanten. Es ist ein schmutziges Spiel der Macht und des Geldes.«

Baumanns Miene verfinsterte sich. Er schmeckte einen bitteren Geschmack von Verrat und Ausbeutung auf der Zunge. »Diese Gier nach Reichtum und Macht ist verachtenswert. Der Kongo wird zur Beute für skrupellose Kriegsherren und korrupte Händler. Wo soll das enden?«

Mulele zögerte einen Moment. Dann zog er ein weiteres Stück des Puzzles hervor. »Michael, ich habe noch etwas für dich.« Er reichte ihm eine zusätzliche Karte. Diese Karte war mit »eine Vision für den Kongo« überschrieben. »Das ist meine persönliche Vision einer Dreiteilung des Kongo, ohne eine Hauptstadt Kinshasa. Ich glaube, dass dies der Weg zu Stabilität und mehr Gerechtigkeit wäre.«

Baumann betrachtete die Karte, während er die Möglichkeiten und Konsequenzen abwog. »Es ist eine gewagte Vision, Mulele. Eine Vision, die große Veränderungen und Konflikte mit sich bringen würde. Aber vielleicht ist es an der Zeit, das bestehende System in Frage zu stellen und neue Wege zu gehen.«

Die Flammen des Lagerfeuers knisterten und warfen ihren Schein auf die Gesichter der beiden so ungleichen Männer. Die Dunkelheit der Nacht umhüllte sie, aber Muleles Entschluss war von seinem Gesicht deutlich abzulesen.

»Baumann, du musst diese Informationen veröffentlichen«, sprach Mulele mit einem Hauch von Dringlichkeit. »Schreibe darüber, berichte der Welt von den Plänen und Machenschaften im Herzen Afrikas. Nur so können wir die Gerechtigkeit vorantreiben und den Menschen im Kongo eine bessere Zukunft ermöglichen.«

Michael Baumann nickte entschlossen. Er faltete die Karten sorgfältig zusammen und verstaute sie sicher in seiner Tasche. Dann gab er Mulele einen festen Händedruck. »Ich werde mein Bestes geben.«

TREFFEN IM MILLE COLLINE

Michael Baumann genoss das üppige Abendessen im Mille Collins Restaurant in Ruandas Hauptstadt Kigali. Der Speisesaal war in warmes Licht getaucht, während der Duft von köstlichen Aromen die Luft erfüllte. Nachdem er gerade seine Geschichte über die politischen Ereignisse in der Region fertig geschrieben hatte, fühlte er sich zufrieden und bereit, sich mit einem vorzüglichen Mahl zu belohnen.

Die Mulele-Rebellen hatten ihn bis an die Grenze gebracht und dann auch noch einen Wagen organisiert, der ihn ins nahe Kigali gebracht hatte.

Als Baumann gerade den ersten Bissen seines Steaks mit einer köstlichen, leicht scharfen Piri-Piri-Soße kosten wollte, verschluckte er sich beinahe. Er hustete heftig, während der Oberkellner schnell herbeieilte und ihm ein Glas Wasser reichte. »Entschuldigen Sie die Störung, Herr Baumann«, entschuldigte sich der Oberkellner, »hier ist Ihr Wasser.«

»Danke«, keuchte Michael, erleichtert über die Linderung, die das Wasser brachte. Er blickte auf und bemerkte, wie der Oberkellner ein Paar zu einem Tisch am anderen Ende des Speisesaals führte. Sein Blick fiel auf den amerikanischen Navy SEAL Bobby Brown, der von der ruandesischen Offizierin Julie Gitenga begleitet wurde. Die beiden schienen sich angeregt zu unterhalten. Von Zeit zu Zeit warf Julie einen Blick zu Michael hinüber, ihre Blicke trafen sich für einen flüchtigen Moment.

»Interessant«, dachte Michael, »was machen die zwei wohl hier zusammen?«

Während Michael Baumann wieder seinem Steak mit dem frischen Gemüse widmete, bemerkte er, dass Julie Gitenga hin und wieder verstohlene Blicke in seine Richtung warf. Ihre Augen trafen sich für einen flüchtigen Moment, bevor sie sich schnell wieder abwandte.

Michael Baumann konnte eine gewisse Neugierde in ihrem Blick erkennen.

Das Restaurant füllte sich immer mehr. Es gab nicht viele solcher Orte in Kigali, an denen man so gut essen und vor allem auch mit südafrikanischen und europäischen Weinen das Essen so genießen konnte. Inmitten des Gedränges im Restaurant aber fanden die Blicke von Julie und Michael immer wieder zueinander. Es war, als ob eine unsichtbare Verbindung zwischen ihnen bestand. Michael Baumann konnte nicht anders, als sich von Julies geheimnisvollem Blick angezogen zu fühlen. Er musste zugeben, dass das nicht nur berufliches Interesse war.

Die Augenkontakte wurden zu einem stillen Dialog. Das war die Frau, die er am Kivusee im Haus ihres Vaters, des Waffenhändlers, in Goma kennengelernt hatte. Heute sah sie nicht so müde und zermürbt aus wie damals, als noch um die Flüchtlingscamps und die Stadt gekämpft wurde. Doch schon damals fand er sie äußerst attraktiv und faszinierend während ihres kurzen Streitgespräches über den Konflikt. Dann hatte sie ihn auch noch mit Mulele zusammen gebracht. Was machte sie hier, wer war der große Mann an ihrer Seite?

Kaum hatte Michael Baumann seine Fassung über die Anwesenheit von Julie Gitenga wiedergefunden, näherte sich ein Mann in einem eleganten Anzug. Es war Philip Bender, der Bayer aus Nairobi vom Bundesnachrichtendienstes.

»Michael Baumann, servus, lange nicht gesehen!«, grüßte Philip Bender mit einem verschmitzten Lächeln. »Darf ich mich zu dir setzen?«

Michael Baumann war überrascht. Ausgerechnet der hier? Aber er freute sich gleichzeitig über das unerwartete Wiedersehen. »Philip Bender. Das ist ja eine Überraschung. Seit wann darfst du reisen? Was machst du hier? Klar, nimm Platz.«

Philip setzte sich auf den Stuhl gegenüber, und die beiden begannen, ihre jüngsten Erfahrungen und kleinen Geheimnisse auszutauschen. Zwischen den Bissen und dem leisen Klirren des Bestecks tauschten sie ihre Neuigkeiten über den Kriegsverlauf aus.

»Mit Kisangani hast du ja recht behalten«, lobte Philip Bender den Journalisten. »Jetzt kommt die Nagelprobe, ob die Rebellen wirklich nach Süden marschieren.«

»Was führt dich denn nach Kigali, Philip?«, fragte Michael Baumann neugierig.

»Einige interessante Entwicklungen in der Region erfordern unsere Aufmerksamkeit«, antwortete Philip mit einem ernsten Tonfall, der zugleich abwehrend klang. »Es scheint, als würde sich hier einiges im Hintergrund abspielen.«

Während Baumann und Bender aßen, wurden ihre Gespräche gelegentlich von sanfter Hintergrundmusik und dem gedämpften Murmeln der anderen Gäste untermalt.

Julie Gitenga, die ab und zu zu Michael Baumann und Philip Bender hinüberblickte, bemerkte, wie sich die beiden angeregt unterhielten und offenbar wichtige Informationen austauschten.

»Schau mal, Bobby«, flüsterte Julie ihrem Begleiter zu, »die beiden dort drüben scheinen über etwas Wichtiges zu sprechen.«

Bobby Brown war neugierig geworden und folgte Julies Blick.

»Interessant. Kennst du die?«

»Ja, der Großgewachsene ist ein deutscher Journalist. Den kenne ich aus dem Haus meines Vaters. Der andere ist womöglich einer aus der deutschen Botschaft.«

Bobby Brown gefiel das gar nicht, von einem Journalisten hier mit Julie Gitenga zusammen gesehen zu werden.

»Vielleicht sollten wir später rübergehen und uns erkundigen, worum es bei deren intensivem Gespräch geht. Kennt sich der Journalist in Afrika gut aus?«, fragte er skeptisch.

»Ziemlich gut, vor allem was den Kongo angeht.«

BAR-BEKANNTSCHAFTEN

Philip Bender lud Michael Baumann nach dem Essen noch auf ein paar Drinks ein. Also gingen die beiden Deutschen nach dem Essen in die angrenzende Bar des Mille Collins. Das gedämpfte Licht und die sanfte Jazzmusik gaukelten eine entspannte Atmosphäre vor. Sie fanden einen ruhigen Tisch und setzten sich, nichtsahnend, dass ihnen dort erneut eine überraschende Begegnung bevorstand.

Ihre Blicke wanderten durch den Raum und blieben an einem Tisch hängen, an dem Julie Gitenga und Bobby Brown saßen. Die Verwunderung stand beiden ins Gesicht geschrieben, denn es schien, als hätte sie jemand gezielt erneut zusammengeführt.

Julie Gitenga erhob sich von ihrem Platz und kam mit einem strahlenden Lächeln auf Michael Baumann zu.

»Michael Baumann, richtig?«, sagte sie freundlich. »Wir haben uns damals während der Ruanda-Krise getroffen.«

Michael Baumann war beeindruckt. Wie gut konnte diese Frau lügen. Das glaubte hier in der Bar wohl jeder sofort, dass eine Tutsi-Offizierin der heutigen Armee Ruandas einen deutschen Afrika-Korrespondenten noch aus dieser Zeit kannte.

Er spielte das Spiel sofort mit: »Ja, das stimmt. Es ist eine Weile her, aber ich erinnere mich gut an unsere Begegnung.«

Julie Gitenga lächelte, hielt Michael Baumanns Hand verdächtig lange, bis sie schließlich ihren Begleiter vorstellte.

»Darf ich vorstellen, das ist Bobby Brown, er ist Mitglied der amerikanischen Botschaft hier in Kigali.« Bobby

Brown streckte Michael Baumann die große Hand entgegen und lächelte freundlich.

»Es ist mir eine Freude, dich kennenzulernen, Michael. Julie hat mir viel von Deiner Arbeit erzählt.«

Michael Baumann schüttelte seine Hand und war neugierig auf das, was Julie Gitenga über ihn erzählt haben mochte.

»Das freut mich zu hören. Julie und ich haben gerade erst festgestellt, dass wir uns scheinbar wiedergefunden haben.«

Julie Gitenga blickte Michael Baumann mit einer geheimnisvollen Intensität an.

»Es scheint, als hätten sich unsere Wege uns erneut kreuzen müssen. Es gibt Dinge, über die wir sprechen sollten.«

Michael Baumann spürte, dass hinter Julies Gitengas Worten mehr steckte als nur eine zufällige Begegnung. Er war bereit, sich darauf intensiver einzulassen.

Da wandte sich Bobby Brown an Michael Baumann.

»Michael, wie wäre es, wenn wir uns morgen in der amerikanischen Botschaft treffen? Ich denke, es gibt einige Informationen und Details aus amerikanischer Sicht über das, was im Zaire vor sich geht, die wir austauschen sollten, weil sie für einen langjährigen deutschen Afrika-Korrespondenten bestimmt interessant sind.«

Michael Baumann war von der spontanen Einladung überrascht, aber er spürte, dass dies eine Chance war, tiefer in das verdeckte US-Engagement einzutauchen, auch wenn es wohl nur Dementis geben würde. Ob bei diesem Treffen wohl wieder Julie Gitenga ihre Finger im Spiel hatte? Was hatte sie dem Amerikaner über ihn erzählt? Was wusste der über Julie Gitenga, deren Clan und ihr Engagement für Ruanda?

»Das klingt nach einem Plan, Bobby. Ich bin gespannt darauf.«

Während sie die Details ihres Treffens besprachen, vertieften sich Julie Gitenga und Philip Bender in ein angeregtes Gespräch. Die Bar war erfüllt von gedämpften Stimmen, dem Klang von Gläsern und dem leisen Klirren von Eiswürfeln. Bobby Brown, der lange mit Philip Bender gesprochen hatte, verabschiedete sich als erster. Kurz danach ging auch Philip Bender.

Nur Julie Gitenga und Michael Baumann blieben noch eine Weile an der Bar stehen.

»Lass uns über alles sprechen, nur nicht über diesen Krieg«, forderte Julie Gitenga. Also erzählte erst Julie Gitenga Anekdoten aus ihrem Studentenleben in den USA, Michael Baumann konterte mit seinem Studienaufenthalt in Johns Hopkins und den »Cleveland Partys«, die sie dort gerne gefeiert hatten: Alle in billiger Plastikkleidung von Woolworth für wenige Dollar gekauft, dafür aber mit Krabben aus der Chesapeake Bucht und Austern, die nicht jeder selbst aufbekam. Michael Baumann spürte den Whiskey, den er in der Bar getrunken hatte, immer stärker in seinem Kopf, als er mit Julie Gitenga den Weg aus der Bar antrat.

Die Dunkelheit des Hotelflurs umgab sie, und die Stille war nur durch ihre gedämpften Schritte zu hören. Michael Baumann war sich bewusst, dass er mehr als nur ein Glas zu viel getrunken hatte. Doch trotz des Nebels in seinem Kopf blieb er von der Anwesenheit dieser Frau fasziniert und wachsam.

Die Aufzugtüren öffneten sich lautlos, sie betraten gemeinsam den engen Raum. Julie Gitengas Bewegungen waren anmutig und verführerisch, während sie mit jedem Schritt ihre Weiblichkeit betonte. Der Duft ihres Parfüms umhüllte Michael Baumann, als sich die Türen schlossen und der Aufzug sanft zu surren begann.

In diesem Moment konnte Michael Baumann seinen Blick nicht von Julie Gitenga wenden. Ihre strahlenden, großen braunen Augen und ihr selbstbewusstes Auftreten zogen ihn unaufhaltsam an. Der Alkohol in seinem Blut löste seine Hemmungen und verstärkte das Verlangen, das er für sie empfand.

Während der Aufzug langsam nach oben fuhr, wurde ihnen beiden bewusst, dass ihre Zimmer im selben Stockwerk lagen und sich sogar gegenüber voneinander befanden. Ein Kribbeln durchzog Michael Baumanns Körper, als er über die Möglichkeiten nachdachte, die sich ihnen boten. Doch bevor er seine Gedanken in Worte fassen konnte, trat Julie Gitenga einen Schritt vor und öffnete die Tür zu ihrem Zimmer.

Mit einem Hauch von Bedauern in ihrer Stimme sprach sie die Worte aus, die Michael Baumanns Fantasien abrupt zerstörten. »Lieber nicht, das würde kein gutes Ende nehmen.«

Die Worte hallten in Michael Baumanns Ohren nach.

Julie Gitenga neigte ihren Kopf leicht zu ihm hinüber und gab ihm einen langen Kuss auf die Lippen. Dann löste sie sich von ihm und verschwand in ihrem Zimmer, während die Tür sich hinter ihr schloss.

Michael Baumann blieb allein im Flur zurück.

WARNUNG UNTER FREUNDEN

Michael Baumann trat nervös von einem Fuß auf den anderen und hielt seinen Presseausweis fest in der Hand. Vor ihm ragte die imposante US-Botschaft in Ruandas Hauptstadt Kigali auf, Symbol der amerikanischen Macht und Diplomatie. Der Himmel war bedeckt, und die Luft war erfüllt von einer angespannten Grau-Stimmung.

Plötzlich trat ein Mann in Uniform auf ihn zu. Es war Bobby Brown, der angebliche US-Militärberater, den Michael Baumann am Abend zuvor getroffen hatte. Der amerikanische Militär hatte ihn eingeladen, heute zur Botschaft zu kommen. Bobby Brown, das fiel Baumann jetzt wieder auf, war ein großer, kantiger Mann mit kurz geschorenen Haaren und einer ernsten Miene. Er wirkte unerschütterlich inmitten des Chaos, das die amerikanische Botschaft umgab.

»Bobby Brown«, begrüßte ihn der Amerikaner und streckte Michael die Hand entgegen. »War ein langer Abend gestern im Mille Colline.«

Michael Baumann schüttelte die Hand und versuchte, seine Nervosität zu verbergen. »Ja, das war es. Danke für den Termin. Kann ich auch kurz den Botschafter treffen?«

»Das war die Idee hinter diesem Treffen«, antwortet Bobby Brown kurz und wortkarg.

Bobby Brown führte Michael Baumann durch die Sicherheitsschleusen der Botschaft, vorbei an schwer bewaffneten Wachposten und Stacheldrahtzäunen. Der Ort wirkte wie eine Festung. Sie erreichten schließlich das Büro des US-Botschafter Humphrey Brownshield.

Michael Baumann betrat als erster das schlicht eingerichtete Zimmer. Hinter dem Schreibtisch stand die amerikanische Flagge, während Brownshield, ein kleinwüchsiger Karrierediplomat mit randloser Brille, ruhig und

sachlich wirkte. Der Schreibtisch war ordentlich und aufgeräumt, ohne persönliche Gegenstände. Die Atmosphäre
im Raum war ernst, aber nicht angespannt.

Brownshield war ein älterer Herr mit grauem Haar und
einer ruhigen Ausstrahlung. Er reichte Michael freundlich
die Hand und bat ihn, Platz zu nehmen.

»Mr. Baumann, ich möchte Ihnen nochmals bestätigen,
was Bobby Ihnen bereits mitgeteilt hat«, begann Brownshield. »Die Rebellen um Laurent Kabila bereiten sich darauf vor, in wenigen Tagen Kinshasa zu erobern. Wir haben verlässliche Informationen, dass sie eine große Offen-
sive planen und dass die Regierungstruppen dem nicht
gewachsen sein werden.«

Michael Baumann spürte die Bedeutung des Moments.
Er war sich bewusst, dass hier Entscheidungen getroffen
und Strategien entwickelt wurden. Brownshield gab seine
Informationen und Einschätzungen klar und präzise weiter. Seine blauen Augen verrieten eine gewisse Erfahren-
heit und sein ruhiges Auftreten zeugte von seinem diplomatischen Geschick.

Michael Baumanns Herz begann schneller zu schlagen.
Er war als Korrespondent in diese Region gekommen, um
über den Konflikt im ehemaligen Zaire zu berichten, aber
diese klaren Neuigkeiten übertrafen seine kühnsten Ah-
nungen. Kinshasa, die Hauptstadt des Zaire oder Kongo,
wie Mulele sagen würde, würde fallen, und damit würden
sich die Machtverhältnisse in der gesamten Region dramatisch verschieben.

»Wie können Sie so sicher sein?«, fragte Michael
Baumann mit einem Anflug von Zweifeln.

Während des Gesprächs wurde deutlich, dass Brownshield die Lage im Kongo ernsthaft analysierte und die
bevorstehende Eroberung Kinshasas durchaus auch mit
Besorgnis betrachtete, selbst wenn Washington ganz offensichtlich genau dies zum Ziel gehabt hatte. Seine Wor-

te waren bedacht und vermittelten den Eindruck einer verantwortungsbewussten Vorgehensweise.

Deshalb schoss Baumann seine nächste Frage los. »Was wird mit den Menschen in Kinshasa passieren? Was wird mit dem Rest des Landes passieren?«

Brownshield seufzte und stützte die Hände auf seinem Schreibtisch ab. »Wir versuchen bereits, Rettungspläne für die amerikanischen Staatsbürger in Kinshasa auszuarbeiten. Die Lage ist äußerst prekär, und es wird nicht einfach sein, inmitten des Chaos ruhig zu handeln. Was den Rest des Landes betrifft, so fürchte ich, dass wir eine große Krise erleben werden. Die Rebellen haben bereits gezeigt, dass sie keine Gnade kennen. Wie lange sie brauchen werden, das Riesenreich Mobutus zu kontrollieren und dann in Ordnung zu bringen, keine Ahnung.«

Die Worte des Botschafters hallten in Michaels Ohren wider. Er hatte über viele Konflikte berichtet, aber dieser schien besonders grundsätzlich zu sein, weil so viele unterschiedlichen Interessen mitmischten. Er versuchte, seine Gefühle zu unterdrücken und seine Gedanken zu ordnen.

»Danke, Mr. Brownshield, Herr Botschafter«, sagte Michael Baumann mit fester Stimme. »Ich werde meine Berichterstattung zu intensivieren und versuchen, so viel wie möglich über die Situation vor Ort zu erfahren.« Der Botschafter nickte anerkennend. »Das ist das Beste, was Sie tun können, Herr Baumann. Berichten Sie. Wir werden tun, was wir können, um die Situation zu stabilisieren, aber wir müssen realistisch sein. Passen Sie auf sich auf.«

Michael Baumann erhob sich von seinem Stuhl und blickte auf die Karte des Kongo an der Wand. Die kommenden Tage würden von gefährlicher Unsicherheit geprägt sein. Er verabschiedete sich von Brownshield, nahm seinen Presseausweis und trat mit Bobby Brown wieder hinaus in die vergleichsweise sichere Welt von Kigali.

Während sie die Sicherheitsschleusen passierten, fühlte Michael Baumann einen Anflug von Entschlossenheit. Er würde seine Arbeit machen, er müsste nun so bald als möglich nach Kinshasa fliegen und dort sein, wenn die Rebellenarmee AFDL die Hauptstadt von Mobutu einnimmt.

Michael Baumann trat aus der US-Botschaft. Bobby Brown stand neben ihm, immer noch mit einem mysteriösen Lächeln auf den Lippen. Etwas in seinem Blick verriet dem Journalisten, dass diese Begegnung noch nicht vorbei war.

»Komm, Baumann«, sagte Bobby Brown und deutete auf einen weißen Geländewagen, der am Straßenrand stand. »Ich werde dich zum Flughafen bringen.«

Michael Baumann zögerte einen Moment, bevor er in das Auto stieg. Er wusste nicht, was er von Bobby Brown halten sollte, aber er konnte die Gelegenheit nicht verpassen, mehr über diesen Typen und die Hintergründe seines Hierseins zu erfahren.

Während der Fahrt herrschte Stille im Wagen. Michael Baumann betrachtete die vorbeiziehenden Straßen von Kigali und spürte die Anspannung zwischen ihnen. Es war, als würden sie sich auf einem gefährlichen Drahtseilakt aufeinander zu bewegen.

Schließlich konnte er die Stille nicht länger ertragen und brach das Schweigen. »Warum tust du das, Bobby? Warum hilfst du den Rebellen der AFDL?«

Bobby Brown blickte kurz zu ihm herüber, bevor er wieder konzentriert auf die Straße schaute. »Es ist kompliziert, Baumann. Es gibt mehr hinter den Kulissen als du dir vorstellen kannst. Die Situation im Kongo ist viel verworrener, als es den Anschein hat.«

»Und was ist Deine Rolle dabei?«, fragte Michael Baumann beharrlich.

Bobby Brown seufzte. »Ich habe meine Gründe, Baumann. Ich habe gesehen, was Mulele plant, welche Interessen im Spiel sind. Es geht um viel mehr als nur um den Kongo.«

»Du sprichst von Mulele als Terroristen, aber wie kann ich dir vertrauen? Du bist selbst ein Militärberater, wenn nicht gar Kämpfer für die AFDL-Rebellen«, konterte Michael Baumann.

Bobby Brown warf ihm einen ernsten Blick zu. »Ich habe Zugang zu Informationen, die du nicht hast, Baumann. Ich warne dich, halte dich von Mulele fern. Er ist gefährlicher, als du dir vorstellen kannst.«

Die Worte hallten in Michael Baumanns Kopf wider. Er war sich bewusst, dass er in eine gefährliche Situation geraten war, aber er konnte nicht einfach aufgeben. So eine ungeschminkte Drohung von einem amerikanischen Militärangehörigen machte alles nur noch interessanter.

Schließlich erreichten sie den Flughafen. Michael Baumann stieg aus dem Wagen, nahm seine kleine Reisetasche und wandte sich noch einmal an Bobby Brown. »Danke für die Fahrt, Bobby. Aber ich werde meine Aufgabe als Journalist fortsetzen.«

Bobby Brown nickte langsam und reichte Michael Baumann die Hand. »Sei vorsichtig, Baumann. Der Kongo ist ein gefährlicher Ort. Pass auf dich auf.«

Mit diesen Worten drehte Bobby Brown sich um und verschwand mit seinem Geländerwagen in den Straßen von Kigali. Michael Baumann schaute ihm einen Moment lang nach, bevor er sich entschloss, in den Flughafen zu gehen. Das war ein zwielichtiger Typ, dachte er über Bobby Brown. Ob er was mit der attraktiven Julie Gitenga hatte? Oder war sie nur einer seiner Kontakte zum Militär in Ruanda?

Bobby Brown war ihm nicht unsympathisch, aber dass er nur ein Berater sei, das nahm ihm Michael Baumann nicht ab. Er sah aus und benahm sich wie ein Soldat im Einsatz, kurz und knapp, ziemlich sportlich gebaut und immer unter Strom. Michael Baumann schwankte in seinem Urteil über Bobby Brown zwischen sympathisch und einem Typen, der nicht zu fassen war. Irgend etwas verheimlichte der US-Offizier. Warum war er nur so offen negativ gegenüber Mulele?

Aber Michael Baumann war sich sicher, dass er auf dem richtigen Weg war. Trotz der Warnungen würde er nicht schweigen. Jetzt musste er der nächsten Flug nach Nairobi erwischen. Und dann in ein paar Tagen, das stand für ihn fest, war er bereit, wieder in den Kongo zu reisen, und dieses Mal nach Kinshasa, in die Hauptstadt. Er wollte das Ende von Mobutu nicht versäumen.

KAPITEL FÜNF

DER STURZ DES LEOPARDEN

KINSHASA

Die Maschine der Ethiopian Airline setzte sanft auf der Landebahn des Flughafens Ndjili auf. Michael Baumann war gelandet und endlich in Kinshasa angekommen. Sein Ärger darüber, dass der Pilot den Film kurz vor dem Ende abgeschaltet hatte, war schnell verflogen. Die Passagiere begannen aus ihren Sitzen aufzustehen, und mit müden Augen und der Reisetasche über der Schulter gehörte Michael Baumann zu den Ersten, die das Flugzeug verließen. Es war bereits Abend, und das gedämpfte Licht des Sonnenuntergangs hüllte das Flugfeld der Hauptstadt des Zaire am mächtigen Kongofluss in eine warme, honiggoldene Atmosphäre.

Als der deutsche Afrika-Korrespondent den Flieger, eine imposante Boeing 777, verließ, forderte ein uniformierter Beamter vor der Treppe sofort seinen Pass. Michael Baumann verspürte eine Machtlosigkeit, als er seinen oft in solchen Ländern kostbarsten Besitz aus der Hand geben musste. Die feuchte Abendhitze des Kongobeckens hatte ihn fest im Griff und erinnerte ihn daran, dass er nun in einer völlig anderen Welt angekommen war, in der seine gewohnten Freiheiten stark eingeschränkt waren.

Die AFDL-Rebellen unter Laurent Kabila rückten auf die Stadt vor, während Mobutu, der jahrzehntelange Diktator des Zaire, krank aus Europa zurückgekehrt war. Es war offensichtlich, dass die Situation nicht mehr lange gutgehen konnte.

Nachdem Michael Baumann die Treppe hinabgestiegen war und wie die anderen Passagiere über das Flugfeld geschlendert war, betrat er den Flughafenterminal. Die Geräuschkulisse traf ihn wie eine brechende Welle. Menschen hetzten durcheinander, Koffer rollten scheppernd über den Boden, und das Echo von Gesprächen und Ankündigungen schallte aus den Lautsprechern und erfüllte die stickige Luft. Es herrschte ein hektisches Durcheinander von Stimmen und Geräuschen.

Michael Baumann kämpfte sich durch das Gedränge der Menschen und begab sich zu den Einreiseformalitäten. Es war ein Labyrinth aus Schaltern, Dokumenten und Stempeln. Hier musste er an diesem Schalter einen Dollar abgeben, dort einen Dollar. Ohne diese Zahlungen kam der Einreiseprozess nicht voran, und die menschlichen Hindernisse in Uniform waren nicht aus dem Weg zu räumen. Das war die harte Realität, die er längst akzeptiert hatte, um voranzukommen.

Endlich hatte er es geschafft. Nach gut einer Stunde hatte er die Einreiseformalitäten hinter sich gebracht, und Michael Baumann trat aus dem Terminal in die abendliche Luft von Kinshasa, mit seinem Paß in der Innentasche seines Jacketts. Der beißende Geruch von Abgasen und verrotteter Erde stieg in seine Nase. Die Stadt war ein brodelndes Chaos, voller Leben und Menschen, die in alle Richtungen strömten. Ein Gefühl der Aufregung und Überwältigung durchströmte Michael Baumann, denn er wusste, dass ihn hier etwas Besonderes erwartete.

Er suchte sich einen Taxifahrer aus der zweiten Reihe aus. Die aufdringlichen Fahrer, die sofort nach seinem Gepäck griffen und mit zahllosen Versprechungen lockten, waren in der Regel die schlimmsten Betrüger.

Kinshasa, dachte Baumann, während er schließlich in einem abgenutzten, aber dennoch gepflegten alten Peugeot Platz nahm. Kinshasa, die pulsierende Hauptstadt des Zaire, war ein brodelnder Schmelztiegel von Hoffnungen und Tragödien Afrikas. Hier verschwammen die Grenzen zwischen Chaos und Kreativität, insbesondere in der Musik und Malerei. Es war ein Schmelztiegel zwischen Armut und Überfluss, zwischen Brutalität und Lebensfreude.

Michael Baumann kannte Kinshasa von früheren Besuchen. Während der holprigen Fahrt im alten Peugeot, dessen Getriebe schon bessere Tage gesehen hatte und dessen Klimaanlage leider den Geist aufgegeben hatte, wie Alfons, der sympathische Fahrer, bedauernd mitteilte, schossen ihm Erinnerungen an diese Stadt durch den Kopf. Mit über 15 Millionen Menschen war sie wohl die größte urbane Ansammlung Afrikas, und trotz des Vormarschs einer feindlichen Armee schien sich seit seinem letzten Besuch hier kaum etwas verändert zu haben.

Der staubige feucht-warme Wind, der durch die Straßen zog, enthüllte die Widersprüche von Kinshasa. Majestätisch erhoben sich die Ruinen des Kolonialzeitalters, von der feuchten Luft jedoch angegriffen, neben den neonbeleuchteten Hochhäusern, die den Hauch der Moderne symbolisieren sollten, aber an deren Fassaden bereits Pilze von mehreren Metern Länge gediehen. »Unglaublich«, murmelte Baumann vor sich hin, als er erneut eines dieser Gewächse erblickte. Sofort erkundigte sich Alfons, ob alles in Ordnung sei.

»Ja, ja, Alfons, alles in Ordnung. Wie lange dauert es noch bis zum Hotel Memling?«

»Noch keine 20 Minuten«, lachte Alfons zurück und schaltete in einen höheren Gang, um Benzin zu sparen. Der Wagen ruckelte erneut. Die anderen Fahrzeuge überholten ihn sofort, schnitten ihn und hupten. Den muss ich mir für die nächsten Tage behalten, dachte Baumann, ruhig und zuverlässig.

Diesmal hatte er sich auf Empfehlung eines Kollegen vom deutschen Hörfunk im Memling einquartiert, obwohl es eigentlich nicht sein bevorzugtes Hotel war. Doch Kollege Frank Kluge hatte am Telefon deutlich gemacht, dass aus Sicherheitsgründen alle westlichen Journalisten im Memling absteigen sollten. Auch die Botschaften bevorzugten diese Unterkunft. Also ab ins Memling.

In den verfallenen Vierteln wie Maluku und Lemba kämpften die Menschen tagtäglich mit den schmerzhaften Erinnerungen an jahrzehntelange Unterdrückung und

Ausbeutung, erst durch die belgischen Kolonialherren und dann durch ihre eigenen Unterdrücker. Die Straßen von Kinshasa waren ein endloser Tanz der Gegensätze. Hier umhüllte die hypnotische Musik der lokalen Künstler die Umgebung, während Straßenhändler ihre Waren feilboten und farbenfrohe Stoffe im Wind flatterten. Diese Stadt war ein Schmelztiegel der Kulturen, in dem Lingala, Swahili und Französisch in einem chaotischen Crescendo verschmolzen.

Doch unter der fesselnden Oberfläche brodelte eine Welt voller Korruption und Unsicherheit. Die Schatten der Diktatur hingen bedrohlich über der Stadt, während bewaffnete Milizen und kriminelle Banden regelmäßig die Straßen durchstreiften. Inmitten dieses hektischen Treibens bewahrten die Menschen von Kinshasa eine bemerkenswerte Widerstandsfähigkeit. Sie trotzen den alltäglichen Widrigkeiten und fanden immer wieder Wege, um ihre Gemeinschaften zusammenzuhalten. Ihre Lebensfreude und ihre Hoffnung auf eine bessere Zukunft waren wie ein unerschütterlicher Funke, der niemals erlosch. Genau wie bei Alfons, dachte sich Michael Baumann und lächelte seinem Taxifahrer zu.

Ein breites, ehrliches Grinsen erwiderte ihm. Doch schon bald darauf wurde Alfons von einem lautstarken Hupkonzert aufgeschreckt. Er bog von der Hauptstraße ab und erreichte schließlich das zentral gelegene Hotel Memling.

Als Michael Baumann die Lobby betrat, empfing ihn ein Gewirr aus vielsprachigen Stimmen und geschäftigem Treiben der internationalen Pressekollegen. Journalisten unterschiedlicher Nationalitäten hasteten umher, Telefone klingelten ununterbrochen und Kameras wurden aufgebaut. Dies war also das pulsierende Herz des journalistischen Geschehens in Afrika für die kommenden Tage, wo Geschichten geboren und die Wahrheit gesucht wurden.

Baumann suchte sich einen Platz in der Lobby und beobachtete das hektische Geschehen. Eine Mischung aus Aufregung und Erschöpfung überkam ihn. Die Worte und Geräusche um ihn herum verschmolzen zu einem ununterscheidbaren Rauschen. Michael Baumann atmete tief ein und lächelte. Die Vorfreude stieg in ihm auf, wieder Teil davon zu sein, wenn ein Stück Weltgeschichte geschrieben wurde. Er begab er sich zur Rezeption, um einzuchecken.

»Verdammt, da bist du ja!« Frank Kluge, der Hörfunkkollege aus Nairobi, klopfte Baumann auf die Schulter. »War die Einreise problemlos?« fragte er sofort, nachdem sie sich zur Begrüßung kurz umarmt hatten.

»Alles verlief reibungslos. Diesmal haben sie mich nicht einmal nach meinem Laptop gefragt, also blieben mir die zusätzlichen Kosten erspart«, erwiderte Baumann.

»Wir treffen uns jeden Abend hier um 19:30 Uhr zum Essen. Du weißt, dass nachts eine Ausgangssperre herrscht?« fragte Frank Kluge etwas besorgt.

»Da bleibt noch genug Zeit für eine Dusche und eine Zigarette vorher«, antwortete Michael Baumann. Frank Kluge nickte zustimmend und warf einen Blick auf seine teure Armbanduhr. Kluge war ein großartiger Kollege, bereits etwas älter und kurz vor der Pensionierung, erinnerte sich Michael Baumann. Frank Kluge hatte ihn vor Jahren unter seine Fittiche genommen und war mit ihm mehrmals nach Mogadischu gereist, als Baumann 1992 mitten in der Somalia-Krise seine Stelle als Afrika-Korrespondent antrat. »Aber beeile dich lieber, dann triffst du gleich alle deutschen Kollegen auf einmal«, lächelte Frank Kluge verschmitzt.

Kluge wusste, dass Baumann ungern mit deutschen Zeitungskollegen zusammenarbeitete. Sie waren immer auf Konkurrenz aus, anstatt sich in diesen entlegenen Ländern gegenseitig zu unterstützen. Doch Baumann arbeitete schließlich für eine der großen überregionalen deutschen Zeitungen. Das erschwerte das Leben und Arbeiten seiner Kollegen. Er schrieb schnell und viel, und seine Artikel wurden oft sofort in seiner Zeitung veröffentlicht. Das setzte die Kollegen unter Druck, obwohl Baumann das nicht beabsichtigte. Aus diesem Grund reiste er oft allein oder schloss sich amerikanischen oder französischen Kollegen an, wenn es heikel wurde und es besser war, in einer Gruppe statt allein unterwegs zu sein.

Michael Baumann warf seine Sachen auf das französische Bett, als er sein Zimmer im dritten Stock betrat, und stürzte sich unter die Dusche. Ein Polohemd, Jeans, Socken und Schuhe - schon war er wieder mit nassen Haaren unterwegs nach unten. Der Aufzug benötigte eine Weile, um auf seine Etage zu gelangen. Doch die Belohnung war es wert.

»Hallo«, grüßte Baumann, als er in die Kabine stieg, in der bereits eine attraktive Frau stand.

»Hey, ich bin Patricia von CNN. Auch auf der Suche nach einer Zigarette?« fragte sie und richtete ihren Blick auf Baumanns linke Hand, in der er seine Schachtel mit den Suchtmitteln hielt.

»Ja, das könnte ich jetzt gebrauchen«, erwiderte Michael Baumann und betrat den Aufzug. Automatisch drückte er den Knopf für die Lobby.

»Bist du gerade erst angekommen? Warst du schon mal in Afrika?«, fragte die junge Frau, die offenbar alles auf einmal wissen wollte. Als nächstes würde sie wohl nach seinem Beziehungsstatus fragen. Im Moment hatte Baumann jedoch keine Lust zum Flirten. Doch dann wandte er seinen Blick noch einmal von der geschlossenen Aufzugtür zu ihr. Seine Stimmung änderte sich ziemlich schnell.

»Ich bin Michael, Afrika-Korrespondent einer großen deutschen Tageszeitung. Es freut mich, dich hier zu treffen«, sagte er und spürte eine leichte Erschütterung in dem Moment, als er die Worte aussprach. Die Aufzugtüren öffneten sich, und die CNN-Kollegin schritt voran. Baumann folgte ihr und konnte seinen Blick nicht abwenden. Sie war weder groß noch klein, sondern von zarter Statur, was ihre Anmut und Zartheit auf elegante Weise betonte. Ihre schlanken Knöchel verrieten eine gewisse Grazie. In ihren Jeans und einem T-Shirt einer bekannten Marke konnte Baumann ihre weiblichen Formen erahnen, die sie geschickt betonte, ohne dabei aufdringlich zu wirken. Ihr Gang, begleitet von den leichten Absätzen, hatte beinahe etwas Verführerisches.

Nachdem sie die Drehtür passiert hatten, steckte Patricia sofort eine Zigarette in den Mund. Baumann gab ihr Feuer, und gemeinsam standen sie schweigend an der Hotelmauer und blickten auf die kleine Seitenstraße. Dort warteten immer noch die Taxis, deren Fahrer auf eine letzte Geschäftsgelegenheit am Tag hofften.

»Wann beginnt die abendliche Ausgangssperre?«, fragte Michael Baumann seine Kollegin.

»Um 21 Uhr. Hast du noch Pläne?«, antwortete sie mit geheimnisvollen, dunklen Augen.

Baumann flüchtete schnell ins Professionelle, um sich zu retten.

»Ich werde gleich einen Fahrer für morgen reservieren. Treffen wir uns nach dem Abendessen an der Bar?«, fügte Baumann schließlich hinzu.

Patricia lachte. »Gerne, aber nicht vor 22 Uhr. Ich muss noch ein paar Dinge erledigen.«

Also ging Michael Baumann auf Alfons zu, den er unter den Taxifahrern entdeckt hatte, und vereinbarte einen Termin für den nächsten Morgen. Alfons strahlte vor Glück, offensichtlich froh, einen Job für die kommenden Tage ergattert zu haben. Baumann drückte seine Zigarette aus und begab sich zum Hotelrestaurant, wo er sich mit seinen deutschen Kollegen zum Abendessen treffen wollte.

Tatsächlich waren sie alle da und hatten sich artig an einem Tisch versammelt. Frank Kluge, der freundliche ältere Kollege vom Hörfunk, Hans Huber vom öffentlich-rechtlichen Fernsehen, Werner Schmidt, der im Auftrag großer Regionalzeitungen unterwegs war, sowie die beiden Schweizer Kollegen Uri vom Tagesspiegel, ein hoffnungsloser Optimist, und Berni Basler von der NZZ, ein pessimistischer Besserwisser, begrüßten Michael Baumann.

Das Restaurant füllte sich mit dem Klappern des Geschirrs, dem Murmeln der Gäste und dem gedämpften Lachen von anderen Tischen. Michael Baumann erkannte viele Gesichter an den umliegenden Tischen. Frank Kluge hatte mal wieder Recht behalten – es schien, als hätten sich alle westlichen Journalisten hier im Hotel Memling einquartiert.

Erschöpft ließ sich Baumann in seinen Stuhl sinken und wurde von einem freundlichen Augenzwinkern von Frank Kluge begrüßt. »Ah, Michael, du kommst gerade rechtzeitig für das Festmahl des Jahrhunderts. Mobutu wird endlich gestürzt, und wir sind dabei.« Hans Huber hob sofort sein Glas Rotwein und fügte mit spöttischem Ton hinzu: »Wir sollten alle anstoßen, um den Untergang des Regimes zu feiern.«

Michael Baumann bestellte sein Essen – es gab Grillhuhn mit Pommes – und sofort lachte Werner Schmidt laut auf und klopfte ihm auf die Schulter. »Na, Baumann, hast du schon den nächsten Knüller für deine Zeitung in petto?« Die Kollegen waren immer so. Baumann zwinkerte ihm zu und erwiderte: »Ach, Werner, du weißt doch, heute Abend bin ich nur hier, um das Schauspiel zu genießen. Ich überlasse euch die Schlagzeilen.«

Nur die beiden Schweizer Kollegen, Uri und Berni, saßen etwas abseits und tauschten leise Worte aus. Sie hatten die Köpfe zusammengesteckt und führten ein ruhiges Gespräch. Uri schaute mit einem breiten Grinsen auf und sagte: »Ich sage Euch, meine Freunde, dies ist der Beginn einer neuen Ära für den Kongo.« Berni Basler verdrehte die Augen und nahm einen skeptischen Schluck von seinem Bier. »Uri, Uri, immer dieser Optimismus. Du wirst noch enttäuscht werden. Die korrupten Eliten werden einfach ausgetauscht, und das Spiel geht weiter.«

Baumann aß sein Essen, diese Gespräche brachten ihn nicht wirklich weiter. Er war froh, dass er für morgen bereits eine Fahrt durch die Stadt mit Alfons gebucht hatte. Nach einer schnellen Verdauungszigarette vor dem Hotel begab er sich erwartungsvoll in die Bar im ersten Stock.

Als er die Bar betrat, erblickte er Patricia sofort. Sie saß dort, umgeben von gedämpftem Licht, und ihre goldfarbene Haut schimmerte. Ihr kastanienbraunes Haar war mit einem Seitenscheitel gebändigt und wellte sich bis über ihre Schultern.

Doch sie war nicht allein. Offenbar standen zwei Kollegen neben ihr an der Bar. Baumann beschloss daher, den Tag für sich abzuschließen. Das Essen hatte ihn müde gemacht. Er ging nur kurz zur Bar, um sich zu verabschieden. Doch gerade als er das tun wollte, stand Patricia auf, gab ihm einen kleinen Begrüßungskuss auf die linke Wange und fragte direkt: »Kann ich morgen früh mit dir mitfahren? Ich möchte die Atmosphäre der Stadt wieder aufsaugen. Es ist schon lange her.«

»Gerne«, antwortete Baumann und erwiderte den Kuss auf ihre rechte Wange. Er nickte den beiden jungen Männern neben Patricia nur kurz zu. Sie roch auch noch gut. Dann verabschiedete er sich.

Endlich im Zimmer angekommen, fiel Baumann wie ein Stein auf sein Bett. Was würden die nächsten Tage wohl bringen? Das Brummen der Klimaanlage war die einzige nichts-sagende Antwort. Würde es einen blutigen

Kampf um Kinshasa geben? Oder würde Mobutu das Land verlassen?

Baumann drehte sich auf die rechte Seite und schaltete das Licht aus. Wie würde es mit den Rebellen in der Stadt weitergehen? Was könnte er morgen in Erfahrung bringen? Wer hatte Informationen und würde mit ihm sprechen? Und vor allem, wie könnte er seine Geschichten von hier aus nach München bringen?

Während Michael Baumann langsam seine Pläne für den nächsten Tag schärfte, tauchte immer wieder das lebhafte Bild von Patricia in seinen Gedanken auf. Sie war leider genau sein Typ, mit ihren dunklen Haaren und ihrem aufmerksamen Gesicht. Nicht hier, nicht jetzt, ermahnte er sich immer wieder selbst. Er musste auch bald seine Frau anrufen. Doch schließlich gab er seinem schlechten Gewissen nach und schlief ein.

EINE DIKTATUR FÄLLT

Vor dem Hotel Memling in der Avenue de Tschad versammelte sich eine illustre Schar prominenter Persönlichkeiten. Unter ihnen befand sich Peter Arnett, der renommierte Kriegsreporter von CNN, der unmittelbar vor dem Eingang des Hotels stand. Während des Irak-Kriegs hatte er weltweite Bekanntheit erlangt. Seine schusssichere Weste war ein markantes Symbol für seinen gefährlichen Beruf. Vor laufender Kamera lieferte er packende Berichte über die aktuellen Ereignisse in der von Kriegswirren erschütterten Stadt. Diese eindrucksvollen Bilder wurden von Menschen auf der ganzen Welt verfolgt, und die Spannung war förmlich greifbar.

Mit leicht verächtlicher Miene zündete Michael Baumann seine Frühstückszigarette an und beobachtete das Schauspiel. Es kursierten Gerüchte, dass Peter Arnett bald von Christiane Amanpour abgelöst werden sollte, einer ebenso furchtlosen CNN-Journalistin, die jetzt in der Pfingstwoche die Berichterstattung übernehmen würde. Das hatten ihm seine deutschen Kollegen gestern beim Abendessen erzählt. Sie berichteten auch, dass die Berühmtheiten von CNN das Hotel nie verließen. Sie hatten ihre eigene Schar von Helfern und Informanten, die sie unterstützten und mit wertvollen Informationen versorgten. Sie selbst hielten sich möglichst in sicherem Abstand zum gefährlichen Geschehen.

Inmitten dieses aufgeregten Treibens, das den Sturz des langjährigen Diktators Mobutu herbeisehnte, sah Michael Baumann auch Patricia, die italienischstämmige »Nachrichtenbeschafferin«, die er kennengelernt hatte. Sie hatten eine Verabredung, um gemeinsam mit seinem Taxi in die pulsierenden Arterien der belagerten Stadt vorzudringen. Baumann, allein mit seinen Gedanken, hatte keine Ahnung, ob dies ein waghalsiges Unterfangen war, bei dem sie sich unmittelbar dem Risiko aussetzten. Doch sie waren beide bereit, den Streifzug zu unternehmen, um Stories, Geschichten und Schicksale zu finden, die die Wirklichkeit für ihre Leser beziehungsweise Zuschauer nachvollziehbar und erlebbar machen würden.

An der Straßenecke entdeckte Michael Baumann seinen Taxifahrer Alfons. Der Kongolese war ein hagerer Mann mittleren Alters, dessen ausgemergeltes Gesicht von den Strapazen des Lebens in Kinshasa gezeichnet war. Das fiel Baumann erst heute auf. Obwohl Alfons` Augen tief in den Höhlen lagen, strahlten sie einen unbeugsamen Willen aus. Alfons winkte, während Baumann sich näherte. Seine dunklen Locken hatten längst graue Strähnen und sein schütterer Schnurrbart konnte seinen dünnen Lippen kaum genug Fülle verleihen. In seinem abgenutzten Hemd und den ausgeblichenen Hosen wirkte er wie ein Schatten.

Plötzlich zupfte Patricia Baumann am rechten Ärmel. »Bin schon da, wollen wir los?«, fragte sie. Die junge Frau schien voller Energie und Unternehmungslust zu sein und hakte sich gleich bei Baumann unter den Arm. Er reagierte überrascht und ein wenig steif. »Entschuldigung, ist das zu nah?«, fragte sie und lachte laut, während ihre Lachfalten sichtbar wurden.

Alfons lächelte, als er Patricia die Wagentür öffnete. Er zwinkerte Baumann zu und flüsterte deutlich hörbar: »Guter Geschmack.« Baumann musste sich die Wagentür selbst öffnen.

»Wohin soll ich fahren?«, fragte Alfons schließlich. Baumann schaute auf das künstliche, hektische Treiben der Fernsehjournalisten vor dem Hotel und schüttelte den Kopf. »Komm, zeig uns dein Kinshasa. Wir haben Zeit bis nachmittags«, verkündete Patricia aufgeregt. Michael Baumann warf einen Blick auf die hinteren Rücksitze und konnte ein zufriedenes Lächeln auf ihrem Gesicht erkennen. »Ja, eine großartige Idee. Lass uns erleben und verstehen, wie sich eine Stadt während einer Belagerung verhält«, antwortete er mit einer Mischung aus Neugierde und Entschlossenheit. Patricia ließ eine kurze Pause verstreichen und fügte dann mit geheimnisvollem Unterton hinzu: »Übrigens, heute Abend habe ich noch eine Überraschung für dich.«

Alfons startete den Motor und der Wagen setzte sich in Bewegung. »Ihr wisst, heute wurde 'ville morte', die 'tote Stadt', ausgerufen«, begann er mit ernster Stimme. »Wir alle wollen, dass Mobutu und sein Clan sich verpissen und von alleine aus dem Kongo verschwinden. Keine Kämpfe, das ist unser Ziel.« Alfons fuhr los, und schon nach einem Häuserblock auf der ersten Avenue wurde Michael Baumann und Patricia klar, was es bedeutete, in einer toten Stadt zu sein.

Jeder schien der Parole zu folgen, sei es aus Angst, Überzeugung oder einfach nur, weil alle anderen es taten. Über 15 Millionen Menschen harrten in ihren Häusern aus, und die einst pulsierenden und lebendigen Straßen waren nun verstummt.

Kein Hupen, Schubsen, Rufen, Schreien oder Kreischen drang mehr durch die engen, einst geteerten und nun zerfurchten Gassen rund um den prächtigen Grand Marché. Die einst belebten Verkaufsstände waren vernagelt, und eine gespenstische Stille lag über der Innenstadt. Eine gähnende Leere breitete sich auf den Boulevards aus, auf denen lediglich das Brummen der Kühlaggregate in den verschlossenen Supermärkten und das Summen der Klimaanlagen in den verriegelten Bürogebäuden zu hören waren.

Gelegentlich konnte Michael Baumann einige Straßenkinder sehen, während ein einsamer Wachmann vor einem vermeintlich bedeutenden Anwesen wachsam stand. Baumann kritzelte in sein Notizbuch und schaute wieder gebannt auf Straßen und Häuser. Einige Neugierige verbrachten den Tag auf ihren Balkonen und ließen ihren Blick über die regungslose Szenerie schweifen. Zwei Geländewagen kamen ihnen entgegen. Eine Kolonne ausländischer Journalisten durchquerte in eiligem Tempo die verlassenen Straßen, auf der Suche nach Geschichten, die sich in den stummen Mauern irgendwo versteckten.

»Michael?«, flüsterte Patricia und spürte eine leichte Nervosität. Als Alfons den Peugeot in einer schmutzigen Seitenstraße stoppte, verließ er das Auto mit knappen Worten: »Ich bin gleich zurück. Möchtet Ihr etwas zu trinken?« Patricia und Michael Baumann nickten und warteten auf ihn.

Kaum war Alfons aus dem Auto ausgestiegen, lehnte sich Patricia nach vorne. Die Spannung in der Luft war spürbar. Ihre Worte hatten etwas Geheimnisvolles an sich: »Willst du heute Nacht mitkommen? Ich treffe einen Informanten, der nicht ins Hotel kommen kann - und er möchte mich auch nicht in der US-Botschaft treffen.«

Michael Baumann schaute ihr tief in die Augen. War sie nur hübsch oder vielleicht auch gerissen? Wollte sie ihn ködern oder war das ein Angebot, damit sie während der nächtlichen Ausgangssperre nicht allein unterwegs sein musste? Seine Neugierde war geweckt.

»Wo? Und wie kommen wir dahin?«, fragte Michael Baumann gespannt, während er auf ihre Antwort wartete.

»Wir nehmen ein CNN-Auto. Wir haben zwei Sondergenehmigungen. Das ist weniger riskant«, erklärte Patricia. »Und um es gleich klarzustellen, ich möchte meinen CIA-Kontakt treffen. Ich kenne ihn noch aus meiner Zeit in Atlanta in der Zentrale. Er hat mich heute Morgen angerufen und meinte, es sei wichtig.«

Baumann fand die Geschichte etwas skurril. »Willst du, dass ich dich als Begleitschutz begleite oder wie?«

»Als Begleitschutz und weil du kein Amerikaner bist, um es offen zu sagen. Mein Freund meinte, ein anderer Journalist wäre okay«, erklärte Patricia.

Baumann nickte. Das klang gut überlegt. »Deal«, antwortete er und spürte, wie sich das Abenteuer vor ihm entfaltete.

Alfons kam zurück, setzte sich auf den Sitz und präsentierte stolz zwei gekühlte Dosen Cola. »Hier sind sie!«, verkündete er triumphierend.

»Hast du auch etwas für dich mitgenommen? Dafür hatte ich dir Geld gegeben«, sagte Baumann vorwurfsvoll zu Alfons.

Alfons raschelte mit einer Plastiktüte, zog sie unter seinem T-Shirt hervor und präsentierte stolz zwei Päckchen Hirsemehl, verschiedenes Grünzeug und ein Hühnerbein. »Ich habe mir erlaubt, ein Festessen für meine Familie zu besorgen«, verkündete Alfons stolz.

Zuvor hatte er bereits erzählt, dass er vier Kinder hatte, die mit seiner Frau voller Angst in der Vorstadt auf ihn warteten. »Keine einfache Zeit, eine Familie zu versorgen«, seufzte Alfons. Er startete den Wagen, und sie fuhren zurück in Richtung Hotel Memling.

Die einstige Hauptstadt lag erstarrt und bewegungslos da, der Puls war erloschen. Kinshasa schien klinisch tot, gefangen in den Klauen des Bürgerkriegs. Hier konnte man hautnah miterleben, wie es ist, wenn in einer verwundeten Stadt eines gestürzten Diktators die Stille vor dem erwarteten Sturm der Sieger herrscht - einem Sturm, der niemals kommt, dachte sich Michael Baumann. Er würde noch heute eine Reportage darüber schreiben.

Kurz vor ihrer Ankunft im Hotel hielt Michael Baumann Ausschau. André war auch nicht gekommen. Normalerweise saß der alte Mann jeden Tag in einer Seitenstraße des Boulevards du 30 June, der Hauptader Kinshasas. Baumann hatte ihn gestern bei seinem Rundgang entdeckt und angesprochen.

In den frühen Morgenstunden stellte André seinen wackeligen Holztisch auf, nahm auf dem instabilen Schemel Platz, den Rücken gegen die Wand gelehnt, und begann seine mühselige Arbeit. Mit einer abgenutzten Lupe vor dem Auge, einer verrosteten Rundzange und einem Stückchen Draht in den Händen reparierte er Uhren. Doch an diesem Tag fehlte er. Denn die Zeit lief ab für Kinshasa, die Hauptstadt von Zaire.

Michael Baumann verfasste im Hotel seine Reportage über die belagerte Stadt. Das Schreiben war das eine, aber nun kam der viel spannendere Teil: Wie sollte er die Story nach München schicken? Alle Kollegen hatten ihm gesagt, dass es nahezu unmöglich war, eine Telefonleitung aus dem Hotel nach Deutschland zu bekommen. Und selbst wenn es möglich wäre, würde es Hunderte von Dollar kosten, um die Geschichte durchzugeben. Doch nur einen Häuserblock entfernt gab es angeblich einen Libanesen, der einen »Kommunikationsladen« betrieb. Von dort aus könnte er schneller, einfacher und viel billiger kommunizieren.

Also entschied sich Michael Baumann, den Libanesen aufzusuchen. Er klopfte rhythmisch drei Mal an das halb heruntergelassene Blechrollo, duckte sich und betrat den dunklen Raum. Ein Ventilator surrte leise. Der kleine Raum war vollgestopft mit alten PCs, und aus den vielen Dosen an der Wand ragten Kabel heraus. Der etwas ungepflegte Libanese in Jeans und Jeanshemd, namens Charbel, begrüßte Michael Baumann sofort mit einem festen Händedruck. »Wohin, wie viel?«, fragte er ohne Umschweife. Das gefiel Baumann. Schnell einigten sie sich auf den Minutenpreis von 1 Dollar 20 Cent, und Baumann schaltete seinen Laptop ein und schloss den Telefonkoppler an. Charbel legte einen Telefonhörer neben ihn. »Ich wähle die Nummer auf dem Zettel, dann warten wir kurz.

Ich lege wieder auf, dann erfolgt ein Rückruf. Auf mein Zeichen legst du den Hörer auf deinen Koppler, verstanden?«

Es klang kompliziert, war es letztlich aber nicht. Als die Reportage mit quietschenden und knackenden Geräuschen durch die Leitung gepresst wurde, erklärte Charbel während sie gemeinsam eine Zigarette rauchten, dass er ein amerikanisches Call-back-System verwendete. »Deshalb habe ich gute Preise«, verkündete er stolz, während der Ventilator bei seinem nächsten Schwenk die Asche von seiner Zigarette mitten ins Gesicht von Baumann blies.

Baumann, einmal im Hotel zurück, war befriedigt. Gute Story, er hatte kurz noch mit Roberto della Noce in München telefoniert. Der war froh, was Aktuelles aus Kinshasa präsentieren zu können. Also Abendessen mit den deutsche Kollegen, dann Wacht am offenen Fenster des eigenen Zimmers. Es senkte sich eine weitere Nacht über Kinshasa, und mit der Dunkelheit kam die Ausgangssperre.

Die Straßen waren leer und düster, nur das gedämpfte Geräusch von entfernten Schritten war zu hören. Allein im Hotel Memling unten in der Lobby herrschte weiterhin geschäftiges Treiben. Die Reporter, Journalisten und Kameraleute arbeiteten unermüdlich, um die neuesten Informationen und Bilder an ihre Sender zu schicken.

In einem anderen Zimmer des Hotels saß Patricia konzentriert an ihrem Laptop. Sie hatte eine Fülle von Informationen gesammelt und versuchte verzweifelt, die Puzzleteile zusammenzufügen, um ein umfassendes Bild der Situation zu erhalten. Ihre Augen wanderten zur Uhr, und ein Seufzer entkam ihren Lippen. Die Nacht war bereits weit fortgeschritten, und sie wusste, dass es bald an der Zeit war, das Hotel zu verlassen und sich in die nicht ungefährlichen Straßen zu begeben, um weitere Informationen zu beschaffen.

Plötzlich erklang ein Klopfen an ihrer Tür, und Michael Baumann betrat ihr Zimmer. »Es ist an der Zeit«, sagte Baumann mit einer ernsten Stimme. »Wir müssen wieder hinaus, Patricia. Die Welt wartet auf uns.« Patricia ignorierte seine spöttische Bemerkung und nickte zustimmend. Sie stand auf, griff nach ihrer Ausrüstung und folgte Michael Baumann zur Tür. Sie wussten, dass es ein riskantes Unterfangen war, das sie wagten. Gemeinsam traten sie hinaus.

Michael Baumann und Patricia saßen im weißen Geländewagen von CNN. Die Klimaanlage lief auf Hochtouren, während aus dem Radio Lingalamusik erklang. Sie fuhren durch die verlassenen Straßen von Kinshasa. Der Mond stand hoch am Himmel, und die Stadt wirkte wie ausgestorben.

Die Ausgangssperre hatte ihre Wirkung gezeigt, die Menschen waren in ihren Häusern gefangen. Patricia blickte aus dem Fenster und seufzte. »Es ist wirklich unheimlich hier.« Michael Baumann stimmte ihr zu und warf einen Blick auf seine Armbanduhr. »Es ist surreal, diese Stadt so ruhig und verlassen zu sehen.«

Der Wagen passierte verlassene Geschäfte und leere Plätze. Die Straßen waren mit Müll bedeckt, und die einst belebten Märkte waren verwaist. Die Stille drückte auf sie wie eine Last.

Schließlich brachte der Fahrer den Wagen vor einem verlassenen Gebäude zum Stehen. Patricia bat ihn, dort auf sie zu warten. Sie stiegen aus, betraten das Gebäude und schritten durch die verwaisten Flure. Eine beklemmende Atmosphäre lag in der Luft, der Klang ihrer eigenen Schritte hallte durch die Stille wider.

Als sie den letzten Raum im Korridor erreichten, in dem sie auf den Informanten warteten, nahmen sie an einem staubigen Tisch Platz und blickten sich gegenseitig an. Die Spannung war greifbar.

»Es ist seltsam«, begann Patricia und strich sich eine Haarsträhne aus dem Gesicht. »Noch vor wenigen Tagen war hier reges Treiben. Menschen, Lärm und geschäftige Aktivitäten. Dieses Unternehmen diente als Tarnung für die Agency. Aber heute ist alles so still. Es ist beinahe beängstigend.«

Michael Baumann nickte zustimmend. Er wandte seinen Blick aus dem Fenster auf die verlassene Straße und beobachtete den Fahrer, der neben dem Wagen stand. »Ja, es ist ungewöhnlich. Aber das bedeutet auch, dass wir uns unbemerkt bewegen können. Offenbar gibt es keine Patrouillen.«

Sie warteten, anfangs geduldig, doch mit jeder Minute stieg ihre Anspannung. Beiden war klar, worum es hier ging. Wann würde der Rebellenangriff erfolgen? Wie würde Mobutu und seine verbliebene Armee reagieren?

Endlich öffnete sich die Tür, und der Informant betrat den Raum. Sein Erscheinungsbild entsprach so gar nicht Michaels Vorstellung von einem CIA-Agenten im Einsatz im Kongo. Er wirkte nervös und ängstlich, eher schmächtig. Schweißflecken waren unter seinen Achseln sehr deutlich zu sehen.

Nach einer kurzen Begrüßung und Vorstellung legte der Mann namens Chris zwei kopierte Blätter auf den Tisch und sprach: »Das ist unsere Zusammenfassung für Langley. Die Rebellen werden am Sonntag eindringen. Mobutu wird das Land bereits Morgen, am Samstag, verlassen. Aber Laurent Kabila, der neue Präsident, wird erst in gut einer Woche hier eintreffen. Er hat Angst vor möglichen Komplikationen und bleibt daher bis dahin in Lubumbashi. Bitte keine Fragen. Viel Glück.«

Chris oder wie auch immer sein wirklicher Name lautete, verschwand genauso schnell, wie er gekommen war. Patricia und Michael Baumann blickten sich fragend an. War das alles? Was sollten sie mit diesen Informationen anfangen? Schließlich brach Michael das Schweigen.

»Jetzt wissen wir Bescheid. Noch zwei Tage. Morgen sollten wir uns erkundigen, wie wir hier im Notfall entkommen können. Du wirst weiterarbeiten müssen, aber über das Pfingstwochenende kann ich nichts veröffentlichen. Erst am Montag für die Dienstagsausgabe.« Seine Worte hallten durch den halbdunklen Raum.

Auch Patricia erhob sich. Gemeinsam verließen sie das Gebäude und kehrten in die Stille der verlassenen Straßen zurück. Michael und Patricia stiegen in das weiße CNN-Fahrzeug und ließen sich durch die leere Stadt zurück zum Hotel fahren.

DIE ANGST DER DIPLOMATEN

Michael Baumann hatte eine unruhige Nacht hinter sich und trat am nächsten Morgen erneut vor das Hotel Memling. Sein Schlaf war schlecht gewesen, und er fühlte sich müde. Die Ereignisse der letzten Tage hatten ihre Spuren hinterlassen, und seine Gedanken kreisten unentwegt um die bedrohliche Situation in Kinshasa.

Nach einem kurzen Frühstück, bei dem er Unmengen an Kaffee trank, verspürte er das Verlangen nach einer Zigarette. Sein Puls raste, als er die raue Schachtel herauszog und sich eine Zigarette anzündete. Der Rauch füllte seine Lungen, und für einen Moment schien es, als könne er die Anspannung und Sorgen davon verfliegen lassen. Doch schnell kehrte die Realität zurück, und er war sich bewusst, dass er keine Zeit hatte, sich in Gedanken zu verlieren.

Anschließend plante er, verschiedene Botschafter-Residenzen aufzusuchen, um von den westlichen Diplomaten ihre Einschätzung der Lage zu erfahren und sich auf mögliche Szenarien vorzubereiten. Vielleicht hatten die Deutschen einen Plan, wie sie die Menschen im Ernstfall in Sicherheit bringen konnten? Doch Michael Baumann hegte Zweifel. Die Unsicherheit und die sich ständig ändernde Dynamik der Situation ließen ihn zweifeln, ob es überhaupt einen sicheren Plan gab.

Mit einer Sache hatte er heute Morgen bereits Recht behalten: Patricia musste arbeiten. In diesem Moment dröhnte die sonore Stimme von Frank Kluge überraschend in sein Ohr: »Hast du eine für mich?« Kluge, der Hörfunkjournalist, wollte mitkommen, nachdem er von Baumanns Vorhaben erfahren hatte.

Auch Alfons war begeistert. »Die Residenzen der westlichen Botschafter in Kinshasa befinden sich größtenteils im Stadtteil Gombe«, verkündete er. Gombe war ein zentraler Bezirk von Kinshasa, bekannt für seine schönen Wohngegenden und seine Nähe zu Regierungsgebäuden, dem Geschäfts- und Finanzviertel der Stadt. »Nur eine kurze Fahrt.« Mit guter Laune frotzelte Alfons: »Dort residieren die Reichen und Schönen.« Baumann freute sich, dass der Kongolese endlich offener und selbstbewusster wurde.

Das Tor der deutschen Botschaftsresidenz war ein unüberwindbares Hindernis. Die Türen blieben ihnen eisern verschlossen, und ein mürrischer Wachmann, der jegliche Wärme und Empathie vermissen ließ, machte den beiden deutschen Journalisten unmissverständlich klar: »Keine Evakuierung für sie. Nur für den Herrn Botschafter und sein Team.«

Michael Baumann schüttelte frustriert den Kopf. »Es beruhigt mich zu wissen, dass der Herr Botschafter noch hier ist.« Er reichte dem Wachmann seine Visitenkarte, und kaum hatte dieser einen Kollegen in die Residenz geschickt, kehrte er rasch zurück. »Der Herr Botschafter lässt bitten.«

»Endlich«, flüsterte Michael Baumann leise vor sich hin. Weder er noch Franz Kluge wurden auch nur durchsucht. Offenbar war der Name der Zeitung wichtig genug, um ihre Sicherheitseinstufung zu erhöhen. Sie wurden auf die überdachte Gartenterrasse geführt. Im Hintergrund floss der Kongofluss, nur 100 Meter entfernt, mit der Geschwindigkeit eines Rennradfahrers in Richtung Meer. Auf den Liegeplätzen aus Holz lagen zwei graue Militärschlauchboote mit jeweils zwei gewaltigen Außenbordmotoren. Auf der gegenüberliegenden Flussseite befand sich bereits Kongo-Brazzaville.

Dietrich von Schallenberg, der deutsche Botschafter in Kinshasa, erhob sich nervös aus einem der großzügigen Korbsessel, gekleidet in einen hellblauen Leinenanzug. »Herr Baumann, Herr Kluge, ich wusste nicht, dass Sie beide noch im Land sind. Das ist nicht ungefährlich.«

Beide Männer reichten ihm höflich die Hand, bevor sie Platz nahmen. Von Schallenberg fragte, während er sich setzte: »Eine Zitronenlimonade für Sie?« Beide nahmen dankend an. Die Luft war so feucht, dass ein weiterer Grad an Luftfeuchtigkeit einen Regenschauer auslösen könnte. Mehrere Stand-Ventilatoren auf der Terrasse kämpften gegen die Hitze an. Die Limonade wurde von Ortskräften serviert und war herrlich kühl und erfrischend säuerlich.

Von Schallenberg entsprach genau der Beschreibung, die Philip Bender, Baumanns Kontakt beim BND in Nairobi, gegeben hatte. Kurz gesagt, er war ein konservativer Schwätzer, der klare Aussagen wie Brei umging. Was er von Mobutu hielt oder ob Kabila der neue Präsident des Landes werden würde? Seine Antworten waren nur Blabla von »Selbstbestimmung der Völker« und »im Rahmen der UN-Charta«. »Wir Deutsche sollten uns nicht in die inneren Angelegenheiten anderer Länder einmischen.« Nur wenn es um seinen Anti-Amerikanismus ging, »die haben uns diese Suppe eingebrockt«, gepaart mit anti-kapitalistischen Einwürfen gegen »neoliberal missverstandene Freiheiten für Konzerne«, war von Schallenberg unerschütterlich.

Es gab keine Pläne, deutsche Staatsbürger notfalls aus der Stadt und außer Landes zu bringen. »Die Boote hier sind ausschließlich für mich und das deutsche Botschaftspersonal vorgesehen«, fügte er hinzu. Mit einer gewissen Verbitterung in der Stimme setzte er fort: »Natürlich haben wir schon lange keine Sicherheitsübung mehr durchgeführt, daher springen die Motoren derzeit nicht an.«

Baumann dachte bei sich: Ich liebe mein Vaterland. Endlich konnten er und Frank Kluge sich von diesem in Not geratenen Botschafter verabschieden. Doch zu diesem Zeitpunkt hatten sie noch keine Ahnung, dass der Botschafter und sein enger Kreis sich nur Stunden später mit den Schlauchbooten auf die andere Flussseite nach Brazzaville in Sicherheit bringen lassen würden.

»Was für ein Idiot«, sagte Kluge, kaum dass sie das Tor hinter sich gelassen hatten und Alfons den Motor und damit die Klimaanlage des Autos startete.

Sie begaben sich zur ruhig gelegenen britischen Botschaftsresidenz, die von einem großen Garten umgeben war. Die Atmosphäre dort war äußerst kühl und distanziert, britisch eben. Die Wachleute, mit abweisendem Blick, schienen kaum bereit, ihnen Gehör zu schenken. Die mürrischen Worte, die sie murmelten - »Keine Informationen. Gehen Sie bitte weiter« - bestätigten das Gefühl der Ablehnung.

Vor dem Gebäude prangten ein Jaguar und mehrere Range Rover, Statussymbole, die selbst in diesen turbulenten Zeiten im Dienst Ihrer Majestät unverzichtbar waren. Baumann konnte sich ein verächtliches Schnauben nicht verkneifen, als er diese Wagen sah.

Mit frustriertem Seufzen flüsterte er seinem Kollegen Kluge zu: »Die Briten zeigen wenig Bereitschaft, sich um uns zu kümmern. Wo ist nur das europäische Zusammengehörigkeitsgefühl geblieben?« Die Enttäuschung schwang deutlich in seiner Stimme mit.

Schließlich erreichten sie das majestätische Anwesen der US-Residenz, wo ihnen ein entschlossener Mitarbeiter mit einem steinernen Gesicht erklärte: »Nur amerikanische Staatsbürger haben Anspruch auf unsere Unterstützung. Alle anderen sollten sich anderswo umsehen.«

Michael Baumann verspürte eine Mischung aus Enttäuschung und Verärgerung. »Typisch amerikanisch, immer sich selbst an erster Stelle zu setzen. Ich fürchte, wir müssen uns im Ernstfall selbst um einen Ausweg bemühen.«

Franz Kluge nickte zustimmend. »Lass uns noch zur französischen Botschaft fahren. Dann haben wir alle wichtigen Akteure befragt.«

Vor der französischen Botschaftsresidenz wurden sie herzlich von einem Offizier begrüßt: «Bonjour, comment puis-je vous aider?« Sie gaben an, deutsche Journalisten zu sein, aber der Fallschirmjäger ließ sie gar nicht erst weiterreden. »Sie wohnen im Hotel Memling? Gut. Der Botschafter gibt keine Interviews mehr, aber wir haben Evakuierungspläne für alle, die sich registrieren lassen. Das gilt auch für internationale Journalisten. Bitte füllen Sie diese Formulare aus.«

Michael Baumann atmete erleichtert auf und nahm die Formulare entgegen. Sein Blick zeugte von Dankbarkeit. Ehrlicherweise keimte in ihm wieder ein Funken Hoffnung auf. Vielleicht würden die Franzosen ihnen tatsächlich helfen können, diesem chaotischen Albtraum zu entkommen. Inmitten der Unsicherheit waren die Afrika-erfahrenden Franzosen wieder einmal ein kleiner Lichtblick.

DIE ZEIT DANACH

Mit dem bevorstehenden Pfingstwochenende breitete sich eine Atmosphäre der beklemmenden Erwartung über der Stadt aus. Die Luft war stickig und drückend, als ob sie die drohende Gefahr förmlich spüren konnte. Die Kommunikationswege waren zusammengebrochen, und selbst die örtlichen Handynetze versagten ihren Dienst. Die internationalen Journalisten, die im Hotel Memling gestrandet waren, wurden immer nervöser und aufgeregter.

Die Verbindung zur Außenwelt und den Zentralredaktionen war nur noch über teure Satellitentelefone möglich. Doch diese waren den wohlhabenden Fernsehanstalten vorbehalten. Trotzdem gab es einen kleinen Funken Hoffnung. Michael Baumann schlich sich zu Charbels libanesischem »Kommunikationsshop«. Zu seinem Glück funktionierten dessen Telefone noch. Mit zitternder Hand wählte Baumann die Nummer seiner Frau in Nairobi.

»Alles ist in Ordnung, alles ist ruhig«, versicherte er ihr mit einer Stimme, die vor Nervosität bebte. Doch seine eigenen Worte erschienen ihm hohl und leer. Die Fassade der Normalität begann zu bröckeln, und selbst in seinen Versicherungen schwang die Unsicherheit mit. Ein unangenehmes Gefühl der Leere breitete sich in Baumanns Magen aus. Er spürte, dass etwas Bedrohliches in der Luft lag.

Vor allem lag alles jenseits seiner Kontrolle, gestand er sich ein, als er den dunklen Häuserblock zurück ins Hotel Memling hastete. Die Gewissheit von Sicherheit wurde mit jedem Moment schwächer. Baumann drehte sich auffällig häufig um, er wollte sicher sein, dass ihm niemand folgte. Doch die Straßen lagen leblos da im schalen Licht der wenigen noch funktionierenden Lampen. Alles war ruhig. Der Glaube an die Ruhe war aber lediglich ein schwacher Trost, der von der Ungewissheit um ihn herum überschattet wurde.

Inmitten der aufgeheizten Atmosphäre des Hotels Memling fühlte sich Michael Baumann zunehmend wie ein Getriebener. Der Haufen internationaler Journalisten, der dort gestrandet war, wirkte wie eine Ansammlung hilfloser Ameisen, die vergeblich nach einem Ausweg suchten. Die Enge und die stumme Verzweiflung verstärkten die Nervosität, während die Zeit unaufhaltsam voranschritt.

Die Uhr tickte, die Minuten verstrichen, während die Unsicherheit an den Nerven zerrte. Michael Baumann spürte, wie die naive Hoffnung seiner Kollegen langsam schwand und düstere Vorahnungen ihre Gedanken durchzogen. Doch keiner wagte es auszusprechen. In der bedrückenden Stille des Hotels wurde ihm klar, dass die Wahrheit nicht mehr lange auf sich warten lassen würde. Der Moment der Entscheidung näherte sich unaufhaltsam. Würde Kisangani überraschend unblutig fallen, oder würde das Chaos ausbrechen, wenn die verbliebenen Armeekräfte auf die ADFL-Rebellen treffen würden? Gerüchten zufolge hatte Mobutu seine besten Garden in der Hauptstadt zusammengezogen. Die Lage war explosiv, und der Ausbruch von Gewalt schien unausweichlich.

Baumann ging auf sein Zimmer. Was hatte die CIA-Quelle von Patricia behauptet? Alles würde am Sonntag geschehen. Jetzt war es Samstag, kurz vor Mitternacht. Patricia hatte er den ganzen Tag über nicht mehr gesehen. Kaum schaltete er das Licht im Bad an, hörte er aufgeregtes Schreien und berstendes Metall von unten im Hotel.

Jetzt geschah es also. Baumann raste aus dem Zimmer, diesmal über die Treppe nach unten. Vom letzten Treppenabsatz aus beobachtete er gebannt das Geschehen in der Hotellobby.

Eine Flotte von umgebauten Jeeps, begleitet von bewaffneten Kämpfern, brach mit ohrenbetäubendem Lärm durch die Scheiben neben der Drehtüre in das Hotel Memling ein. Die Motoren grollten bedrohlich, und die Scheinwerfer durchschnitten die Dunkelheit in der Lobby wie scharfe Klingen.

Der Anführer der Truppe war einer der Söhne des Diktators, Kongolo Mobutu. Nicht von ungefähr trug er den Spitznamen »Saddam Hussein«. Das wurde Michael Baumann in diesen Minuten klar. Kongolo Mobutu sprang mit wildem Haar und einem von Wut verzerrten Gesicht von einem der Geländewagen auf den Marmorboden der Lobby. In seiner Hand hielt er ein Maschinengewehr, das er, abgestützt in seiner rechten Hüfte, wild umher fuchtelte. Seine Augen funkelten vor Zorn, während er die Anwesenden lautstark anschrie: »Verräter! Spione!«

Die Journalisten, die sich in der Lobby versammelt hatten, spürten einen Schauer der Angst. Sie wichen immer weiter zurück, versuchten sich unsichtbar zu machen. Die vermeintliche Sicherheit des Hotels Memling war nur noch eine lügenreiche Fratze.

Michael Baumann konnte den Blick nicht abwenden. Die Situation war äußerst gefährlich. Jeder Schritt, den Kongolo Mobutu auf die Gruppen von Kollegen in der Lobby zumachte, erhöhte die Anspannung. Die Journalisten waren gefangen, unfähig zu fliehen oder sich in Sicherheit zu bringen.

Die Unberechenbarkeit der Situation trieb den Adrenalinspiegel auf gefährliche Höhen. Baumann spürte, wie schwitzte und sein Herz zu rasen begann. In Zeitlupe schienen sich die Ereignisse zu entfalten. Die Blicke der Anwesenden trafen sich mit jenem des tobenden Anführers. Eine unheimliche Stille legte sich über die Lobby. Ein wahrer Albtraum spielte sich da ab, die Bedrohung war real und spürbar.

»Was wird er tun?« flüsterte ein Reporter ängstlich zu seinem Kollegen. Der Geruch von Benzin und Staub zog durch die verängstigte Luft bis zu Baumann rauf. Das

Klirren von Metall und das dumpfe Dröhnen der Diesel-
maschinen der Geländewagen mischten sich mit dem
Flüstern der besorgten Journalisten.

Plötzlich durchbrach ein ohrenbetäubendes Knallen die
Stille. Kongolo Mobutu hatte das Maschinengewehr abge-
feuert. Die Ohren waren taub, nur das Klirren von Glas
war förmlich zu sehen, der Kronleuchter war getroffen
und wackelte noch. Der Putz der Decke fiel in einer Wol-
ke aus Staub auf den sonst so polierten Marmorboden.
»Saddam Hussein« Mobutu demonstrierte seine Macht.
Das laute Geräusch hallte immer noch durch die Lobby
und hinterließ zugleich eine beklemmende Stille. Der
Rauch stieg langsam auf und vermischte sich mit den
schwachen Lichtstrahlen, die von Scheinwerfern weiterer
Geländewagen auf der Straße draußen durch die Fenster
drangen.

Die Angst wurde immer greifbarer, während sich die
Journalisten bemühten, ihre Anwesenheit zu verbergen
und unsichtbar zu werden. Sie wagten kaum, sich zu rühren oder ein Geräusch zu machen, in der Hoffnung, dass
Kongolo Mobutu sie nicht bemerken würde.

Schließlich, nach einer gefühlten Ewigkeit, zogen sich
Kongolo Mobutu und seine bewaffneten Kämpfer so
plötzlich zurück, wie sie gekommen waren. Sie verließen
die Hotellobby einfach wieder und verschwanden in der
Dunkelheit der Nacht. Ein tiefer Atemzug der Erleichterung erfüllte die Journalisten, als die Bedrohung endlich
vorüber war.

Langsam kehrte wieder Ruhe in das Hotel Memling
zurück, aber die Angst und die furchteinflößenden Bilder,
Gerüche und Geräusche blieben in er Erinnerung. Es war
ein Augenblick der Wahrheit. Jedem war klar geworden,
wie gefährlich und unberechenbar die Situation in Kinshasa geworden war. Die Journalisten waren gewarnt
worden, ihr Aufenthalt hier war nicht ohne Risiko.

Baumann verzog sich über die Treppe wieder nach oben in sein Zimmer. Die schwüle Nacht in Kinshasa drückte auf sein Gemüt und verstärkte die Anspannung in der Stadt. Er setzte sich an den kleinen Tisch und kritzelte Beobachtungen und seine Gefühle in das kleines Notizbuch. Die Klimaanlage war ausgefallen. Auch das noch. Baumann öffnete das Fenster und zog die Moskitonetze fest zu.

Doch dann, inmitten dieser aufgewühlten Stimmung, durchbrach ein unerwartetes Klopfen die Stille und ließ Michael Baumann zusammenzucken.

Sein Herz schlug schneller. Er sich fragte, wer um diese Uhrzeit noch etwas von ihm wollte? Ein Hauch von Gefahr breitete sich aus, und seine Sinne schärften sich. Mit angespannter Erwartung näherte er sich langsam der Tür, unsicher, ob er bereit für das war, was sich dahinter verbarg.

Er öffnete die Tür entschlossen mit einem Ruck - und vor ihm stand Patricia, die attraktive Italienerin. In ihren Augen spiegelte sich Furcht und Sorge wider. »Bitte«, flehte sie, »darf ich in dein Zimmer kommen? Ich fühle mich allein in meinem eigenen Zimmer nicht sicher, und die nächtlichen Unruhen treiben meine Ängste auf die Spitze.«

Michael Baumann spürte ihre Verletzlichkeit und zögerte keinen Moment. Er öffnete die Tür und ließ sie eintreten. Er verstand ihre Ängste und wollte ihr Schutz bieten, selbst wenn das bedeutete, dass sie beide nun in seinem kleinen Zimmer ausharren müssten. Die Klimaanlage war nicht wieder angesprungen und die drückende Hitze durchdrang ihre Haut, sodass sie beide nur in ihren T-Shirts dastanden.

Die Situation war zweifellos peinlich. Michael Baumann hatte nur ein französisches Einzelbett zur Verfügung. Sie versuchten, sich so gut wie möglich zu arrangieren und legten sich mit gebührendem Abstand voneinander hin, jeder auf einer Seite des Bettes. Doch die Enge des Raumes und die drückende Hitze machten es ihnen schwer, zur Ruhe zu kommen.

Die Gedanken wirbelten in Baumanns Kopf. Wie konnte er ihr den nötigen Schutz bieten? Die Verletzlichkeit, die er in ihren Augen sah, berührte sein Herz, aber sein Kopf blieb ohnmächtig. »Wir schaffen das schon«, flüsterte er leise, als ob er sich selbst davon überzeugen wollte. Die Stille im Raum wurde nur von ihrem flachen Atem unterbrochen. Die Spannung lag greifbar in der Luft, während sie versuchten, in dieser beengten Situation zur Ruhe zu finden.

Baumann schloss die Augen und versuchte, sich auf den Schlaf zu konzentrieren: Aber sein Kopf war erfüllt von den Gedanken an die seltsame Leere, die die Stadt umgab. Die Geräusche der nächtlichen Straßen, gedämpfte Rufe und entfernte Schüsse, drangen gedankenverloren in sein Bewusstsein. Er dachte an die Menschen, die in dieser Stadt lebten und mit der täglichen Bedrohung umgehen mussten.

Auch Patricia konnte keinen Schlaf finden. Ihre Gedanken waren gefangen in einem Strudel aus Angst und Anspannung. Die Bilder der Gewalt und des Chaos, die sie in der Lobby gesehen hatte, hielten sie wach. Sie fragte sich, ob sie jemals sicher sein würde oder ob sie immer auf der Flucht vor diesen Gedanken sein werde.

Die Zeit verging langsam. Während sie versuchten, ihre Körper zu entspannen, kämpften ihre Gedanken weiter gegen den Schlaf an. Das Zimmer schien enger zu werden, die Hitze unerträglicher. Die Atmosphäre war von einer seltsamen Spannung erfüllt, die zwischen ihnen hing und sie unwillkürlich näher zusammenrücken ließ.

Baumann spürte Patricias unruhigen Atem und ihre leichte Berührung, als ihre Arme sich beinahe unbeabsichtigt berührten. Es war ein Moment der innigen Zweisamkeit, der sie beide erröten und ihre Herzen schneller schlagen ließ. Doch sie wagten es nicht, darüber zu sprechen oder sich gegenseitig anzusehen. Es war nicht der richtige Moment, nicht in dieser Zeit, nicht an diesem Ort.

So lagen sie da, Seite an Seite, getrennt nur durch ein schmales Kopfkissen und dennoch auf seltsame Weise miteinander verbunden. Ihre Gedanken wirbelten in der Dunkelheit, während der Schlaf sich hartnäckig verweigerte und sie in einen Zustand des Wachens und Träumens gleiten ließ. Sie teilten das Schweigen, das ihnen keine Antworten bot, und waren doch froh über die Anwesenheit des anderen in dieser unsicheren Nacht.

Immer noch von der drückenden Hitze und den Ängsten der Nacht umhüllt, spürten Michael Baumann und Patricia ein unausgesprochenes, aber wachsendes Verlangen zwischen sich. Ihre Blicke trafen sich im Halbdunkel des Zimmers, und in diesem Moment schien die Welt um sie herum zu verschwimmen. Die Furcht, die sie beide in sich trugen, verschmolz zu einer Mischung aus Trotz und Überlebenswillen.

Baumann glaubte, das Begehren nach Berührung in Patricias braunen Augen im Halbdunkel lesen zu können. Ihre Lippen kamen langsam aufeinander zu. Der Kuss war heftig und voller Sehnsucht, ein Ausdruck der Leidenschaft nach Nähe und menschlicher Wärme inmitten der Zweifel und Unbestimmtheit. Ihre Lippen verschmolzen miteinander, ihre Zungen rieben sich aneinander, während sie den Moment in vollen Zügen genossen, als ob es kein Morgen gäbe.

Die Welt um sie herum verblasste und sie wurden eins in diesem Moment der zufälligen Vertraulichkeit. Alles andere schien an Bedeutung zu verlieren. Ihre Körper verstrickten sich immer wieder aufs Neue ineinander und nur die Hitze der Nacht umhüllte sie noch. Die Leidenschaft, die zwischen ihnen aufkochte, vertrieb alle Ängste und Sorgen. Es war ein Akt der Befreiung, nicht der Liebe, es war unverhohlene körperliche Sehnsucht aus einem gemeinsamen Bedürfnis nach Trost und Stärke. Michael Baumann und Patricia ließen sich völlig mitreißen von ihrer körperlichen Leidenschaft, für diesen einen Moment, der ihnen Erlösung von den Strapazen der unsicheren Nacht und der bedrohlichen Wirklichkeit in einer belagerten Stadt schenkte.

Als sie schließlich eins wurden, verschmolzen ihre Körper tief ineinander. Die Grenzen zwischen ihnen verschwammen, während sie sich gegenseitig hielten und in einer innigen Umarmung verloren. Sie fanden Zuflucht in den Armen des anderen, ein vorübergehendes Entkommen aus der Realität.

Die Zeit schien stillzustehen, als sie sich aneinander festklammerten, als ob sie sich gegenseitig vor den Schrecken der Welt beschützen könnten. Ihre Atemzüge wurden zu einem rhythmischen Takt, der sie in einen tiefen und erholsamen Schlaf führte, während sie gemeinsam in einer Welt der Hingabe und Vertrautheit versanken.

In ihren Träumen fanden sie dann doch Frieden, für einen Augenblick befreit von den Lasten des Alltags. Sie erkannten, dass sie in dieser bedrohten Stadt, inmitten der Wirren und der Gefahren, nur füreinander da sein konnten. Es war ein Akt der Selbstbehauptung, der ihren Überlebenswillen stärkte und ihnen die Hoffnung gab, dass es trotz allem Licht in der Dunkelheit geben konnte.

Als die Sonne langsam über den Horizont stieg, umarmten sie noch immer den Schatten der Nacht und hielten sich fest aneinander. Ihre Körper waren nass geschwitzt von der Hitze, aber ihre Gedanken waren voll von einem Hauch von Zuversicht. In diesem einen Moment hatten sie den Mut gefunden, sich dem Unbekannten zu stellen und ihre Ängste zu überwinden.

DACHWACHE

Der nächste Morgen, es war Pfingstsamstag. Michael Baumann und Patricia hatten beschlossen, gemeinsam zu frühstücken. Und dennoch bemühten sie sich, nicht wie ein Liebespaar auszusehen. Michael Baumann holte sich Rühreier vom Buffett, während Patricia ihre Schale mit Müsli und Cornflakes füllte. Frank Kluge setzte sich einfach kurz an ihren Tisch. Baumann ließ den Hörfunkmann neben sich rutschen.

»Hast du schon gehört: Alle sagen, Mobutu hätte mit seiner Entourage das Land verlassen. Unsicher sei nur, wohin er geflogen ist.« Kluge war eine erfahrene »African Hand«, wie der Adelstitel unter Kollegen hieß. Seine Quellen waren immer recht gut und verlässlich. Dennoch fragte Baumann nach: »Wer sagt das?«

Frank Kluge lächelte und bestellte sich noch einen Cappuccino. »Alle meine Quellen, ausnahmslos, alle.« Patricia schaute erschrocken auf. »Wirklich?« Sie hörte auf, ihr Müsli zu schlürfen. »Dann muss ich zu meinem Team.« Der letzte Blick auf Michael Baumann muss ziemlich verliebt gewirkt haben. »Habt ihr beiden Hübschen was miteinander?« Frank Kluge genoss die Frage sichtlich.

»Vergiss es«, antwortete Michael Baumann spröde. Sein Blick folgte Patricia dennoch durch den Esssaal. Sie war einfach hübsch anzusehen.

»Mobutu ist also aus Kinshasa geflohen?«, versuchte Michael Baumann die Konversation wieder auf andere Themen zu lenken.

»Ja«, sagte Kluge. »Und ich habe gleich meine `Schicht´ auf dem Dach.«

Das hatte die internationale Reportermeute schon vor Tagen so eingeführt. Immer drei Kollegen blieben drei

Stunden auf dem Flachdach des Hotels, um nach dem Einmarsch oder Angriff der Rebellen zu spähen, einer vom Fernsehen, einer vom Hörfunk und einer aus der schreibenden Zunft. Diese Schichten liefen Tag und Nacht. Der Deal war, sofort Alarm auszulösen, wenn es so weit war. Und zugleich alle Bilder oder Originaltöne sowie Beobachtungen mit allen anderen zu teilen. So mussten nicht immer alle Journalisten und Fernsehteams in Hab-Acht-Stellung sein.

»Ich mache mich mal Richtung Flughafen auf«, beschloss Michael Baumann. »Wenn, dann kommen sie von dort. Soll ich ein Tonbandgerät für dich mitnehmen?«, fragte er seinen Kollegen Kluge. Der lehnte dankend ab. »Sobald ich sehe, dass sie kommen, werde ich ihnen entgegen gehen. Das reicht mir.«

Der verlässliche Alfons wartete schon auf Michael Baumann in der Seitenstraße beim Hotel Memling.

»Schon gehört? Die Rebellen kommen. Und Mobutu ist geflohen. Gott sei Dank.« Alfons war sichtlich erleichtert. Fast übermütig knallte er hinter Michael Baumann die Autotür zu und spurtete zur Fahrerseite. »Sie werden vom Flughafen aus in die Stadt marschieren, jede Wette«, sagte der Fahrer ganz aufgeregt.

Da sind wir schon zwei, die so denken, dachte sich Baumann, während er Alfons Zeichen machte, los zu fahren.

Die Straßen in der Innenstadt waren einfach nur leer. Niemand und nichts waren zu sehen. Ein Vakuum fegte durch die Millionenstadt. Michael Baumann hatte eine Idee. »Alfons, erinnerst du dich an das Augustinerkloster am Stadtrand auf dem Weg zum Flughafen? Dort will ich wieder hin.«

Alfons nickte nur kurz mit seinem Kopf. Die Tage waren sie schon einmal dort gewesen, ein guter Tipp von Baumanns Freund Douglas McFarland. Pater Benno hatte

Baumann viel über die Hoffnungen und Ängste der Menschen in Kinshasa erzählen können.

Alfons Freude spiegelte sich inzwischen in der Geschwindigkeit wider, mit der er durch die leeren Straßen raste. Als sie so am Place de l'Indépendance den großen Bogen viel zu schnell fuhren, klatschte sich Alfons vor lauter Übermut mit der einen Hand auf seinen Oberschenkel. Michael Baumann schaute ihn erschrocken an. Alfons konnte sich kaum halten vor Lachen. »Michael, weißt du was der Unterschied ist zwischen dem Mobutu«, dabei zeigte er auf ein überlebensgroßes Foto des geflohenen Diktators mit der Leopardenkappe, »und dem richtigen Mobutu?«

Beinahe hätte sich Alfons an seinem eigenen Lachen verschluckt. »Nein?«, hoffte er als Antwort zu erhalten. Michael Baumann wusste die Antwort wirklich nicht. »Nein, weiß ich nicht«, sagte er ehrlich.

»Dieser Mobutu auf dem Foto ist entwickelt, der andere nicht.«

Fast hätte Alfons die Kontrolle über seinen alten Peugeot völlig verloren, so musste er lachen. Was für eine Befreiung musste es für die meisten in diesem Land nach Jahrzehnten der Willkürherrschaft und Diktatur durch den Mobutu-Clan an diesem Tag sein. Michael Baumann musste selber laut lachen, Alfons und seine Freude waren ansteckend.

Plötzlich tauchten immer mehr Menschen auf den Straßen auf. Ganze Familien zogen in Richtung Flughafen, die Frauen zum Großteil rausgeputzt mit bunten Umhängetüchern und farbenfrohen Tüchern in den Haaren, die Väter in Anzügen und die Kinder in ihren guten Sonntagskleidern. Bald musste sich Alfons durch eine immer dichter werdende Masse an Menschen schieben. Keiner passte auf ein Auto auf, das von hinten kam. Alle starrten immer nur in Richtung Flughafen die Ausfallstraße entlang.

»Wir sind gleich da«, sagte Alfons schließlich. »Du kannst aber auch aussteigen. Da vorne ist das Kloster. Zu Fuß bist du schneller.«

Michael Baumann beherzigte den Rat. Er konnte die Autotür kaum öffnen, so dicht drängten sich die Menschen schon um den Wagen herum. Einmal draußen merkte er, welche Stimmung plötzlich im Kinshasa zwischen Diktatur und Befreiung herrschte. Das war Karneval, ausgelassene Freude, keine Spur von Angst und Zurückhaltung vor dem, was da möglicherweise gleich die Straße runter kommen könnte. Große Kinderaugen schauten ihn erwartungsvoll an, Frauen begannen zu tanzen, ihre Männer klopften Bekannten und Fremden freundschaftlich auf die Schulter.

Endlich erreichte Michael Baumann die Pforte des Augustinerklosters am Place de la Echangeur. Pater Benno stand auf einem wackeligen Holzstuhl, um besser über die Mauer schauen zu können. Michael Baumann stellte sich gleich einen anderen Stuhl daneben. Dann, es musste so gegen 9 Uhr morgens sein, sahen sie sie.

Eine kleine Vorhut von vier Rebellen marschierte in Kinshasa ein. Umringt von Hunderten von Menschen, die sie bis an die Zähne bewaffnet erwartet hatten, ernteten die Rebellen Applaus, Jubel und die Begeisterung der Menschenmassen, die sich ihnen anschlossen. Denn die vier Kindersoldaten hatten jeder nur eine AK-47 lässig umhängen. Sie gebärdeten sich nicht wie Eroberer, waren eher eingeschüchtert von dem lautstarken und freudigen Empfang.

»Wahrscheinlich waren die Vier noch nie in einer so großen Stadt wie Kinshasa«, brüllte Pater Benno Michael Baumann ins Ohr. Alle klatschten, auch Pater Benno. Michael Baumann konnte in diesem Moment auch nicht anders, er wollte kein Spaßverderber sein, auch er klatschte laut und brüllte mit.

Die Menschen umringten die vier Rebellen. Sie applaudierten, jubelten und zogen mit ihnen mit. Die Geräuschkulisse war ohrenbetäubend - die Rufe der Menschen vermischten sich mit dem Klappern von Blechtöpfen und dem Trommeln von Füßen auf dem Pflaster. Pater Benno hielt sich die Ohren zu.

»Macht Platz, macht Platz!«, rief einer der älteren Rebellen mit einer tiefen, rauchigen Stimme, die jetzt in fast militärischen Vierer-Reihen den jungen Spähern folgten. Die Menschenmassen teilten sich wie eine lebende Welle und schafften eine Gasse für die Befreier. Die Rebellen marschierten stolz und erhobenen Hauptes weiter, während sie von der Menge begleitet wurden. Der Pater konnte das Funkeln von Vorfreude in ihren Augen sehen, aber auch die Erschöpfung, die sich auf ihren Gesichtern abzeichnete. Sie hatten einen langen Marsch durch das riesige Land im Herzen Afrikas hinter sich, und nun waren sie endlich am Ziel.

Weitere Truppen folgten ihnen, und bald schlängelten sich lange Reihen grüner Uniformen durch die Avenue Bokassa in die Innenstadt. Jeder Soldat trug seine Ausrüstung mit sich - Gewehre, Panzerfäuste, Munition, Kochtöpfe und Wasserbehälter klirrten und klapperten bei jedem Schritt. Die Geräuschkulisse war wie ein finales Opernrezitativ des Krieges, begleitet von immer mehr gespannten Gesprächen unter den Menschen, die alles wie einen Film erlebten.

»Wir haben es geschafft, Kameraden!«, rief ein Offizier seinen Truppen zu und erntete ein lautes Jubeln als Antwort. »Der spricht mit seinen Männern Kisuaheli, hast du das gehört«, zeigte Pater Benno auf den Offizier. »Die sind durch den ganzen Kongo gelaufen, was für ein Wahnsinn.«

Die Stimmung war elektrisierend - eine Mischung aus Stolz, Freude und Erleichterung. Die Soldaten betraten die Innenstadt mit ernsten, unnahbaren Gesichtern, aber auch mit einer gewissen Neugierde. Sie waren Kämpfer, aber sie waren auch Menschen, die die Stadt und ihre Menschen kennenlernen wollten.

Während sie weitermarschierten, mischten sich ihre Schritte mit dem Summen der Menschen auf den Straßen. Die Bewohner von Kinshasa sahen die »Befreier« inzwischen mit gemischten Gefühlen. Es waren einfach so viele Soldaten, inzwischen auch auf Lastwagen und Geländewagen mit zum Teil schweren Waffen wie Panzerfäusten und großen automatischen Waffen. Einige beobachteten sie mit Bewunderung und Dankbarkeit, während andere skeptisch und ängstlich schauten.

Michael Baumann verabschiedete sich von Pater Benno und versuchte, auf seinem Weg durch die Zuschauer den einen oder anderen nach einem Zitat zu fragen. Dann sah er den rotem Peugeot von Alfons in einer Seitenstraße. Alfons tanzte neben seinem Auto.

»Lass uns eine Runde durch die Stadt fahren. Ich will sehen, was die Rebellen jetzt machen«, sagte Michael Baumann.

Alfons ließ den Wagen an und fuhr vorsichtig auf eine Nebenstraße, um schneller voran zu kommen. Bei aller Freude und Ausgelassenheit der Bevölkerung der Hauptstadt verlief die Einnahme von Kinshasa sehr geordnet und ganz offensichtlich lange voraus geplant. Die Rebellensoldaten nahmen strategische Punkte ein - das Radio- und Fernsehgebäude wurden als Erstes besetzt. Die Rebellen sorgten für Ordnung und Disziplin, während ihre Offiziere jede Bewegung scharf überwachten. Im Kamanoila-Stadion schlugen sie ihr Lager auf, und ein Gitterzaun trennte sie von den Menschen, die sie befreit hatten.

Eine Gruppe von Kindern in Uniformen und mit Maschinengewehren auf den Ladeflächen der Autos zog Michael Baumanns Aufmerksamkeit auf sich. Sie waren nicht älter als zwölf oder dreizehn Jahre. Ihre Anwesenheit wirkte surreal. Er konnte ihre gemischten Emotionen förmlich spüren - die Aufregung, aber auch die Unsicherheit, die diese jungen Kämpfer in sich trugen.

Als Michael Baumann seinen Fahrer bat, anzuhalten, um den jungen Rebellen einfache Fragen zu stellen, woher sie denn kämen, wo sie zuhause wären, bellte ein älterer Offizier ihn sofort zurück. Dennoch rief einer auf Suaheli zurück, er sei aus Bukavu. Das lag an der Grenze im Osten, am Kivusee. Was für ein Marsch. Was dieser Junge in den letzten Wochen wohl alles gesehen, erlebt, gemacht hatte?

Michael Baumann wollte zurück ins Hotel Memling. Er musste seine Eindrücke, seine Gefühle, seine Gedanken jetzt gleich niederschreiben. Was für ein Tag.

JOURNALISTENQUALEN

Michael Baumann saß am Schreibtisch in seinem Hotelzimmer und tippte eifrig auf seinem Laptop. Die Worte flossen aus seinen Fingern, während er seine Beobachtungen und Gedanken über das Ende von Mobutu und den Zustand von Kinshasa in eine packende Geschichte verwandelte. Es war ein Wettlauf gegen die Zeit, denn er wusste, dass jede Minute zählte. Den ganzen Vormittag war er mit Alfons noch einmal durch die Stadt gefahren, zum Flughafen, zum Markt, in die Viertel. Jetzt musste alles raus.

Er nahm einen kräftigen Schluck aus der Wasserflasche, öffnete das Fenster und stellte den Aschenbecher neben seinen Laptop. Weiter schreiben. Heute ist Pfingstsonntag, Feiertag für schreibende Journalisten, deren Zeitungen erst am Pfingstmontag Abend in den Druck gehen. Am Montag musste die Story in München im System sein. Also schreiben, und dann bräuchte er noch Zeit, die 300 bis 400 Zeilen irgendwie aus dieser Stadt zu senden. Der Tag neigte sich schon seinem Ende zu.

Michael Baumann setzte sich und tippte weiter:

»Jeder schien in diesem Moment zum Kämpfer für den Umsturz zu werden. Doch während der Einmarsch in die Hauptstadt des Kongo mit eiserner Disziplin vonstatten ging, legte sich eine gewisse Unsicherheit über die Menschen. Waren sie tatsächlich befreit worden? Unter den unzähligen Revolutionären, die in den Straßen präsent waren, befand sich auch der kleine Rebell, Moise Bumbu. Mit gerade einmal 23 Jahren bewachte er das Gittertor des Flughafens, ein modernes Sprechfunkgerät in seiner Brusttasche und ein schweres automatisches Gewehr fest in seiner linken Hand. Ein zufriedenes Lächeln umspielte seine Lippen.

Bumbu gehörte zu jenen wagemutigen Rebellen, die maßgeblich zum Sturz in Kinshasa beigetragen hatten. Männer wie er hatten nun Macht in dem Land, das einst den Namen Zaire trug, nun wurde es zur Demokratischen Republik Kongo.

Der 17. Mai würde in die Geschichtsbücher eingehen, denn an diesem Tag fiel die Hauptstadt Kinshasa. Nach einer langen Herrschaft von 32 Jahren war die Ära Mobutu endgültig zu Ende. Es waren lediglich acht Monate vergangen, seit Bumbu mit anderen Rebellen im Osten ihren Marsch begonnen hatte. Tausende von Kilometern hatten sie hinter sich gebracht, durch Berge, den undurchdringlichen Dschungel und die endlosen Steppe. Eine Revolution im rasend schnellen Tempo. Die Einnahme der Hauptstadt Kinshasa glich einem grandiosen Bühnenstück, das sich innerhalb von nur 48 Stunden abspielte.

Es war ein Morgen der Befreiung. In Matonge, einem Stadtviertel, befindet sich die Place de la Victoria, dort hatten sich ungewöhnlich viele Menschen versammelt. Sie waren neugierig und suchend, diskutierten in Gruppen. Mit erleichterten Rufen verkündeten sie: «Mobutu ist am Ende.« Jeder drängte die Fremden beim Hotel Matonge um die Ecke, um sicherzugehen, dass diese die Trophäen der Befreiung nicht übersahen, die man ihnen mit unverhohlenem Stolz präsentierte.

Eine dieser Trophäen war ein Mann namens Ndinga. Seine Dienstnummer 1975 D, Obergefreiter, geboren im Jahr 1969 – all das stand auf seinem Dienstausweis, den man ihm zusammen mit der Munition auf die Brust gelegt hatte.

Ndinga war erschossen worden, angeblich weil er in der vergangenen Nacht plündern wollte. Seine leblose Gestalt lag in einer Blutlache, umgeben von Schwärmen von Fliegen. Neben ihm befand sich ein weiterer Toter mit einer klaffenden Schusswunde am Hinterkopf. Beide Männer waren regelrecht hingerichtet worden.

Die Menge brüllte vor Begeisterung. Jeder wollte von den Ereignissen berichten, jeder wollte behaupten, sie hautnah miterlebt zu haben. Man wusste genau, wann und wo die Rebellen in der vergangenen Nacht gekommen waren und die Plünderer unschädlich gemacht hatten. In diesen Stunden am Samstag ereigneten sich Szenen wie diese nicht nur in der Seitengasse des Stadtteils Matonge.

Ähnliches spielte sich auch in anderen Vierteln ab. Plötzlich gehörte jeder Einzelne zur Gemeinschaft der Befreiten, jeder wurde zum Anhänger der Rebellion, und alle waren überglücklich, dass Mobutu für immer verschwunden war. Plötzlich gehörte die Revolution jedem.«

Als er schließlich diese letzten Zeilen niederschrieb, atmete Michael Baumann tief durch und schloss den Laptop. Die Geschichte war fertig. Baumann wusste, dass er sie so schnell wie möglich an die Redaktion in München übermitteln musste.

Draußen war es längst dunkel. Die Zeit drängte. Die Telefone im Hotel Memling waren immer noch tot. Der Libanese, dessen Laden nur einen Häuserblock entfernt lag, war Baumanns einzige Verbindung zur Außenwelt. Er wusste, dass er dorthin gehen musste, um seine Geschichte weiterzugeben. Notfalls, dachte sich Baumann, wenn das auch nicht mehr klappt, müsste er die Fernsehkollegen um teure Zeit an ihren Satellitentelefonen bitten.

Er speicherte die Datei noch einmal, fuhr das Laptop vorsichtig runter, packte es ein und machte sich auf den Weg zum Laden des Libanesen.

Als Baumann den Laden betrat, drängte sich der Geruch von alternden Büchern und verschmorten Kabeln in seine Nase. Die Geräusche von Telefongesprächen und Faxgeräten erfüllten den kleinen Raum. Die Wände waren mit vergilbten Postern von Fernsehern und Mobiltelefonen geschmückt, die längst veraltet waren.

In der Ecke saß der Libanese hinter einem Tresen, umgeben von verstaubten Kabeln und blinkenden Geräten, die die Verbindung in die Ferne herstellten. Der Libanese Charbel, ein schmaler Mann mit einem markanten Schnurrbart, sah Baumann eindringlich an und nickte ihm zu.

Mit einer ruhigen Entschlossenheit schloss Baumann sein Laptop an das Kabel an, das mit seinem Telefonkoppler zur Übertragung verbunden war. Der Libanese bereitete die elektronische Übertragung vor. Ein Hauch von Spannung und Hoffnung lag in der Luft, als die Daten von Baumanns Laptop in den ungewissen Raum der elektronischen Welt entlassen wurden.

Die Augen des Libanesen waren auf den Bildschirm gerichtet, während er die Übertragung überwachte. Zeile für Zeile erschien, schier endlos viele Buchstaben und Steuerungszeichen lebten kurz auf dem Bildschirm auf. Baumann konnte seine Nervosität in der stickigen Luft schmecken. Es war ein unvermeidlicher Akt des Vertrauens, die Früchte seiner Arbeit in die Hände eines Fremden zu legen, der die Verbindung zur Außenwelt hatte.

Dann, der laute Piepton, das krächzende Geräusch aus der Leitung. Die Übertragung war abgeschlossen, Baumann spürte eine Mischung aus Erleichterung und Zweifel. Er hatte seinen Teil getan. Die Geschichte war sicher an die Redaktion in Deutschland übermittelt.

Michael Baumann verstaute seinen Laptop, zufrieden lächelnd, wieder in seiner Umhängetasche, dann bat er Charbel noch um eine Leitung nach Nairobi. Er musste seine Frau anrufen.

»Hey, wie geht es dir«, meldete sich seine Frau Jojo. Es blieb ein kurzes Gespräch. Alles sei gut, Kinshasa unblutig gefallen, die Rebellenarmee ziemlich diszipliniert. Nur, sagte Baumann seiner Frau durch die Leitung, wann er rauskäme, dass stehe noch in den Sternen. Der Flughafen sei zu, die Fähre über den Kongo nach Brazzaville gesperrt. Es gäbe derzeit noch kein Rauskommen. Der große Rebellenchef Laurent Kabila sei auch noch nicht in der Hauptstadt Kinshasa eingetroffen. Sobald er mehr wüsste, würde er sich wieder melden.

»Zuhause auch alles in Ordnung?« Ein kurzes Schweigen seiner Frau sagte ihm, das dem nicht so ganz sei. »Alles bestens«, sagte sie dagegen durch das Telefon. Sie wollte ihn nicht belasten. »Pass auf dich auf«, waren ihre letzten Worte. Dann legten sie beide auf.

Michael Baumann verließ Charbels Laden und kehrte zum Hotel zurück. Er konnte bei seinen Schritten die Leere und Stille der Straßen spüren, seine Gedanken aber ließen sich nicht zähmen und steuern. Er dachte an Patricia, die junge Italienerin von CNN, die er seit zwei Nächten und einem Tag nicht mehr zu blicken bekommen hatte. Ob sie auch ähnliche Gedanken hatte? Sich an ihre gemeinsame Nacht erinnerte, die so furchtbar begonnen hatte mit »Saddam Husseins« Überfall auf das Hotel, um dann in umso überraschendere und schönere Erinnerungen mit dieser Frau geführt hatte. Er konnte ihre Haare förmlich riechen, spürte ihre schweißnasse Haut auf seiner Brust.

Hör´ auf damit, schimpfte Michael Baumann sich. Mache Schluss mit der Affäre, du hast alles, was glücklich macht. Warum das Leben so kompliziert gestalten?

Einige Mücken verbrannten laut knackend an der Straßenlaterne. Seine Schritte hallten in der Dunkelheit. Aber schon war der Lichtschein des Hotel Memlings an der nächsten Straßenkreuzung zu erahnen.

Kompliziert war es gar nicht, flüsterte das kleine Teufelchen in Michael Baumanns linkes Ohr. Die Frau war schön, bildschön, sie war allein, sie war hier und sie wollte in deine Arme. Und was soll daraus werden, mahnte das Engelchen in seinem linken Ohr? Willst du deine Frau und deine Familie verlassen? Denn das würde geschehen, wenn seine Frau von der Affäre erfahren würde. Aber vielleicht noch einige Nächte, lockte es am rechten Ohr.

Baumann bog in die Straße zum Hotel ein und, als ob sie von seiner inneren Zerrissenheit gehört hatte, vor dem Eingang stand, an die Mauer des Hotels gelehnt, das eine Bein angezogen und abgestützt an der Wand, Patricia und zog gerade einen tiefen Zug aus ihrer Zigarette.

Sie hatte alles, was Michael Baumann an Frauen so liebte, Esprit, Wissen, eine schlanke, aber weibliche Figur, die durch ihre Jeans wunderbar betont wurde. Und das blaue Oberteil aus Leinen ließ im Gegenlicht ihre weibliche Oberweite mehr als erahnen.

KAPITEL SECHS
IM HEIMLICHEN FREISTAAT

FALSCHE FREUNDSCHAFTEN

Philip Bender saß in Metzlers Chefbüro und lauschte seinen Anweisungen. Eine neue Mission, die ihn nach Kigali führte, der Hauptstadt Ruandas. Es war eine heikle Angelegenheit.

»Die Amerikaner wollen ihre Verbündeten im Westen über die aktuelle Lage informieren«, erklärte Metzler ernst. »Wir haben beschlossen, dass ein Agent vor Ort sein muss, um sicherzustellen, dass die Informationen zuverlässig sind und sauber weiter gegeben werden.«

Philip Bender nickte bedächtig. Er wusste, dass die BND-Zentrale den deutschen Diplomaten vor Ort nicht vertraute. Es gab zu viele unbekannte Faktoren in diesem politischen Spiel.

»Ich verstehe«, antwortete er. »Welche genauen Informationen suchen wir?«

Metzler reichte ihm eine Akte. »Wir brauchen eine genaue Lageeinschätzung. Die politische Stimmung, die Aktivitäten der verschiedenen Gruppierungen, mögliche Bedrohungen für unsere Verbündeten. Und vor allem: Was wollen die Amerikaner jetzt mit dem neuen Kongo unter Laurent Kabila machen? Wo steckt der überhaupt?«

Philip Bender nahm die Akte entgegen und öffnete sie. Seine Augen durchflogen die Seiten, während er überlegte, wie er diese heikle Aufgabe angehen sollte. Heikel war sie vor allem, weil der BND sich hier in Angelegenheiten des Auswärtigen Dienstes hineindrängte. Das mochten die Botschaften gar nicht gerne.

»Verlassen Sie sich auf Ihr Gespür, Bender«, sagte Metzler mit einem ernsten Blick. »Wir vertrauen Ihnen diese wichtige Mission an.«

Peter nickte entschlossen. Er würde sein Bestes geben, um die Informationen zu beschaffen, die der BND benötigte. In diesem gefährlichen Spiel der Diplomatie gab es keinen Raum für Fehler. Außerdem freute er sich, wieder reisen zu dürfen und dem Geschehen näher zu kommen. Auch wenn es nur Kigali in Ruanda war. Aber dort gaben die Amerikaner den Ton an, und die USA waren der Dirigent dieser Krise.

Um den Nachmittags-Flug nach Kigali noch zu erreichen, packte er sich die notwendigen Akten im Büro zusammen, fuhr schnell nach Hause, nach Runda, dem Stadtviertel, in dem die meisten Deutschen hier in Nairobi lebten. Kinshasa im Kongo war gefallen, Mobutu geflohen, die Ruandesen hatten ihre Finger mit im Spiel. Philip Bender war mit sich und der Welt sehr zufrieden. Er steckte mitten in einem Welt-Politkrimi und durfte sogar am Rande mitspielen.

Als er endlich in Kigali ankam, war Philip Bender müde. Die Hitze Afrikas schlug ihm entgegen, als er den Flughafen verließ. Er sehnte sich nach einem Moment der Ruhe und Entspannung, und das Hotel Mille Colline und seine Bar schienen dafür der ideale Ort zu sein.

Am Abend fand er sich an der Hotelbar wieder und entdeckte Bobby Brown, den Amerikaner. Den hatte er hier das letzte Mal gemeinsam mit Michael Baumann kennengelernt. Allerdings war Bobby Brown, der sich als Militärberater zu erkennen gegeben hatte, diesmal allein. Seine hübsche Begleitung, wie hieß sie noch? Julie Gitenga, jetzt fiel Philip Bender der Name wieder ein, sie war leider nirgendwo zu sehen.

Als Philip Bender sich zu Bobby Brown an die Bar gesellte, bemerkte er sofort die Besorgnis in Browns Augen. »Peter, wir müssen über Michael Baumann reden«, begann Bobby Brown mit ernster Miene. »Er wird langsam zu einem echten Problem.«

Philip Bender runzelte die Stirn und lauschte gespannt. »Was meinst du damit, Bobby? Baumann war immer ein zuverlässiger Journalist.«

Brown seufzte und griff nach seinem Bier. »Ja, das war er. Aber in letzter Zeit scheint er es mit der Neutralität nicht mehr so genau zu nehmen. Es gibt Gerüchte, dass er enge Verbindungen zu einem Rebellenführer namens Mulele hat, einem kommunistischen Freischärler im Kongo.«

Bender war überrascht über diese Enthüllung. Mulele wurde nachgesagt, er wende auch gewaltsame Methoden an, nur um den Kongo im Norden und Osten weiter zu destabilisieren und dann zu kontrollieren. Baumann hatte diesen Mulele immer wieder erwähnt. Allerdings positiv, als gute Quelle aufgeführt, der die amerikanischen Aktivitäten und die Unterstützung der USA für Laurent Kabila äußerst kritisch sehe. »Du meinst, Baumann arbeitet mit ihm zusammen?«

Bobby Brown nickte ernst. »Es sieht ganz danach aus. Es gibt Berichte, dass Baumann vertrauliche Informationen von Mulele erhält und diese dann in seinen Artikeln verwendet. Das gefährdet nicht nur seine eigene Glaubwürdigkeit, sondern auch die Sicherheit derjenigen, die mit ihm und mit uns zusammenarbeiten.«

Eine tiefe Sorge breitete sich in Philip Benders aus. Er kannte Michael Baumann jahrelang und war davon überzeugt, dass er ein integrer Journalist war. Doch diese Enthüllung erschütterte Philip Bender. Offenbar störte dieser Mulele die Interessen der USA. Er würde seinen »Informationsbeschaffer« Baumann warnen müssen.

»Ich werde mit ihm reden«, sagte Bender entschlossen. »Wir müssen die Situation klären und sicherstellen, dass er die Konsequenzen seines Handelns versteht.«

Ein kurzer, aber bedeutsamer Blick zwischen den beiden Ausländern sollte ihre gemeinsame Entschlossenheit bekräftigen. Sie prosteten sich zu. Auch wenn Philip Bender und Bobby Brown ganz offensichtlich andere Ziele verfolgten.

Bobby Brown verabschiedete sich, Philip Bender bestellte noch ein Bier. Er ließ seinen Blick durch das Lokal gleiten. Offenbar waren heute Abend vor allem weiße Entwicklungshelfer und UNO-Leute unterwegs. Nichts Passendes, dachte sich Philip Bender, nicht einmal zum Anschauen.

Beim letzten Schluck holte ihn wieder das Gespräch mit Bobby Brown ein. Was hatten die Amerikaner gegen diesen Mulele? Ihr Mann, Laurent Kabila, hatte den Krieg um den Kongo doch offenbar gewonnen, saß bald auf dem Thron, Mobutu war weg, Kabila auf dem Weg nach Kinshasa. Morgen beim Briefing würde er mehr darüber erfahren. Warum also diese Warnung vor und unverhohlene Drohung gegen Mulele?

Könnte dieser Rebell den Plänen der Amerikaner noch gefährlich werden? Störte er das Vorhaben, den Kongo mit seiner strategischen Lage und seinen fast grenzenlosen Rohstoffen an den Westen zu binden und zu kontrollieren?

GEHEIME BOTSCHAFTEN

Der nächste Morgen in Kinshasa. Michael Baumann war früh aufgewacht. Er musste duschen, dann ging er die drei Stockwerke zu Fuß in die Lobby des Hotels. Seine Gedanken versuchten dabei das Geschehen der Nacht einzuordnen.

Die stickige, schwüle Luft im Empfangsbereich des Hotels Memling in Kinshasa war erfüllt von einem Gemisch aus Rasierwasser, Parfüm und Schweiß. Die Klimaanlage war nach wenigen Stunden Betrieb wieder einmal ausgefallen. Inmitten dieser Gerüche überreichte ein kleiner Junge Michael Baumann ein verschlossenes Kuvert. Es war ein stummer Akt, der mehr Fragen als Antworten aufwarf.

Wer wollte ihm eine Nachricht zukommen lassen? Baumann ahnte nichts Gutes. Er nahm das Kuvert dankend entgegen und beeilte sich, die Treppe zu seinem Zimmer wieder hinaufzusteigen. Die Anspannung in ihm war greifbar, während er das Kuvert fest in seinen Händen hielt.

In seinem Zimmer angekommen, öffnete Baumann das Kuvert behutsam. Ein einzelnes Blatt Papier lag darin, gefüllt mit den eindringlichen Worten des Rebellenchefs Mulele. Der Duft feuchten Papiers stieg ihm in die Nase, während eine leichte Brise durch das offene Fenster strich und die Vorahnung des Unbekannten in ihm weckte.

»Entscheidungsschlacht«, flüsterte Baumann leise, während seine Augen förmlich über die Worte auf dem Papier glitten. Sein Verstand rang mit den möglichen Konsequenzen dieser Einladung. Mulele benötigte einen Augenzeugen, jemanden, der die Wahrheit dokumentieren konnte. Baumann spürte förmlich den drückenden Blick des Rebellenchefs in seinem Nacken, während ihm die Last dieser Bitte bewusst wurde.

Trotz der Ausgangssperre musste Baumann sich zum Regionalflughafen durchschlagen. Seine Gedanken wirbelten wild durcheinander, während er darüber nachdachte, wie er dieses Unterfangen bewerkstelligen könnte. Doch bevor er sich in die Planung stürzte, wusste er, dass er als erstes mit Patricia sprechen musste.

Besonders nach der vergangenen Nacht. Die Bilder holten ihn wieder ein.

Patricia hatte Nachtschicht gehabt. Wegen der Zeitverschiebung zu den USA musste CNN immer wieder die Nacht zum Tag machen. Es musste schon kurz vor dem Morgengrauen gewesen sein. Da hatte Michael Baumann das leise Klappern ihrer Absätze in der Stille auf dem Flur widerhallen gehört. Ihre Schritte verrieten ihre Ankunft. Mit zitternden Händen klopfte sie zaghaft an die Tür, ihr Herzschlag übertönte das sanfte Klopfen.

Michael Baumann hatte offenbar in Vorahnung wach gelegen. Das Klopfen ließ seine Vorfreude steigen. Er öffnete die Tür langsam, und in dem spärlichen Licht der Nachtbeleuchtung erkannte er Patricia, deren müde Augen vor Leidenschaft glühten. Sie stürmte sofort in sein Zimmer. Die Türe schloss sich. Sie sahen sich nur an, ohne Worte auszusprechen. Ihre Blicke verrieten alles.

Patricia trat näher, ihr Duft umhüllte Michael Baumann. Er spürte, wie ihre Lippen sich auf seine senkten, die Hitze ihres Atems auf seiner Haut. Ein leises Seufzen entwich ihren Lippen, während seine Hände sanft ihren Körper erkundeten.

Dann das Rascheln von Kleidung, das Knistern der Leidenschaft, das rhythmische Atmen zweier Menschen, die sich vollkommen fallen ließen. Sie verloren sich im Augenblick. Ihr Stöhnen und ihre leisen Worte vermischten sich zu reiner Lust. «Ja... mehr...,« flüsterte Patricia. »Ich will dich... ganz.«

Die Zeit schien stillzustehen, während sie sich immer wieder vereinten, sich gegenseitig erforschten und ihre Sehnsucht stillten. Als die Morgendämmerung langsam durch das Fenster schlich, waren ihre Körper von Schweiß benetzt, ihre Haut glühte vor Hitze und ihre Herzen schlugen im Einklang.

Aber dann war Patricia schnell aufgestanden, hatte sich T-Shirt und Hose übergezogen und war ohne ein weiteres Wort aus dem Zimmer geschlichen.

Die Realität holte Michael Baumann aus seinen Gedanken zurück. Jetzt musste er wieder handeln, musste er wieder er selbst sein. Das Blatt Papier von Mulele noch in der Hand griff er zum Telefon und wählte Patricias Nummer im Hotel.

Das Klingeln erfüllte seine Ohren, bis schließlich eine raue Stimme am anderen Ende der Leitung antwortete.

»Patricia hier«, sagte sie knapp.

»Patricia, ich bin es, Michael«, antwortete Baumann mit fester Stimme und spürte deutlich seinen Entschluss. »Ich habe eine Nachricht erhalten, eine Einladung von einem Bekannten. Er ruft mich in den Nordosten des Kongo.«

Eine kurze Stille herrschte am anderen Ende der Leitung, während Patricia langsam die Worte verarbeitete. Baumann konnte förmlich die Gegenwehr ihrer Gefühle spüren, doch er musste stark bleiben.

»Michael, was genau meinst du damit?«, fragte sie schließlich mit zitternder Stimme.

Ein Kloß bildete sich in Baumanns Hals, als er weitersprach. Die Wahrheit war schwer auszusprechen, aber er konnte sie nicht länger vor Patricia verbergen.

»Ich habe eine Einladung von Mulele, einem Rebellenchef, erhalten«, begann er langsam. »Ich kenne ihn gut. Es geht um eine Entscheidungsschlacht, wie er schreibt, im Nordosten des Kongo. Ich muss dorthin.«

Sie verstand offenbar sehr genau, was er ihr damit sagen wollte. Ein ersticktes Schluchzen drang an sein Ohr, gefolgt von einer quälenden Stille.

»Patricia, ich... es tut mir leid«, flüsterte er leise. »Es tut mir so leid.«

Die Verbindung wurde unterbrochen, und Baumann ließ den Hörer langsam sinken. Seine Augen brannten vor Tränen, aber er wusste, dass er die richtige Entscheidung getroffen hatte.

Diese Liebesaffäre hatte keine Zukunft, so schön sie auch gewesen war. Patricia war mit einem Investmentbanker in Atlanta verheiratet, sie hatten einen kleinen Sohn, Paolo. Er selbst war seit Jahren verheiratet und hatte drei Kinder. Beide liebten ihr Leben, ihre Partner, ihre Kinder. Ihren Beruf.

Aber sie hatten sich eben auch ineinander verliebt.

Dennoch, er musste damit aufhören, Schluss machen. Es gab keine andere Lösung.

Jetzt galt es, wieder klar Schiff zu machen, professionell zu denken. Schluss mit privaten Gefühlen. Er musste den Verbindungsmann ausfindig machen, den ihm Mulele genannt hatte. Ein Deutscher, Max Gruber, stand auf dem Papier. Wie sollte er den nur in dem Chaos finden?

Michael Baumann schaute nochmals auf den Brief. Hinter dem Namen »Max Gruber« hatte Mulele tatsächlich ein kleines Sternchen gezeichnet. Baumann wendete den Brief hin und her. Aber er konnte die Anmerkung zu dem Sternchen nicht finden.

Verzweifelt schaute er sich auch das Briefkuvert noch einmal an. Und tatsächlich, auf die Innenseite hatte Mulele wieder ein Sternchen gemalt, dahinter fand sich eine Mobilnummer.

DER WELTHERRSCHER SPRICHT

Im Konferenzraum der amerikanischen Botschaft in Kigali herrschte eine gespannte Atmosphäre. Die Vertreter aus Deutschland, Frankreich und Großbritannien waren versammelt, um das «große Bild» zu sehen und zu verstehen. Der US-Botschafter selbst, Humphrey Brownshield, eher kleinwüchsig, ein Intellektueller mit umrandeter, runder Brille, saß am Kopf des langen Tisches, während seine Stellvertreter mit energischen Power-Point-Präsentationen klare Statements und konkrete Forderungen formulierten. Philip Bender vom BND saß aufmerksam da und schrieb fleißig mit, während er versuchte, alle Informationen aufzunehmen.

Bobby Brown, der offiziell als amerikanischer Militärberater anwesend war, saß neben Philip Bender und lächelte jovial. Philip Bender dachte kurz an den gestrigen Abend an der Bar mit ihm. Das war ein seltsames Gespräch gewesen. »Peter, mein Freund, du musst zustimmen, dass der Kongo auch nach dem Sturz Mobutus als Einheit erhalten bleiben muss«, begann Bobby Brown mit überzeugender Stimme. »Sonst wird das rohstoffreiche Herz Afrikas den Chinesen oder Russen in die Hände fallen.«

Philip Bender nickte zustimmend. Er verstand die geopolitische Bedeutung der Region und die Folgen, die ein Machtvakuum mit sich bringen konnte.

»Genau aus diesem Grund werden die USA die neue Regierung unter Laurent Kabila unterstützen«, fuhr Bobby Brown fort. »Er wird in den nächsten Tagen in Kinshasa eintreffen und dann Präsident sein. Wir müssen sicherstellen, dass er die richtige Unterstützung erhält, um das Land zu stabilisieren.«

Philip Bender schrieb hastig mit und überlegte, wie diese Informationen in seine eigene Lageeinschätzung einfließen würden. Die Entscheidungen, die hier getroffen wurden, hatten weitreichende Konsequenzen für die Zukunft des Kongo und die Interessen der beteiligten Länder.

»Wo steckt eigentlich Mobutu?«, fragte Philip Bender flüsternd nach.

Bobby Brown schaute skeptisch aus den Augenwinkeln auf den deutschen Mann vom BND. Der wollte ihn wohl testen, dachte er sich. Er beschloss, mit Philip Bender eine Freundschaft auf Zeit zu schließen. Vielleicht könnte er ihn noch brauchen.

»Mobutu hat Asyl in Marokko erhalten.« Mehr sagte Bobby Brown nicht dazu.

Während die Diskussionen und Präsentationen weitergingen, konnte Philip Bender spüren, wie die Spannung im Raum zunahm. Jeder wusste, dass schnelle Entscheidungen getroffen werden mussten, um die Stabilität und Sicherheit der Region und damit wohl des ganzen Kontinentes Afrika zu gewährleisten. Wahrscheinlich hatten die Amerikaner das politische Asyl in Marokko für ihren sterbenskranken ehemaligen Verbündeten Mobutu arrangiert.

Die Präsentationen im Konferenzraum der amerikanischen Botschaft gingen weiter, begleitet von dem Summen der Klimaanlage und dem leisen Tastenklick zwischen den PowerPoint-Folien. Philip Bender hörte aufmerksam zu, während Bobby Brown in seinem Beitrag von den Verträgen sprach, die amerikanische Unternehmen bereits für den Abbau der kostbaren Rohstoffe im Kongo abgeschlossen hatten. Er nannte sogar die Namen der Unternehmen. Das Kratzen von Stiften auf Papier war zu hören, als die anderen Teilnehmer eifrig Notizen machten.

Nachdem Bobby Brown geendet hatte, wagte Peter Bender eine Frage. »Wie sieht es mit dem Engagement aus Simbabwe und Angola aus?«, erkundigte er sich und versuchte seine Neugier zu verbergen. »Beide Länder haben Kabila doch auch militärisch unterstützt. Stimmt es, dass sie als Gegenleistung enorme wirtschaftliche Versprechen erhalten haben?«

Ein kurzer Moment der Stille folgte, während alle Augen auf Bobby Brown gerichtet waren. Schließlich antwortete er mit ernster Miene: »Ja, es gibt Berichte über wirtschaftliche Zugeständnisse an Simbabwe und Angola. Es ist kein Geheimnis, dass verschiedene Länder ihre Interessen im Kongo verfolgen. Wir müssen jedoch vorsichtig sein und sicherstellen, dass wir unsere eigenen Interessen schützen und gleichzeitig zur Stabilisierung der Region beitragen.«

Philip Bender konnte die Anspannung im Raum spüren, während die Diskussionen über geopolitische Machtspiele und wirtschaftliche Interessen immer intensiver wurden. Es war offensichtlich, dass die Ressourcen des Kongos eine begehrte Trophäe waren und dass verschiedene Akteure versuchten, ihre Position zu stärken.

Die Gedanken wirbelten in Philip Benders Kopf, während er die Informationen niederschrieb und verarbeitete. Die politische Landschaft war komplex, und es war schwierig zu sagen, wer letztendlich von den wirtschaftlichen Versprechen profitieren würde. Es stand viel auf dem Spiel, nicht nur für die westlichen Länder, sondern auch für den Kongo.

Die Diskussionen gingen weiter, der Raum füllte sich mit einem Gefühl, das konkretes Handeln notwendig und dringlich war und jetzt beschlossen werden müsste. Philip Bender beobachtete die Gesichter der Anwesenden, die leichten Schweißperlen auf ihren Stirnen und die ernsten Mienen. Nicht alle schienen sehr glücklich damit zu sein, dass in einer solchen Situation nun plötzlich die USA ihre Führungsrolle beanspruchten und sich herzlich wenig um die Befindlichkeiten, Wünschen und Ansichten der ehemaligen europäischen Kolonialmächte scherten. Nur aussprechen wollte das offenbar hier keiner.

Während weiter heftig, aber diplomatisch formuliert diskutiert wurde, bemerkte Philip Bender, dass der deutsche Botschafter Berthold von Borch immer wieder böse Blicke auf ihn warf. Es war offensichtlich, dass zwischen ihnen Spannung herrschte. Philip Bender konnte nur vermuten, dass von Borch nicht begeistert war, dass der BND einen Vertreter nach Kigali entsandt und ihm damit ein Stück seiner Autorität entzogen hatte.

Philip Bender hielt Berthold von Borch für einen erfahrenen Diplomaten, der seine Gründe hatte, skeptisch zu sein. Dennoch war er entschlossen, seinen Job für seine Behörde zu machen. Er hatte keine Zeit für politische Spielchen oder persönliche Rivalitäten.

Als Philip Bender wieder zu von Borchs Richtung schaute, traf er dessen eisigen Blick. Es war, als würde ein Sturm zwischen ihnen toben, obwohl sie sich äußerlich nichts anmerken ließen. Philip Bender spürte den Druck und die Erwartungen. Er wusste, dass er sich beweisen musste und dass jedes seiner Worte in den Berichten und jede seiner Handlungen sorgfältig beobachtet wurde.

Unbeeindruckt von Berthold von Borchs abweisendem Verhalten konzentrierte sich Peter wieder auf die Diskussionen im Raum. Es gab noch viele Fragen zu klären und Entscheidungen zu verstehen und vielleicht zu beeinflussen. Der Kongo stand zur Disposition.

Philip Bender ordnete seine Gedanken und hörte fast nur nebenbei den Klang der Stimmen und das Rascheln von Papieren.

Plötzlich, mitten in das Summen der Klimaanlage, räusperte sich Botschafter von Borch und erhob sich von seinem Stuhl. Das hatte bisher noch keiner der Diskutanten getan. Ein Auftritt, dachte sich Philip Bender. Alle Köpfe wandten sich dem deutschen Botschafter zu, während er mit einer bestimmenden Stimme sprach. »Ich möchte an dieser Stelle betonen, dass die deutsche Regierung äußerst vorsichtig sein muss, wenn es um Investitionen im Kongo geht. Wir dürfen nicht die Fehler der Vergangenheit wiederholen und uns von kurzfristigen Gewinnen blenden lassen.«

Die salbungsreichen, aber leeren Worte von Botschafter von Borch hallten im Raum wider, während seine Augen wieder zu Philip Bender wanderten. Es war, als würde er eine stumme Botschaft an ihn senden.

Philip Bender spürte den Druck, der von diesem Blick ausging. Er würde nichts mehr sagen, ruhig bleiben und dafür alles in seinen Bericht reinschreiben.

DER EINSAME DEUTSCHE

Philip Bender saß konzentriert in seinem Hotelzimmer in Kigali, während er den Bericht über das westliche Meeting in der amerikanischen Botschaft für den BND in Pullach bei München verfasste. Die Tasten seines Laptops klickten kraftvoll. Jeder Buchstabe, den er verschlüsselt eingab, schien Gewicht zu haben. Er war sich der Tragweite der endgültigen und offiziellen Enthüllungen bewusst – die Amerikaner waren direkt beteiligt am Sturz von Mobutu und auch an der Flucht nach Marokko. Da stand viel auf dem Spiel. Vor allem für die deutschen Diplomaten, die während des Krieges beharrlich das Gegenteil behauptet hatten.

Ein kurzes, selbstgefälliges Lächeln huschte über Philip Benders Lippen, als er an den deutschen Botschafter von Borch dachte, dessen Einschätzungen in den vergangenen Wochen in diesen Punkten stets fehlerhaft gewesen waren. Die Überbleibsel der alten Adligen im Auswärtigen Dienst waren kaum noch in der Lage, eine glaubwürdige Einschätzung abzugeben. Diese treffende Formulierung – »Überbleibsel« – gefiel Bender besonders.

Nachdem er den Bericht erfolgreich abgeschickt und eine Sicherheitskopie auf seinem USB-Stick gesichert hatte, verstaute er diesen behutsam in seiner Tasche. Bender war sich der Tragweite der Informationen bewusst. Als er seine Hotelrechnung beglichen hatte und ein Taxi zum Flughafen suchte, bemerkte er eine vertraute Gestalt in der Menschenansammlung vor dem Mille Collins.

Es war Douglas McFarland, ein enger Freund von Michael Baumann. Bender kannte ihn von gemeinsamen Abendessen bei den Baumanns in Nairobi gut. Die Überraschung, ihn hier zu treffen, spiegelte sich auf Benders Gesicht wider.

»Douglas! Was zum Teufel machst du hier?«, rief Bender und ging auf McFarland zu.

Douglas McFarland erwiderte das Lächeln und schüttelte Bender die Hand. »Philip, dasselbe könnte ich dich fragen. Ich hatte gehofft, hier im Hotel Mille Colline Michael Baumann anzutreffen. Hast du irgendetwas von ihm gehört?«

Bender schüttelte bedauernd den Kopf. »Leider nicht. Ich habe gerade einen Bericht über den Kongo an meine Behörde geschickt, aber ich mache mir große Sorgen um Michael. Angeblich soll er sich in Kinshasa aufhalten.«

McFarland runzelte die Stirn. »Das ist seltsam. Wir haben seit Tagen nichts von ihm gehört. Lass uns gemeinsam zum Flughafen fahren. Du fliegst doch nach Nairobi?«

Die beiden Männer teilten sich ein Taxi zum Flughafen von Kigali. Als sie dort ankamen, erblickten sie hier mitten in Ruanda eine ungewöhnlich hohe Anzahl amerikanischer Kampfhubschrauber und mächtiger Hercules-Transportmaschinen auf dem Flugfeld. Das ohrenbetäubende Brüllen einiger Hubschrauberrotoren erfüllte die Luft, während die Hercules-Maschinen majestätisch am Rande des zivilen Flughafens thronten.

Philip Bender blieb fasziniert stehen und betrachtete das imposante Kriegsgerät. »Da scheint etwas Größeres im Gange zu sein. Was zum Teufel geht hier vor, Douglas?«

Douglas McFarland schaute ebenfalls zu den Hubschraubern und Maschinen hinüber. »Ich habe keine Ahnung, Philip. Aber ich hoffe nur, dass Baumann nichts damit zu tun hat. Hoffentlich ist er in Sicherheit.«

Plötzlich kamen Philip Bender die beunruhigenden Worte von Bobby Brown in den Sinn. Michael Baumann sollte sich von Rebellenführer Mulele fern halten. Könnte dieser außergewöhnliche Militäraufmarsch etwas mit

Mulele zu tun haben? Wollten die Amerikaner nun den letzten verbliebenen Rebellen bekämpfen? Auf den Landkarten der gestrigen Präsentationen in der US-Botschaft war der Nordosten des großen Landes in Afrikas Kern immer schraffiert dargestellt worden. Offenbar hatte die neue Regierung diese Teile noch nicht unter Kontrolle. Doch Bender behielt seine Gedanken vorerst für sich.

Gemeinsam begaben sich Douglas McFarland und Philip Bender zur Abflughalle, um ihre Tickets vorzulegen. Aufregung und Spannung knisterten förmlich in der Luft, als sie durch das Gate zur Maschine der Kenyan Airways nach Nairobi schritten. Die Präsenz der Soldaten, die am Flugfeldrand eilig in die Bäuche der Hercules-Maschinen stiegen, verstärkte das Gefühl einer unheilvollen Entwicklung.

Während des gesamten Fluges verharrte Bender in seinen Gedanken bei Baumann. Er versuchte sich vorzustellen, was in Kinshasa vor sich ging und ob sein Bekannter und wohl bester Informant in Gefahr war. Das gleichmäßige Rauschen der Flugzeugdüsen der Boing 737 der Kenyan Airways und das sanfte Rütteln des Flugzeugs verstärkten seine Unruhe.

ABFLUG INS UNGEWISSE

Der nächste Tag brach an, und Baumann machte sich in den Wirren des Nachkriegs-Kinshasas auf den Weg zum nationalen Flughafen. Die Seitenstraßen waren erfüllt von Chaos und Verlorenheit, das Echo der vergangenen turbulenten Tage hallte noch immer wider. Überall sah er vernachlässigte Gebäude mit ausgehängten Jalousien und dazwischen verlassene Straßenzüge. Die wenigen Menschen auf den anderen Straßen schienen gezeichnet von den Strapazen der vergangenen Tage, ihre Augen voller Angst vor dem Moment und voll naiver Hoffnung auf eine bessere Zukunft.

Inmitten dieser düsteren Stimmung kämpfte Baumann gegen die Willkür der neuen Machthaber. Deren Polizei, eine bunte Mischung aus ehemaligen Rebellenkämpfern und Alt-Polizisten in ihren dunkelblauen Uniformen, versperrten mit Straßensperren immer wieder den Weg. Alfons, Baumanns Fahrer, war in solchen Situationen unbezahlbar.

Alfons brüllte, er schmeichelte mit Worten und Gesten, er stieg aus und redete mit Händen und Füßen. Immer kamen sie weiter. Und meist musste Alfons die wenigen Dollar, die Michael Baumann ihm für alle Fälle als »Gefälligkeiten« zur Verfügung gestellt hatte, nicht ausgeben.

Michael Baumann hatte sich telefonisch mit Muleles Kontaktmann am kleineren nationalen Flughafen verabredet, und er wusste, dass es für ihn von entscheidend war, diesen Max Gruber zu treffen. Sonst kam er hier nicht raus.

Die größeren Hauptstraßen Kinshasas waren schon wieder gefüllt mit den Geräuschen des üblichen Chaos. Das Hupen der Autos, das Rufen der Menschen – all das vermischte sich zu einem Kakophonie der Misstöne in dieser unentschiedenen Misere, in der die Menschen steckten. Doch Baumann kämpfte sich unbeirrt weiter, auch wenn immer wieder wirbelnden Staubwolken aus dem schadhaften Teerbelag seine Sicht durch die Windschutzscheibe des alten Peugeot verschleierten.

Endlich erreichten Michael Baumann und Alfons den Regionalflughafen. Hier standen noch einige wenige niedrige Diplomaten westlicher Botschaften herum, die auf Hubschrauber oder Flugzeuge warteten, um ausgeflogen zu werden. Die meisten Botschafter und Botschaftssekretäre waren längst ins benachbarte Brazzaville geflohen. Nur ein paar Sicherheitskräfte waren in den westlichen diplomatischen Vertretungen zurückgeblieben.

Michael Baumann stieg aus dem Taxi und schaute sich suchend um. Schließlich erblickte er Max Gruber. Er erkannte ihn sofort an seinem schäbigen Anzug und der zynischen Miene, die sein Gesicht verzerrte.

»Baumann, da bist du ja endlich«, raunte Gruber und steckte eine Zigarette in den Mundwinkel. »Du bist spät dran, mein Freund. Die Dinge hier werden immer heißer.«

Michael Baumann nickte knapp und versuchte, seine Anspannung zu verbergen. »Ich hatte ein paar Schwierigkeiten unterwegs, aber hier bin ich, wie vereinbart.«

Gruber zog genüsslich an seiner Zigarette und spie den Rauch in die Luft. »Mulele erwartet dich, Baumann. Er will dich als Chronisten. Sei bereit für alles, denn das hier wird kein Spaziergang.«

Michael Baumann war nicht wirklich über Max Grubers Schroffheit erstaunt. Er hatte sich über ihn erkundigt, nicht anders gekonnt, als seinen Kollegen und Freund Frank Kluge nach einem Deutschen mit dem Namen Max Gruber zu fragen.

Und tatsächlich, Kluge hatte Max Gruber schon einmal getroffen, bei einem Bekannten in einer der deutschen Stiftungen. Es sei wohl die Hanns-Seidel-Stiftung der

CSU gewesen, erinnerte sich Frank Kluge. Viel Gutes hatte er nicht über diesen Mann zu erzählen gehabt.

Max Gruber war eine zwielichtige Figur, deren Vergangenheit von Geheimnissen und fragwürdigen Verbindungen geprägt war. In den dunklen Zeiten Kinshasas unter Mobutu hatte er sich einen Ruf als Überlebenskünstler erworben, der stets seine eigenen Interessen im Auge hatte. Seine Erfolgserlebnisse während des Boxkampfes zwischen den beiden amerikanischen Champions Frasier und Cassius Clay, den er in den 70er Jahren mit organisiert hatte und der ihn nach Kinshasa gebracht hatte, hatten ihn verhältnismäßig wohlhabend, wenn nicht reich werden lassen. Aber dann war er abgestürzt, hatte politisch und wirtschaftlich auf die falschen Pferde im Machtroulette gesetzt.

Max Grubers zynisches Lächeln verriet eine jahrzehntelange Erfahrung im Umgang mit Intrigen und Gefahren. Er rauchte stets eine Zigarette, als wäre sie sein einziger verlässlicher Begleiter in der düsteren Realität des Kongos. Sein abgetragener Anzug und seine verschlissenen Schuhe deuteten darauf hin, dass er schon lange nicht mehr zu den wohlhabenden Nutznießern des Mobutu-Regimes zählte, aber er trug sie mit stolz. So waren seine Klamotten gleichzeitig ein Zeichen seines Überlebenswillens und seiner Fähigkeit, sich den Widrigkeiten anzupassen.

Frank Kluge hatte Baumann erzählt, dass Gruber viele Kontakte hatte, sowohl in den höchsten Kreisen als auch in den dunkelsten Ecken der Stadt. Er war ein Informant, der Informationen gegen Bezahlung weitergab und seine eigenen Deals abschloss. Doch hinter seiner rauen Fassade verbarg sich eine gewisse Loyalität gegenüber denen, die er für würdig erachtete.

In diesem Fall schien Mulele, der Rebellenchef, sein Vertrauen gewonnen zu haben.

»Was kommt als nächstes?«, fragte Baumann den Kontaktmann, der scheinbar entspannt in die Runde schaute und an seiner Zigarette zog. Baumann spürte jetzt hautnah die zwiespältige Natur Grubers. Der grunzte nur unverständlich zurück und rieb die Finger seiner freien Hand. Also suchte er wohl den richtigen Mann, den er zu bestechen hatte, damit sie weiter kamen. Baumann spürte instinktiv, dass er vorsichtig sein musste. Aber er hatte keine andere Wahl. Gruber war sein einziger Kontakt zum Rebellenchef, und er musste sich auf ihn einlassen, um dorthin zu kommen.

»Lass uns losgehen«, sagte Max Gruber unerwartet und gab Zeichen. Baumann verabschiedete sich sehr kurz von Alfons. Er umarmte ihn sogar und drückte ihm versteckt mehrere hundert Dollar in die Hand für seine Arbeit und Hilfe in den vergangenen Tagen.

»Danke, pass auf dich auf«, sagte Alfons und winkte vorsichtig mit angezogenem Arm Michael Baumann hinterher.

Michael Baumann folgte mit seiner kleinen Reisetasche an der Schulter dem in das schäbige Flughafengebäude strebenden Max Gruber. Die kurzen Dialoge dabei zwischen Baumann und Gruber waren von einer unterschwelligen Spannung geprägt.

»Brauche ich meinen Pass?«, fragte Baumann.

»Bleib einfach nah hinter mir«, wies der Deutsche den Journalisten an. Gruber passte in diese unwirkliche Umgebung. Er sprach in Andeutungen und ließ Baumann im Unklaren über die genauen Pläne und Winkelzüge, die ihn erwarteten. Er warf ihm ab und zu bedeutungsvolle Blicke zu und seine Stimme klang wie ein geflüsterter Warnruf inmitten des Gemurmels der verängstigten weißen Diplomaten.

Michael Baumanns Instinkt mahnte zur Vorsicht, Gruber würde seine wahre Absichten niemals preisgeben.

Aber in dieser Welt des Misstrauens musste Baumann sich auf seine wenigen Verbündeten verlassen, es gab sonst niemanden für ihn. Mit Alfons war er ja auch tagelang gut gefahren. Mit einem letzten Blick zurück zum Eingang und einem unruhigen Gefühl im Herzen machte Michael Baumann sich bereit, wieder dem Rebellenchef Mulele zu begegnen.

FLUG ÜBER DEN KONGO

Die Bestechungsgelder zeigten ihre Wirkung. Max Gruber und Michael Baumann schafften es, an Bord der einzigen Cessna Caravan zu gelangen, die auf dem verwilderten Flugfeldbereich zwischen vertrockneten Grasbüscheln und Kieselsteinen der zum Teil zerbrochenen Beton-Bodenplatten stand. Michael Baumann hoffte insgeheim, das die Maschine gut genug in Schuss war, sie über die menschenleeren Weiten des Kongo zu bringen.

Der Pilot war ein Kongolese, mit rundem Gesicht und zwei großen Kulleraugen, die hervorstanden. Mutombo hieß er und roch deutlich nach Alkohol. Das bereitete Michael Baumann, der sich hinter den Piloten in der Maschine gesetzt hatte, ein ungutes Gefühl. Ihre Sicherheit hing von Mutombo ab, der leichtsinnig genug war, angetrunken zu fliegen.

Aber nicht nur Mutombo verkörperte ein Wagnis. Michael Baumann war schon in vielen Cessna Caravans geflogen, aber keine hatte so mitgenommen ausgesehen wie diese. Alles war sauber, aber aus den Sitzen klafften Fetzen der aufgerissenen Bezüge aus Kunstoff, die Innenverkleidung hatte zumindest lange kein feuchtes Tuch mehr zu spüren bekommen, wenn sie in den vergangenen Jahren denn jemals gereinigt worden waren. So ähnlich war es auch mit dem Kragen des Piloten, dessen Nähte sich auflösten.

Pilot Mutombo machte seinen letzten Rundgang um die Cessna-Maschine. Dann setzte er sich wieder auf seinen Pilotensitz und griff nach seiner Wasserflasche. Michael Baumann hoffte insgeheim, dass in der Plastikflasche nur Wasser war. Aber das Aroma, das sich kurz danach von vorne zu seiner Nase verbreitete, ließ ihn ahnen, dass zumindest etwas Alkohol in die Wasserflasche reingemischt worden war.

»Alle fertig«, rief Mutombo, dann schmiss er den Motor an und sprach, offenbar in Lingala, über Funk kurz mit dem Tower.

Der Motor der Cessna heulte auf, als sie die Startbahn entlang rollten. Baumann spürte die Vibrationen des Flugzeugs und den Lärm des Motors, der sich mit dem Pfeifen des Windes vermischte. Der Geruch von Kerosin durchzog die Luft in der Kabine, während sie sich in die Höhe erhoben und Kinshasa hinter sich ließen.

Sie flogen in Richtung Osten. Erwartungsvolle Neugierde erfüllten Baumanns, und er unterdrückte die Zweifel und die Angst, die sich darunter mischten. Jetzt galt es, sich auf das zu konzentrieren, was vor ihnen lag.

Max Gruber, der sich neben den Piloten gesetzt hatte, war nach wenigen Minuten eingeschlafen und röchelte seine Träume laut heraus. Michael Baumann schaute sich fasziniert die Wolkengebilde über dem immer bewaldeten Gebiet unter ihnen an, Kilometer-hohe Wolkentürme waren im Norden zu sehen, weiß, wie gebleicht, groß, mächtig, hoch, und ab und an durchzogen mit grauen Schlieren.

Michael Baumanns Gedanken begannen sich selbständig zu machen. Plötzlich sah er Patricias Gesicht ihn anstrahlen. Ihr Duft, ihre sinnliche Ausstrahlung, der Geschmack ihrer Lippen – all das hallte in seinem Kopf wider. Während das kleine Flugzeug über den Kongo wackelte und die Turbulenzen das Innere der Cessna erzittern ließen, konnte Baumann den süßen Nachklang ihrer Berührung auf seinen Lippen spüren. Er hatte die Liaison mit der Italienerin nur aus Vernunftgründen beendet. Aber in diesem Moment, in der Enge des Flugzeugs, kämpften seine Gedanken gegen seinen rationalen Willen an. Er konnte ihre betörende Ausstrahlung vor sich sehen, wie sie mit ihren verführerischen Augen und dem frechen Lächeln in sein Leben getreten war.

Als die Cessna erneut von heftigen Turbulenzen erfasst wurde, drängte sich wieder der Konflikt im Kongo in den

Vordergrund. Baumanns Herz raste vor Nervosität, während er versuchte, seine Gedanken zu ordnen. Er wusste, dass er sich auf seine Mission konzentrieren musste.

Mutombo kannte seine Maschine, er fing sie immer wieder sanft ein, danach griff er jedes Mal zu seiner Wasserflasche und nahm einen kräftigen Schluck. Max Gruber stöhnte nur ab und zu im Schlaf. Das Brummen des Motors beruhigte ihn gleich wieder.

Dennoch, in den kurzen Momenten der Ruhe zwischen den aufreibenden Turbulenzen, drängten sich die Erinnerungen an die italienische Kollegin immer wieder nach vorne. Er konnte ihren verlockenden Blick förmlich spüren. Die Leidenschaft, die sie miteinander geteilt hatten, schien ihn in der Kabine zu umarmen.

Als das Flugzeug erneut stark durchgeschüttelt wurde, verstärkte Michael Baumann seinen Griff um die Sitzlehne. Die Realität des Krieges und seine berufliche Aufgabe drängten sich gnadenlos zurück. Baumann wusste, dass er seine privaten Emotionen beiseitelegen musste, um das Abenteuer zu bestehen, das vor ihm lag. Er begann sich Notizen zu machen, um sich zu konzentrieren und seine Gedanken zu ordnen. Was wollte, was musste er diesmal Mulele alles fragen? War der Rebellenchef wirklich das Kind der entführten Missionarin? Wie wollte Mulele gegen den von den USA unterstützen neuen starken Mann des Kongos, Laurent Kabila, vorgehen? Hatte er überhaupt eine Chance, Teile des Landes auf längere Sicht zu kontrollieren?

Die Cessna Caravan setzte zur Landung an, und Michael Baumann spürte, wie sein Puls rasant anstieg. Die Buschpiste, die als Landebahn dienen sollte, war nur notdürftig begrenzt und mit weißem Sand ausgezeichnet, ansonsten war nur Dickicht zu sehen. Pilot Mutombo kam offensichtlich ins Schwitzen und roch gleich wieder deutlich nach Alkohol, wie er mit den widrigen Bedingungen kämpfte, als die Cessna im Landeanflug noch einmal heftig von Turbulenzen geschüttelt wurde. Sogar Max Gruber wachte davon auf.

»Sind wir da oder müssen wir nur tanken?«, fragte er Mutombo. Der war so beschäftigt, das Flugzeug auf die Piste auszurichten, dass die Frage zunächst unbeantwortet blieb.

»Ahh, der Tankstopp«, gab sich Max Gruber schließlich selbst die Antwort und prüfte seine Sicherheitsgurte. Der Anflug war offenbar auch nicht ganz nach seinem Geschmack.

Die Räder der Cessna berührten den unebenen Boden, und der Lärm des knirschenden Grases drang durch den Flugzeugbauch. Michael Baumann klammerte sich an seinen Sitz, während das Flugzeug über die holprige Piste raste. Der Geruch von verbranntem Gummi stieg auf, als der Pilot verzweifelt versuchte, das Flugzeug zu bremsen.

Plötzlich schien die Piste zu Ende zu sein, und die Cessna hob sich wieder mit Vollgas in die Luft. Baumanns Herz schlug ihm bis zum Hals, als er einen kurzen Blick aus dem Fenster warf. Sie waren nur knapp einer Katastrophe entgangen. Am Ende der Piste klaffte ein tiefes Schlammloch.

Mutombo flog mit dröhnendem Motor und ausgefahrenen Klappen in einer Schleife zurück und setzte erneut zur Landung an. Dieses Mal gelang es ihm, das Flugzeug früher aufzusetzen und sicher zum Stehen zu bringen. Baumann spürte die Erleichterung in seinen Knochen, als sie endlich sicher auf dem Boden standen.

Doch es blieb wenig Zeit zum Ausruhen.

Ein Geländewagen mit zwei Fässern auf der Ladefläche kam aus dem Nichts auf sie zu. »Treibstoff«, nuschelte Mutombo und bereitete, auf dem Flügel kniend, die Maschine für das Auftanken vor. Den Motor hatte er angelassen.

Michael Baumann und Max Gruber, der sich seine notorische Zigarette schon angezündet hatte, beobachteten unweit des Flugzeuges die Umgebung. Der Lärm des Motors übertönte fast alles andere. Mutombo pumpte das Kerosin mit einer Handpumpe in die Flügel, das hungrige Glucksen der Tanks begleitete das Hüsteln des Motors im Leerlauf.

»Gleich fertig«, gab Mutombo von oben bekannt und schraubte den Deckel wieder auf den Tankstutzen.

Doch an Max Gruber erkannte Michael Baumann, das irgendetwas vor sich ging. Der faltige Deutsche hatte seine Zigarette, noch nicht einmal halb geraucht, weg geschnippt und starrte in den Busch.

Jetzt konnte auch Michael Baumann entfernte Geräusche aus dieser Richtung hören. Das Knacken von Zweigen und das Zischen von Tieren vermischten sich mit ihrer eigenen Verkrampfung. Michael Baumann hatte vor Aufregung vergessen, seine Zigarette anzuzünden.

Plötzlich tauchten dunkle Gestalten zwischen den Bäumen auf. Bewaffnete Männer in Tarnuniformen kamen näher, ihre Gewehre vor den Körper haltend, bereit zum Einsatz.

Baumanns Atem stockte, als er realisierte, dass es sich um Freischärler oder Banditen handeln musste.

»Schnell, wir müssen hier weg!« rief Baumann und rannte die wenigen Schritte zur Cessna zurück. Gruber folgte ihm gehetzt, während die Bewaffneten immer näher kamen. Die Motoren der Cessna heulten auf, als Pilot Mutombo schon verzweifelt versuchte, das Flugzeug schnell wieder startklar zu machen.

Baumann spürte sein Herz pochen, roch seinen eigenen Schweiß, zitterte. Er half Gruber, die Türen zu schließen, während draußen die ersten Schüsse fielen. Sie rollten schon. Aber die Rebellen eröffneten das Feuer, aber da hob die Cessna über dem Schlammloch bereits ab.

Das Flugzeug stieg langsam in die Höhe, und Baumann atmete erleichtert auf. Doch die Gefahr war noch nicht vorbei. Die Cessna schlingerte durch die Luft, als Pilot Mutombo versuchte, sich wackelnd aus der Reichweite der Freischärler zu bringen. Die Geräusche der Kugeln, die gegen den Rumpf prallten, hallten in Baumanns Ohren wider.

»Das sind Banditen, die wollen mein Flugzeug stehlen«, brüllte Mutombo, der zwischen Lenkmanövern noch die Zeit fand, seine Sicherheitsgurte endlich zu schließen.

Michael Baumann spürte die Vibrationen des Flugzeugs und roch den beißenden Geruch von Kerosin. Angst durchströmte seinen Körper, er schwitzte wie Mutombo, hielt sich fest und hoffte, dass Mutombo sie sicher aus der Gefahrenzone bringen würde. Der zog die Cessna im Steigflug brutal über die ersten Baumwipfel.

»Geschafft«, stöhnte von vorne Max Gruber, nahm seine beiden Hände vom Armaturenbrett und wischte sich die Stirn mit einem schon oft gebrauchten Stoff-Taschentuch ab.

Nach dieser halsbrecherischen Flucht gelang es der Cessna schließlich, die bedrohliche Lichtung der Buschpiste hinter sich zu lassen. Die Freischärler oder Banditen, wie Mutombo sie genannt hatte, waren nur noch kleine Punkte am Horizont, und die Cessna nahm unter dem Kommando von Pilot Mutombo Kurs auf ihr Ziel im Osten.

Baumann lehnte sich in seinem Sitz zurück und versuchte, seine Atmung zu beruhigen. Die Action und die Angst waren noch immer in sein Gesicht geschrieben, aber sie hatten es geschafft. Was für ein Land, was für ein Chaos? Wer will das alles kontrollieren, dachte er sich, als er wieder entspannter aus dem Fenster auf die scheinbar endlosen Tropenwälder mit ihren immergrünen Baumriesen schaute.

Nur knapp eineinhalb Stunden nach der halsbrecherischen Zwischenlandung irgendwo im Nirgendwo, um aufzutanken, setzte die Cessna schließlich zur Landung auf einer notdürftig beleuchteten Buschpiste im Ostkongo an. Gleich würde es dunkel sein. Michael Baumanns Herz schlug schneller, als er den Blick aus dem Fenster auf die unwegsame Landschaft mit den bewaldeten Hügeln warf. Der Geruch von feuchter Erde und nasser Vegetation drang durch das offene Fenster neben Mutombo in die Kabine, während die Reifen der Cessna den Boden berührten.

Als das Flugzeug zum Stillstand kam, öffneten sie die Türen und die beiden Deutschen traten hinaus. Vor ihnen warteten bewaffnete Rebellen Muleles in ihren Geländewagen. Michael Baumann konnte den metallischen Klang der Waffen hören, wenn diese an das Blech der Wagen stießen. Ein ängstlicher Hitzeschwall lief seinen Rücken herunter. Woher sollte er wissen, dass diese Unbekannten nicht bereit waren, Gewalt anzuwenden und das Flugzeug zu kapern?

Einer der Rebellen trat vor und fixierte Michael Baumann mit einem durchdringenden Blick. »Du bist also der Mann, den unser Rebellenchef erwartet«, sagte er mit einem scharfen Akzent in seinem Englisch. Baumann nickte stumm und versuchte, seine Nervosität zu verbergen.

Max Gruber trat vor, reichte dem Rebellenführer die Hand und stellte sich vor: »Max Gruber, der Postbote. Wir haben unseren Teil der Abmachung erfüllt.«

»Hier ist das vereinbarte Geld«, antwortet der Rebellenführer nur mit einem zynischen Grinsen. Er griff in sein halb offenes Hemd und zog einen Umschlag mit US-Dollar-Scheinen hervor.

Max Gruber nahm den Umschlag und überprüfte den Inhalt. Ein zufriedenes Lächeln breitete sich auf seinem Gesicht aus, als er das Geld zählte. »Ihr könnt ihn haben«, sagte er schließlich und wies auf Michael Baumann.

Der Rebellenführer zeigte auf einen der Geländewagen. »Einsteigen.«

Mutombo ließ den Motor der Cessna wieder an, Max Gruber schwang sich auf den Beisitz, und noch bevor er die Tür geschlossen hatte, gab der Pilot Vollgas und hob nur kurz später ganz langsam ab. Mutombo wollte noch vor der völligen Dunkelheit wieder in der Luft sein und von hier wegkommen.

Michael Baumann schaute kurz der aufsteigenden Cessna mit etwas Schwermut hinterher. Dann stieg er mit klopfendem Herzen in den Geländewagen ein. Sofort spürte er die kalte Metalloberfläche des Gewehrs neben sich. Der starke Motor des Fahrzeugs startete mit einem röhrenden Geräusch, und sie fuhren los.

Die unbefestigte Straße war holprig und von tiefe Schlaglöchern durchlöchert, satter Geruch von feuchtem und fruchtbarem Boden hing in der Luft. Die Lichtkegel der Scheinwerfer spiegelten jede Unebenheit wackelnd und zuckend in Fahrtrichtung wider. Aus dem Seitenfenster konnte Michael Baumann auf den kleinen Lichtungen, die plötzlich auftauchten, immer wieder Hunderte von Glühwürmchen herumschwirren sehen. Die Natur ist einfach stärker als wir Menschen, ermahnte sich Baumann.

Die Fahrt dauerte gefühlt eine Ewigkeit, und Michael Baumann versuchte, seine zunehmende Unsicherheit zu unterdrücken. Er fühlte die Augen der Rebellen auf ihm ruhen und konnte ihre misstrauischen Blicke spüren. Jedes Geräusch, sei es das Klappern der Waffen oder das Rumpeln des Geländewagens, versetzte ihn in Alarmbereitschaft.

Schließlich erreichten sie ihr Ziel, das mitten Tropenwald abgelegene und schwer bewachte Fort Uhuru wa Ngome (»Fort Freiheit« auf Swahili).

Michael Baumann war hier schon gewesen, er fühlte sich fast gut aufgehoben. Er stieg aus dem Fahrzeug und spürte sofort die feuchte Hitze, die ihn umschloss. Die Geräusche des Dschungels waren laut und unheimlich, das Zirpen der Insekten und das Rascheln der Blätter. Der Geruch von Verrottung und Moos durchdrang die Luft.

Baumann stand vor dem einzigen Ziegelhaus im Fort, das war Muleles Hauptquartier. Er hatte es geschafft. Also atmete er noch einmal tief durch und machte sich bereit, den Rebellenchef mit seinen Fragen zu konfrontieren und endlich die Antworten zu erhalten, nach denen er suchte.

Baumann stieg die Treppen hoch auf die Veranda und öffnete die Tür.

IM FREISTAAT

Michael Baumann stand vor der massiven Holztür des Hauptquartiers von Mulele. Der Rauch, der von den zahlreichen Feuerstellen ringsum aufstieg, ließ ihn husten. Sollte er klopfen oder einfach hineingehen? Er blickte sich noch einmal suchend um, aber es war niemand zu sehen - weder vor noch neben dem Ziegelhaus. Es waren die frühen dunklen Nachtstunden, und das Fort Uhuru wirkte friedlich, ohne Anzeichen bevorstehender Kämpfe oder großer Schlachten.

Michael Baumann fasste sich ein Herz, klopfte kurz an und öffnete die Tür. Die Doppeltür zum Arbeitszimmer von Mulele stand halb offen, Licht fiel aus dem Raum in den Eingangsbereich.

»Herein, Michael, du bist es, oder?« hörte Baumann die tiefe Stimme des Rebellenchef rufen. Der Holzboden knarrte leicht, als er mit entschlossenem Schritt in das Zimmer trat. Mulele stand über Landkarten gebeugt an seinem großen Tisch.

»Willkommen«, begrüßte Mulele den deutschen Afrika-Korrespondenten. »Schau dir das an«, fuhr er konzentriert fort und zeigte auf die große Karte des Kongos, die vor ihm auf dem Tisch lag. Fast das gesamte Land war blau markiert, aber etwa ein Drittel im Norden bis zur Ostgrenze und hinunter nach Ruanda war mit unzähligen schwarzen und roten Punkten gekennzeichnet.

»Hier leben die freien Kongolesen«, präsentierte Mulele stolz dieses dreieckige Gebiet. Seine Hand glättete die Karte mit den »befreiten« Gebieten erneut. »Diese Menschen wollen endlich leben, arbeiten, Kinder bekommen. Sie brauchen besseres Saatgut, Krankenstationen, Medikamente und hoffentlich bald auch das eine oder andere Krankenhaus.«

Mulele richtete sich auf. Sein Gesicht wirkte müde, aber voller Tatendrang. »Die schwarzen Punkte sind unsere Bauernzentren. Ich möchte Genossenschaften im ganzen Land etablieren, damit jeder Bauer moderne Technologie für den Ackerbau nutzen kann.« Mit aufgeregtem Ton lief er einmal um den Schreibtisch herum und schaltete eine zweite Lampe ein. »Siehst du, das ist der Plan. Alle 10 bis 20 Kilometer soll es eine solche genossenschaftliche Gerätezentrale geben. Dann können wir genug Getreide, Gemüse und Früchte für den Eigenverbrauch anbauen.«

Michael Baumann spürte, dass jede andere Frage, jedes andere Thema den Augenblick zerstören würde. Deshalb fragte er schließlich: »Und die roten Punkte, was stellen sie dar?«

»Gut, dass du fragst. Das sind die Zentren für Gesundheit und Bildung. Jedes dieser Zentren hat bereits eine Krankenschwester und einen Lehrer oder eine Lehrerin«, erklärte Mulele. Seine Begeisterung wuchs, offenbar hatte er endlich einen Zuhörer gefunden, dem er seine Pläne noch nicht erzählt hatte. »Bildung, Gesundheit und sichere Nahrung sind der Schlüssel zur Zukunft.«

Das Wort »Zukunft«, ausgesprochen neben der Lampe, hallte durch die sonst dunkle Stille im Raum.

»Aber was ist mit mir?«, fuhr Mulele fort. »Ich muss den Verteidigungskrieg organisieren, und anstatt Traktoren versuche ich Panzerabwehrraketen zu kaufen.«

Bei diesen Worten sprang Mulele in die Dunkelheit des Zimmers. Dort schaltete er eine Stehlampe neben dem Sofa ein und wurde versöhnlicher.

»Ich bin ein schlechter Gastgeber. Komm, setz dich. Hast du Durst? Hast du Hunger? Wie geht es dir? Erzähl.«

Michael Baumann setzte sich in einen der bequemen Sessel, genau gegenüber von Mulele, der in der Mitte des Sofas Platz genommen hatte. Er bat nur um einen Schluck

Wasser. Viel mehr interessierte ihn jedoch, warum Mulele ihn hatte rufen lassen. »Die Botschaft klang dramatisch, von einer Entscheidungsschlacht. Was ist los?«

Mulele stand auf und kehrte mit einer Karaffe Wasser und seiner großen Tasse Tee zurück.

»Sie wollen mich vernichten.«

»Wer?«, fragte Baumann, der gelernt hatte, Andeutungen zu verabscheuen.

»Letztendlich die Amerikaner«, präzisierte Mulele. Dann holte er weit aus. Von Anfang an habe er sich der Rebellenbewegung um Kabila entzogen, denn »er ist doch nur eine Marionette der Tutsi und der Amerikaner«. Jetzt hätten sie alle bekommen, was sie wollten: den Kongo und Kinshasa. Die Amerikaner, um ihre geopolitischen Interessen und Bergbauvorrechte abzusichern, und Kabila, um seine eigenen Taschen zu füllen. Doch sie kontrollieren nicht den gesamten Norden und große Teile des Ostens nicht. »Das ist mein Freier Kongo, den sie nie haben werden.«

Mulele schaute gedankenverloren in seinen Tee und rührte mit seinem kleinen Finger darin, um den restlichen Zucker aufzulösen.

»Sie wollen die absolute Macht, die totale Kontrolle. Mein Freier Kongo stört sie alle.«

»Wer sind alle?« Michael Baumann blieb sich treu, aber er hatte längst sein Notizbuch auf dem Schoß und schrieb so schnell wie möglich mit, was Mulele sagte. Auf der linken Seite, wo er seine Beobachtungen stichwortartig festhielt, stand: Mulele wirkt nervös, unsicher, müde. Er scheint keine angemessene Antwort auf seine Situation zu haben.

»Wer alle sind? Du willst immer die genauen Namen und Hintergründe wissen«, fuhr Mulele in gebeugter Haltung über dem Tee fort. »Nun«, setzte er mit einem bissigen Ton hinzu, »zum einen ist da Kabila, der kongolesische Präsident, der von den USA protegiert wird. Mobutu ist weg - übrigens, weißt du, er hält sich im angenehmen Exil in Marokko auf und lebt dort gut, wie ein König - und nun will Kabila seine Macht festigen. Er duldet keinen freien Kongo neben sich.«

Mulele zählte auch die Führer Ruandas, Paul Kagame, auf, der klare Grenzen und seinen Anteil »am Geschäft«, wie Mulele die Bodenschätze immer nannte, haben wollte. Gleiches gelte für Yoveri Museveni aus Uganda, der ebenfalls ein Stück vom Kuchen abhaben wolle.

»Und wie kommst du zu all diesen Informationen? Wie bist du dir so sicher, dass sie alle kommen und versuchen werden, euch zu besiegen?«

Inzwischen hatte Mulele seine Fäuste wieder fest geschlossen und schlug bei jeder Anschuldigung auf den Couchtisch. Seine Augen glühten förmlich, sein Körper schien angespannt, als wolle er seine Argumente auch physisch in Baumanns Schädel einschlagen.

»Lass uns aufhören, über den Krieg und militärische Optionen zu debattieren«, unterbrach er sich selbst. »Du wirst morgen an dem Treffen mit meinen Kommandeuren teilnehmen.« Während er diese Einladung aussprach, verschränkte er die Arme vor der Brust und schien an etwas ganz anderes zu denken. Dann war seine Aufmerksamkeit wieder voll und ganz auf Baumann gerichtet.

»Wir haben unsere Leute überall, viele von ihnen in wichtigen Positionen. Deshalb kenne ich die Pläne meiner Gegner so gut«, verkündete er stolz. »Komm, lass uns in den Konferenzraum nebenan gehen. Ich habe darum gebeten, dass man uns dort ein Abendessen zubereitet, gegrilltes Huhn, viel Gemüse und Obst. Einverstanden?«

Michael Baumann hätte ihn am liebsten geküsst, denn sein Hunger war mittlerweile fast unerträglich geworden.

»Gerne«, antwortete er und stand gleichzeitig auf. Mulele folgte ihm, und sie setzten sich im angrenzenden

Konferenzraum an den großen Tisch, auf dem zwei Gedecke auf sie warteten.

Beide schienen großen Hunger zu haben, aber zwischen den Bissen schoss Baumann immer wieder dieselbe Frage in den Kopf.

»Darf ich fragen?«

»Gerne.«

»Bist du tatsächlich der Sohn von Pierre Mulele und dieser entführten Missionarin?«

Mulele zog geschickt einen Hühnerknochen durch seinen Mund, entfernte die Reste mit den Zähnen und legte den blanken, feinen Knorpel auf seinen Teller. Dann sah er Michael Baumann lange und intensiv in die Augen. Plötzlich klatschte er laut auf den Tisch, lachte aus vollem Hals und sprang auf, die Serviette in der Hand, und zeigte auf Baumann, während er mit beißendem Ton sagte: »Glaubst du, dass ein Rebell und Revolutionär wie Pierre Mulele jemals eine entführte Missionarin vergewaltigt hätte?«

Plötzlich herrschte Stille. Die einzige Geräuschkulisse im Raum war das elektrische Brummen der Glühbirne der Hängelampe über dem Konferenztisch, das normalerweise nicht wahrnehmbar war. Und Muleles tiefer Atem, der immer noch in der Luft hing und der Michael Baumann mit den Augen fixierte.

»Entschuldige, dass ich frage, aber woher kommt dann der Name Mulele? Und du bist ja auch ein Halbblut.«

Mulele ließ sich schwer auf seinen Stuhl fallen und verstummte abrupt in seinem lauten Lachen. Sein Gesichtsausdruck wurde ernst, fast melancholisch.

»Du willst die ganze Geschichte hören, nicht wahr?«, fragte er mit einem leisen Unterton der Wehmut. »Nun, mein Freund, es ist eine Geschichte von Gewalt und Zufall, von Verlust und Liebe, und nicht zuletzt von Unterdrückung und Befreiung.«

Baumann nickte und wartete geduldig darauf, dass Mulele fortfuhr.

»Als ich noch ein winziges Baby war, brachten mich die Rebellenkämpfer der Simba-Revolution in die Zentralafrikanische Republik. Ja, ich bin das Produkt einer Vergewaltigung. Ein Kommandeur der Simba-Rebellen hatte meine Mutter, eine weiße Missionarin im Kongo, entführt und monatelang auf der Flucht nach Norden gefangen gehalten. Sie wurde schwanger. Als sie mich zur Welt brachte, so wurde mir später erzählt, gab es Komplikationen. Sie konnten sie nicht retten. Weiße Söldnertrupps kamen immer näher. Also schnitten sie ihr die Kehle durch und setzten über den Grenzfluss.«

Muleles Stimme wurde leise und melancholisch, als er seine dramatische Lebensgeschichte mitten im Fort Uhuru erzählte. Die beiden Männer im Konferenzzimmer seines Hauptquartiers schienen die einzigen zu sein, die in dieser späten Stunde noch wach waren. Nach einem kräftigen Schluck Wasser stellte er das Glas zurück auf den Tisch und fuhr fort.

»Pierre Mulele hörte davon und ließ das Baby, also mich, nach Brazzaville bringen, wohin er geflüchtet war. Kennst du Pierre Mulele?«, fragte der Rebellenführer.

Michael Baumann schaute ihm geradewegs in die Augen und antwortete ehrlich: »Du hast mir von ihm erzählt.«

Das genügte Mulele nicht. Er wollte die ganze Geschichte erzählen, und zwar jetzt.

»Pierre Mulele war ein charismatischer Aktivist und ehemaliger Minister unter Lumumba. Er spielte eine entscheidende Rolle bei der Organisation und Mobilisierung der Simbas. Er nutzte seine rhetorischen Fähigkeiten und seine Vision einer gerechteren Gesellschaft, um Unterstützung für die Revolution zu gewinnen. Mulele wurde zu einem Symbol des Widerstands gegen neokoloniale Unterdrückung und Korruption.«

»Und was geschah dann in Brazzaville?«, wollte Michael Baumann nun weiter hören.

»Leonie Abo, Muleles Frau, nahm mich unter ihre Obhut, gab mir den Namen Mulele und zog mich auf wie ihr eigenes Kind.«

Mulele schwieg einen Moment, während er sich an die vergangenen Ereignisse erinnerte. In seinen Augen spiegelte sich eine Mischung aus Trauer und Dankbarkeit wider.

»Weißt du, was sie mit Pierre Mulele gemacht haben?«, fragte der Rebellenführer, während er den Journalisten, der in diesem Moment mehr sein Freund war, anstarrte.

»Im Jahr 1968, knapp zwei Jahre nach der Niederschlagung der Simba-Revolution, überredete Mobutu Sese Seko Pierre Mulele, aus dem Exil zurückzukehren. Er versprach ihm Amnestie.«

Für einen kurzen Moment sprühten seine Augen vor Wut, bevor er anklagend fortfuhr.

»Kurz darauf wurden Mulele und alle, die ihn seit seiner Rückkehr besucht hatten, verhaftet und getötet. Mulele wurde öffentlich gefoltert. Sie rissen ihm die Augen und Genitalien heraus und amputierten seine Gliedmaßen, während er noch lebte. Sein Torso wurde in den Kongo-Fluss geworfen.«

Mulele, das Halbblut, vergaß seine Manieren. Vor Abscheu und Ekel spuckte er auf den edlen Holzboden. Er stand aufgeregt auf und hätte dabei beinahe seinen Stuhl umgeworfen, bevor er wie magnetisch von der großen Truhe zwischen den Fenstern angezogen wurde, die er als Bar nutzte. Er nahm eine Flasche und zwei Gläser und stellte sie in den Lichtkegel der von der Decke hängenden Lampe auf den Tisch.

»Auch einen?«, fragte er Michael Baumann und schaute ihn fragend an. »Mortlach, den magst du doch?«

Baumann nickte nur kurz und freute sich auf den ersten Schluck des milden Whiskeys.

Kaum hatte Mulele seinen Platz am Tisch wieder eingenommen, setzte er seine Erzählung fort.

»Leonie war eine bemerkenswerte Frau. Sie hatte einen starken Willen und war voller Mitgefühl. Sie hatte das Herz eines Löwen und die Sanftheit einer Mutter. Sie war es, die mich zur Schule schickte. Als ich älter wurde, unterstützten wohlhabende Kongolesen, die von Leonies Großzügigkeit und Güte berührt waren, meine Ausbildung in Belgien und später in Frankreich.«

Baumann war beeindruckt von der Geschichte und Muleles Reise von einem verwaisten Kind zu einem Anführer der Rebellion.

»Und wie hast du den Weg zur Rebellion gefunden?«, fragte Baumann neugierig, als er sein Glas wieder genussvoll absetzte.

Mulele lehnte sich zurück und strich sich nachdenklich über sein unrasiertes Kinn.

»Als ich älter wurde und die Grausamkeiten und Ungerechtigkeiten in unserem Land sah, verspürte ich den Drang, etwas zu verändern. Ich konnte nicht länger tatenlos zusehen, wie unsere Heimat von ausländischen Mächten und ihren Helfern in Kinshasa ausgebeutet wurde und unser Volk leiden musste. So begann ich mich politisch zu engagieren und schließlich die Rebellion gegen das korrupte Regime von Mobutu und nun Kabila anzuführen.«

Baumann bewunderte Muleles Entschlossenheit, als er diese Worte aussprach.

»Es ist eine gefährliche Aufgabe, die du übernommen hast. Aber du scheinst fest entschlossen zu sein, für die Freiheit und Unabhängigkeit des Kongo zu kämpfen«, sagte Baumann und betrachtete Mulele eindringlich.

«Ja, ich bin bereit, alles zu geben. Der Kampf mag schwierig und gefährlich sein, aber ich glaube an unsere Sache. Wir werden den Kongo von den Fesseln der Unterdrückung befreien«, antwortete Mulele mit fester Stimme.

Beide saßen eine Weile schweigend einander gegenüber. Michael Baumann konnte die Entschlossenheit in Muleles Augen sehen. Er schenkte ihnen beiden noch einmal ein und dachte dabei, dass dieser Mann bereit war, sein Leben für seine Überzeugungen zu opfern.

»Wir sehen uns morgen bei der strategischen Besprechung mit meinen Kommandeuren«, verabschiedete sich Mulele plötzlich völlig unerwartet. Er stand auf und verließ den Raum.

BÖSE VORAHNUNGEN

In Nairobi wurde der BND-Agent Philip Bender von Faxen und E-Mails geradezu überschwemmt. Informationen und Warnungen kamen aus allen Richtungen. Die Lage im Nordosten des Kongo schien sich zuzuspitzen. Die deutsche Botschaft in Kigali, der Hauptstadt Ruandas, berichtete von einem möglichen neuen Kriegsausbruch, während auch aus der Botschaft in Kinshasa Truppenbewegungen in diese Region gemeldet wurden. Bender wusste, dass er eine Zusammenfassung für die BND-Zentrale in Pullach vorbereiten musste, um Licht ins Dunkel zu bringen und herauszufinden, wer hier gegen wen kämpfte.

Mitten im Chaos griff Bender zum Telefon und wählte die Nummer des Journalisten Michael Baumann. Doch zu seiner Enttäuschung erfuhr er, dass Baumann nicht in Nairobi war. Ein kalter Schauer lief Bender über den Rücken, denn er wusste, dass sein Informant und enger Vertrauter Baumann höchstwahrscheinlich irgendwo im Kongo war, genau dort, wo bald erneut die Kämpfe ausbrechen würden.

Stunden vergingen voller Frustration und Ungewissheit, während Philip Bender vergeblich versuchte, Kontakt zu Michael Baumann herzustellen. Immer wieder wählte er die Handynummer, die Baumann bei seinen Auslandsreisen nutzte, sogar diejenige, die er normalerweise in Kinshasa verwendete, doch es blieb still auf der anderen Seite. Bender verbrachte die meiste Zeit in seinem von Akten und Bildschirmen umgebenen Büro und versuchte, die Situation im Nordosten des Kongo zu begreifen.

Mit jedem weiteren Versuch, Baumann zu erreichen, stieg die Spannung in Benders Stimme. Unermüdlich telefonierte er, sowohl mit seinen Kollegen in der amerikanischen Botschaft als auch mit kenianischen Informanten, um Informationen zu erhalten. Kurze Dialoge am Telefon zersägten seinen Tag, während er nach Antworten im undurchdringlichen Dschungel des Kongo suchte.

»Kannst du ihn nochmal anrufen?«, bat Bender seinen Kollegen von der amerikanischen Botschaft in Kinshasa. Die Anspannung war unüberhörbar in seiner Stimme.

»Schon wieder kein Glück, Philip«, antwortete sein Kollege bedauernd. »Es scheint, als ob Baumann nicht erreichbar ist. Die Verbindung ist abgebrochen.«

Bender seufzte frustriert und lehnte sich in seinem Bürostuhl zurück. Er hatte gehofft, dass Baumann ihm wichtige Informationen über die sich zuspitzende Lage im Nordosten des Kongo liefern könnte. Doch nun befand er sich in einem Labyrinth verpasster Anrufe und ungewisser Schicksale.

Er beschloss, sich einen Moment der Ablenkung zu gönnen, stand auf und holte sich einen Cappuccino aus der Kaffeeküche. Der Duft von frisch gebrühtem Kaffee umhüllte ihn, während er den heißen Becher in seinen Händen hielt. Beinahe hätte er sich daran verbrannt, so heiß war er. Er hätte seine große Kaffeetasse aus dem anderen Raum mitnehmen sollen. Den kleinen Fleck auf seiner Krawatte bemerkte er nicht, den er beim Aufschäumen der Milch bekommen hatte. Es war ein kurzer Moment der Ruhe inmitten des tobenden Sturms.

Zurück in seinem Büro setzte Bender seine Telefonate fort, seine Stimme klang entschlossen. Er tauschte Informationen mit seinen Kollegen aus, um ein Gesamtbild der Lage im Nordosten des Kongo zu erhalten. Jeder Dialog am Telefon war für ihn ein Puzzleteil, das nach und nach ein Bild formte.

»Wisst ihr etwas über die Truppenbewegungen in der Region?«, fragte Bender einen kenianischen Informanten am anderen Ende der Leitung. Die Kenianer hatten gute Verbindungen in dieser Region.

»Ich habe gehört, dass vermehrt Aktivitäten stattfinden«, antwortete der Informant vorsichtig. »Es scheint, als ob sich ein Kampf zwischen den USA, also Ruanda, und Mulele anbahnt. Aber die genauen Details sind schwer zu bekommen.«

Bender spürte, wie sich seine Anspannung weiter erhöhte. Er hatte die Kampfhubschrauber und Transportmaschinen auf dem Flughafen in Kigali selbst gesehen. Der Konflikt zwischen den USA und Mulele schien real zu sein, und er wollte unbedingt Fakten zusammenbringen, die belastbar waren. Doch seine eigene Unsicherheit füllte weiterhin die Luft.

Die Stunden vergingen, und Bender blieb in seinem Büro gefangen. Er führte Gespräche, analysierte Informationen und versuchte, den wahren Kern der Situation im Nordosten des Kongo zu finden. Sein Verstand arbeitete auf Hochtouren, während er die Puzzleteile zusammensetzte und versuchte, die Wahrheit zu entschlüsseln.

Seine Zeit zerrann, während der kurze Telefondialoge den Rhythmus bestimmten. Doch Bender gab nicht auf. Er war bereit, alles zu tun, um die Antworten zu finden, die er suchte. Denn nur so konnte er die Nebelschwaden in seinem eigenen Denken vertreiben und Licht ins Dunkel bringen.

Sollten die Amerikaner wirklich ohne jede diplomatische Absicherung einen verdeckten militärischen Schlag im Kongo durchziehen? Das wäre das erste Mal, dass sich die USA ohne Vorwarnung an ihre Nato-Partner so massiv mit Gerät und vermutlich auch Soldaten offen in einen Konflikt einmischen würden. In der UNO würden sie dafür zerrissen werden. War es das wert? Nur für ihren neuen Mann Kabila in Kinshasa? Oder waren sie einfach nur getrieben vom Reichtum an Bodenschätzen im Kongo?

Philip Bender schrieb sich eine Liste mit den wichtigsten Vorkommen im Kongo auf einen Schmierzettel. Der Kongo, das Eldorado der modernen IT-Industrie. Die Geheimnisse seines Bodens waren der Schlüssel zu unermesslichem Reichtum. Der Mann vom BND betrachtete die Aufzählung auf seinem Zettel: Kobalt, Kupfer, Coltan, Gold, Diamanten. Der Kongo hatte alles, was die Welt der Technologie begehrte.

Bender wusste, dass diese Rohstoffe nicht nur die Motivation der Großkonzerne waren, sondern auch jene der Rebellenführer, die ihre eigenen Interessen verfolgten. Hinter den Kulissen der geopolitischen Bühne kämpften sie um die Kontrolle über die kostbaren Ressourcen. Kabila und sein neues Regime waren die Marionetten in diesem perfiden Spiel.

Ein blechernes Trommeln der Aufregung erfüllte Benders Büro, als sein Telefon läutete. Er nahm den Hörer ab und meldete sich mit fester Stimme: »Philip Bender.«

Eine kalte, bestimmte Stimme drang durch die Leitung. »Wann kommt ihr Bericht?«, fragte die Anruferin ungeduldig. Das Afrika-Desk in Pullach, das Nervenzentrum des BND, schien die Dringlichkeit zu spüren und setzte sogar die Sekretärinnen ein, um den gewünschten Bericht zu beschleunigen.

Benders Augen blitzten vor Entschlossenheit, während er antwortete: »Sagen Sie ihnen, dass ich daran arbeite. Der Bericht wird noch heute fertiggestellt.«

Er legte schnippisch auf. Die Zeit wurde knapp, und er spürte, wie schwer die Verantwortung auf seinen Schultern lag. In seinem Kampf um Informationen und die Fakten fand er sich an der Frontlinie eines unsichtbaren Krieges wieder.

Philip Bender war entschlossen, das Mosaik der Intrigen im Kongo zu entschlüsseln. Der Klang des Telefons war wie ein Weckruf, der ihn daran erinnerte, dass er sich mitten in einem gefährlichen Spiel befand. Mit fester Entschlossenheit nahm er seinen Stift zur Hand und setzte seine Skizzen fort.

Während Philip Bender sich in seinen Bericht vertiefte, tickte die Uhr unaufhörlich. Die Spannung stieg mit jedem Satz, den er in den Computer tippte. Jede Information war ein Teilchen, das ihm half, die Zusammenhänge zu verstehen und die richtigen Schlüsse zu ziehen.

Dagegen verblasste der Klang des Telefons hinter dem Pochen seines eigenen Herzens. Philip Bender fing an, trotz der Klimaanlage zu schwitzen.

KAPITEL SIEBEN
DIE WELT BEGEHRT AUF

DER PLAN

Am nächsten Morgen stand Michael Baumann erneut im Haupthaus des Rebellenchefs Mulele. Die Atmosphäre war aufgeladen und explosiv. Er erlebte eine leidenschaftliche militärische Einsatzbesprechung der Mulele-Rebellen. Die Spannung im Raum war deutlich spürbar, jeder strahlte Aggressivität aus, die Körpersprache, der Tonfall, alles vermittelte den Eindruck von Konfliktbereitschaft und Unruhe. Die Kommandeure der Rebellenformationen führten hitzige Debatten im großen Sitzungszimmer.

Baumann, der einzige Weiße, nahm seinen Platz an einem abgenutzten Holztisch ein, der mit Karten, Dokumenten und einigen Revolvern samt passenden Magazinen übersät war.

Mulele, nun wieder ein imposanter Anführer mit frisch geschnittener Frisur und durchdringendem Blick, erhob seine Stimme. »Meine Kameraden, Leute, wir stehen vor einer entscheidenden Schlacht. Die neue kongolesische Armee hat sich mit Truppen aus Ruanda verbündet. Sie wollen uns angreifen und unsere Stellungen zerstören.«

Ein aufgebrachter Rebellenkommandeur mit vernarbtem Gesicht sprang von seinem Stuhl auf. »Warum sollten wir uns vor den unterdrückten Kongos und den selbstherrlichen Ruandesen beugen? Wir haben ein Recht auf Freiheit und Unabhängigkeit!«

Ein anderer Rebellenkommandeur meldete sich zu Wort. »Wir können den Kampf nicht allein gegen die überwältigende Feindesmacht aufnehmen. Wir brauchen Unterstützung, sonst haben wir keine Chance, schon allein zahlenmäßig.«

Baumann lauschte von seinem kleinen Tisch aus den leidenschaftlichen Debatten und spürte die zunehmende Spannung im Raum. Die Emotionen kochten, unterschiedliche Standpunkte prallten aufeinander. Viele Wortbeiträge waren für Baumann unverständlich, denn in dem emotionalen Chaos herrschte auch ein babylonisches Sprachengewirr.

Mulele erhob seine Hand, um die aufgebrachte Menge zur Ruhe zu bringen. »Es reicht!« Baumann hatte Mulele noch nie so aufgebracht schreien gehört. Mulele ließ seine Faust auf den großen Holztisch krachen. »Wir müssen unsere Meinungsverschiedenheiten beiseitelegen und uns auf das Wesentliche konzentrieren. Der Feind steht vor der Tür, wir müssen mit Entschlossenheit handeln, um unsere Freiheit zu verteidigen!«

Ein junger, hitziger Rebell, der an der Wand gelehnt von einem Fuß auf den anderen gesprungen war, trat nach vorne. »Ich bin bereit, für unsere Unabhängigkeit zu sterben! Wir werden kämpfen, bis zum letzten Mann!«

Die Worte des jungen Rebellen wurden von Zustimmungsrufen begleitet, während andere Rebellenkommandeure ihre Fäuste ballten und entschlossen nickten.

Mulele trat vor die versammelte Mannschaft und zeigte energisch auf eine große Karte, die an der Wand des Hauptquartiers angebracht war. Auf der Karte waren verschiedene markante Punkte eingezeichnet, die die Rebellen zur Verteidigung errichtet hatten.

»Schaut her, meine Brüder und Schwestern«, begann Mulele mit eindringlicher Stimme in deutlich gesenktem Ton. »Wir sind nicht unvorbereitet. Hier sind die Bunker und Verstecke, die wir gebaut haben, um uns gegen den bevorstehenden Angriff zu verteidigen. Sie sind unsere Festungen, unsere Bastionen der Freiheit!«

Die Rebellen starrten gebannt auf die Karte und lauschten aufmerksam den Worten ihres Anführers. Die Anspannung im Raum war förmlich spürbar. Mulele zählte immer mehr Details der Verteidigungsringe auf, die sie in weiten Teilen des Ituri-Waldes angelegt hatten.

»Morgen werden die ruandesischen Bodentruppen von Osten her anrücken«, fuhr Mulele fort und zeigte auf den entsprechenden Bereich der Karte. »Gleichzeitig werden die kongolesischen Streitkräfte von Westen aus vorrücken. Beide werden von den verfluchten Amerikanern unterstützt, die offensichtlich auch ihre Kampfhubschrauber gegen uns einsetzen wollen.«

Ein Aufschrei der Empörung und Wut durchfuhr die Reihen der Rebellen. Sie hatten gehofft, dass die Amerikaner sich nach der Machtübernahme Kabila neutral verhalten würden, doch nun mussten sie erkennen, dass sie ihre Feinde waren.

Mulele versuchte, die aufgebrachte Menge zu beruhigen. »Meine Kameraden, wir stehen vor einer gewaltigen militärischen Herausforderung. Lasst uns die Hoffnung nicht aufgeben! Wir sind vereint, und wir sind bereit, für unsere Freiheit zu kämpfen!«

Er machte eine kurze Pause, um den Rebellen Zeit zu geben, seine Worte zu verinnerlichen, und schaute mit zornigem Blick in die Runde. Dann atmete er theatralisch tief ein und fuhr fort.

»Teilt Euch, wie vereinbart, in kleinere Einheiten auf«, befahl Mulele schließlich mit fester Stimme. »Jede Einheit wird einem der Bunker oder Versteck zugeteilt, um dort Stellung zu beziehen und unsere Verteidigungslinie zu verstärken. Bereitet Euch vor, meine Brüder und Schwestern. Der morgige Tag wird zeigen, wozu wir fähig sind!«

Die Rebellen nickten entschlossen und begannen sich in kleineren Gruppen zu organisieren. Die ersten Kommandeure verließen den Raum, immer noch diskutierend und argumentierend, aber sie hatten ihre Befehle erhalten und waren fest entschlossen, ihnen Folge zu leisten.

Mulele wandte sich Michael Baumann zu, seine Unsicherheit deutlich spürbar. Er trat näher an den deutschen

Afrika-Korrespondenten heran und legte freundschaftlich seine Hand auf dessen Schulter.

»Baumann, mein Freund«, begann Mulele zögerlich. »Was denkst du über die Situation? Glaubst du, wir haben eine Chance gegen diese überwältigende Übermacht?«

Baumann sah Mulele in die Augen und erkannte die ernste Besorgnis in seinem Blick. Er wusste, dass seine Worte wahrscheinlich wenig Einfluss auf den Rebellenführer haben würden. Einen Moment zögerte er, bevor er antwortete.

»Mulele, ich werde die Wahrheit nicht verschweigen. Die Lage ist äußerst schwierig«, begann Baumann bedacht. »Ihr steht einer Allianz aus ruandesischen Bodentruppen, der kongolesischen Armee und den Amerikanern gegenüber. Ihre Überzahl und militärische Unterstützung sind Fakten, die nicht einfach beiseite geschoben werden können.«

Mulele nickte bedächtig auf Baumanns Worte. Er ahnte bereits, dass der deutsche Journalist wenig Positives zu berichten hatte. Die Lage war äußerst brenzlig.

»Ihr müsst realistisch sein«, fuhr Baumann fort. »Eure Rebellenbewegung mag stark sein, aber es wird eine enorme Herausforderung sein, gegen eine solche Übermacht zu bestehen. Es wird viele Opfer geben.«

Mulele senkte den Blick, während Baumann weitersprach. »Aber wir dürfen nicht vergessen, dass Geschichte von Menschen gemacht wird, die sich allen Widrigkeiten entgegenstellen. Eure Rebellen haben bereits Mut und Entschlossenheit gezeigt, und Ihr solltet diese Tugenden nicht unterschätzen.«

Mulele hob den Kopf und blickte Baumann wieder direkt an. »Was schlägst du vor, Baumann? Gibt es eine Strategie, die uns eine reale Chance gibt?«

Baumann seufzte leicht und antwortete: »Habt ihr schon einmal über Verhandlungen nachgedacht? Frieden gegen Land? Frieden gegen Teilautonomie?«

Mulele riss sich von Baumann los und machte einige kräftige Schritte in einem Halbkreis um ihn herum. Die Adern an seiner Schläfe traten deutlich hervor. Er brodelte vor Wut, wollte jedoch die Fassung bewahren, während seine Hände zu Fäusten geballt waren.

»Ist das dein Ernst? Wie sollen wir jetzt noch mit ihnen verhandeln? Sie haben bereits ihre Bluthunde losgelassen«, rief Mulele aus. Er drehte sich noch einmal um seine eigene Achse, um seine innere Ruhe wiederzufinden. »Kabila ist ein Schwindler, er hat längst seine Seele verkauft. Kein Vertrag mit ihm hat irgendeinen Wert. Kagame in Ruanda hat seinen Deal mit den Amerikanern. Ohne sie kann er nicht einmal atmen. Und die Amerikaner werden nicht einmal daran denken, mit mir zu sprechen - es sei denn, ich ergebe mich oder wir besiegen sie Morgen.«

Verärgert kehrte Mulele zu seinem Platz am oberen Ende des Konferenztisches zurück. Er schob seine Papiere und Notizen zusammen und nahm sie unter den Arm.

Michael Baumann, der stehen geblieben war, unternahm einen zweiten Versuch: »Dann müsst ihr eure Ressourcen optimal nutzen. Eure versteckten Bunker und Verteidigungsstellungen sind ein Vorteil, den ihr ausspielen müsst. Setzt verstärkt auf Guerilla-Taktiken, um die Feinde zu verwirren, ihre Logistik zu stören und ihren Blutzoll zu erhöhen. Es wird ein harter und gefährlicher Kampf werden, aber wenn ihr geschickt vorgeht, könnt ihr die Schwächen in ihrer Allianz ausnutzen.«

Baumanns Worte schienen im Raum zu verpuffen. Muleles Gesicht zeigte keine Regung.

»Wenn ihr den Angriff über Tage oder Wochen hinweg verlängern könnt, steigen die Chancen, dass sogar die

Amerikaner lieber eine Verhandlungslösung möchten, anstatt weiterhin das Chaos im Kongo und auf der internationalen Bühne ertragen zu müssen. Kauft Euch Zeit, dann wird dieser Kampf nicht mehr geheimgehalten werden können. Das ist die Achillesferse der anderen.«

Diesmal nickte Mulele, sogar mit einem Hauch von Entschlossenheit. »Du hast recht, Baumann. Wir werden unsere Taktiken anpassen und uns auf unsere Stärken verlassen und auf Zeit spielen. Die Hoffnung stirbt zuletzt, und solange wir kämpfen, haben wir eine Chance.«

Baumann lächelte leicht. Er hatte einen Punkt gemacht. Doch schon zu dieser frühen Stunde des Tages gruben sich Falten der Skepsis in sein Gesicht. Wie sollte er selbst aus dieser Situation entkommen? Diese Frage begann ihn immer stärker zu beschäftigen. Was er bisher wusste und einschätzen konnte, ließen die Chancen für Mulele und seine Kämpfer nicht gut aussehen, sondern eher schlecht. Und wenn sie verlieren, was wird dann aus mir?

Als ob Mulele die Selbstzweifel Baumanns lesen konnte, kam er erneut neben ihn und legte seinen Arm auf dessen Schulter.

»Ich habe dir ein Büro eingerichtet, damit du hier arbeiten kannst. Du musst nur der Welt mitteilen, was hier geschieht. Über Deine Sicherheit und Fluchtmöglichkeiten können wir in Deinem 'Büro' weiterreden.«

Bei diesen Worten schob der Rebellenchef Michael Baumann in das Foyer auf eine Tür ganz rechts zu.

Michael Baumann betrat den Raum und fand sich plötzlich in einem gut ausgestatteten Büro mitten im undurchdringlichen Ituri-Wald wieder. Die einzige Neonröhre an der Decke sorgte für schales Licht, während der Duft von feuchtem Holz und exotischen Pflanzen die Luft erfüllte und betörte.

Seine Augen weiteten sich, als er den Raum überblickte. Ein imposanter mahagonifarbener Schreibtisch stand im Mittelpunkt des Raumes, auf dem ein hochmoderner Laptop glänzte. Daneben befand sich ein schnurloses Telefon, dessen silberne Oberfläche im schwachen Licht schimmerte. Auf der linken Seite des Schreibtisches stand ein beeindruckendes Satellitentelefon mit einer kleinen Antenne, das jederzeit eine Verbindung zur Außenwelt herstellen konnte.

Sogar der Boden war mit einem Teppichbelag ausgelegt, der die Schritte gedämpft erklingen ließ und einen Hauch von Komfort und Luxus verströmte. An den Wänden hingen Landkarten und strategische Pläne, die die Position der Rebellenstellungen und erwartete feindliche Angriffe zeigten.

Baumann atmete tief ein und spürte die kühle Luft, die von der kleinen Klimaanlage im Raum erzeugt wurde. Ein Gefühl der Erleichterung durchströmte ihn. An diesem abgeschiedenen Ort im Herzen des Dschungels hatte er nicht erwartet, ein derart gut ausgestattetes Büro vorzufinden.

Besonders der Laptop auf dem Schreibtisch zog seine Aufmerksamkeit auf sich. Er war top aktuell und ließ Baumann bereits erahnen, wie er hier sitzen und seine Berichte direkt an seine Zeitung in München senden würde. Die Vorstellung, dass seine Worte und Informationen aus dem Zentrum des Konflikts im Kongo in die Welt gelangen würden, erfüllte ihn mit Stolz.

Baumann nahm Platz hinter dem Schreibtisch und strich mit den Fingern über die glatte Oberfläche des Laptops. Als er den Laptop einschaltete, hörte er das leise Summen der Festplatte. Der Bildschirm erwachte zum Leben, und er erkundete die Menüoberfläche. Alles funktionierte einwandfrei, die neueste Software zum Schreiben und Senden war installiert. Es war kaum zu fassen.

An diesem entlegenen Ort, der nicht das Ende der Welt war, aber von dem aus man das Ende erahnen konnte, umgeben von den Geräuschen des Dschungels und den politischen und militärischen Spannungen, über die sonst wohl niemand berichten würde, hatte jemand dafür gesorgt, dass er die Mittel hatte, seine Arbeit zu erledigen. Es war ein unerwarteter Luxus, der ihm eine Verbindung zur Außenwelt ermöglichte.

Baumann lächelte zufrieden. Doch dann überkam ihn ein Gefühl der Beklemmung. »Und wie komme ich aus diesem fantastischen Büro wieder heraus, wenn alles schiefgeht?«, murmelte er leise.

Er drehte sich zur Tür um, doch dort war niemand mehr. Er befand sich allein in seinem neuen Büro.

LEERE VERSPRECHEN

In Kigali, der Hauptstadt Ruandas, umgeben von den tausend Hügeln, hatte Douglas McFarland seinen Rückflug nach Nairobi abgesagt. Während er neben der Cessna der Missionarsfluggesellschaft MAF auf dem Flugfeld des Flughafens verharrte, erfüllten die startenden Rotoren der amerikanischen Hubschrauber die stickige Luft. Es waren nur noch zwei von ihnen übrig. Die wuchtigen Transportmaschinen vom Typ Hercules waren bereits fort. Douglas McFarland rang mit seinem Gewissen. Es war unmöglich, jetzt einfach nach Nairobi zurückzufliegen, nicht bevor er herausgefunden hatte, wo sich Michael Baumann befand.

Douglas McFarland und Baumann waren auf seltsame Weise durch eine echte und feste Freundschaft verbunden. Sie hatten einander inmitten des 100 Tage andauernden Völkermords in Ruanda kennengelernt. Douglas McFarland, der christliche Entwicklungshelfer, der sich vor allem für Blinde und andere Behinderte in Ruanda und im Ostkongo einsetzte, und Michael Baumann, der deutsche Zeitungsreporter, immer auf der Suche nach Geschichten und Interviews.

Obwohl ihre Lebensaufgaben und Werdegänge unterschiedlicher nicht sein konnten, hatten sich die beiden Männer genau hier auf dem Flugfeld in Kigali getroffen, angesprochen und hatten daraufhin viele gemeinsame Reisen durch das zentrale Afrika unternommen. Diese Region war Douglas Heimat, der Ort, an dem er geboren und aufgewachsen war – genauer gesagt im heutigen Kisangani. Als Sohn eines irischen Missionars hatte er in den 60er Jahren während der Simba-Revolution als kleiner Junge mit seiner Familie in Geiselhaft gelitten.

Michael Baumann war immer ein treuer Reisebegleiter gewesen, vor allem aber ein vertrauenswürdiger Gesprächspartner und Berater. Diese Verbundenheit hatte während des grausamen Völkermords in Ruanda begonnen. Die Bilder, die Taten und die Täter hatten beide bis ins Mark erschüttert und schließlich untrennbar miteinander verbunden.

Douglas McFarland verachtete den Beruf der Journalisten, doch irgendwo konnte er verstehen, dass Michael Baumann nun von diesem Rebellenführer Mulele fasziniert war. In gewisser Weise versprach Mulele eine Alternative zu Kabila, dem neuen starken Mann in Kinshasa, der den Kongo genauso wie sein Vorgänger Mobutu ausbeuten würde.

Doch Douglas McFarland hatte eine Verantwortung den Menschen gegenüber, denen er jetzt und hier helfen musste. Deshalb konnte er sich nicht dem Streben nach visionärem Wohl hingeben. Er musste sich mit den Mächtigen arrangieren, um denjenigen zu helfen, die seine Unterstützung benötigten.

Dennoch war es unumgänglich für ihn, Michael Baumann ausfindig zu machen. Das schuldete er seinem Freund und seinem Gewissen gleichermaßen. Deshalb hatte Douglas McFarland den Amerikaner Bobby Brown in der US-Botschaft kontaktiert. Der US-Diplomat, der wie ein Marine aussah, hatte sich ebenfalls an Bord des Fluges befunden, den Douglas McFarland einst für den damaligen Rebellen Laurent Kabila nach Kisangani ermöglicht hatte, und zwar an Bord der alten DC-3 der MAF. In jenem Flugzeug hatten sich Douglas McFarland und Bobby Brown angeregt unterhalten.

Plötzlich durchbrach das Klingen seines Mobiltelefons die angespannte Stille. »Hallo, hier ist Bobby. Du hast versucht, mich zu erreichen, Douglas.«

Schnell vereinbarten die beiden ein Treffen in einem von einem Deutschen aus Köln geführten Café namens »Baguette«.

Dort trafen sich McFarland und Bobby Brown.

Douglas McFarland sprach Bobby Brown offen an wegen Michael Baumann, noch bevor sich beide einen Espresso oder Cappuccino bestellt hatten. Brown schien über Baumann Bescheid zu wissen und versprach McFarland, auf ihn aufzupassen, wenn er ihm begegnen sollte. Allerdings gab er keine konkreten Informationen preis über Baumanns Pläne oder wohin er als Nächstes gehen würde. Die Stimmung zwischen den beiden war von Geheimniskrämerei vernebelt und unterkühlt.

Die Erwähnung des Namens »Mulele« brachte Unbehagen in Browns Gesicht und deutete darauf hin, dass McFarland damit einen empfindlichen Punkt getroffen hatte.

Brown begann zu erzählen: »Mulele ist ein Mann, der einst im Untergrund operierte, im Schatten des afrikanischen Kontinents. Er war ein Einzelgänger, der nach seinen eigenen Regeln spielte und keine Zusammenarbeit einging. Sein Name ist mit Angst und Gewalt verbunden.«

Mit jedem Wort, das Bobby Brown über Mulele fallen ließ, wurde Douglas McFarland klar, dass der Amerikaner einiges wusste, was er nicht bereit war, preiszugeben. Die Informationen schienen wie ungeordnete Bruchstücke, aber bevor McFarland weitere Fragen stellen konnte, änderte Brown plötzlich das Thema des Gesprächs. Sein Blick wurde ernst, als er sagte: »Es gibt Dinge, über die es besser ist, nicht zu sprechen. Aber ich verspreche dir, dass ich Michael Baumann im Auge behalten werde, falls ich ihm begegnen sollte.«

Diese Worte hingen wie Blütenpollen in der Luft, und McFarland spürte, dass hier mehr vor sich ging, als es den Anschein hatte. Was meinte Brown damit, falls er ihm begegnen sollte? Sollte er den amerikanischen Diplomaten direkt danach fragen? Oder gar in Erfahrung bringen, ob im Kongo eine geheime Militäraktion im Gange war, was die Präsenz der Apache-Hubschrauber auf dem Flugplatz erklären würde?

Die Worte von Bobby Brown irrten in seinem Kopf herum, während McFarland den Weg zurück zu seinem Hotel ging. Er fühlte den Zeitdruck und wusste, dass er etwas unternehmen musste. Michael Baumann war in etwas verwickelt, das seine Kräfte überstieg, und McFarland konnte nicht tatenlos zusehen.

Er beschloss, weitere Kontakte zu nutzen, um Informationen zu erhalten. Vielleicht konnte er jemand ausfindig machen, der ihm Aufschluss über Baumanns Verbleib geben würde. Der Name Gitenga blitzte immer wieder in seinem Kopf auf. Ja, er würde nach Goma fahren und den alten Gitenga aufsuchen. Wenn jemand etwas wusste, dann war es dieser zwielichtige und doch so sympathische Waffenhändler. Er hatte ihm schon oft in brenzlichen Situationen geholfen.

WER REGIERT DIE WELT

In der amerikanischen Botschaft in Kigali, Ruanda, flippte der US-Botschafter Humphrey Brownshield völlig aus. Die Wände seines Büros schienen sein Gebrüll widerzuhallen, als er versuchte, die militärische Präsenz der US-Truppen auf dem internationalen Flughafen Kigali gegenüber der anfragenden Presse zu rechtfertigen.

»Verdammt nochmal! Wie sollen wir das erklären? Die Journalisten zerreißen uns!« schrie Brownshield, während er den Telefonhörer gegen die Wand schleuderte. Der Klang zersplitternden Plastiks füllte den Raum, während der Geruch von Wut und Verzweiflung aus dem viel zu engen Kragen des Botschafters drang. Brownshield, der kleine Intellektuelle, nahm seine runde Brille aufgeregt von der Nase und versuchte die Gläser an seinem Hemd sauber zu reiben.

Die Telefone klingelten unablässig, und Brownshield konnte das Summen der Anrufe kaum ertragen. Er warf einen wütenden Blick auf seinen Presseattaché, der mit besorgtem Gesicht neben ihm stand. Die Stimmung im Raum war weit über den roten Bereich geladen.

Plötzlich öffnete sich, ohne jedes Klopfen, die Tür, und der Kulturattaché, eigentlich der Chef des CIA-Büros in Kigali, betrat das Büro, gefolgt von Bobby Brown, offiziell hochrangiger Militärberater. Sie waren beide ruhig und beherrscht, im Gegensatz zu Brownshield, der immer noch tobte.

»Beruhigen Sie sich, Herr Botschafter«, sagte Bobby Brown mit fester Stimme. »Wir haben eine Lösung.« Der großbewachsene Navy-SEAL versuchte mit geöffneten Händen und langen Armen den aufgeregten Diplomaten zu beruhigen.

»Diese Lösung würde mich interessieren«, knurrte Brownshield mit Schweißtropfen auf seiner Stirn und funkelte ihn von unten an.

Das hatte sich Brownshield in seinem ganzen Leben nie ausgemalt, dass er als Diplomat von seiner eigenen Regierung umgangen würde, im Dunkeln tappen musste, weil irgendwelche Falken in Washington wieder einmal Außenpolitik a la Rocky Balboa, oder wie immer dieser dumme Hollywood-Boxer hieß, in seinem Zuständigkeitsbereich machen würden. So eine Katastrophe, dumm und nutzlos, und das alles in seinem Verantwortungsbereich.

Der CIA-Mann trat einen Schritt vor und sprach ruhig.

»Wir werden Sie hier zurücklassen und die Pressekonferenz übernehmen. Sie sind zu emotional, um angemessen zu reagieren. Wir werden die Situation in den Griff bekommen.«

»Das werden Sie nicht tun! Ich bin der Botschafter!« protestierte Brownshield brüllend.

Bobby Brown trat vor, seine Miene ernst. »Wir haben keine Zeit für Egos und persönliche Befindlichkeiten. Die Welt schaut auf uns. Wir müssen die Lage kontrollieren. Sie können uns dabei vertrauen. Bleiben sie in Ihrem Büro, Herr Botschafter.«

Humphrey Brownshield warf einen letzten wütenden Blick auf die beiden Männer und wandte sich dann schweigend ab. Er würde seinen Rücktritt einreichen. Basta, fertig. Der Geruch von Niederlage und Frustration schwappte unangenehm durch seine belegte Kehle, als er mit seinem Presseattaché allein im Büro zurückblieb.

In einem abhörsicheren Büro im Keller der US-Botschaft fand mit dem CIA-Chef und Bobby Brown eine letzte Besprechung statt. Vertreter aus dem Präsidialbüro Ruandas waren ebenfalls anwesend. Die Atmosphäre war angespannt. Es gab zum Teil hitzige Diskussionen, Streitgespräche und den Klang gedämpfter Stimmen einiger Teilnehmer, die die Köpfe zusammensteckten.

»Wir müssen die Öffentlichkeit beruhigen und gleichzeitig unsere Ziele im Kongo erreichen«, sagte Bobby Brown, während er versuchte, die verschiedenen Standpunkte zu vereinen.

»Wir können nicht zulassen, dass sich der Krieg weiter ausbreitet«, fügte der ruandesische Vertreter hinzu. »Es muss eine Lösung gefunden werden, bevor noch mehr riskante militärische Abenteuer notwendig werden. Die können wir auf Dauer nicht geheim halten.«

Die Geräusche der Wortwechsel vermischten sich mit dem Geruch von Zigarettenrauch und Schweiß. Die Fenster waren fest verschlossen. Schließlich wurde ein Plan vereinbart. Es würde keine Pressekonferenz geben, sondern nur eine gemeinsame Erklärung Ruandas und des Militärattachés der US-Botschaft des Inhalts, dass beide Länder sich gegenseitig stützten, da sie dieselben Ziele verfolgten: Frieden und Aufbau in der Region. Alle anderen Gerüchte seien Propaganda interessierter Kreise, welche die Region um die Großen Seen zwischen Ruanda und dem Kongo destabilisieren wollten.

Bobby Brown und der CIA-Mann verließen die Botschaft in aller Eile. Die Geräusche des Verkehrs und die Rufe der Straßenverkäufer begleiteten sie in ihrem schwarzen Geländewagen mit den verdunkelten Scheiben, als sie zum Flughafen fuhren. Beide spürten die Aufregung, welche in der Luft lag, während sie sich dem Ort näherten, an dem die Hubschrauber auf sie warteten.

Die Apache-Kampfhubschrauber standen bereit, die Rotorblätter schlugen die Luft in einer stetigen Rotation. Die Geräusche der Motoren und das Vibrieren des Bodens erfüllten die Luft. Das machte die Spannung greifbar, als Bobby Brown und der CIA-Mann in einen der Hubschrauber stiegen.

»Wo geht es hin?« rief der Pilot über das Motorenge-
räusch hinweg.

»In den Kongo«, antwortete Bobby Brown mit fester
Stimme und gab dem Piloten in einem Umschlag den Ein-
satzbefehl. Der Pilot öffnete das Kuvert schnell, tippte die
Koordinaten in sein System und drückte <enter>.

Nur Sekunden später erhoben sich die Hubschrauber
majestätisch in den Himmel. Der Wind peitschte unter den
Schlägen der Rotoren. Die Welt unter ihnen wurde kleiner, während sie sich auf den Weg in den Krieg machten.

WEISSE UND SCHWARZE RIESEN

Major Cesar Kayzali und Major Julie Gitenga standen an einem strategischen Punkt auf kongolesischem Gebiet nahe der Stadt Beni. Vor ihnen formierte sich der Militärkonvoi. Die amerikanischen Hercules-Transporter hatten ihre Eliteeinheiten in weniger als 35 Minuten aus Kigali hierher geflogen.

Mit Narben gezeichnet machte Major Cesar Kayzali den Eindruck eines Einsatz-erfahrenen Offiziers. Er wandte sich an Major Gitenga, die in seinen Augen eine energische und resolute Kommandantin war, aber es fehlte ihr an Kampferfahrung mit so vielen Einheiten unter ihrem Kommando. Sein durchdringender Blick durchbohrte sie mit Entschlossenheit. »Major Gitenga, wir stehen vor einer Herausforderung, die alles erfordert, was Sie gelernt haben. Sie wissen, dass uns Hinterhalte, Maschinengewehr-Nester und möglicherweise Landminen erwarten. Aber wir dürfen uns nicht abbringen lassen. Der Rebellenchef Mulele und seine Männer müssen gestoppt werden.«

Julie Gitenga nickte, ihre Augen verengten sich. Sie wollte Entschlossenheit signalisieren. Sie ahnte, was in Cesar Kayzali vorging. Dabei musste sie ihm durchaus recht geben. Schlachterfahrung fehlte ihr, obwohl sie schon viele Einsätze im feindlichen Gebiet mit kleinen Stoßtrupps erfolgreich hinter sich gebracht hatte. Aber sie kannte Kayzali seit Jahren, wusste, wie er tickte. Ihr Vater hielt große Stücke auf ihn als Soldat. Es war gut, so einen Mann an ihrer Seite zu haben bei einer solchen Aufgabe.

»Cesar, du hast recht«, antwortete sie beinahe freundschaftlich. »Wir sind alle bereit, uns den Gefahren zu stellen. Die Truppen sind gut ausgebildet und mit modernster Ausrüstung ausgestattet. Wir werden jeden Zentimeter dieses Gebiets durchkämmen und den Rebellen den Boden unter den Füßen entziehen.«

In der Ferne dröhnten die Dieselmotoren. Der Konvoi war bereit, sich in Bewegung zu setzen.

»In welchem Maße können wir auf die Amerikaner zählen?«, fragte Julie Gitenga in Gedanken versunken.

Kayzali betrachtete stolz die Mannschaftsstärke und antwortete: »Sie bieten uns Aufklärung, sowohl von ihren Satelliten als auch mit ihren Hubschraubern.«

Ein Lächeln erschien auf seinem Gesicht, als er an ihre eigene Feuerkraft dachte.

»Und im Notfall, wenn wir in einen ausweglosen Hinterhalt geraten sollten oder das Fort Uhuru stürmen müssen, steht Bobby Brown mit einem halben Dutzend Apache-Helikoptern bereit, um den Kongo Stück für Stück zu durchsieben.«

Julie Gitenga und Cesar Kayzali grüßten sich militärisch, eine Geste, die unter ihnen ohne Zeugen selten vorkam. Dann gab Major Cesar Kayzali die letzten Anweisungen an ihre Einheiten und wies sie über Funk an, wachsam zu sein.

»Achtet auf verdächtige Aktivitäten. Haltet die Augen offen nach möglichen Hinterhalten und Scharfschützen. Wir können keine großen Risiken eingehen.«

Major Julie Gitenga übernahm die Kommunikation über Funk und bestätigte die Bereitschaft ihrer Einheiten. »Bereitet Euch vor, Männer! Wir wissen, dass der Weg vor uns gefährlich ist, aber wir sind die Elite. Wir sind diejenigen, die für Sicherheit und Stabilität in dieser Region kämpfen.«

Ein Knistern von schweren Lastwagenrädern auf trockenen, steinigen Wegen schnitt durch die Luft, als der Konvoi sich langsam in Bewegung setzte. Die gepanzerten Fahrzeuge rollten voran, gefolgt von den Mannschaftstransportern. Jeder Meter wurde mit äußerster Vorsicht befahren, denn der Feind konnte hinter jedem Baum oder in jedem Gebüsch lauern.

Der feucht-satte Geruch des Tropenwaldes vermischte sich mit Staub und Dieselabgasen. Der Konvoi übertönte die Geräusche der ansonsten so allmächtigen Natur - das Rauschen der Blätter, das Singen der Vögel und das entfernte vermeintliche Brüllen wilder Tiere.

Doch Julie Gitenga und Cesar Kayzali waren darauf bedacht, trotzdem jedes verdächtige Geräusch zu hören, jedes ungewöhnliche Rascheln zu bemerken. Sie hielten über Funk ständig Kontakt, während der Konvoi vorankam. »Haltet da vorne die Augen offen, Julie. Die Mulele-Kämpfer kennen dieses Gebiet besser als wir«, warnte Cesar Kayzali.

Julie Gitenga beobachtete die gewundene unbefestigte Pistenstraße vor sich. Ihre Hände waren fest um das Lenkrad des gepanzerten Fahrzeugs geschlossen. »Ich weiß, Cesar. Ich und meine Männer suchen jeden Zentimeter sorgfältig ab.«

In ihren Augenwinkeln sah sie plötzlich Bewegung. Ein Kronenkranich erhob sich aus dem Wipfel eines der Baumriesen aufgeregt in die Luft.

»Ich habe alle angewiesen, auf jede kleinste Unregelmäßigkeit zu achten. Wir werden keine Überraschungen zulassen.«

Alles verlief nach Plan.

Nach weniger als zwei Stunden erreichten sie den gefährlichsten Abschnitt ihrer Route. Hier wurde das Tal enger, dicht bewaldete Hügel erhoben sich auf beiden Seiten des Weges, der vom Regen zerfurcht vor ihnen lag. Hier mussten sie mit Hinterhalten, Maschinengewehr-Nestern und Landminen rechnen. Jeder Meter konnte zur Falle werden.

Die Spannung stieg.

Die Soldaten im Konvoi waren nervös. Ihre Finger ruhten angespannt auf den Abzügen ihrer Maschinenpistolen, während sie die wild bewachsene Umgebung scharf im Blick hatten. Die gepanzerten Fahrzeuge bewegten sich vorsichtig vorwärts, die Ketten der beiden Spähpanzer knirschten laut auf dem sandigen Boden.

Die Straße führte sie durch dichten Wald und dann nach der nächsten Kurve über offene Ebenen.

Die Soldaten spürten jeden Stein und jedes Loch unter den Rädern ihrer Fahrzeuge.

Jedes verdächtige Geräusch ließ ihre Herzen höher schlagen. Sie spürten den Schweiß auf ihren Stirnen und den Staub auf ihren Lippen. Stück für Stück kämpften sie sich voran.

Plötzlich zerrissen Schüsse die Luft. Sie wurden von allen Seiten angegriffen.

»Feindlicher Kontakt! Alle in Deckung!«, rief Major Julie Gitenga über Funk. Dann fluchte sie laut: «Ausgerechnet hier.«

Sie war an der engen Stelle gekommen, an der der Weg durch einen kleinen Wasserlauf führte. Für keines der Fahrzeuge ein Problem, aber ausgerechnet hier hatten sich die Mulele-Rebellen verschanzt.

Aus den gepanzerten Fahrzeugen hinter Julie Gitenga ließen die Elite-Einheiten Ruandas ein Feuerwerk an Maschinengewehrsalven und mehreren Panzerabwehr-Raketen auf die feindlichen »Nester« los.

Die Geräusche von Gewehrsalven, Granatenexplosionen und das Dröhnen der Motoren vermischten sich zu einem infernalen Lärm. Rauch und Staub erfüllten die Luft, während der Kampf mit jedem Moment an Intensität gewann.

Julie Gitenga war aus ihrem Wagen hinter einen mit Moos überwucherten Felsen gesprungen.

Sie konnte die Gesichter ihrer Männer sehen, von Anstrengung und Entschlossenheit gezeichnet. Die Schüsse der Rebellen prasselten auf ihre Fahrzeuge, während ihre eigenen Kugeln in die feindlichen Reihen flogen.

»Wir müssen uns einen Weg bahnen! Vorwärts!«, rief Cesar Kayzali mit einer Mischung aus Wut und Entschlossenheit in der Stimme durch den Funk. Er führte seine Einheit mit ihren Scharfschützen in einen waghalsigen Vorstoß in den Wald auf beiden Seiten, um die Reihen der Feinde zu durchbrechen.

Julie Gitenga wies ihre Einheiten entsprechend an, das Feuer zu intensivieren. Die Blätter des Waldes zerstoben wie grüne Konfetti, Teile des Unterholzes auf einem der Hügel fingen Feuer. Dann donnerten von links und rechts, scheinbar aus dem Dickicht des undurchdringlichen Waldes, Maschinengewehrsalven auf die Rebellenstellungen. Kayzali und seine Männer nahmen den Feind in den Schwitzkasten.

Ziemlich schnell ließ die Gegenwehr der Mulele-Rebellen deutlich nach. Die Schüsse wurden weniger. Die Übermacht an Männern und Feuerkraft gewann langsam an Boden. Doch jeder Meter hatte seinen Preis.

Es wurde Abend. Als die Sonne langsam am Horizont versank, fiel schließlich eine seltsame Stille über das Schlachtfeld. Die Rebellen zogen sich offenbar gänzlich zurück, aber die Spuren des Kampfes waren deutlich sichtbar.

Rauch stieg aus zwei brennenden Fahrzeugen des Konvois auf, und das Geheul der Verwundeten und Sterbenden, von beiden Seiten, erfüllte die Luft.

Julie Gitenga und Cesar Kayzali blickten auf die zerstörten Verstecke der Rebellen, ihre Gesichter von Schweiß und Dreck bedeckt. Sie wussten, sie hatten dieses Gefecht gewonnen. Die Kämpfer Muleles hatten hier einen hohen Blutzoll gezahlt, die Überlebenden hatten alles stehen und liegen lassen. Aber der Weg zu ihrem eigentlichen Ziel war noch immer mit Gefahren gespickt.

Die Männer des Konvois sammelten sich. Sie ließen ihre Wunden verbinden und sie nahmen die Gefallenen in Plastiksäcken luftdicht verpackt mit.

Während Cesar Kayzali und Julie Gitenga nach diesem ersten blutigen Kampf gegen die Rebellen ihren Vorstoß im Westen fortsetzten, setzte sich ein weiterer Konvoi in Bewegung.

Von Kisangani aus, dem ehemaligen Stanleyville, startete ein kongolesischer Militär-Konvoi in Richtung Osten. Zahllose Soldaten drängten sich auf geländegängigen Lastwagen, begleitet von schwerer Artillerie und Panzerfahrzeugen. Ihr Ziel war es, gemeinsam mit den ruandesischen Truppen die Rebellen um Mulele in die Mangel zu nehmen und ihnen den finalen Schlag zu versetzen.

In einem der Geländewagen saßen zwei Weiße. Ihr Aussehen und ihre Haltung verrieten, dass sie nicht Teil der regulären Streitkräfte waren. Sie waren Söldner, die von den neuen Herren in Kinshasa mit Hilfe ihrer amerikanischen Verbündeten angeworben worden waren.

Die Hitze des kongolesischen Dschungels drückte auf ihre Haut, während der Geruch von Schweiß und Staub ihre Nasenflügel füllte. Einer der Söldner, ein erfahrener Afrika-Veteran mit tiefen Narben auf der rechten Seite seines Gesichtes, starrte hinaus in die unendliche grüne Wildnis.

»Verdammt, James, ich habe schon viele Schlachten geschlagen, aber dieser hier wird vermutlich einer der härtesten sein«, murmelte er mit rauer Stimme.

James, sein Partner und ein ehemaliger Angehöriger der britischen Spezialeinheiten, nickte zustimmend. Seine Augen waren scharf und wachsam, während er die Umgebung genau beobachtete. »Da bist du nicht der Einzige, Alex. Diese Rebellen Muleles werden nicht kampflos aufgeben. du hast ja den Bericht der Ruandesen aus dem Osten über Funk mitgehört. Wir müssen uns auf alles gefasst machen.«

Der Konvoi bahnte sich mühsam seinen Weg durch das immer undurchdringlich werdende Dickicht des Dschungels. Die Fahrzeuge kämpften mit schlammigen Wegen, tiefen Furchen und Hindernissen, die von den Rebellen absichtlich platziert worden waren, Felsbrocken, gefällte Baumriesen. Alex und James saßen mit verschränkten Armen, die Muskeln angespannt, bereit für den bevorstehenden Kampf.

Die Geräusche des Dschungels umgaben sie, das Zirpen der Insekten, das Rascheln der Blätter im Wind. Doch darunter lauerte versteckt die ständige Gefahr des Feindes. Die Söldner blieben wachsam, ihre Sinne geschärft, während der Konvoi langsam, aber unaufhaltsam voranschritt.

DES RÄTSELS LÖSUNG

Auf dem Schreibtisch von Philip Bender in Nairobi herrschte ein geordnetes Chaos. Vor ihm lagen zahlreiche Puzzleteile, die er beharrlich zusammensetzte, um ein Bild zu formen. Seit Stunden schon hatte er akribisch Informationen gesammelt, Berichte studiert und Kontakte geknüpft. Nun waren die Hinweise so weit fortgeschritten, dass er sicher war: Irgendwo in der Gegend um Bunia oder Beni im Kongo musste das Ziel der militärischen Aktion liegen, von der sie seit Tagen vermuteten, dass sie bevorstand.

Mit leichtem Seufzen fügte Bender die letzten Teile zusammen. Das Bild, das sich langsam vor ihm formte, war verstörend.

Plötzlich durchbrach das schrille Klingeln des Telefons die Stille in Benders Büro. Er zuckte zusammen und griff hastig zum Hörer. »Bender hier«, meldete er sich, während sein Herz vor Erwartung schneller schlug.

Am anderen Ende der Leitung meldete sich eine noch nicht sehr vertraute Stimme. Es war der Informant im Kongo, den ihm die amerikanischen Kollegen freigeschaltet hatten, und der unter dem Decknamen »Rabe« agierte.

»Bender, ich habe Neuigkeiten für dich. Es gab Bewegungen in der Gegend um Bunia. Unsere Quellen berichten von einem ungewöhnlich großen Aufkommen an bewaffneten Milizionären und kongolesischen und auch ruandesischen Truppen. Es scheint, als würde sich etwas Großes anbahnen.«

Benders Puls beschleunigte sich. Die Informationen bestätigten seine Vermutungen und trieben ihn weiter voran. »Danke, Rabe. Das ist äußerst wertvoll. Halte mich weiter auf dem Laufenden«, antwortete er. »Sind auch Amerikaner dabei?« »Rabe« hatte schon aufgelegt.

Die Uhr tickte, während Bender seine Gedanken sammelte. Es gab keine Zeit zu verlieren. Er musste das Ziel dieser militärischen Aktionen genauer identifizieren. Irgendwo dort im großen, undurchdringlichen Ituri-Wald musste sich das Hauptquartier des Rebellenchefs Mulele befinden. Aber wo genau?

Was hatte ihm Michael Baumann, der Journalist, schon alles über diesen Mulele erzählt? Es war nicht viel, merkte Bender, als er seine Notizen aus den Gesprächen mit Baumann noch einmal durchblätterte. Über Mulele selbst hatte ihm Baumann so gut wie nichts verraten.

Dennoch durchbrach ein Geräusch plötzlich die Stille im Raum. Es war das Klappern der Tastatur, das Echo von Benders eiligen Fingern, die über die Tasten flogen. Das Geräusch verriet, dass er beschlossen hatte, was er bisher zusammengetragen hatte, jetzt in die formelle Form eines Zwischenberichtes zu zwängen.

Bender fühlte, wie sich das Puzzle immer weiter zusammensetzte. Es fehlten nur noch wenige Teile, um das vollständige Bild zu erkennen.

Da klingelte das Telefon wieder schrill.

Bender griff erneut hastig zum Telefon, mehr verärgert über die Störung als neugierig, wer ihn jetzt anrufen könnte.

Am anderen Ende hörte Philip Bender völlig unerwartet die Stimme Michael Baumanns. Sein Herz pochte heftig, während er Baumanns Stimme vernahm. »Bender, ich brauche deine geschützte E-Mail-Adresse. Habe die Dateien schon fertig. Kann sie gleich losschicken.«

Philip Bender buchstabierte seine verschlüsselte E-Mail-Adresse langsam und deutlich. Baumann wiederholte, er hatte alles richtig verstanden.

»Abgeschickt«, stöhnte Michael Baumann.

»Wo steckst du«, fragte Bender sofort nach.

Doch Baumann erklärte ihm nur: »Die Mail enthält Informationen, die das Potenzial haben, die ganze Operation, die gerade läuft, und die ganze Region auf den Kopf zu stellen. Du musst sie lesen und sofort handeln. Doch sei vorsichtig, die Amis sind bereits misstrauisch. Vertraue niemandem.«

Bender konnte die Anspannung in Baumanns Stimme spüren. Seine Gedanken rasten, als er versuchte, die möglichen Konsequenzen der wohl brisanten Informationen zu erfassen, die Baumann gerade auf den Weg geschickt hatte. Konnten die Enthüllungen das fragile Gleichgewicht in der Region ins Wanken bringen?

Bevor er eine zweite Frage stellen konnte, hatte Michael Baumann am anderen Ende bereits aufgelegt. Wo steckte der Kerl nur, dachte sich Philip Bender. Mittendrin, vielleicht an der Seite von Mulele? Hatte Bobby Brown, der amerikanische Verbindungsmann in Kigali, also doch recht gehabt mit seiner Warnung, Baumann habe den Pfad des unabhängigen Journalismus längst verlassen und sei Partei geworden?

Während Bender auf das Eintreffen der E-Mail wartete, spielten sich verschiedene Szenarien in seinem Kopf ab. Er stellte sich vor, wie amerikanische Sondereinheiten gemeinsam mit ruandesischen Soldaten und kongolesischen Einheiten des Kabila-Regimes mitten im Tropenwald die Rebellen um Mulele niedermähten. Dann würden sie alles leugnen, ihre Spuren verwischen und ihre Verbindungen vertuschen.

Außer ein Reporter wie Baumann würde alles dokumentieren. Darum wollte Bobby Brown, dass er Baumann zurückpfeifen sollte. Zu spät, der hatte seine Mail schon geschickt. Aber was würde das für Konsequenzen haben für Baumann selber?

Ein kühler Luftzug strich durch das Büro, als Bender an vergangene Missionen dachte, in denen er schon gefährliche Situationen gemeistert hatte. Aber diesmal war die Bedrohung anders. Sie war größer, komplexer und gefährlicher als je zuvor. Noch nie war er der Weltpolitik so nahe gekommen, hatte geheime Missionen der USA im Visier. Aber was würde Pullach daraus machen, wenn die Amerikaner wirklich mitten im Kongo militärisch zuschlagen sollten? Sind das nicht unsere Verbündeten? Haben wir als Bundesrepublik dieselben Interessen? Oder läuft da was gewaltig aus dem Ruder?

Der Klingelton des E-Mail-Eingangs unterbrach Benders Gedanken. Sein Herzschlag beschleunigte sich, als er den Mauszeiger über den Bildschirm bewegte und den Anhang öffnete. Die Sekunden erschienen wie Stunden, während das Dokument geladen wurde. Schließlich erschien der Inhalt vor seinen Augen, und Bender konnte kaum glauben, was er las.

WIDER DIE FREIHEIT

Philip Bender schaute Markus Metzler besorgt an. Er war mit Baumanns Materialien sofort zu seinem Chef gegangen. Die Spannung explodierte förmlich in der Luft, als sie sich gegenübersaßen.

Metzler nahm die E-Mail entgegen und begann sie aufmerksam zu lesen. Seine Miene verfinsterte sich zusehends, während er die brisanten Informationen verarbeitete. Nachdem er den letzten Satz gelesen hatte, legte er die E-Mail behutsam auf den Schreibtisch und stützte seine Stirn in die Hand.

»Peter, das ist eine hochexplosive Angelegenheit«, sagte Metzler ernst. Dass er ihn nur mit Vornamen ansprach, verhieß nichts Gutes. »Wenn das, was in dieser E-Mail steht, wahr ist, dann haben wir es mit einer internationalen Krise zu tun. Die USA und Ruanda, unsere Verbündeten, sind in illegale militärische Operationen verwickelt.«

Bender nickte bedächtig. »Genau das habe ich auch gedacht, Chef. Es ist eine heikle Situation, und wir müssen schnell handeln. Ich habe den Bericht bereits weitergeleitet, aber wir müssen sicherstellen, dass die Informationen nicht unter den Teppich gekehrt werden.«

Metzler erhob sich und ging zum Fenster, während er nachdachte. Der Himmel draußen war heute in Nairobi düster grau, als ob er die Situation widerspiegeln würde.

»Bender«, sagte Metzler, der sich offenbar wieder gefangen hatte und Philip Bender mit seinem Nachnamen ansprach. »Wir müssen das Auswärtige Amt einschalten«, sagte Metzler entschlossen. »Sie müssen informiert werden, damit sie diplomatische Schritte einleiten können. Gleichzeitig müssen wir sicherstellen, dass unsere eigenen Interessen gewahrt bleiben.«

Bender nickte zustimmend. »Ich habe die E-Mail auch ans Afrika-Desk des Auswärtigen Amtes weitergeleitet. Sie sollten bereits darüber Bescheid wissen.«

Metzler drehte sich zu Bender um. »Gut, das ist ein erster Schritt. Aber wir müssen auch in Kontakt mit unseren amerikanischen Kollegen treten. Es ist wichtig, dass wir herausfinden, wie weit diese Operation fortgeschritten ist und ob sie noch aufzuhalten ist.«

Bender stimmte Metzler zu. »Ich werde versuchen, unsere Verbindungsperson in Kigali zu kontaktieren. Bobby Brown könnte uns wichtige Informationen liefern. Er hat mich bereits gewarnt, dass Baumann den Pfad des unabhängigen Journalismus verlassen hat.«

Metzler nickte nachdenklich. »Sei vorsichtig, Philip Bender. Vertraue niemandem blind. Wir wissen noch nicht, wer in dieser Sache involviert ist und welche Interessen im Spiel sind.«

Bender stand auf und griff nach seinem Kaffeebecher. »Ich werde mein Bestes tun, Herr Metzler. Diese Enthüllungen könnten das fragile Gleichgewicht in Afrika tief erschüttern.«

Metzler reichte Bender die E-Mail zurück. »Pass auf , Bender. Das ist eine gefährliche Angelegenheit. Aber ich vertraue darauf, dass sie die richtigen Entscheidungen treffen.«

Ausnahmsweise verabschiedeten sich die beiden Männer mit einem festen Händedruck. Philip Bender verließ das Büro, in Gedanken schon bei seinem Telefonat mit den Amerikanern von der Botschaft in Kigali. Warum sollten sie ihm eine solche Operation bestätigen? Es war doch offensichtlich, dass sie das alles nicht an die große Glocke hängen wollten. Ob er nicht besser diesen »Rabe« im Ostkongo versuchen sollte zu kontaktieren?

Philip Bender schloss seine Tür, setzte sich an seinen Schreibtisch. Dann war sein Entschluss klar. Er warf eine Münze. Kopf. Also »Rabe«.

Er beugte sich vor und begann die Nummer des Satellitentelefons Zahl für Zahl einzutippen.

NO STORY

Die schwüle Hitze des Ituri-Regenwaldes lastete schwer auf Michael Baumanns Schultern, während er in seinem provisorischen Büro saß und verzweifelt versuchte, eine Verbindung zur Zentralredaktion herzustellen. Er hatte keine Ahnung, wie er die kleine Klimaanlage zum Laufen bringen könnte. Die drückende Luft verstärkte seine Beklemmung, so dass er kaum mehr tief Luft holen konnte, als er sich inmitten des geschäftigen Treibens wiederfand. Alle eilten draußen herum oder rasten in Geländewagen aus dem Fort.

Mit dem Satellitentelefon fest in der Hand beobachtete Michael Baumann, wie die Signalbalken unablässig schwankten. Das leise Summen des Apparats wurde von den Geräuschen der Außenwelt übertönt – keine friedlichen Vogelzwitschern oder raschelnden Blätter diesmal, sondern laute Rufe, Motorenlärm und schlagende Autotüren. Hinzu kam ein dumpfes Grollen, das jedoch nur das ferne Rauschen eines herannahenden Gewitters zu sein schien.

Entschlossen wählte Michael Baumann die Nummer der Nachrichtenredaktion und lauschte dem endlosen Klingeln am anderen Ende der Leitung. Doch anstatt einer Stimme hörte er nur das nervenaufreibende Besetztzeichen.

Es war Konferenzzeit in München, und der Nachrichtenchef sowie seine Mitstreiter waren zweifellos im sogenannten Aquarium versammelt – dem Konferenzraum, in dem die Ressorts ihre Themen für die Zeitung des nächsten Tages vortrugen.

Frustriert legte Baumann auf und ließ sich in den Stuhl zurücksinken. Er benötigte dringend eine Verbindung, um seine Geschichte zu übermitteln. Es war sein Ziel, eine Nachricht zu verfassen, die nicht nur in Deutschland Beachtung finden würde. Außerdem wollte er einen scharfen Kommentar loswerden. Für den Kommentar war Joshua Jobst, der Chef der Außenpolitik, unverzichtbar. Obwohl Baumann und Jobst politisch völlig unterschiedlich eingestellt waren, schätzten sie einander zumindest für ihre journalistische Expertise und ihre Neugierde.

Baumann kannte Jobst als klassischen Draufgänger, der sich gerne mit den Taten der Leute brüstete, die er bereits getroffen und interviewt hatte. Er prahlte gerne mit seinen angeblichen Kontakten in Politik und Geheimdiensten, gab jedoch oft klein bei, wenn ihm Autoritäten Vorgaben machten oder die Schranken aufwiesen. Trotz ihrer politischen Differenzen respektierten sie einander dennoch als Journalisten. Baumann war sich sicher, dass Jobst seinen Kommentar akzeptieren würde, auch wenn dieser klar Position gegen die USA bezog – ein Land, das Jobst im Allgemeinen positiv gegenüberstand.

Baumann hatte bereits allen eine Nachricht mit der Bitte um Rückruf hinterlassen. Doch als er keine eigene Nummer auf dem Display des Satellitentelefons sah, wurde ihm bewusst, dass er die Nummer selber gar nicht kannte. In München würde nur »Unbekannter Anrufer« auf dem Display erscheinen. Eine weitere Hürde auf dem Weg zu seiner dringend benötigten Verbindung. Er musste unbedingt nach München durchkommen.

Michael Baumann startete einen erneuten Anrufversuch und seine Gedanken schweiften zu Roberto della Noce. Der Chef der Reportagenseite war ein charmanter und gut aussehender Kollege, ein Frauenliebling, der eine faszinierende Mischung aus italienischen und deutschen Wurzeln in sich trug. Sein Vater war Italiener, seine Mutter eine deutsche Jüdin, und diese Kombination verlieh ihm eine besondere Aura der Vielfalt und des emphatischen Verständnisses.

Baumann wusste, dass della Noce nicht unbedingt ein Freund der trockenen und analytischen politischen Berichterstattung war. Er bevorzugte Geschichten über Menschen, das Menschliche hinter den Schlagzeilen. Della Noce hatte eine Vorliebe für die Schönschreiber, diejenigen, die mit Worten Bilder malen und Emotionen einfangen konnten. Politisch schwierige Themen waren nicht sein Metier.

Dennoch hatte Baumann für die Reportage-Seite von della Noce eine schillernde Geschichte über Mulele vorbereitet. Er hatte damit schon viele Stunden in Kinshasa verbracht, während er und seine Kollegen auf den Einmarsch von Kabila warteten. So entstand eine Story, die das Gesicht eines Mannes enthüllte, der im Herzen des kongolesischen Konflikts eine entscheidende Rolle spielte. Baumann musste nur noch ein paar Details seiner Treffen mit Mulele gestern Abend und heute Morgen sowie seine Ansprache an seine Kommandeure einbauen.

Baumann hoffte, dass diese Reportage die Aufmerksamkeit der Leser auf sich ziehen und dazu beitragen würde, das Bewusstsein für die tragische Situation im Kongo zu schärfen. Die menschlichen Geschichten hinter den politischen Schachzügen waren es, die das Interesse der Menschen weckten und sie dazu bewegten, sich mit einem Problem auseinanderzusetzen.

Als Baumann über die Arbeit von della Noce nachdachte, verspürte er eine gewisse Erleichterung. Wenn es ihm gelingen würde, seine Geschichte über Mulele zu platzieren, befände er sich zumindest auf einer Plattform, die Menschen erreichte und bewegte. Die Reportage-Seite hatte einen Ruf für hochwertige, einfühlsame Geschichten, und wenn jemand die Kraft besaß, politisch schwer verdaulichen Stoff in etwas Berührbares zu verwandeln, dann war es die Redigierkunst von Roberto della Noce.

Baumann seufzte und griff erneut nach dem Satellitentelefon. Es war Zeit für einen weiteren Versuch, diesmal mit dem Ziel, seine Geschichte nicht nur zu erzählen, sondern auch sicher gedruckt zu wissen.

Bei allen Nummern, die er wählte, erhielt er entweder das nervenaufreibende Besetztzeichen oder landete auf dem Anrufbeantworter. Als würde die Welt untergehen und die Zeitung nichts davon mitbekommen, weil gerade Konferenz ist, ärgerte sich Baumann. Er beschloss, es in einer Stunde erneut zu versuchen oder einfach die fertigen Stücke zu schicken.

Er setzte sich an die Reportage und fügte die Eindrücke der letzten Stunden am Anfang und am Ende ein. Kein Problem, das Stück gefiel ihm immer besser, dachte er, als er es noch einmal durchlas. Er speicherte die Datei auf einer Diskette, steckte sie in das nagelneue Laptop auf dem Schreibtisch und öffnete das Sendeprogramm. Die Spannung stieg, Baumann fühlte seinen steigenden Puls.

Doch plötzlich erschien ein Fenster mit der simplen Frage: »An welche Nummer soll diese Datei geschickt werden?« Baumann gab die Nummer ein und drückte die Befehlstaste - und siehe da, der Balken erschien und bewegte sich langsam vorwärts.

Es klappte. Baumann war vor Freude so aufgeregt, dass er aufsprang und in seinem neuen Büro im Nirgendwo herumhüpfte. Der Bildschirm wurde schwarz und dann gleich wieder weiß. Baumann eilte zum Schreibtisch. Bitte nicht, war sein einziger Gedanke, dass die Verbindung doch nicht klappen könnte.

Doch auf dem Laptop-Bildschirm stand in großen Buchstaben das erlösende Wort: «Nachricht gesendet«.

Das war einfach.

Also beschloss Baumann, die Nachricht und den Kommentar auch gleich zu schreiben und unangekündigt zu senden. Dann hätte er alles bis Ende der Mittagspause seiner lieben Kollegen in München. Danach könnte er noch einmal dort anrufen und Druck für seine Beiträge machen.

KAPITEL ACHT
ENDE EINES HELDEN

SCHWEIGEN IST GOLD

In den stickigen Zeitungsräumen herrschte geschäftiges Treiben, und die Gespräche waren laut. Die Redakteure eilten hin und her, Sorgenfalten auf ihren Stirnen und ihre Augen voller Unruhe sowie Unsicherheit. Die Nachricht von der Anweisung des Auswärtigen Amtes, nichts zu veröffentlichen, hatte sich wie ein Lauffeuer verbreitet und das Durcheinander richtig angeheizt.

In einem Konferenzraum des schwarzen Verwaltungsgebäudes saßen die Hausjuristen der Zeitung zusammen und diskutierten angestrengt über die möglichen Konsequenzen. Was würde drohen, falls die Informationen von Baumann falsch oder irreführend sein sollten und die Zeitung dennoch, ohne eine zweite Quelle zu haben, darüber berichtete.

»Starke rechtliche Mittel hat das Amt nicht wirklich zu bieten«, argumentierte ein jüngerer Rechtsanwalt, der neu an Bord war. »Geldstrafen können die sowieso nicht verhängen.«

Sein älterer Kollege hielt dagegen das Fax mit dem Briefkopf des Außenministeriums in die Höhe und konterte: »Die drohen ganz konkret mit rechtlichen Schritten gegen die Zeitung, um die Veröffentlichung der Informationen zu verhindern, die nationale Sicherheitsinteressen der Bundesrepublik berühren. Dazu gehören gerichtliche Verfügungen oder einstweilige Verfügungen, mein lieber Herr Kollege. Hier steht es. Und die werden sie noch heute erwirken, wenn wir nicht bis 16 Uhr den Selbstverzicht unterschreiben.«

»Ade Pressefreiheit«, murmelte der junge Rechtsanwalt deutlich vernehmbar und enttäuscht zurück.

»Wollen sie lieber, dass die Zeitung angedruckt wird und wir dann die Verfügungen auf dem Tisch haben und alle gedruckten Exemplare in den Müll werfen?« Der ältere Kollege verlor ein wenig die Fasson und wurde laut.

In der Zwischenzeit griff Joshua Jobst, der Leiter der Außenpolitik, in seinem Redaktionsbüro an der Sendlinger Straße zum Telefon und versuchte verzweifelt, eine Bestätigung für die Anwesenheit amerikanischer und ruandesischer Truppen im Kongo zu erhalten. Seine Stimme klang angespannt. Er rief verschiedene Kontakte an, den US-Botschafter in Deutschland, einen Kollegen beim Wall Street Journal, auch sein intimer Freund und seine langjährige Quelle beim USIS, dem amerikanischen Informationsdienst, wie er offiziell hieß, war für ihn erreichbar. Aber Ben, der eigentlich für die CIA arbeitete, blieb völlig vage und bestätigte nichts. Selbst bei seinen Mossad-Kontakten in Tel Aviv kam Joshua Jobst nicht wirklich weiter.

Nirgends fand er eine verlässliche Quelle, die Michael Baumanns Informationen bestätigen wollte. Die Unsicherheit wuchs und die Zeit wurde knapp.

Schließlich einigte sich die Redaktion darauf, eine außerordentliche Konferenz zusammen mit den Hausjuristen einzuberufen, um die Situation zu klären und eine endgültige Entscheidung zu treffen. Die Redakteure und Verantwortlichen versammelten sich im »Aquarium«, dem Konferenzraum, in dem die Luft trotz Klimatisierung vor Anspannung zum Schneiden war.

Joshua Jobst führte die Diskussion an und erläuterte die verzwickte Lage. Die Juristen hörten aufmerksam zu, warfen nur kurz die rechtlichen Aspekte und mögliche Konsequenzen einer Veröffentlichung ein. Es wurde hitzig debattiert, die Meinungen prallten aufeinander und die Argumente flogen hin und her. Irgendwie drehten sie sich im Kreis.

Nach langen, quälenden Diskussionen und Abwägungen traf der Chefredakteur, der bisher schweigend neben seinem Ressortleiter Außenpolitik Jobst gesessen hatte, schließlich die Entscheidung. Die Story sollte heute nicht veröffentlicht werden. »Joshua Jobst und ich sind uns einig. Wir werden die Existenz und den guten Ruf der Zeitung nicht aufs Spiel setzen. Vielleicht wissen wir Morgen schon mehr.« Der Chefredakteur stand auf und ging in sein Büro gleich neben dem »Aquarium«.

Das gesamte Material Baumanns sollte an das Auswärtige Amt weiterleitet werden. Das war eine bittere Pille, die geschluckt werden musste, eine Niederlage für die Pressefreiheit und den Wunsch nach unabhängigem Journalismus.

In den Zeitungsräumen auf allen Stockwerken brodelte die Wut und Frustration, als die Entscheidung, Baumanns Story nicht zu veröffentlichen, langsam in den Köpfen der Mitarbeiter einsank. Die Journalisten fühlten sich verraten und im Stich gelassen.

Besonders Joshua Jobst, der Leiter der Außenpolitik, war Zielscheibe der aufgestauten Emotionen. Er wurde von den Mitarbeitern mit wütenden Blicken bedacht und konnte das erregte Gemurmel derer hören, die ihre Verärgerung nicht länger unterdrücken konnten. Die Entscheidung, das Risiko einer Veröffentlichung nicht einzugehen und das Material stattdessen unveröffentlicht an das Auswärtige Amt weiterzuleiten, wurde ihm als Feigheit und Verrat ausgelegt.

Diese schwerwiegenden Vorwürfe schwirrten wie vergiftete Pfeile durch den Raum. Manche beschuldigten Jobst, dass er sich dem politischen Druck gebeugt und die Interessen der Zeitung hintangestellt habe. Andere beklagten seine mangelnde Unterstützung für Baumann, der sich in einem gefährlichen Einsatz für das Blatt eingesetzt habe.

Die Worte der Empörung wurden lauter und deutlich. Es war, als ob ein Riss durch die Redaktion ging, der die Vertrauensbasis zwischen den Journalisten und ihrem Chef erschütterte.

»Das ist ein Maulkorb!«, rief einer der Redakteure empört aus. »Was ist mit unserer Verantwortung als freie Presse? Sollen wir uns einfach den Anweisungen der Regierung beugen?«, setzte ein Kollege nach.

Joshua Jobst spürte den Sturm der Empörung um sich herum, doch er schwieg und nahm die Angriffe stoisch entgegen. Tief in seinem Inneren wusste er, dass er sich für einen schwierigen Weg entschieden hatte, den er für den richtigen hielt. Aber die Wut seiner Mitarbeiter konnte er nicht ignorieren.

Joshua Jobst wurde bewusst, er hatte ihre Unterstützung verloren, ihr Vertrauen war gebrochen. Er blieb alleine zurück und betrachtete die Trümmer seiner Entscheidung.

Inmitten dieses aufgewühlten Geschehens saß Michael Baumann ahnungslos allein in seinem Büro. Die Hitze Afrikas schien bis zu ihm durchzudringen.

Instinktiv wählte er nochmals die Durchwahl-Nummer von Roberto della Noce, dem Reportagenchef.

»Ja, hallo«, meldete sich della Noce sofort.

»Alles bekommen? Druckt ihr meine Story Morgen?«

Die Stille ließ Baumann befürchten, dass die Leitung schon wieder tot war. Aber dann hörte er ein Räuspern und die Stimme von della Noce.

»Michael, schlechte Nachrichten. Jobst hat beschlossen, dem Druck des Auswärtigen Amtes nachzugeben. Vielleicht Morgen.« Dann starb die Leitung wirklich.

Baumann starrte wie betrunken geradeaus. Er konnte einfach nicht glauben, was er gerade gehört hatte. Della Noce hatte nicht aufgelegt, die Leitung war wirklich gestorben. Aber für welche Zeitung arbeitete er da? Waren die wirklich so wenig an der Wahrheit interessiert? Diese Art von Journalismus war nicht der Beruf, in den er sich vor Jahren aufgemacht hatte.

Michael Baumann war in seinen Grundfesten erschüttert. Die Typen quatschten immer viel von Vierter Gewalt, aber wenn es zum Schwur kam, zogen sie jedes Mal den Schwanz ein.

Tief in seinem Inneren wusste Baumann, dass er nicht aufgeben durfte. Er hatte bereits so viel Zeit, Mühe und Leidenschaft investiert.

Entschlossen griff Baumann erneut zum Satellitentelefon. Er würde nicht zulassen, dass seine Arbeit im Stillen versickerte.

Mit zitternden Fingern wählte er die Nummer eines befreundeten Journalisten in der Schweiz, der gute Kontakte zu anderen Medien hatte, auch zu Korrespondenten amerikanischer und englischer Zeitungen. Es war Zeit, Verbündete zu suchen und eine neue Strategie zu entwickeln.

Denn diese Geschichte des Kongo dürfte nicht einfach im Schweigen verschwinden.

BLUTSVERWANDTE

Die Cessna der Missionars-Airline MAF erbebte in der Luft, während Douglas McFarland durch das kleine Fenster den Himmel über Bunia beobachtete. Bedrohlich zogen dunkle Wolken auf und Regentropfen prasselten gegen das Flugzeug. Normalerweise hätte er sich keine Gedanken über das Wetter gemacht, aber dies war kein gewöhnlicher Flug.

Douglas McFarland hatte sich entschlossen, Michael Baumann zu finden, egal wo er sich befand. Es war Douglas, der seinem Freund den Gedanken eingeflüstert hatte, dass es ein Halbblut geben könnte, das aus den Wirren des Simba-Aufstands in den 60er Jahren stammte. Er hatte ihm von Mulele erzählt. Er hätte wissen müssen, dass Michael Baumann, der clevere Deutsche, nicht nur von einem Rebellenführer namens Mulele erfahren würde, sondern auch einen Weg finden würde, diesen Mulele aufzuspüren und zu interviewen. So war Baumann eben, sein Freund, der Journalist, der »Kraut«.

Und nun schwebte Baumann möglicherweise in großer Gefahr, wenn Douglas an die amerikanischen Apache-Hubschrauber und Transportflugzeuge dachte.

»McFarland, wir können nicht landen!«, schrie der Pilot über den dröhnenden Motorenlärm. »Die Landebahn ist mit Militärgerät blockiert, sieht aus wie amerikanisches. Wir müssen auf einen alternativen Flugplatz ausweichen.«

Douglas McFarland kniff die Augen zusammen und versuchte einen Blick auf den überfüllten Flugplatz zu erhaschen. Tatsächlich konnte er die Umrisse von Spähpanzern und Hubschraubern erkennen, die die Landebahn versperrten. Sie hatten ein Problem. Sie brauchten einen Plan B.

»Okay, wo ist der nächste Flugplatz?«, fragte Douglas mit zitternder Stimme, angespannt.

»Es gibt einen kleinen Flugplatz außerhalb der Stadt«, schrie der Pilot zurück. »Er gehört dem Bischof von Bunia. Er hat uns seinen Geländewagen angeboten, um in die Stadt zu gelangen. Wir können dort landen und du kannst von dort aus weitermachen.«

Douglas McFarland nickte, während er darüber nachdachte, wie er seinen Freund Michael Baumann inmitten des Chaos und der militärischen Präsenz finden konnte. Er hatte keine Zeit zu verlieren.

Die Cessna setzte zur Landung an und der Aufprall war hart. Als das Flugzeug auf dem provisorischen Flugplatz zum Stehen kam, sprang Douglas aus dem Cockpit und atmete die feuchte, schwere Luft ein. Er machte sich auf den Weg zu dem bereitstehenden Geländewagen des Bischofs von Bunia.

»Bist du bereit, McFarland?«, fragte der Mann neben dem Geländewagen und reichte ihm den Autoschlüssel.

Douglas McFarland nickte und griff nach dem Schlüssel. »Danke.«

Er trat auf das Gaspedal und lenkte den Geländewagen durch die Pfützen auf die schlammigen Pfade. Die Regentropfen prasselten weiterhin auf das Dach, als wäre es eine Trommel, die den Rhythmus für das bevorstehende Abenteuer vorgab.

Nach einer kurzen Fahrt erreichte Douglas schließlich die Stadtgrenze von Bunia. Er parkte den Geländewagen an einer belebten Straße und stieg aus, um sich umzusehen. Menschen drängten sich durch die engen Straßen, überall waren Verkaufsstände aufgebaut und der Klang von Stimmen und Musik erfüllte die Luft.

Offenbar hatten die Menschen hier die Anwesenheit der vielen Soldaten schnell genutzt und alles, was sie hatten, zum Verkauf angeboten. Obst, Gemüse, Brotfladen und Schnitzereien lagen auf den Tischen, Gürtel und Westen aus Ziegenleder wurden präsentiert.

Douglas McFarland sprach einen der Verkäufer an und fragte, was hier los sei. Und tatsächlich, wohl weil er ihn in Lingala angesprochen hatte, erzählte dieser freimütig von den »vielen Soldaten«, die hier eingekauft hatten.

Douglas McFarland war schon als Kind hier gewesen, damals mit seinem Vater, dem irischen Missionar. Er war im damaligen Stanleyville auf die Welt gekommen und aufgewachsen. Deshalb konnte er die Sprachen. Und auch, weil er Jahrzehnte später in dieser Region als Farmmanager gearbeitet hatte. Aber das war lange her.

Douglas McFarland hörte aufmerksam zu, als die nächste Marktfrau ihm von den Militärkonvois berichtete, die gestern in Richtung Westen aufgebrochen waren. Ruandesische Soldaten mit Panzern - ein klares Zeichen dafür, dass Mulele und seine Rebellentruppen das Ziel dieser militärischen Operation waren.

Michael Baumann steckte mittendrin, ohne große Chancen, lebendig herauszukommen. Angst und Sorge übermannten Douglas McFarland.

Entschlossen sprang er zurück in den Geländewagen und fuhr los. Er kannte den Ituri-Wald ziemlich gut - schließlich war er tagelang mit seinem Vater durch die Natur hier gewandert. Doch diesmal war alles anders. Die Erinnerungen an seine Jugend vermischten sich mit der drängenden Mission, seinen Freund zu finden und zu retten. Die Straßen wurden schmaler und unbefestigter, aber Douglas McFarland fuhr unbeirrt weiter, angetrieben von der Hoffnung, dass er rechtzeitig eintreffen und Michael Baumann irgendwie aus der Gefahr befreien konnte.

Der Ituri-Wald war undurchdringlich und gleichzeitig wunderschön. Grüne Blätter tanzten im Wind, Vögel sangen ihre Lieder und die Sonne kämpfte sich durch das dichte Blätterdach. Doch diese idyllische Szenerie konnte Douglas McFarland nicht ablenken.

Immer wieder fragte er an den wenigen Siedlungen am Wegesrand nach, ob sie einen weißen Journalisten namens Michael Baumann gesehen hätten. Einige schienen Angst zu haben, etwas zu verraten, während andere behaupteten, ihn nicht gesehen zu haben. Douglas gab nicht auf. Er kannte die Menschen hier und wusste, dass sie oft aus Selbstschutz schweigen mussten.

Die Fahrt wurde holpriger und Douglas McFarland musste sich mehrmals durch schlammige Abschnitte und dichtes Gebüsch kämpfen. Sein Herz raste, wenn er daran dachte, was Michael Baumann möglicherweise durch-machte. Er hatte seinen Freund immer für seine Ent-schlossenheit, Neugierde und seinen Mut als Journalist bewundert, aber jetzt befand sich Michael in einer lebens-bedrohlichen Situation, in der all das nichts nützen konn-te. Mit einem Kugelschreiber konnte man nicht zurück-schießen.

Schließlich erreichte Douglas McFarland einen abge-legenen Teil des Waldes, der einst ein Lager für Rebellen-truppen gewesen war. Hier versteckten sich oft Kämpfer, um den Truppen des Militärs auszuweichen. Es war ein unheimlicher Ort, aber Douglas McFarland wusste, dass er hier anfangen musste zu suchen. Er parkte den Gelän-dewagen und schlich vorsichtig durch das Dickicht.

Die Stille des Waldes war bedrückend. Es war, als würde die Natur selbst den Atem anhalten, während Dou-glas McFarland vorsichtig jeden Schritt wählte. Plötzlich hörte er entfernte Geräusche - Stimmen, die nicht zur Na-tur gehörten. Er näherte sich behutsam, bis er ein ver-stecktes Lager erreichte.

DIE SCHLACHT

Ben, der bärtige Adjutant Muleles, brachte Michael Baumann zu dem Versteck. «Hier hast du alles, was du zum Überleben brauchst«, bellte der Bärtige Baumann fast an.

Baumanns Augen suchten das Waldstück ab. Wo sollte er hier bleiben? Große Farnkräuter wechselten sich mit wilden Bananenstauden ab, der gewellte Waldboden ächzte vor der Last der scheinbar Hochhaus-hohen Bäume. Sonnenlicht drang nur dort zwischen dem hohen Dickicht durch, wo der Laubhimmel noch nicht gänzlich zugewachsen war. Doch war alles hell, schön, natürlich, satt.

»Dort«, rumpelte Ben mit der Hand vor Baumanns Augen und wies ihm den Weg. »Dort ist, gleich bei dem Busch mit den gelben Blüten, eine Tür, die in die Hütte unter dem Boden führt. Dort hast du Wasser und Essen für ein paar Tage.«

Jetzt konnte Michael Baumann die einfache Holztür sehen.

»Steig aus, und vergiss das Funkgerät nicht. Zwei Autobatterien sind in dem Versteck auch - für Licht und das Funkgerät.«

Beinahe hätte ihn Ben aus dem Geländewagen geschubst. Michael Baumann öffnete die Wagentür, nahm das große Funkgerät aus seinem Fußraum, hängte sich seine Tasche um und ging auf die Tür zu.

»Mach auf, wenn du drin bist, schmeiße ich noch Erde und Blätter drüber. Hier wird dich niemand finden. Beeile dich, die Ruandesen können jeden Moment angreifen. Sie haben uns umzingelt.«

Ben half Baumann dabei, die schwere Tür, die fast waagrecht lag, zu öffnen. Ein paar Stufen führten abwärts. Dann stand Michael Baumann tatsächlich in einer unterirdischen Hütte. Es gab ein Strohlager als Bett, sogar einen Tisch und einen Stuhl, zwei Plastikcontainer mit Wasser. In dem einen war schon ein Hahn eingeschlagen. Vier dicke Holzbalken waren in den Boden eingelassen und hielten das ganze Konstrukt. Die Wände wurden mit Holzbrettern gehalten, dahinter bröselte der trockene Waldboden durch. Etwas Licht fiel durch die Decke, wo die Holzbretter auseinander klafften.

Mulele hatte ihm nur kurz zugerufen: »Geh mit Ben, er bringt dich in ein sicheres Versteck.«

Hier war er nun also, nach einer Fahrt durch den Busch. Sie hatte keine 20 Minuten gedauert. Jetzt war er Michael Baumann, der Waldmensch. Irgendwo im Ituri-Wald, umzingelt von Rebellen auf der einen Seite und ruandesischen Todesschwadronen auf der anderen Seite. Vielleicht waren ja auch noch ein paar Amis dabei, fing er an, sich zynisch Mut zu machen. »Baumann, was machst du hier?«, schoss es ihm durch den Kopf.

Dann knarzte es plötzlich fürchterlich. Ben rief ein lautes »Viel Glück«. Die Tür krachte mit Getöse auf den liegenden Rahmen. Baumann hörte, wie Ben, wie angekündigt, Erde und Gestrüpp darauf warf.

Hier würde ihn wirklich niemand finden. Michael Baumann warf seine Tasche auf den Strohsack und baute das Funkgerät auf dem Tisch auf. Noch hatte es eine volle Batterie. Die Lampe leuchtete grün. Baumann durchsuchte mit scharfen Blicken den halbdunklen Raum. Tatsächlich, neben der Tür standen die zwei Autobatterien, von denen Ben erzählt hatte.

»Also, gehe ich mal online«, sagte Michael Baumann laut zu sich selbst. Aus seiner Umhängetasche auf dem Strohsack holte er den Kopfhörer und ein zweites, neues Notizbuch heraus. Er würde über den Funkkontakt bestimmt viel zu hören bekommen, was er sich besser gleich notieren sollte. Sein Blick fiel auf zwei große Plastiktüten auf der anderen Seite des Raumes. Neugierig schaute er nach. Sie waren fest verschlossen und verknotet.

Michael Baumann beschloss, eine zu öffnen. Er holte aus der vorderen kleinen Außentasche seines Gepäcks das amerikanische Multifunktionswerkzeug heraus, das er immer mit auf seine Reisen nahm. Andere würden Taschenmesser dazu sagen, fing Baumann an, mit sich selbst zu argumentieren. Aber das Ding konnte wirklich sehr viel mehr.

Ein Schnitt, die Plastiktüte enthielt frische, runde Teigfladen, jedes für sich eingepackt in dünne Plastiktütchen. Michael Baumann holte sich einen Fladen heraus und biss hinein. Er liebte den Geschmack, genau so, wie sie auch, von James in Nairobi gemacht, schmeckten. Also beschloss er, sich in eine der Tassen noch etwas Wasser einzulassen und sich dann an den Tisch und das Funkgerät zu setzen.

Michael Baumann musste nicht hexen, das Gerät war idiotensicher. Er schaltete ein und nach einem lauten Knacken kam gleich das rauchige Rauschen des Funkverkehrs, wenn gerade niemand sprach. Die Sendetaste hatten die Rebellen im herausgebrochen. »Damit du Deinen Standort nicht durch einen eigenen Funkspruch verrätst«, hatte Ben ihm nur unzweideutig erklärt. Baumann setzte die Kopfhörer auf, zog noch einen Teigfladen aus seiner Plastikpackung und biss rein.

Er hörte trotz der Kopfhörer, wie sein Magen vor Aufregung Geräusche machte. Gefesselt lauschte Michael dem Funkverkehr, der ihm über die Kopfhörer zugespielt wurde. Kurze Sätze, teilweise atemlos, andere aufgeregt, die Frequenz knisterte wie eine kaputte Stromleitung, als die Rebellen ihre Verteidigungspositionen im Urwald bezogen. Sie wussten, dass der Feind sich näherte, und sie waren bereit, zu kämpfen.

»Alpha-Trupp, meldet Eure Position«, drang die raue Stimme eines Kommandanten durch den Äther.

»Alpha-Trupp hier, nordöstlicher Sektor gesichert«, antwortete eine Stimme mit leichtem Zittern.

»Bravo-Trupp, melden Sie sich!«

So ging es noch eine Weile weiter.

Aber dann fielen die ersten Schüsse. Das Aufschlagen und Detonieren der Granaten hörte Michael Baumann nicht nur in seinem Versteck. Er spürte, wie der ganze Waldboden bebte. Dort draußen war das Jüngste Gericht ausgebrochen, verzweifelte Baumann. Immer wieder versuchte er, Funksprüche zu hören, zu verstehen, was einzelne aus den zahllosen Rebellenstellungen immer verzweifelter meldeten. Aber, je lauter die Kämpfe draußen auch ohne Kopfhörer zu hören waren, desto seltener kamen noch Funksprüche.

»Bitte Rückmelden«, schrie einer der Rebellen-Kommandeure immer wieder in den Funk.

Aber die Antwort war nicht mehr als ein dumpfes Rauschen. Michael Baumann hielt den Atem an, während er das schreckliche Schicksal der Rebellen im Kopfhörer miterlebte.

Einer nach dem anderen verloren sie ihre Positionen, wurden von den feindlichen Truppen eingekreist.

»Scheiße, sie sind überall! Wir müssen uns zurückziehen!«, rief eine verzweifelte Stimme.

Doch es war zu spät. Die Rebellen kämpften verbissen, aber die feindliche Übermacht war zu groß. Schreie des Schmerzes und der Verzweiflung drangen an Michael Baumanns Ohren. Er konnte die Bilder förmlich vor sich sehen – die bedrängten Männer, die tapfer widerstanden, aber letztendlich einer nach dem anderen abgeschlachtet wurden.

Es war ein infernalisches Gemetzel im Herzen des Urwaldes. Das Knallen der Gewehre, das Krachen der Zweige, das Röcheln der Verwundeten – all das verschmolz zu einem düsteren Klangteppich der Vernichtung.

Michael Baumann fühlte Wut und Trauer zugleich. Er konnte nichts tun, außer zuzuhören, wie die Hoffnung im Dschungel erstickt wurde. Als die letzten verzweifelten Stimme verstummten, herrschte Stille.

Michael Baumann nahm die Kopfhörer ab und starrte ins Leere. Der Kampf war vorbei, aber die Narben würden bleiben.

Mit zitternden Händen tastete er nach seinem Notizbuch und begann zu schreiben. Er würde ihre Namen festhalten, ihre Geschichten erzählen und ihr Vermächtnis weitertragen. Das musste ans Licht kommen.

Baumann schrieb und schrieb, seine Schrift war vor Angst und Wut zittrig. Er versuchte, dennoch leserlich zu schreiben, notierte Funksprüche und Namen, so, wie er sie verstanden hatte. Versuchte die Geräusche festzuhalten, das Beben des Bodens. Und immer wieder kreuzten sich seine Gedanken mit seinen Gefühlen, und er fing an, ganz in seiner Manier, auf der linken Seite seines inzwischen schon zweiten Notizbuches seine Gefühle, seine Abscheu in Worte zu fassen. »Das war eine Massenhinrichtung«, »Armageddon im Urwald«, »wer immer die Angreifer waren, das waren Mörder, die eine eigentlich friedliche Gegenbewegung ausradieren wollten, vom Erdboden vertilgen wollten«.

Michael Baumann merkte, dass seine Tränen immer stärker flossen. Die blaue Tinte seines Kugelschreibers fing an zu patzen.

Nach einigen Stunden, wie es ihm vorkam, klappte er das Notizbuch zu, stand auf und legte sich, erschöpft und müde, einfach flach auf den festgetretenen Boden. Die Ameisen, die sofort an ihm hoch krabbelten, flüchteten genauso schnell wieder vor den Tränen und dem Beben des zittrigen Körpers, das immer wieder aufs Neue aufgeladen wurde von Wut, der Abscheu, der Enttäuschung, der Angst, die in Baumanns Hirn miteinander rangen.

Irgendwann konnte Michael Baumann nicht mehr liegen bleiben. Wie auf einen unhörbaren Befehl stand er auf, klopfte sich die Erde von Hemd und Hose. Er versuchte die schwere Holztür zu öffnen. Sie klemmte. Er holte sein »Taschenmesser« und säuberte die Ritzen. Die Tür bewegte sich, war unglaublich schwer. Baumann gelang es endlich, sie mit aller Kraft, seinen ganzen Körper dagegen stemmend, zu öffnen.

Michael Baumann verließ die unterirdische Hütte, sein sicheres Versteck.

Dann passierte, was keiner wollte.

Eine unheimliche Stille lag über dem dichten Dschungel, als er seine Umgebung absuchte. Ein Gefühl der Bedrohung kroch in ihm hoch, als wäre er ein einsamer Wanderer in einer gefährlichen Wildnis. Was ja auch irgendwie stimmte. Dies war nicht seine Welt, dies war nicht sein Kampf. Er gehörte nicht hierher. Aber er fühlte sich beobachtet. Von irgendwo hier aus dem undurchdringlichen Grün.

Michael Baumann war ein erfahrener Journalist, aber er war kein Dschungel-Kämpfer. Doch diese Situation war anders. Irgendwie musste er von hier weg. Er hatte keine Waffe, nur sein Messer, das ihm als Werkzeug und gegebenenfalls als letzte Verteidigung dienen sollte.

Doch plötzlich, nur wenige Meter vor ihm, stand der Mann, ein schwarzer Mann in schlampiger, zerrissener Uniform mit einer tödlichen Pistole in der Hand.

Die Sonne tauchte den Ort plötzlich in ein grelles Licht, während sich die beiden Männer intensiv ansahen. Baumann glaubte ein Funkeln in den Augen seines Gegners zu erkennen. Der Mann war groß, muskulös und strahlte Gewalttätigkeit aus. Seine Kleidung war abgenutzt, aber seine Waffe, eine glänzende Pistole, schien makellos.

Baumann spürte das Blut in seinen Adern wie wie mit Soda versetzt sprudeln. Sein Herz begann schneller zu schlagen, als er sich darauf vorbereitete, die tödliche Herausforderung anzunehmen. Flucht war ausgeschlossen. Der Mann hatte längst Witterung von ihm aufgenommen, starrte ihn an, fixierte ihn mit bleiernen Augen. Baumann wusste, dass er schnell handeln musste, um eine Chance zu haben. Mit geschärften Sinnen trat er langsam vor.

Der Mann beobachtete jede Bewegung von Baumann mit scharfem Blick. Er war ein erfahrener Kämpfer, bestimmt hatte er schon viele Leben auf dem Gewissen. Seine Waffe in der Hand gab ihm ganz offensichtlich das Gefühl von Macht und Sicherheit. Er fühlte sich überlegen. War er ein Rebell Muleles? Oder ein Soldat der Ruandesen oder der Armee Kabilas? Oder einfach nur ein Bandit? Ein flüchtiger Blick auf den Finger des Mannes genügte, um zu erkennen, dass er bereit war, den Abzug zu ziehen.

Baumann trat mit ganz kleinen Schritten näher und näher an seinen Gegner heran. Sein Verstand war fokussiert, kein anderer Gedanke wagte sich vor, seine Sinne waren zum Zerreißen geschärft. Es ging um sein Leben. Er oder ich. Michael Baumann analysierte jede Kleinigkeit: den Abstand zwischen ihnen, die Körperhaltung des Mannes, seine Augen, die nach einem Angriff Ausschau hielten.

Er wusste, dass er nur eine Chance hatte, und die musste er nutzen. Er hatte keine Pistole.

Baumann stand nur noch knapp zwei Schritt von dem Mann entfernt. Er hatte sich die ganze Zeit nicht gerührt. Ihn nur angestarrt.

Baumanns Körper explodierte förmlich in Aktion, als er mit einer blitzschnellen Bewegung die letzten Meter auf den Mann zustürmte. Er duckte sich, schob seine linke Seite vor, um nicht schon von der ersten Kugel getötet zu werden. Sein Messer hatte er in seiner rechten Hand, bereit, zuzustechen.

Baumann hörte, wie der Abzug auf den leeren Bolzen schlug.

Seine Klinge traf auf etwas Hartes, und für einen Augenblick war die Welt in einem wilden Tanz gefangen. Das Magazin der Pistole war leer gewesen. Der Mann nutzte die Waffe, um Baumanns Messer abzuwehren. Er versuchte, Baumann mit der Wucht seiner Pistole zurückzudrängen, doch Baumann war entschlossen, nicht nachzugeben.

Mit jedem Ausweichmanöver und jedem Hieb seines Messers bewies Baumann seine Geschicklichkeit und seinen unerschütterliche Überlebenswillen. Der Schweiß rann ihm über das Gesicht, während er sich immer wieder an den Grenzen seiner physischen und mentalen Stärke befand. Jeder Moment zählte.

Plötzlich stolperte der Gegner, und in diesem entscheidenden Augenblick gelang es Baumann, eine Lücke in seiner Verteidigung zu finden. Sein Messer fand sein Ziel und durchdrang die Haut seines Gegners an der Hüfte. Ein Schmerzensschrei erfüllte die Luft, während der Mann zurücktaumelte und seine Waffe fallen ließ.

Baumann nutzte den Moment und warf den Mann zu Boden. Er war außer Atem, doch sein Instinkt trieb ihn weiter an. Mit einem entschlossenen Griff umklammerte er das Messer und setzte es an die Kehle des besiegten Gegners, auf dem Baumann inzwischen saß und dessen Arme mit seinen Beinen an den Boden presste.

Sein Blick traf den des Mannes, der nun mit Furcht und Resignation erfüllt war.

Der Kampf war gewonnen. Es war vorbei.

Michael Baumann hatte sich gegen alle Wahrscheinlichkeiten durchgesetzt und triumphiert. Doch während er den Sieg genoss, spürte er auch die Tragödie und die Gewalt, die dieser Ort und diese Menschen umgaben.

Was sollte er mit diesem Mann jetzt tun? Seine Klinge kratzte immer noch an der Kehle seines Gegners. In Baumanns Schläfen pochte das Blut. Er spürte, wie sich seine Kräfte erschöpften.

Plötzlich litt Michael Baumann unter intensiver Übelkeit und extremer Benommenheit. Sein Blick trübte sich, es wurde immer wieder dunkel um ihn herum. Er sah Blasen und funkelnde Sterne in seinen Augen. Immer mehr und immer größere Schweißperlen bildeten sich auf seiner Stirn, jeder Knochen in seinem Rücken schmerzte. Plötzlich spürte er, wie ein Schüttelfrost seinen ganzen Körper durchzuckte. Zugleich ergoß sich ein feuchter und warmer Schwall Schweiß aus ihm. Sein völlig durchnässtes Hemd klebte unangenehm an ihm.

Sein Blick traf die Augen des besiegten Mannes unter ihm.

Dann nahm die Malaria mit ihrem Fieber völlig Besitz von Michael Baumann.

Ohnmächtig sank er zu Boden.

DAS VERHÖR

Michael Baumann lag zitternd auf einem Bett, umhüllt von Fieberträumen, die sich wie ein undurchdringlicher Nebel um ihn legten. Szenen des Kampfes mit einem mysteriösen Mann im dichten Ituri-Wald vermischten sich mit leidenschaftlichen Liebkosungen seiner geschmeidigen Geliebten Patricia. Die Grenzen zwischen Realität und Illusion verschwammen in einem Strudel aus Verwirrung und Verlockung.

Plötzlich klangen Anrufe der Zentralredaktion seiner Zeitung wie Echos in seinen Ohren. Die Barszene in Kigali, in denen er auf den BND-Agenten Philip Bender und einen US-Navy-SEAL namens Bobby Brown traf, vermischten sich mit den leuchtenden Augen und den feinen Gesichtszügen von Julie Gitenga, dieser faszinierenden Frau und Majorin in der Armee Ruandas. Wie schön sie doch war. Doch dann wie ein Blitz: Der Kivusee glänzte, so hell, dass es in seinen Augen schmerzte.

Michael Baumann kämpfte gegen die Fieberhitze an, während sein Verstand zwischen den Welten hin und her taumelte.

Die Bilder der Vergangenheit huschten schnell und unscharf an ihm vorbei. Er kam nicht zur Ruhe. Baumann träumte von der Geburt seiner ersten Tochter in den frühen Morgenstunden, als die Sonne gerade aufging und ein sanfter Schein von Hoffnung den Kreissaal erwärmte. Vor seinem inneren Auge spielte sich die Szene ganz genau ab. Der Kreissaal nach Stunden des Wartens und der Wehen seiner Frau, das gedämpfte Licht, das rasende Herz seiner Frau und ihre Schmerzensschreie, die wie Dolche in seine Seele stachen.

Doch dann, der Moment der Erlösung, als der kleine Mensch selbst die erste Luft einatmete und er seine Tochter zum ersten Mal in Händen hielt. Baumann fühlte die überwältigende Freude. Er wälzte sich auf seinem Bett hin und her.

Doch der Traum veränderte sich abrupt, als der Schatten einer drohenden Gefahr durch seine Gedanken zog. Die Hetze zur Geburt seiner zweiten Tochter durchschnitt seinen Körper wie ein kalter Schauer. Seine Frau brachte das Kind sechs Wochen zu früh zur Welt.

Er war nicht da, als alles losging, kam nachts in eine leere Wohnung, musste seine erste Tochter bei den Nachbarn abholen. Hektik, Angst, Besorgnis vermischten sich zu einem nicht lösbaren Knoten. Dann wieder dieses rasende Bild, diese Qual, nicht für ihn, sondern für Jojo, die er endlich in dem Krankenhaus gefunden hatte, sie war bereits im Kreissaal.

Michael Baumann zuckte in seinem Fiebertraum. Eine Hand mit einem nassen Lappen versuchte, seine Stirn zu kühlen, um ihm Ruhe und Gelassenheit zurückzugeben. Aber Baumann wandte sich ab.

Er konnte die Schmerzensschreie seiner Frau regelrecht spüren, er hörte sie, als wären sie in diesem Moment wieder präsent. Sie stieß ihn beiseite, wollte seine Nähe nicht, rang mit dem neuen Leben.

In seinem fiebrigen Delirium kämpfte er gegen unsichtbare Feinde. Die Linien zwischen Wirklichkeit und Fantasie waren verwischt, und Michael Baumann fand sich gefangen in einem Netz aus Wahnvorstellungen und realen Erinnerungen.

Im Rausch des Fiebers war es schwer zu unterscheiden, was wirklich war und was nur eine Schöpfung seines kranken Geistes. Die Gefahr und das Verlangen vermischten sich zu einem gefährlichen Cocktail, der seine Sinne betörte und seine Wahrnehmung trübte. Er war auf einer Reise in die Abgründe seiner eigenen Seele.

Schließlich, endlich schlief er ein, traumlos, erschöpft, ohne einen Gedanken und ohne jedes Gefühl. Sein Körper brauchte diese Ruhe, diese Leere, um wieder zu Kräften zu kommen, damit er die scheußliche Krankheit in seinen eigenen Blutbahnen nieder ringen könnte.

Über Stunden lag Michael Baumann leblos auf seinem Bett. Kein Zucken war mehr auf seinen Lidern zu erkennen, sein Atem ging ruhig und regelmäßig, seine Haare und das Leintuch trockneten, weil kein neuer Schweißausbruch sie mehr nässte. Als das Fieber langsam abklang, lichteten sich die Nebel der Träume. Michael Baumann war noch im Schlaf erschöpft von all den intensiven Bildern, die seinen Verstand heimgesucht hatten.

Er öffnete langsam die Augen und fand sich in einem unbekannten Raum wieder. Das gleißende Licht blendete ihn, und er spürte einen stechenden Schmerz in seinem Kopf. Er ließ seinen Blick schweifen und sah eine junge Frau am Fußende seines Bettes sitzen. Ihr dunkles Haar fiel in sanften Wellen über ihre Schultern.

War das immer noch eine Erscheinung aus einer längst vergangenen Zeit, ein Traum im Delirium, fragte sich Michael Baumann. Er sah Catherine Gitenga dort sitzen. Ihr schlanker, hochgewachsener Körper strahlte eine geheimnisvolle Anmut aus. Baumann konnte seinen Blick nicht von ihr abwenden, als sie sich behutsam beugte und die Wickel um seine Waden entfernte.

Der Raum war still, nur das leise Atmen und das leichte Rascheln von Stoff durchbrachen die Stille. Catherine Gitenga wirkte beruhigend auf ihn, als ob ihre bloße Anwesenheit die Dämonen vertreiben könnte, die sein Bewusstsein in Dunkelheit gehüllt hatten. Ihre Augen strahlten mitfühlend und warm, als sie ihm sanft ein Glas Wasser reichte. Michael Baumann trank langsam und spürte, wie das kühle Nass seinen ausgedörrten Körper erfrischte.

»Du hast Fieber«, flüsterte sie leise. Ihre Stimme war wie ein Hauch von Trost in der finsteren Nacht seiner Wahnvorstellungen.

Baumann nickte schwach, unfähig, Worte zu finden. Er fragte sich immer noch, ob sie wirklich da war oder ob sie nur wieder eine Erscheinung seines erkranken, fiebrigen Geistes war. Doch in diesem Moment spielte das keine Rolle mehr. Catherine war bei ihm, und das gab ihm das Gefühl von Sicherheit und Geborgenheit.

»Ruhe dich aus«, sagte sie sanft. »Du bist sicher hier.«

Michael Baumann schloss die Augen und ließ sich von der Dunkelheit umfangen. Der Schmerz in seinem Kopf begann langsam nachzulassen, und er spürte, wie seine Kräfte allmählich zurückkehrten.

»Catherine«, flüsterte er mit heiserer Stimme, seine Augen glänzten vor Überraschung und Freude. »Bist du wirklich hier oder entspringst du lediglich meinen fiebrigen Gedanken?«

Catherine Gitenga lächelte sanft und strich ihm liebevoll über die erhitzte Stirn. »Ja, ich bin hier. Ich hörte, dass du krank bist, und konnte nicht anders, als zu kommen. Meine Eltern haben mich außerdem ermutigt. Sie hatten hier keine angemessenen Medikamente für dich.« Baumann spürte eine Welle von Zärtlichkeit und Hoffnung, die sein verunsichertes Herz zu berühren schien.

Seine Augen füllten sich mit Tränen. »Ich dachte, ich würde in diesem Dschungel sterben.« Catherine legte sanft einen Finger auf seine Lippen. »Sprich nicht, ruhe dich erst einmal richtig aus. Du hattest eine schwere Malaria.«

Baumann spürte, wie ihre Nähe seine Schmerzen linderte und seine fiebrigen Träume verblassen ließ. Für einen Moment schien die Welt stillzustehen, während sie sich in die Augen sahen.

»Wo bin ich mich eigentlich?«

»Dies ist das ehemalige Hauptquartier von Mulele«, erklärte sie mit ruhiger Stimme.

»Wie bin ich hierher gelangt?« Baumann sah sich noch einmal im Zimmer um. Er war noch nie in diesem Raum gewesen. Das musste Muleles Schlafzimmer gewesen sein.

»Ein Kämpfer hat dich hierher gebracht, mit einer Messerwunde in seiner Seite. Er behauptet, du hättest ihm diese zugefügt.« Catherine versuchte, ihre Stimme ruhig zu halten.

Baumann versuchte sich aufzusetzen, da spürte er die Nadel in seinem rechten Arm. Er hing an einer Infusion.

»Ich habe ihm also nicht die Kehle durchgeschnitten«, stöhnte er glücklich und ließ seinen Oberkörper wieder fallen. »Gott sei Dank.«

Die Tür öffnete sich, und die Jalousien an den Fenstern bewegten sich im Luftzug. Plötzlich stand neben Catherine Gitenga ein Mann in Uniform, dessen hartes Gesicht keinerlei Emotionen verriet.

»Lass uns allein, Catherine«, sagte er mit einem warmen Befehlston.

Die junge Frau stand auf und warf noch einen Blick auf ihren Patienten. »Er ist noch schwach«, sagte sie.

Dann verließ sie das Zimmer.

Baumann schaute zum Fußende seines Bettes.

»Wer bist du?«, wandte er sich an den Mann.

Der Mann lächelte spöttisch. »Bobby Brown, US-Botschaft. Wir kennen uns aus Kigali. An der Bar damals. Wir haben einige Fragen an Sie, Herr Baumann.«

Michael Baumann versuchte, sich aufzusetzen, doch ein scharfer Schmerz durchzog seinen Arm. Zuerst riss er das Pflaster ab, das die Infusionsnadel schützte, dann zog er auch die Nadel heraus und setzte sich an den Bettrand.

»Wo befinde ich mich hier? Was ist passiert? Bin ich ihr Gefangener?«

Der schwarze Hüne trat näher und legte beruhigend eine Hand auf seine Schulter. »Keine Sorge, Herr Baumann. Sie sind in Sicherheit. Sie wurden in Ihrem Waldversteck von einem Rebellen gefangen genommen, aber wir haben Sie gerettet.«

»Rettung?«, schnaubte Michael verächtlich. »Nehmen Sie Ihre Hand von mir.« Dabei stieß er mit seiner linken Hand den Arm des Amerikaners von seiner Schulter.

»Ich werde mich anziehen, dann können wir gerne reden«, grollte Michael Baumann, »auch gerne darüber, was amerikanische Soldaten wie Sie im Kongo machen.«

Das Gesicht von Bobby Brown zeigte Ärger.

»Wie Sie wünschen. Ich warte unten. Wir treffen uns im ehemaligen Besprechungszimmer Ihres Freundes Mulele. Ein Kollege von mir, ein Offizier aus Ruanda, wird ebenfalls an dem Verhör teilnehmen.« Mit diesen Worten drehte er sich um und schloss die Tür hinter sich.

»Verhör«, dachte Michael Baumann. »Das klingt nicht gut. Also bin ich doch ihr Gefangener.«

Als er aufstand, überkam ihn kurz ein Schwindel, aber er fing sich sofort, indem er sich an der Lehne eines Stuhls festhielt. Er zog sich an. Seine Sachen waren akkurat auf dem Stuhl platziert. Seine Schuhe standen sauber und ordentlich darunter. Auf dem kleinen Tisch daneben befand sich eine Karaffe mit Wasser und ein Glas. Er trank das gesamte Glas in einem Zug aus.

Dann atmete er tief durch und ging langsam zur Tür. Er fühlte sich immer noch ziemlich wackelig auf den Beinen.

Als er die Tür öffnete, erschrak Michael Baumann. Vor seiner Tür stand ein Wachposten. Der große Mann machte Platz und ließ Baumann passieren. Als sich ihre Blicke trafen, spürte Michael sofort einen Stich in der linken Brust.

Es war der Mann aus dem Ituri-Wald.

Das Gesicht, das Hinken. Er hatte den Abzug seiner Pistole betätigt. Baumann hatte Glück gehabt, dass sich keine Patrone mehr darin befand. Plötzlich erinnerte er sich an alles ganz klar. Bis zu dem Moment, als er auf ihm gesessen und sein Messer an dessen Kehle gedrückt hatte.

Die Augen des Mannes waren immer noch so unbewegt und kühl wie im Wald.

Dann überraschte ein Lächeln und er wies ihm mit dem Arm den Weg die Treppe hinunter.

Mit erhöhtem Puls ging Baumann die Treppe hinunter und hielt sich am Geländer fest. Er hörte die Stiefel hinter sich jeden Schritt in seinem Tempo wiederholen.

Unten angekommen, zeigte der Mann mit einem Kopfnicken auf den ehemaligen Konferenzsaal. Die Tür war nur angelehnt. Michael Baumann konnte zwei männliche Stimmen sich ziemlich laut und ungestört unterhalten.

»Wer hatte dir eigentlich den Befehl zur Liquidierung von Jacob Nkunda, diesem Nichtsnutz, gegeben?«, fragte die eine.

»Das ist ja schon ewig her. Der Befehl kam von meiner Einsatzzentrale. Die sagten, dieser Nkunda gehöre zu den Abtrünnigen gegen Kabila und müsse verschwinden.«

Baumann hatte das Gefühl, diese der beiden Stimmen zu kennen. Das musste Bobby Brown sein, der vorher bei ihm oben war.

»War ein guter Job«, erwiderte die zweite Stimme. »Er hatte wohl gerade ein Stelldichein irgendwo in den Wäldern nahe Bukavu. Die rätseln heute noch, wer ihn erschossen hat. Ein Schuss, genau zwischen die Augen, Respekt«, machte sich der andere zynisch lustig. »Wenn wir nur Mulele genauso erwischen könnten.«

Das war das Stichwort für Michael Baumann, die angelehnte Tür zu öffnen und sich zu erkennen zu geben.

»Ihr habt also Mulele nicht gefangen nehmen können«, verkündete er kurzatmig, als er in den Konferenzraum eintrat.

Die beiden Offiziere warfen sich einen kurzen Blick zu, bevor Bobby Brown antwortete: »Das ist richtig. Mulele ist uns entkommen, und wir glauben, dass sie wissen, wo er sich versteckt hält.«

Bobby Brown wies Michael Baumann an, sich an den großen Tisch ihnen gegenüber hinzusetzen. Kaum saß Baumann, fügte er mit Bestimmtheit an: »Wir wollen von Ihnen wissen, wohin er geflohen ist.«

Michael Baumann schüttelte den Kopf. «Ihr könnt mich nicht zwingen, Euch etwas zu sagen. Ich bin hier als Journalist.«

Die Stille im Raum verunsicherte vor allem Michael Baumann. Also brach er sie laut mit seinem Gedanken: »Oder Ihr seid nicht besser als irgendwelche Rebellen.«

Cesar Kayzali, der zweite Offizier, seufzte leise, stand auf und trat einen Schritt vor.

«Herr Baumann, wir verstehen Ihre Bedenken, aber Mulele ist ein gefährlicher Mann. Er hat unschuldige Menschen getötet und ganze Dörfer verwüstet. Wenn wir ihn nicht finden, wird das Blutvergießen weitergehen.«

»Wie kann ich Euch trauen?«

Michael Baumann blickte sie skeptisch an. »Ihr seid hier in irgendeiner Geheimoperation und Offiziere der gefürchteten Todesschwadronen Ruandas. Von denen habe ich schon viel gehört. Jetzt sehe ich sie direkt vor mir. Ihr spielt ein dreckiges Spiel«, sagte er mit aufrichtiger Entrüstung, seine eigene Situation völlig außer acht lassend.

Ihn trieb dabei nicht Mut, sondern blinde Wut. Er konnte das mörderische Geschehen nicht vergessen, dass er an den Kopfhörern miterlebt hatte.

Jetzt erhob sich auch Bobby Brown, trat näher und fixierte Michael Baumann mit kalten Augen.

»Wir spielen das Spiel, das notwendig ist, um den Frieden wiederherzustellen. Und wenn das bedeutet, dass wir sie unter Druck setzen müssen, um an Informationen zu gelangen, dann werden wir das tun.«

Michael Baumann spürte die Spannung im Raum und wusste, dass er in einer ausweglosen Situation steckte. Mulele war entkommen, und nun versuchten sie, ihn, den sie gefangen hatten, als Informationsquelle zu nutzen. Er musste etwas tun, aber er saß hier allein in dem Verhör und Schweißperlen begannen, sein Gesicht zu überziehen. Gegenüber von ihm saßen die beiden, Bobby Brown und Cesar Kayzali, und beobachteten ihn scharf.

Bobby Brown räusperte sich. »Baumann, wir wissen, dass du tief in dieser Sache steckst. du warst eng mit Mulele verbunden. Also sag uns endlich, wo er sich versteckt hält. Wo ist dieser verdammte Rebellenchef?«

Michael Baumann konnte nur schwach lächeln, lehnte sich zurück und antwortete: »Ich wünschte, ich könnte es euch sagen, aber Mulele hat mir keine Hinweise hinterlassen. Er hat alles auf einen Sieg gesetzt, nicht auf Rückzugspläne.«

Cesar Kayzali runzelte die Stirn und fügte verärgert hinzu: »Das kannst du uns nicht erzählen, Baumann. Du warst sein engster Vertrauter. Du musst doch irgendetwas wissen. Wir wissen von Deinen Aufgaben, von Deinem Engagement.«

Baumann strich sich nervös durch sein schweißnasses Haar. »Ja, ich war eng dran an Mulele, so eng, wie ein Journalist dran sein kann, aber er war äußerst verschlossen. Er hat mich nie in seine Geheimnisse eingeweiht. Er hat mich nur darum gebeten, über den Sieg der Rebellen zu schreiben.«

Jetzt sprang Bobby Brown auf und schlug mit der Faust auf den Tisch. »Genug der Lügen, Baumann! Du weißt mehr, als du zugibst. Du bist in diese Sache verstrickt, das spüren wir. Also raus mit der Wahrheit!«

Baumann seufzte und erhob sich langsam von seinem Stuhl. »Ich schwöre Euch, ich weiß wirklich nicht, wo Mulele steckt. Aber wenn Ihr mir nicht glaubt, könnt Ihr gerne mein Büro durchsuchen. Dort werdet ihr Beweise finden, dass ich nur über den Sieg berichten sollte.«

Die beiden Offiziere tauschten einen skeptischen Blick aus, bevor Cesar Kayzali schließlich nickte. »In Ordnung, Baumann. Wir werden dein Büro durchsuchen. Und Du kommst mit. Aber wenn wir herausfinden, dass du uns angelogen hast, wird das Konsequenzen haben.«

Gemeinsam betraten sie das Zimmer, das Baumann als Büro nutzte. Die Wände waren mit Ausdrucken von Statements und Internetlinks bedeckt - eine Sammlung von Informationen und Artikeln, die Baumann verwenden sollte, um über den Triumph der Rebellen zu berichten.

Bobby Brown blätterte durch die Papiere und murmelte vor sich hin. »Verdammter Mulele. Keine Spur von seinen Plänen hier.«

Baumann trat näher und zeigte auf einen Stapel von Internetlinks. »Das ist alles, was ich hatte. Mulele hat mir nichts Persönliches hinterlassen. Er war ein Mysterium für mich genauso wie für Euch.«

Cesar Kayzali starrte auf die Wand, tief in Gedanken versunken. »Es scheint, als hätten wir keine andere Wahl, als weiter zu suchen. Aber ich warne dich, Baumann, wenn sich herausstellt, dass du uns belogen hast, wirst du dafür bezahlen.«

Dabei ballte Cesar Kayzali seine Hand zur Faust und spannte seinen gesamten Körper an, als ob er gleich zuschlagen wollte.

Baumann senkte den Blick und nickte bedrückt. »Ich verstehe. Aber glaubt mir, ich habe Euch die Wahrheit gesagt. Ich habe keine Ahnung, wo Mulele steckt.«

Bobby Brown und Cesar Kayzali wechselten scharfe Blicke. Dann verließen die Offiziere das Büro.

Baumann blieb allein zurück.

ZU ZWEIT

Der nächste Tag brach an, und Michael Baumann saß in seinem Zimmer und starrte auf die Karte, die vor ihm auf dem Tisch lag. Die Ereignisse der vergangenen Wochen hatten ihn gezeichnet, und der Gedanke an den verschwundenen Mulele nagte an ihm. Er wusste, dass er nicht aufgeben durfte, dass er hier irgendwie rauskommen musste, zurück in seine Welt. Er war nicht Kriegspartei, sondern Journalist, neutraler Beobachter, Chronist, wenn manchmal auch ein unbequemer.

Aber vielleicht war ja genau das gerade sein Problem, dass er, Baumann, der Journalist, alles mitbekommen hatte. Die Todesschwadronen wollten bestimmt nicht, dass davon irgendetwas an die Öffentlichkeit gebracht wurde. Aber genau das musste er, sagte sich Baumann immer wieder.

Plötzlich wurde die Tür aufgestoßen, zwei Soldaten betraten den Raum. Zwischen ihnen schleppten sie einen müde aussehenden Mann, gefesselt und mit verbundenen Augen. Als die Männer den Gefangenen vor Baumann abstellten, konnte er sein Glück kaum fassen. Es war Douglas McFarland, sein alter Freund und Wegbegleiter.

Vergessen war der Vorfall, der Baumann so verstört hatte, bei dem er Douglas McFarland zusammen mit Kabila an Bord der DC-3 hatte in Kisangani hatte ankommen sehen, kaum war die Urwald-Stadt in die Hand der Kabila-Truppen gefallen. Doch Douglas McFarland wusste ja gar nicht, dass er das gesehen hatte aus dem Baumversteck der Mulele-Rebellen heraus.

Jetzt stürzten sich die beiden Männer in die Arme des anderen, umarmten sich fest und klatschten sich auf die Schultern. Die Strapazen der vergangenen Tage waren ihnen anzusehen, aber in diesem Moment fühlten sie eine tiefe Erleichterung und Freude, sich wieder gefunden zu haben.

Baumann trat einen Schritt zurück und betrachtete McFarland genauer. Sein Gesicht war von Schmutz und Blutspuren gezeichnet, seine Kleidung zerrissen und verstaubt. Doch trotz allem strahlte er eine Kraft und Entschlossenheit aus, die Baumann an ihm bewunderte.

»Douglas, alter Freund«, sagte Baumann mit rauer Stimme. »Was ist passiert? Was machst du hier? Hast du etwas von Mulele gehört?«

McFarland seufzte und ließ sich auf den Stuhl sinken, der vor dem Tisch stand. Er wischte sich über das Gesicht und atmete tief durch, bevor er antwortete.

»Michael, es war schrecklich«, begann McFarland. »Die Rebellen wurden vernichtend geschlagen. Fast alle sind tot. Es gab keine Gefangenen. Die Todesschwadronen haben erbarmungslos zugeschlagen.«

Ein Schauer lief Baumann über den Rücken, als er das hörte.

»Und Mulele? Was ist mit ihm passiert?«, fragte Michael Baumann mit zitternder Stimme.

Douglas McFarland senkte den Blick und schwieg einen Moment lang. Dann hob er den Kopf und sah Michael Baumann in die Augen.

»Von Mulele fehlt jede Spur«, sagte er leise. »Sie haben nach ihm gesucht, aber es gibt keine Hinweise. Es ist, als wäre er einfach verschwunden.«

Michael Baumann spürte eine Mischung aus Wut und Verzweiflung in sich aufsteigen.

McFarland ließ sich in der Ecke des Raumes auf dem Boden nieder, und Baumann setzte sich ihm gegenüber auf einen Stuhl und verschenkte die Arme über der Lehne, hörte zu. Die düstere Atmosphäre im Zimmer spiegelte die Verzweiflung der beiden Männer wider.

»Nachdem ich den von den USA unterstützten Aufmarsch gegen die Mulele-Rebellen beobachtet hatte, versuchte ich, zu dir durchzukommen«, begann McFarland mit einem Anflug von Bitterkeit in seiner Stimme. »Ich wusste, dass du in Gefahr warst, bist ja immer noch ein Greenhorn hier in Afrika, und ich wollte dir irgendwie helfen. Hatte nichts mehr gehört, und in Kinshasa warst du auch nicht mehr. Also musstest du irgendwo bei deinem Mulele stecken. Doch die Dinge entwickelten sich anders.«

Er hielt einen Moment inne und schien in Gedanken zu versinken, bevor er seine Erzählung fortsetzte.

»Im dichten Ituri-Wald wurde ich dann von ruandesischen Einheiten entdeckt. Es waren Todesschwadronen, brutal und gnadenlos. Sie verfolgten mich, und es gab keine Möglichkeit, ihnen zu entkommen. Ich wurde gefangen genommen und gefesselt. Sie hielten mich in einem abgelegenen Lager gefangen, tief im Wald.«

Douglas McFarland blickte Michael Baumann in die Augen, seine Miene drückte verbitterte Entschlossenheit aus, trotz der traumatischen Erfahrungen, die er gemacht hatte.

»Es waren schreckliche Tage und Nächte, Michael. Die Gefangenen wurden gefoltert, verhört und dann kaltblütig hingerichtet. Es schien keinen Ausweg, keine Hoffnung zu geben.« Ihn als einzigen Weißen hätten sie dann schließlich hierher gebracht, sagte Douglas McFarland mit einem abfälligen Ton voll Verachtung.

Michael Baumann genoss das minutenlange Schweigen, das dann folgte. Douglas McFarland schien völlig erschöpft, ausgelaugt, fassungslos von dem, was er erlebt hatte. Michael Baumann konnte das gut nachvollziehen. Auch er spürte vor allem innere Leere, Orientierungslosigkeit, er hatte keinen eigenen Kompass mehr, der ihm anzeigen könnte, was richtig, was falsch sei in dieser Situation.

War Mulele vielleicht doch der Böse, der diese Gewalttaten heraufbeschworen hatte? Oder waren es diese Peiniger, die ihn hetzten und suchten, um die Macht in Kinshasa abzusichern?

Dabei schoss ihm immer wieder ein Gedanke durch den Kopf.

Baumann musterte McFarland mit neugierigen Augen, während dieser mühsam aufstand und sich in einem alten Sessel niedersinken ließ. Es war Zeit für offene Worte.

»Douglas«, begann Baumann mit leiser Stimme, »Du musst mir erklären, was es mit deinem plötzlichen Auftritt an der Seite von Kabila in Kisangani auf sich hatte, nachdem die Stadt erobert war. Es war ein Schock für mich, dich dort zu sehen.«

McFarland lehnte sich zurück und faltete die Hände vor seinem Gesicht.

»Du hast mich gesehen?«

Nach einem tiefen Atemzug setzte er zu einer Erklärung an.

»Michael, du musst verstehen«, begann McFarland bedacht. »Ich habe diese Entscheidung nicht leichtfertig getroffen. Ich wusste, dass ich nur dann in der Lage sein würde, weiter Hilfe für die Menschen im Kongo zu leisten, wenn ich mich auf die Seite des künftigen Siegers stelle. Inmitten dieses brutalen Konflikts gab es keine andere Möglichkeit.«

Michael Baumann nickte langsam und versuchte, seine Gedanken zu ordnen. Er begriff McFarlands Logik, auch wenn er mit der Wahl seiner Mittel haderte.

»Du hast auf Kabila gesetzt, weil du glaubtest, dass er die Oberhand gewinnen würde«, fasste Baumann zusammen. »Aber warum hast du mir nichts davon erzählt?«

Douglas McFarland senkte den Blick und sein Gesicht verhärtete sich. »Michael, ich wusste, dass Du nicht damit einverstanden gewesen wärst, wenn ich dir von meinem

Plan erzählt hätte. Ich habe den Flug für Kabila ja sogar organisiert. Wir haben die DC-3 der MAF dafür benutzt. Jetzt schuldet mir Kabila, der neue Präsident, etwas. Aber ich konnte nicht riskieren, dass du dich in meine Händel einmischt oder darüber schreibst.«

Michael Baumann spürte eine Mischung aus Enttäuschung und doch auch zugleich Verständnis. Es war nicht einfach, Douglas McFarland zu verurteilen, denn er hatte seine Entscheidungen aus gut überlegten Gründen getroffen. Doch Baumann war zugleich enttäuscht.

»Douglas, du musst verstehen, dass ich Vertrauen brauche«, sagte Baumann leise. »Unsere Freundschaft beruht auf Ehrlichkeit und gegenseitiger Achtung«, warf er seinem langjährigen Freund vor.

Douglas McFarland hob den Kopf und suchte Baumanns Blick. »Michael, ich bereue meine Entscheidung nicht. Ich habe Dinge gesehen, die du dir nicht vorstellen kannst. Aber ich verstehe, dass wir über solche Dinge offen und vertrauensvoll reden müssen und können. Ich verspreche dir, so etwas wird in Zukunft nicht wieder vorkommen.«

Baumann nickte und spürte sich erleichtert.

Es war gut, nicht mehr allein zu sein. Mit Douglas hatte er in den vergangenen Jahren schon so viel gemeinsam erlebt. Noch nie waren sie beide dabei allerdings so zwischen die Fronten geraten.

Während Michael Baumann seinen Gedanken nachhing, wurde es unten im Haus plötzlich ziemlich laut. Die beiden Männer lauschten hinter der geschlossenen Tür des Zimmers, in dem sie gefangen gehalten wurden. Das Gespräch zwischen den Gitenga-Schwestern, Catherine und Julie, und Major Cesar Kayzali war laut genug, um alles zu hören, was gesagt wurde.

»Wir können sie nicht einfach gehen lassen, Catherine«, sagte Kayzali mit einem drohenden Ton in seiner

Stimme. »Sie wissen möglicherweise mehr, als sie zugeben. Besonders dieser Journalist Baumann. Er war Muleles enger Vertrauter. Er muss uns sagen, wohin Mulele geflohen ist.«

Catherine Gitenga erwiderte dem entschlossen: »Aber wir wissen doch, dass Michael und Douglas nichts mit Muleles Verschwinden zu tun haben. Sie können nicht für seine Entscheidungen verantwortlich gemacht werden. Wir dürfen sie nicht foltern oder bedrohen, das wäre unmenschlich.«

»Unmenschlich oder nicht, wir haben keine andere Wahl«, antwortete Kayzali unbeirrt. »Mulele hat sich gegen uns gewandt, und wir müssen ihn finden, bevor er noch mehr Schaden anrichten kann. Baumann und McFarland sind unsere einzigen Anhaltspunkte.«

Julie Gitenga mischte sich ein: »Aber Douglas ist ein Freund unserer Familie. Ich kann nicht glauben, dass er uns absichtlich etwas vorenthalten würde. Er würde uns helfen, wenn er könnte.«

Baumann spürte, wie sich sein Herzschlag beschleunigte. Die Situation wurde immer bedrohlicher, er erkannte, dass sie wirklich in großer Gefahr schwebten.

Plötzlich erhob sich Catherine Gitenga mit einer Entschlossenheit, die ihre Stimme fest und bestimmt machte. »Nein, Major Kayzali, ich werde nicht zulassen, dass sie diese Männer quälen. Sie sind unschuldig, und sie werden Ihnen nicht helfen können, Mulele zu finden. Wenn sie Gewalt anwenden, werden Sie nur unschuldige Menschen verletzen und ihre moralische Integrität verlieren.«

Kayzali knurrte vor Wut und funkelte Catherine Gitenga an. Doch sie ließ sich nicht einschüchtern.

»Sie können nicht jeden Bürger des Landes foltern, nur weil sie einen Aufständischen jagen«, fuhr sie fort. »Das wird keine Lösung bringen, und es wird nur mehr Feindschaft und Gewalt schüren. Sie müssen einen anderen Weg finden.«

Baumann spürte eine Welle der Dankbarkeit gegenüber Catherine und Julie Gitenga. Ihre mutigen Worte gaben ihm Hoffnung. Julie Gitenga war immerhin auch Teil der Streitkräfte Ruandas, Cesar Kayzali wohl ihr Vorgesetzter.

Da fügte Julie hinzu: »Wir können nicht zulassen, dass unsere Familie und unsere Freunde durch solche Methoden und Kurzschlusshandlungen auseinandergerissen werden. Es muss einen Weg geben, ohne auf brutale Methoden zurückzugreifen.«

Die drei Stimmen gerieten in einen heftigen Streit, und Baumann und McFarland tauschten besorgte Blicke aus. Die Bedrohung, die von Major Kayzali ausging, war real und erschreckend.

Da tauchte unten offenbar auch noch Bobby Brown, der Amerikaner, auf und sagte mit seiner tiefen, sonoren Stimme: »Hört auf zu streiten. Das bringt nichts. Ich habe da eine Idee. Lasst uns in den Sitzungssaal reingehen und darüber diskutieren.«

Douglas McFarland und Michael Baumann schauten sich verwundert an. Es herrschte Stille vor ihrer Tür. Kein Sterbenswort war mehr zu hören, seitdem die Zimmertür sich hinter den vier Streithähnen unten geschlossen hatte.

Was für eine Idee hatte der Amerikaner?

KEIN KOMMENTAR

Philip Bender saß in seinem Büro in Nairobi und konnte kaum fassen, was gerade geschehen war. Seine Arbeit war gelobt worden. Und zwar nicht nur von seinem direkten Vorgesetzten, Markus Metzler, aber auch von höchster Stelle. Die Anerkennung war überwältigend.

Metzler trat in das Büro und legte seine Hand auf Benders Schulter. »Peter, ich muss sagen, ich bin beeindruckt. Du hast immer zur rechten Zeit wichtige Informationen geliefert, die uns geholfen haben, unsere Missionen erfolgreich abzuschließen. Du hast diese Anerkennung mehr als verdient.«

Philip Bender lächelte bescheiden und bedankte sich bei seinem Chef. Es war eine Bestätigung für die harte Arbeit und die vielen Stunden, die er investiert hatte, um die notwendigen Informationen zu beschaffen. Dank dem amerikanischen Geheimkontakt »Rabe« und dank Michael Baumann hatte er wirklich ganze Arbeit geleistet, nickte er sich selbst wohlwollend zu.

Plötzlich klopfte es an der Bürotür, und Botschafter Manfred Groß trat ein, ein strahlendes Lächeln auf den Lippen und Gönnerlaune im diplomatischen Gesicht. In seiner Hand hielt er eine Flasche Weißbier und ein Weißbierglas.

»Philip Bender, herzlichen Glückwunsch!« sagte Botschafter Groß und reichte ihm die Flasche und das Glas. »Sie haben eine großartige Arbeit geleistet, wir sind stolz auf Sie. Genießen sie ein bisschen bayrische Heimat inmitten der afrikanischen Hitze.«

Philip Bender war überrascht und ehrlich gerührt von der Geste des Botschafters, der ihn sonst immer nur als notwendiges Übel behandelte. Er bedankte sich herzlich und versprach, das Weißbier zu genießen, sobald er einen Moment der Ruhe fände.

Während Bender die Flasche und das Glas in Empfang nahm, klingelte das Telefon. Ein Anruf aus der Zentrale in Pullach. Es war der oberste Behördenchef, der seine Glückwünsche übermittelte und betonte, wie wichtig Benders Arbeit für die Sicherheit des Landes sei.

Kaum hatte Bender das Telefonat beendet, klingelte es erneut. Diesmal war es die Afrika-Abteilung, die ihm gratulierte und ihm für seine herausragenden Leistungen dankte. Die Worte der Anerkennung erreichten Bender von allen Seiten, und er spürte eine tiefe Zufriedenheit.

Als er sich wieder seinem Schreibtisch zuwandte und die Flasche Weißbier betrachtete, füllten sich seine Gedanken mit Stolz. Ob das jetzt der Moment war, in dem er an seiner Karriere basteln sollte. Eigentlich wäre die nächste Besoldungsstufe schon vergangenes Jahr möglich gewesen. Aber sie war nicht gekommen. Damit wollte das Amt wohl bis zur Rente von Markus Metzler warten, wenn sie ihn dann auf dessen Stuhl setzen würden.

Aber Philip Bender war sich gar nicht mehr so sicher, ob das für ihn nach wie vor der Lebenstraum wäre. So schön, komfortabel und angenehm das Leben hier in Nairobi mit einem deutschen Beamtengehalt auch war, es müsste doch noch etwas anderes geben, einen anderen Standort wie London oder Washington. Das wäre es doch.

Oder der Traum seiner Frau, den BND-Job an den Nagel hängen und selber was auf die Beine stellen, mal richtig Geld verdienen, »als Unternehmer«, wie sie ihn dann gerne umschmeichelte, wenn sie ihn mal wieder ranließ.

Ein Fax kündigte sich an. Die Maschine neben seinem Schreibtisch fing an, das Schreiben aus Pullach auszuspucken.

Philip Bender starrte auf den Befehl, der ihm gerade übersandt worden war. Seine Miene wurde ernst, während er die Worte auf dem Papier las. Es war ein Auftrag, den er nicht erwartet hatte und der ihn zugleich zutiefst beunruhigte.

»Alles dafür tun, die Beteiligung des deutschen Journalisten Michael Baumann zu verdecken«, wiederholte Bender das Gelesene in Gedanken. Die Worte hallten in seinem Kopf wider. Es war offensichtlich, dass die Amerikaner kein Aufsehen über diesen Einsatz im Kongo wollten. Sie wollten Baumann am liebsten totschweigen, ihn öffentlich ungeschehen machen. Waren sie auch dazu bereit, ihn gar wirklich verschwinden lassen? Zumindest zu verdecken, wenn andere die Schmutzarbeit taten?

Ein klammes Gefühl überkam Philip Bender, die ehrliche Sorge um Baumann legte sich auf seine Schultern. Er kannte den Journalisten persönlich, ziemlich gut sogar. Er hatte ihn immer informiert, war offen und ehrlich, hatte ihm auch schon mal einen Tag Vorsprung gelassen, bevor er dieselben Informationen dann in seine Zeitung gesetzt hatte.

Michael Baumann hatte Frau und Kinder. Der ist doch einer von uns. Nun war er in Gefahr, da konnte Bender doch nicht tatenlos zusehen. Zumindest müsste man alles tun, um Baumann aus dem Kongo raus zu bekommen. Denn das hatte ihm »Rabe« über Satellitentelefon ziemlich klar sagen können: Die Todesschwadronen hätten Baumann, würden ihn für einen Parteigänger des Rebellenchefs halten, aber dieser Mulele war ihnen durch die Lappen gegangen.

Bender blickte in den Spiegel gegenüber seinem Schreibtisch und sah die Unentschlossenheit in seinen Augen. Er wusste, dass er eine schwierige Entscheidung treffen musste, eine Entscheidung, die sein eigenes Gewissen auf die Probe stellen würde.

»Wenn ich diesen Befehl ausführe, verrate ich Baumann und setze ihn einem großen Risiko aus«, dachte Bender. »Aber wenn ich mich dagegen stelle, riskiere ich meine Karriere und möglicherweise noch viel mehr.« Die Gedanken wirbelten in seinem Kopf.

Plötzlich klopfte es an der Bürotür, Markus Metzler trat ein. Sein Gesichtsausdruck war ernst. Er schien den Zwiespalt in Bender zu spüren.

»Peter, ich habe gehört, dass du den Befehl erhalten hast«, begann Metzler mit leiser Stimme. »Ich kenne die Konsequenzen, wenn du dich nicht daran hältst. Aber ich möchte, dass du weißt, dass du meine Unterstützung hast, egal wie du dich entscheidest. Ich weiß, er ist so etwas wie ein Freund von dir.«

»Danke, Markus«, erwiderte Bender erstaunt über seinen Chef und zugleich sehr erleichtert. »Ich kann nicht zulassen, dass Baumann in Gefahr gerät. Er muss da raus, ich sehe es als meine, nein, als unsere Pflicht, ihn da raus zu holen. Zum Schweigen können wir ihn dann immer noch bringen.«

Philip Bender saß in seinem Büro und starrte auf sein Handy. Er hatte unzählige Male versucht, Kontakt zu Michael Baumann aufzunehmen. Aber alle seine Anrufe und Nachrichten blieben unbeantwortet. Es war, als ob Baumann von der Bildfläche verschwunden war.

Die Ungewissheit nagte an Bender, während er darüber nachdachte, wie er Baumann zum Schweigen verpflichten sollte. Das war keine leichte Aufgabe, die ihm zudem widerstrebte, aber er hatte keine andere Wahl. Die Amerikaner wollten die Wahrheit vertuschen, und Baumanns Enthüllungen standen dem im Weg. »Erst kommt das Fressen, dann die Moral«, wer immer das auch gesagt haben mag, dachte sich Philip Bender.

Entschlossen stand Bender auf, nahm seine Wagenschlüssel vom Schreibtisch und fuhr zu Michael Baumanns Haus. Nach Lavington. Das war nicht weit.

Er hupte kurz vor dem Tor, dann ließ ihn der Wachmann reinfahren. An der offenen Haustür klopfte Bender laut an, Baumanns Frau Jojo kam sofort aus dem Wohnzimmer, ihre Augen voller Sorge.

Als sie beide am Tisch auf der Veranda saßen, schaute Jojo Baumann den BND-Mann mit ihren geschwollenen Augen an.

»Peter, ich mache mir solche Sorgen um Michael«, sagte Jojo mit zitternder Stimme. »Ich habe seit Tagen nichts von ihm gehört. Er hat mir gesagt, dass er in Kinshasa sein würde, aber jetzt ist er einfach verschwunden. Ich weiß nicht, was ich tun soll. Und jetzt kommst auch du noch unangekündigten vorbei. Ist was mit Michael?«

Bender fühlte sich unbehaglich, als er Jojos besorgte Augen sah und ihre direkte Frage nicht beantworten konnte. Er war angewiesen worden, Baumann zum Schweigen zu verpflichten, aber er hatte nicht erwartet, dass es so schwierig sein würde, Kontakt zu ihm aufzunehmen.

»Jojo, ich versichere dir, dass wir unser Bestes tun, um Michael zu finden«, erklärte Bender einfühlsam. »Aber im Moment haben wir keine Informationen über seinen Aufenthaltsort. Wir sind ebenfalls besorgt und arbeiten hart daran, ihn zu finden.«

Jojo nickte, doch die Sorge in ihren Augen blieb. »Es ist einfach so ungewöhnlich, dass er nicht einmal die Zeitung kontaktiert hat. Er ist normalerweise so gewissenhaft, was seine Arbeit betrifft. Ich kann mir nicht erklären, was passiert ist.«

Bender musste aufpassen, nicht zu viel preiszugeben. Er wusste, dass er keine Informationen über Baumanns Verbleib preisgeben durfte.

»Manchmal gibt es unvorhergesehene Umstände, die dazu führen, dass sich jemand vorübergehend nicht melden kann«, erklärte Bender vorsichtig. »Aber ich versichere dir, dass wir alles tun, um ihn zu finden und ich werde dich immer informieren.«

Jojo Baumann blickte Bender offen an und schien zu spüren, dass er mehr wusste, als er preisgeben wollte oder konnte. Doch sie entschied sich nicht weiter nachzufragen.

Stattdessen fragte sie: »Warum bist du hier?«

»Ich wollte dich nur fragen, ob du etwas gehört hast von Michael. Da wollte ich nicht einfach anrufen, ist ja nicht weit zu Euch.«

»Bitte, halte mich auf dem Laufenden, sobald du etwas weißt«, schüttelte sie ihren Kopf und   bat eindringlich. »Ich halte diese Ungewissheit nicht aus. Was soll ich vor allem den Kindern sagen?«

Bender nickte und versprach, sie auf dem Laufenden zu halten. Doch in seinem Inneren kämpfte er mit einem unguten Gefühl. Es wurde immer schwieriger, wenn er nicht einmal wusste, ob Baumann überhaupt noch am Leben war.

Als er das Haus verließ, fühlte er sich ratlos. Er musste einen Weg finden, Baumann zu finden und ihn sicher nach Nairobi zu bringen, egal welche Konsequenzen es haben mochte. Das war er sich selbst schuldig. Aber wie sollte er das schaffen, wenn selbst Baumanns eigene Frau keine Ahnung hatte, wo ihr Mann sich befand? Die hielt Baumann sonst, egal wo er gerade auf dem Kontinent unterwegs war, eigentlich immer gut informiert.

Der deutsche Journalist schien wirklich verschollen zu sein. Und die Zeit lief ihnen davon.

ABSCHIED VON AFRIKA

Michael Baumann war der letzte, den die Ausreisekontrolle nach langer Prüfung durchwinkte. Er steckte seinen Pass in die linke Gesäßtasche, hing sich seine Ledertasche um die rechte Schulter und stieß die Tür zum Rollfeld auf. Er begann sich wieder frei zu fühlen.

Aber was hieß schon frei? Er war aus dem Kongo raus. Aber dafür hatte er diesen Zettel unterschreiben müssen. Bobby Brown hatte ihn und McFarland nach langen Debatten, welche er, wie er sagte, vor allem mit Major Cesar Kayzali gehabt hatte, runter gerufen und gebeten, sich hinzusetzen und einfach erst einmal zuzuhören.

Es war sie im Raum, Bobby Brown, Douglas McFarland und er.

»Es geht um einen Kompromiss, meine Herren«, hatte Bobby Brown begonnen. »Ich will nicht lange um den heißen Brei reden: Sie bleiben am Leben. Dafür bezahlen sie mit Schweigen.«

Michael Baumann spürte nur, wie sein rechtes Knie vor Nervosität zu zittern anfing. Was sollte das heißen, sie blieben am Leben? Wollten die wirklich zum äußersten Mittel greifen und sie beide notfalls umbringen?

»Was heißt das?«, fragte dagegen Douglas McFarland ganz sachlich und lehnte sich an den Tisch vor, um seine Ellenbogen darauf abzustützen.

»Diese Militäroperation, deren Zeugen Sie geworden sind, hat nie stattgefunden. So einfach ist das.«

Bobby Brown kramte einen Umschlag hervor und entnahm diesem zwei Blatt Papier. Er legte diese vor sich hin. Michael Baumann sah deutlich, dass unter den Zeilen, die mit Schreibmaschine geschrieben waren, am unteren Papierrand bereits zwei Unterschriften standen.

»Dies sind Schweigeverpflichtungen. Sie dürfen kein Wort darüber verlieren.«

»Was sonst?« Michael Baumann konnte sich nicht zurückhalten und erntete dafür einen strafenden Blick auch von Douglas McFarland. »Wie wollen Sie uns belangen, wenn ich als Journalist genau darüber schreiben werde, was ich hier erlebt habe?«

Bobby Brown schaute ihn verbittert und enttäuscht an.

»Geben sie jetzt nicht den Helden. Es geht um ihren Kopf. Wollen Sie hier raus oder nicht? Sie haben doch Familie in Nairobi, haben noch ein spannendes und hoffentlich glückliches Leben vor sich. Also was soll das? Ich hatte doch darum gebeten, mich erst einmal ausreden zu lassen.«

Baumann fiel in sich zusammen und sackte wieder auf den Stuhl.

»Lass ihn ausreden«, merkte Douglas McFarland in beruhigendem Ton an.

»Danke«, sagte Bobby Brown wieder ganz nüchtern.

»Hier ist der Deal: Sie unterschreiben beide diese Erklärungen. Darin steht, dass Sie in den vergangenen Wochen Gefangene der Mulele-Rebellen gewesen sind und von kongolesischen Einheiten, die von Ruanda und amerikanischen Militärberatern unterstützt wurden, schließlich befreit wurden. Hierfür bedanken Sie sich ausdrücklich in dem Schreiben.«

Michael Baumann konnte seinen Magen brennen spüren, sein Knie zitterte nach wie vor, aber nun wurde ihm auch noch schlecht. War das sein Kreislauf, der ihn schwindeln ließ? Oder kam die Malaria zurück? Der ganze Raum drehte sich für ihn. Er sollte also Mulele verraten, um seinen Kopf zu retten, war das der Deal?

»Damit habe ich kein Problem«, sagte völlig unerwartet neben ihm Douglas McFarland und streckte seinen Arm aus, um das Papier zu erhalten.

»Wer hat denn da von ihrer Seite unterschrieben?«, fragte er nach, nachdem er das Blatt und einen Kugelschreiben von Bobby Brown erhalten hatte.

»Sie haben zwei Bürgen. Denen verdanken sie letztendlich auch diesen Deal: Julie und Catherine Gitenga«, beantwortete Bobby Brown die Frage emotionslos.

Die Gitenga-Schwestern hatten sie also gerettet.

Douglas McFarland las den Text durch, dann unterschrieb er.

»Bitte sehr«, sagte er, als er Bobby Brown das Blatt zurückgab. »Bekomme ich eine Kopie davon?«

Die Oberlippe des US-Offiziers zuckte deutlich.

»Muss das sein?«

»Ja«, sagte McFarland nur kurz.

»Und Sie?«, fragte Bobby Brown, an Michael Baumann gewandt.

»Unterschreibe und lass dir eine Kopie geben«, riet Douglas McFarland eindringlich, als er bemerkte, dass Michael Baumann immer noch zögerte.

Sie hatte schließlich beide unterschrieben.

Während Michael Baumann nun auf dem Flugfeld in der grellen Sonne Ausschau hielt nach der Cessna Caravan der Missionary Aviation Fellowship, die sie nun von Kigali zurück nach Nairobi fliegen sollte, nach Hause.

Dafür hatte er Mulele verraten, ärgerte er sich immer noch, auch wenn Douglas McFarland, sein weiser Freund, ihm immer wieder zugeflüstert hatte, er habe niemanden verraten, nur seinen Kopf aus der Schlinge gezogen.

Michael Baumanns Hand suchte seine Umhängetasche. Jetzt spürte er sie wieder. Darin lag die Kopie der Erklärung, die er unterschrieben hatte.

Was würde passieren, wenn er dennoch darüber schreiben würde?

»Das würde den beiden Gitenga-Schwestern nicht gut bekommen, da bin ich mir sicher«, hatte Bobby Brown gesagt. »Cesar Kayzali wollte diesen Deal nicht, genau aus diesem Grund. Erst als Catherine und dann auch Julie bereit waren, als Bürgen zu dienen, hatten wir eine Chance auf diese Lösung.«

Jetzt sah Michael Baumann den Piloten Chris bei seiner Cessna Caravan ganz am Ende des Betonfeldes die letzte Inspektionsrunde um die Maschine drehen. Er prüfte in gebückter Haltung die Bremsleitungen, ging dann zum Propeller, streichelte diesen liebevoll entlang der scharfen Kanten. Jetzt entdeckte er Baumann und winkte ihm zu.

Baumann hob seine Hand und grüßte zurück. Seine Schritte beschleunigten sich, obwohl es auf den Betonplatten immer heißer wurde. Kein Lüftchen schien sich zu rühren.

»Du bist mal wieder der letzte, die anderen Passagiere sind schon an Bord. Komm rein, setze dich neben mich«, begrüßte Chris den müden Journalisten.

Michael Baumann umarmte Chris. »Es ist schön, dich wieder. zu sehen«, klopfte er ihm auf die Schulter.

»Mach´ hin, ich will nach Nairobi«, scherzte Chris. »Dort kannst du mir dann alles bei zwei oder drei Bierchen erzählen. Douglas war ziemlich mundfaul, bisher.«

Chris öffnete die Tür für Baumann, der sich auf den Co-Pilotensitz setzte und grüßte kurz Douglas McFarland, der auf dem Stuhl hinter Chris saß. Seine Tasche legte er in den Fußraum, schnallte sich an und sagte laut: »Ich bin startklar!«

»Gleich«, wehrte Douglas McFarland trocken ab. »Es kommt noch ein Passagier mit, ein Pfarrer aus dem Kongo, der nach Nairobi muss.«

Im selben Moment stieg ein Mann hinten in die Maschine. Er hatte eine braune Kutte an wie ein Franziskaner-Mönchen und eine weite Kapuze fest über seinen Kopf gezogen. Ohne viel Worte setzte er sich in die letzte Reihe und schnallte sich an.

Chris schloss alle Türen und funkte den Tower an, um die Starterlaubnis zu erhalten. Das tiefe Grollen des Motors erfüllte das Cockpit, als der Propeller sich mit zunehmender Geschwindigkeit zu drehen begann. Die Cessna bebte dabei leicht, als Chris leicht Gas gab, um anzurollen. Der Klang des Propellers drang durch die Fenster.

Das Flugzeug setzte sich in Bewegung und bahnte sich einen holprigen Weg zur Startbahn. Die rauen Unebenheiten der Betonplatten auf der Startbahn übertrugen sich auf den Rumpf, der nach jeder Platte kurz metallisch knirschte. Michael Baumann spürte die Vibrationen durch seinen Sitz, Chris hielt seine Hände fest am Steuerhorn, um die Kontrolle zu behalten.

Als die Cessna endlich die Startposition erreichte, drückte Chris den Schubregler nach vorne. Der Motor brüllte auf und die Maschine beschleunigte mit einem scharfen Rucken. Der Fahrtwind riss an den Flügeln und das Flugzeug hob ab, während die Räder die Startbahn verließen.

Die Geräusche des Motors und der warmen Luft vereinigten sich zu einem mächtigen Crescendo, während die Cessna über Kigali hinweg flog. Die Landschaft unter ihnen verschmolz zu einem Mosaik aus grünen Hügeln und fließenden Straßen.

Chris konzentrierte sich auf den Flugweg, aber fand genug Zeit, Michael Baumann eine Handvoll Musik-CDs rüber zu reichen. »Wenn wir oben sind, kannst du gerne den Kopfhörer aufsetzen und Musik hören. Das liebst du doch«, sagte der Pilot, mit dem Michael Baumann schon so oft geflogen war.

Die Wahl fiel Baumann nicht schwer. »Breakfast In America« von Supertramp. Darauf ging es um Träume,

Liebe, Sehnsucht und das Streben nach Glück. Außerdem war die Musik einfach gut. Vor allem auf einen Titel freute sich Baumann schon jetzt: »Take the Long Way Home«. Danach war ihm jetzt richtig zumute, nämlich an den Ort zu fliegen, an dem man wirklich zu Hause war.

Chris bereitete alles vor. Sie hatten die Reiseflughöhe erreicht, er nahm etwas Gas aus dem Motor, schloss die Klappen und versuchte das Kabel des zweiten Kopfhörers zu entwirren.

»Gib schon her«, lachte ihn Baumann an.

»Schön, dich wieder lachen zu sehen«, gab Chris nur zurück und reichte Baumann den Kopfhörer mit dem Spiralkabel. Schnell war dieses entwirrt und Chris steckte die CD in den Player. »Los geht's«, sagte er und drehte auf.

Noch bevor Michael Baumann den Kopfhörer auf hatte, hörte er hinter sich in der Kabine den Pfarrer zu Douglas McFarland sagen: »Asante«, danke auf Suaheli.

Im ersten Moment dachte Michael Baumann, die dunkle Stimme zu erkennen. Aber dann schüttelte er nur seinen Kopf über sich selbst. Inzwischen litt er wohl schon unter Verfolgungswahn oder sonstigen Wahnvorstellungen. Die vergangenen Tage waren einfach zu viel gewesen.

Also setzte er den Kopfhörer auf und »Gone Hollywood« dröhnte in seinen Ohren. Dennoch konnte Baumann nicht anders, als einen kurzen Blick nach hinten in die Kabine zu werfen. Da saß der Pfarrer, aber hatte immer noch seine Kapuze tief im Gesicht. Nur die grau-weißen Stoppeln eines Mehr-Tages-Bartes konnte Baumann erkennen.

Niemand sprach mehr im Flugzeug. Alle hingen ihren Gedanken nach und es herrschte Stille, während die Cessna majestätisch über die endlosen Weiten der Serengeti-Ebene in Tansania flog.

Baumann saß im Cockpit, sein Blick verloren in der Ferne, als sie am majestätischen Kilimandscharo vorbeizogen und sich auf das Riff Valley in Kenia zubewegten. Ihr Ziel war der kleine Flughafen Wilson in Nairobi.

Baumann war von Gedanken über Afrika und sein eigenes Leben benebelt. Die Worte und Bilder dieses faszinierenden Kontinents verwirrten seine Seele, während er verzweifelt über seinen Berufsstand und auch seine eigene Feigheit grübelte. Es nagte an ihm, dass er sich allzu oft hinter der Sicherheit seines Schreibens und den gedruckten Worten versteckte, anstatt die Welt draußen nicht nur zu erkunden, sondern daran zu arbeiten, sie auch zu verändern.

Ob seine Frau wusste, dass er wieder nach Hause kam? Was könnte, durfte er ihr erzählen? Die Bilder seiner Kinder huschten durch seinen Kopf. Aber plötzlich und unerwartet auch das Konterfei von Patricia, wie sie im Hotelzimmer in Kinshasa neben ihm schlief. Was für ein selbstsüchtiger Idiot er doch war, warf sich Baumann vor. Warum hatte er diese Liebelei zugelassen, warum seine Frau betrogen. Und letztendlich auch die wirklich hübsche Italo-Amerikanerin.

»Höre auf, an sie zu denken«, befahl sein Gewissen ihm. Nein, er freute sich einfach, aus dem ganzen Schlamassel wieder rausgekommen zu sein und bald wieder zuhause in Nairobi mit seiner Frau zu sprechen, mit den Kindern rumzuspielen und nicht zuletzt seine Hunde wiederzusehen.

Was für ein Glück, auf der richtigen Seite der Welt geboren worden zu sein, schimpfte sich Baumann zugleich und seine Gedanken peinigten ihn selbst. Was wohl aus Mulele geworden ist? Ob er noch lebte? Würde dieses Afrika Muleles denn nie wirklich frei werden? Endlich alle seine Bürden abstoßen, Regierungen wählen, die sich um die eigenen Leute kümmern würden und nicht nur aus Gier und Geltungssucht alles an Ausländer verscherbeln, die sich aufführten wie früher die Kolonisatoren. Warum konnte dieser Kontinent nicht mit sich selbst Frieden machen und die anderen draußen halten?

Inmitten dieses inneren Aufruhrs versuchte Baumann, sich selbst wieder aufzurichten. Er begann, eine große Geschichte in seinem Kopf zu entwerfen, eine Geschichte, die die Vorkommnisse im Kongo aufdecken und auch die Existenz der Todesschwadronen ans Licht zerren würde. Dies war die einzige Möglichkeit für ihn, dem Schatten der eigenen Feigheit zu entkommen und die Bedeutung seines Berufs als Journalist wieder zu entdecken.

Aber konnte er das wirklich? Was würde dann mit den Gitenga-Schwestern passieren? Er hatte doch diese Verschwiegenheitserklärung unterschrieben, und die beiden hatten dies als Bürgen bezeugt?

Während er so in dem Flugzeugsitz saß und laut Supertramp hörte, ertrank Baumann in einem Meer von Selbstmitleid. Die Probleme, die vor ihm lagen, drückten ihn schwer. Seine Zukunft in der Zeitung, die Unsicherheit der Branche - all das schien ihn zu erdrücken. Trotzdem hegte er einen Funken Hoffnung, dass seine letzten Geschichten vielleicht doch veröffentlicht worden waren. Vielleicht hatte die Zeitung die Brisanz seiner Artikel endlich erkannt und seine Worte hatten den Weg zu den Lesern gefunden. In diesem Moment wünschte er sich nichts sehnlicher.

Doch plötzlich krachte es in seinen Ohren. Der Kopfhörer spielte »Take the Long Way Home« von Supertramp, aber viel zu laut. Michael Baumann riss seine Augen auf und sah, wie Chris, der Pilot ihn anstrahlte und seinen Daumen hochhielt. Der also hatte den CD-Player auf volle Lautstärke gedreht.

Baumann ließ sich wieder in den Sitz fallen. Die Melodie dröhnte in seinem Kopf, die Worte des Songs schienen zu seinem inneren Kampf zu sprechen. Es war, als ob die Musik seine Gedanken verstand und sie gleichzeitig wegpusten wollte. Baumann schloss die Augen, ließ sich von den Klängen mitreißen und hoffte, dass dieses Lied ihm den Mut und die Kraft geben würde, die er so dringend brauchte. Vielleicht musste er einfach nur weg aus Afrika, diesem Kontinent, der einen einfach emotional mitriss und dann nicht mehr losließ.

DAS ENDE EINES HELDEN

Die Cessna setzte sanft auf der Landebahn von Wilson Airport auf und rollte langsam aus. Michael Baumann atmete erleichtert auf, als Chris den Motor abschaltete. Baumann stieg als erster aus dem Flugzeug. Seine müden Beine trugen ihn zuversichtlich über das Rollfeld, während er von seiner Familie, die aufgeregt auf ihn zukam, freudig begrüßt wurde.

»Papa!« riefen seine Kinder und rannten ihm entgegen. Baumann breitete seine Arme aus und empfing die warmen Umarmungen seiner größten Schätze. »Ich habe Euch so sehr vermisst«, flüsterte er, als er ihre weichen Wangen küsste.

Dann sah er Jojo, seine geliebte Frau, die ihn mit Tränen in den Augen mit der jüngsten Tochter auf dem Arm erwartete.

Ihre Blicke trafen sich und in diesem Moment war alles andere unwichtig. Sie fielen sich in die Arme und hielten sich fest, als würden sie nie wieder loslassen. »Endlich bist du zurück«, flüsterte sie mit zitternder Stimme.

Die kleine Tochter küsste er lange auf den Kopf und genoss dabei den Geruch in seiner Nase, den nur kleine Kinder abgeben können.

Als Michael Baumann sich schließlich von den anderen verabschieden wollte, bemerkte er, dass der Pfarrer bereits verschwunden war. Stattdessen stand Douglas McFarland vor ihm, der Mann, dem er unendlich dankbar war. Sie schüttelten sich die Hand und McFarland sah Baumann tief in die Augen. Ein leises Lächeln zeichnete sich auf seinem Gesicht ab, als er sagte: »Er ist jetzt in Sicherheit.«

Michael Baumann verstand sofort. Sie hatten Mulele, den Rebellen, heimlich ausgeflogen. Er war der Pfarrer an

Bord gewesen. Er hatte die Stimme also doch richtig erkannt. Eine Welle der Erleichterung durchströmte seinen Körper, während er McFarland dankbar lächelnd anblickte. Kein zusätzliches Wort mehr war zwischen ihnen nötig.

Während der Heimfahrt im Auto konnte Jojo ihre Neugier nicht länger zurückhalten. »Wo warst du all die Zeit, Michael? Was hast du alles gemacht?«

Baumann seufzte und fuhr sich durch das Haar. »Es ist eine lange Geschichte, meine Liebe. Aber ich verspreche dir, ich werde sie dir erzählen.«

Jojo legte ihre Hand auf seine und sah ihm tief in die Augen. »Ich freue mich darauf.«

Das gab Michael Baumann den Mut, die Frage zu stellen, bei der er die negative Antwort schon ahnte. »Ist in der Zeitung irgendein Artikel von mir in den vergangenen Tagen zum Kongo erschienen?«

Jojo Baumann schaute ihren Mann nur kurz an und sprach dann nach vorne: »Nein. Aber ich bin stolz auf dich.«

Baumann lächelte und drückte ihre Hand fest. Das hatte sie noch nie zu ihm gesagt. »Danke. Ich bin froh, dass ich zurück bin.«

Und wer weiß, dachte sich Michael Baumann, vielleicht werde ich irgendwann ein Buch darüber schreiben.

NACHWORT

Als ich mein Manuskript fertig geschrieben hatte, rief ich einen sehr guten Bekannten an und gestand ihm, ich hätte eine riesige Blödheit begangen. Ich hätte einen Roman geschrieben. Darauf stellte er mir die neutrale Frage: »Wie lange hast du gebraucht?«

Darauf eine ehrliche Antwort zu geben, fällt mir schwer. In meinem Kopf schwirren die Gedanken um »Mulele« seit mindestens einem Vierteljahrhundert herum, eigentlich seitdem ich die Kongokrisen in der zweiten Hälfte der 90er Jahre durchlebt habe. Aber ich habe zu meinem Abschied aus dem Journalismus erst einmal ein Sachbuch geschrieben, zumindest den Versuch gemacht, einen »Reader« mit einzelnen Geschichten über das Afrika zu verfassen, das ich erlebt hatte.

Die eigentliche Zielgruppe für dieses Buch »Die schwarze Sonne Afrikas« waren meine drei Töchter. Ich dachte mir, wenn sie einmal groß sind, könnten sie zumindest nachlesen, was um sie herum so los war, als sie in Nairobi aufwuchsen, und warum ihr Vater so oft nicht da war.

Inzwischen sind drei starke Frauen aus ihnen geworden. Das Buch gelesen, glaube ich, hat bisher keine. Dafür viele andere Leser. Es hatte, wider Erwarten, zwei Auflagen als festgebundenes Buch und dann noch einmal eine große Stückzahl als Taschenbuch. Überraschung.

Dann rief mich ein großer Verlag an, als die Diskussion über den Einsatz der Bundesmarine im Rahmen des Antiterror-Krieges vor der Küste Somalias anstand. »Können Sie ein Buch über den Terror in Somalia schreiben?«

Meine Antwort war zweideutig: Jein. Über Somalia gerne, aber nicht alleine nur über den Terror dort. Ich kann gerne eine Monografie über das Land am Horn von

Afrika schreiben und das Ganze aktuell am Anfang und Ende in die Terrorszene einbetten. Der Verlag hatte nicht viel Alternativen. Sie akzeptierten. Das Buch, angestoßen im Dezember, war viel früher fertig, als bis die bundesdeutsche Fregatte Ende Mai in den Gewässern vor Somalia Patrouille fuhr.

Zwei Monate lang habe ich unzählige alte Kladden zerfleddert, via Internet weltweit in Bibliotheken recherchiert. Endlich hatte ich die Chance, einem Land auf »meinem« Kontinent ein Buch zu widmen. Ich habe es gerne geschrieben. Somalia war mein Einstieg in die Afrika-Berichterstattung 1992. Siad Barre war gestürzt und weg, die Hungerkatastrophe war ausgebrochen, die USA waren noch nicht da. Ich bereiste in meiner Afrika-Zeit Somalia mehr als 50 Mal. Nicht nur Terror kommt von dort, auch der Weihrauch. Und die Somalita-Bananen vom Schabelle-Fluss. Ich bin mit diesen Bananen groß geworden. Also habe ich abgeliefert. Dank der Terror-Aktualität lag das Taschenbuch in jeder deutschen Bahnhofsbuchhandlung aus. Wieder eine Überraschung.

Dann habe ich mich auf meine »zweite« Karriere in der Finanzwirtschaft konzentriert, aber nie die Hoffnung aufgegeben, heimlich in den ruhigen Stunden oder vielleicht mal an einem Wochenende doch noch an »Mulele« arbeiten zu können. Der Kongo ging mir nicht aus dem Kopf und Herzen.

Mal eine Skizze hierzu, mal eine Szene dazu. Aber einen Roman kann man nicht so zwischendurch mal schreiben, dann wieder liegen lassen, dann wieder weiter dichten. So musste ich auf meinen verspäteten Renteneintritt warten, bis ich richtig loslegen konnte. Seit Ende 2022 habe ich für »Mulele« gebrannt und jede freie Minute, in der ich mich noch konzentrieren konnte, in die Tasten gehauen.

Jetzt kommt die Stelle, an der ein Autor sich eigentlich bei denen bedanken muss, ohne die er das Buch nie hätte schreiben können. Hand aufs Herz: Das war vor allem Oskar. Oskar ist mein Labrador-Rüde, der regelmäßig und ausgiebig Gassi gehen will und soll. Jeder dieser Spaziergänge - wir laufen jeden Tag mehr als 15 Kilometer - hat mich weitergebracht, mir Zeit gegeben, nachzudenken, Kapitel und Szenen zu entwerfen oder zu verwerfen. Viele Szenen, ja ganze Kapitel habe ich wieder gestrichen. Sie waren nur für mich wichtig, aber keinen Leser. Außerdem kann Oskar zuhören. Das kann ich von den wenigsten sagen, die ich sonst noch kenne.

Teile des Manuskriptes hat meine Jüngste gelesen. Layla hat mich dadurch von absoluten zeitgemäßen »No Goes« bewahrt. Zumindest, ohne sie wären es mehr geworden. Danke. Dann habe ich auch Ex-Lektoren von mir mit der Idee und ihren Entstehungsschritten richtig genervt. Sie haben mich brav behandelt. Auch eine Literatur-Agentin, die seit Jahrzehnten für einen Freund arbeitet, nahm sich Zeit.

Den Verlags- und Literaturfachleuten aber war der Stoff zu »Afrika«, »wem soll ich so etwas anbieten«. »Das will ich nicht alles lernen müssen«, war ein Spruch, der mich am meisten verletzt hat. Offenbar liest dieser Literatur-Agent und will blöd bleiben. Und Afrika interessiert ihn und seine Kollegen in der Branche offenbar gar nicht. Da will er auch nicht ein bisschen von erfahren. Dann noch von einer anderen die schlimmste Vermarktungsfrage: »Ist Liebe drin?«

Danke an Euch alle, dass ihr Euch die Zeit für mich genommen habt. Mir hat das alles geholfen. Viel genutzt hat es nicht. Ich habe das Buch dennoch geschrieben, ja, mich hat es durchaus angestachelt, dann halt ohne die ungläubigen »Profis« weiterzumachen, auch wenn sich, wie eine Absage eines großen Verlages wörtlich von sich gab, »niemand sich dafür interessiert, was in Afrika los ist, schon gar nicht Ende der 90er Jahre.«

Das Buch handelt in und von Afrika, und, ja, wie im echten Leben ist auch Liebe drin. Ist denn auch alles wahr?

Es gab Laurent Kabila, es gab Mobutu. Und die Amis wollten Mobutu loswerden und waren und sind immer schlecht darin, eine neue Ordnung zu begründen. Richtig und wichtig ist auch, dass Ruanda da kräftig mitgemischt hat, knapp zwei Jahre nach dem eigenen Bürgerkrieg, dem Völkermord.

Ja, alles das sind historische Tatsachen. Jeder Ort, der im Roman geschildert wird, existiert. Ich war dort. Pierre Mulele, nach dem sich mein Hauptheld nennt, den gab es auch. Und die irische Missionarin wurde auch wirklich entführt und bekam nach neun Monaten ein Kind von einem ihrer Entführer.

Reicht das? Vieles ist wahr, vieles ist Fantasie. Aber es lag mir am Herzen, die widersprüchliche Welt, in der ich als Eindringling von außen sieben Jahre neugierig umhergereist bin, in ihrer Buntheit, Vielschichtigkeit, Menschlichkeit, Grausamkeit und Gemeinheit wieder zum Leben zu erwecken. Ich wollte noch viel mehr erzählen. Aber dann hätte es ein Drehbuch für eine ganze TV-Serie werden müssen. Auf die Verfilmung der Botschafterszenen hätte ich mich da besonders gefreut.

Ist die deutsche Diplomatie wirklich so bodenlos und schlecht wie beschrieben? Auch da schildere ich durchaus Erlebtes, Wirkliches, viel Wahres. Aber Vorsicht: Es ist ein Roman, der halt gerne auch mal Stoff gibt und die Fantasie mit kräftigen Flügelschlägen in die Leserwelt schickt. Nix für ungut. Wir haben als Deutsche auch einige (wenige) sehr mutige und trotzige Botschafter. Gott sei Dank.

Wer auch immer das eine oder andere, angeregt durch meine Zeilen, nachprüfen, lernen, genauer erfahren will, dem sind heutzutage kaum mehr Grenzen gesetzt. Das Internet gibt jedem Zugang zu endlosem Wissen (aber,

Vorsicht, auch Fake Wissen! Quellenkritisch bleiben). Jeder solche Klick, den meine Fantasiereise auslöst, macht mich glücklich. Anderen hoffe ich, einfach nur einige spannende Stunden in fernen Ländern geben zu können.

Ich musste einfach loswerden, dass Afrika und hier vor allem der Kongo gar nicht so weit weg sind, als dass wir Muzungus (»Weiße«) uns dort nicht auch heute noch kräftig und ständig einmischen. Wir denken und reden nur nicht viel darüber. Haben Sie ein Handy? Woher wohl die meisten Rohstoffe hierfür kommen? Oder wie es die Intellektuelle Axel Kabou aus Kamerun mal schrieb: Es sind die schwarzen Eliten und die weißen Helfer, die diesen Kontinent kaputt machen.

Michael Birnbaum, Dezember 2023

ISBN 978-3-7584-5442-4

00001

www.epubli.com